I0778686

L'ÉTERNEL AMOUR DE QUINN

LES VAMPIRES SCANGUARDS - TOME 6

TINA FOLSOM

1

———

Les yeux rivés sur le calendrier, Rose Haverford soupira profondément. Elle pouvait dire quel jour on était sans même lire la date. Chaque année, elle le sentait, comme si celle-ci était sculptée dans ses os, son crâne, et sa chair. Depuis des jours déjà, une certaine lourdeur s'était répandue dans son cœur, et la mélancolie avait aigri son caractère. Mais, ce soir, elle ressentait cette vieille amertume qui se réveillait et venait lui rendre visite, tel un parent importun qui demeurerait trop longtemps et remuerait trop de mauvais souvenirs.

Au cours des deux derniers siècles, elle avait appris à vivre avec. Elle avait, en effet, trouvé un exutoire qui l'aidait à chasser les douloureux souvenirs des événements qui avaient façonné sa vie et l'avaient transformée en ce qu'elle était aujourd'hui. Et en ce qu'elle serait toujours : une créature de la nuit, avide de sang humain. Un vampire.

Chaque année, à la date anniversaire de sa transformation, Rose prenait la plume pour rédiger une lettre qu'elle n'enverrait jamais. Le destinataire était mort depuis longtemps et, pourtant, cette perte semblait toujours aussi récente et douloureuse.

Chère Charlotte, commença-t-elle à écrire à sa fille.

Une autre année s'est écoulée, et tu me manques toujours. J'ai tenu la promesse que je t'avais faite, même si je n'ai jamais pu être la mère que tu méritais. Tu serais très fière de ton arrière-arrière-arrière-petit-fils, Blake. C'est un jeune homme intelligent, ambitieux, bien éduqué et, un jour, il deviendra quelqu'un de bien.

Rose gémit. Peut-être devait-elle supprimer cette dernière phrase. Après tout, elle ne ferait que se mentir à elle-même.

C'est un jeune homme intelligent, instruit et... arrogant et égocentrique. Lorsque j'ai ouvert le fonds de placement à son profit, en vue de lui faciliter la vie, je n'aurais jamais imaginé qu'il l'aurait utilisé pour mener une vie d'excès, plutôt que pour poursuivre sa carrière et s'établir. Mais alors, que sais-je des hommes ?

Néanmoins, il est ma chair et mon sang, et j'ai juré de protéger chacun de mes descendants. Mais, à cause de son mode de vie, notre lignée pourrait s'éteindre avec lui. Je ne le vois pas s'installer et fonder une famille.

À me lire, tu pourrais penser que je ne l'aime pas, ma chère fille, mais au contraire. C'est seulement...

Elle souleva le stylo et poussa un soupir.

...qu il me rappelle trop ton père, même s'il ne lui ressemble pas du tout. Les cheveux et le teint de Blake sont sombres, alors que Quinn avait les plus beaux cheveux blonds et le teint le plus clair de toute l'Angleterre. Si beau, si charmant.

Et à la fin, si mortel.

Je regrette que tu n'aies jamais pu rencontrer ton père, mais je n'ai jamais voulu courir le risque de le mettre au courant. Tu comprends, n'est-ce pas ? Il aurait fait de toi l'une des nôtres, et je ne pouvais l'autoriser à te priver d'une vie normale, de la chance d'avoir des enfants, ainsi qu'une famille.

Rose refoula une larme involontaire. Elle s'était promis de ne pas pleurer, de ne pas se vautrer dans l'apitoiement sur soi mais, chaque fois qu'elle pensait à Quinn Ralston, le second fils du marquis de Thornton, l'homme qu'elle avait aimé si passionnément, elle ne pouvait garder ce sang froid glacial que tout le monde lui connaissait. On l'appelait le vampire le plus froid de ce côté du Mississipi. Et pourtant, du sang chaud coulait dans ses veines, son cœur battait pour ceux qu'elle aimait, la famille qu'elle avait perdue et pour son unique descendant en vie, son arrière-arrière-arrière-arrière-petit-fils, Blake.

La vie qu'il menait l'inquiétait, car elle se souciait de lui. Le sang était plus épais que l'eau et, pour elle, il était comme un fils, celui qui avait besoin d'être conseillé.

J'ai l'intention de le suivre sur la côte Ouest, d'ici peu. Mes valises sont prêtes. Rien ne me retient plus, ici, à Chicago, puisque Blake a décidé de s'installer à San-

Les portes fenêtres menant au petit jardin situé à l'arrière de la maison à deux étages s'ouvrirent en un bruit sourd, avec une force telle que les vitres volèrent en éclats, éparpillant des fragments de verre coloré sur les tapis et les meubles à l'inestimable valeur. Mais ce n'était pas le moment de se préoccuper de ce genre de détails insignifiants. Sans perdre une seconde, Rose fourra la lettre inachevée dans un magazine de mode posé sur le bureau et regarda l'intrus.

L'homme qu'elle avait espéré ne plus jamais revoir fonça droit sur elle. Pour une fois, elle aurait apprécié que la rumeur, selon laquelle les vampires ne pouvaient entrer dans une maison sans y avoir été invités, fût vraie. Mais, hélas, tout ceci n'était que foutaise.

Les yeux rouges et les canines allongées exprimant clairement ses intentions, Keegan, flanqué de ses trois voyous, entra en trombe dans le salon. Super, ce connard escomptait un combat et mettait toutes les chances de son côté. Rien de surprenant. Rose ne pouvait se rappeler pourquoi elle s'était fourvoyée au point de croire que cet homme était tout sauf mauvais. Mais, à une certaine époque de sa longue vie, elle avait couché avec beaucoup de cons. Keegan n'était pas l'exception, et elle avait finalement fui après avoir vu son véritable caractère. Mais il semblait déterminé à ne pas la laisser filer si facilement. Elle aurait dû suivre son instinct et partir la veille.

Trop tard maintenant.

Les narines de l'intrus frémirent, tandis qu'il avançait d'un pas raide vers elle. De rage, il la fusillait du regard. Auparavant, elle l'avait vu en regarder d'autres de cette façon ; des malheureux qui, à présent, étaient morts. Son instinct la poussait à reculer, mais son orgueil lui dictait de tenir bon. Elle avait cessé depuis longtemps de s'abaisser devant les hommes, et elle n'allait pas recommencer.

Aussi vite qu'une balle, il enroula une main autour de sa gorge et la serra, aussi fort que la corde du bourreau, avant de la soulever.

— Où est-ce qu'elle est, bordel ? se pressa-t-il de demander, les dents serrées, son abominable haleine lui effleurant le visage.

— Je ne sais pas de quoi tu parles, parvint-elle à rétorquer, avec le peu d'air qu'il lui laissait.

Il serra plus fort.

— Tu mens, espèce de pute !

Il leva l'autre main et la gifla violemment. La force de l'impact fouetta sa tête sur le côté. Elle perçut immédiatement l'odeur de son propre sang qui lui coulait du nez, ruisselant sur sa bouche et son menton. Cette sensation la chatouilla, et Rose la compara à celle que le supplice chinois de l'eau aurait pu lui procurer : très agaçante. Elle ne ressentait toutefois aucune douleur. Trop d'adrénaline courait dans ses veines, et cela la privait de toute crainte. Une peur qui aurait dû la submerger de la tête aux pieds rien qu'à savoir les cruautés dont Keegan était capable lorsqu'il se sentait trahi.

Et il avait été trahi. Par elle.

Les yeux de ce dernier s'enfoncèrent en elle comme s'il pensait y trouver la réponse à sa question. Elle allait décevoir ce trou du cul arrogant.

— Appelle-moi comme tu veux, cracha-t-elle avec le peu d'air qu'il lui restait.

Cela n'avait pas d'importance : les vampires ne pouvaient suffoquer. Ils pouvaient perdre conscience pendant un certain temps, mais la mort ne pouvait survenir que d'une autre manière.

— J'ai posé une question : où est-elle, bordel ?

Lorsqu'elle tenta, en vain, de secouer la tête tant il l'avait fermement agrippée, Keegan adressa un coup d'œil furtif à ses hommes.

— Fouillez les lieux !

Pourvus de muscles en lieu et place du cerveau, les trois vampires se léchèrent les babines à la perspective de devoir mettre la maison sens dessus dessous. Rose s'en moquait. Elle avait de toute façon prévu de tout y laisser. Dès le lendemain, son agent immobilier allait mettre son bien en vente. Et, à la manière dont les trois voyous menaient leurs recherches, il lui apparut qu'une réhabilitation des lieux serait à envisager avant que sa maison ne pût être visitée par des acheteurs potentiels.

— Je ne l'ai pas, mentit-elle.

Un autre coup lui cassa le nez. Il lui faudrait le remettre en place avant de sombrer dans son sommeil réparateur afin de s'assurer qu'il ne repoussât pas de travers.

— Je l'ai vue sur la caméra de sécurité, espèce de salope ! tonna Keegan.

Merde ! Elle savait que le bureau de ce dernier était raccordé au réseau, mais quelle espèce de dingue avait donc caché une caméra dans sa chambre ?

— Tu nous as filmés au lit ? Putain de perv... !

La pensée qu'il existât des enregistrements de ses ébats la rendit malade. Si elle en avait l'opportunité, elle retournerait immédiatement là-bas pour effacer tout ce qu'il avait pu enregistrer. Mais, malheureusement, ce plan était mort.

— Oh, je vais continuer à les regarder, chaque fois que je le voudrai. Et il n'y a rien que tu puisses y faire.

Rose se mit à bouillir de rage. Sans réfléchir, elle leva brusquement le genou et le lui cogna dans les parties. Un sentiment de satisfaction l'envahit lorsque Keegan relâcha la main de son cou pour se plier en deux, le visage crispé de douleur. Mais sa joie fut de courte durée.

Témoins de la situation fâcheuse dans laquelle leur maître se trouvait, deux de ses grouillots foncèrent instantanément sur Rose. Bien qu'elle fût rapide et agile, ils pulvérisèrent tous ses efforts dans ses tentatives d'évasion. Non pas qu'elle eût sérieusement cru avoir la moindre chance d'y parvenir, mais elle n'avait jamais été du genre à jeter l'éponge sans essayer.

Tandis que ces imbéciles la maintenaient dans une position vraiment inconfortable, les bras tordus dans le dos, Keegan récupérait de sa douleur passagère. Rose tenta un haussement d'épaules. Cela valait la peine de le voir souffrir, même si elle aurait souhaité que cela durât plus longtemps.

Elle ne pouvait se résoudre à regretter son geste, même si son ancien amant avait l'air encore plus énervé qu'au moment de son irruption dans la maison.

— Essaie encore une fois, et tu te retrouveras au bout de mon pieu.

D'un air moqueur, elle haussa un sourcil.

— Vas-y, tue-moi.

Clairement furieux de cette raillerie, Keegan sortit son pieu et se lança sur elle.

— Mais tu ne la trouveras jamais. Car elle n'est pas ici, ajouta-t-elle calmement, le stoppant net dans son élan.

— Où l'as-tu cachée ?

Elle laissa échapper un rire amer.

— Penses-tu vraiment que je suis assez stupide pour te le dire ?... Pff... les hommes !

— Je t'y forcerai, la menaça Keegan.

— Je n'ai pas peur de mourir. Ma vie a été suffisamment longue. J'en ai assez.

C'était, en partie, la vérité. Elle avait eu une longue vie et n'avait pas peur de mourir, car elle avait déjà connu la mort. En fait, ce soir-là, c'était l'anniversaire de sa mort humaine et de sa renaissance en tant que vampire. Mais, bien que détestant sa nature, elle avait menti en avouant être fatiguée de cette vie. Car elle avait un but. Et cela, elle refusait que Keegan le devinât.

— On peut forcer n'importe qui à parler.

Furieux, il regarda tout autour de lui, scannant la pièce à la recherche de quelque chose.

— Pas moi. Tu n'as rien sur moi, Keegan. Tu devrais le savoir.

— Même toi, tu as un point faible. Même toi, Rose.

Son vif tempérament était souligné par la veine pulsante de sa tempe.

— Si j'en avais un, tu ne le connaîtrais jamais. Je suis le vampire le plus froid de ce côté du

Mississippi, ne le sais-tu pas ? Je ne m'attache à rien, à personne. Vas-y, détruis ma maison et vois si ça m'affecte.

Pas du tout, en fait. Humaine, elle avait grandi dans la richesse ; jeune vampire, elle avait vécu de rien jusqu'à ce qu'elle se bâtît sa propre existence et finît par amasser plus de richesses que ses parents en eussent jamais rêvé. Et pourtant, les choses matérielles ne signifiaient rien pour elle.

Keegan plissa les yeux en perquisitionnant une fois de plus la pièce du regard. Il s'attarda sur l'antique bureau où elle avait écrit sa lettre quelques minutes plus tôt.

Rien n'encombrait le pupitre, à l'exception de deux choses : un magazine de mode et un stylo.

Avec cette grâce surnaturelle dont leur espèce était dotée, Keegan parcourut la distance qui le séparait du vieux meuble et saisit le stylo. Le capuchon demeura sur la surface immaculée du bureau.

— Tu étais en train d'écrire tes mémoires, n'est-ce pas ?

Elle tenta de hausser nonchalamment les épaules.

— Tu en voudras une copie lorsque j'aurai terminé ?

— Pour lire quoi ? Les inepties d'une putain qui est aussi froide au lit qu'un bloc de glace ? Une dinde congelée aurait été plus accueillante pour ma queue !

— Ne te flatte pas, répliqua-t-elle. Ta queue ne pourrait même pas remplir la cavité d'un lapin !

Un des voyous laissa échapper un gloussement partial. Cela s'avéra une grossière erreur : à la vitesse de l'éclair, Keegan sauta sur le gars et lui plongea un pieu dans la poitrine, le réduisant ainsi en poussière.

Ses yeux brillaient rouge lorsqu'il se retourna.

— Quelqu'un d'autre a une opinion à ce sujet ?

Toujours maîtrisée par les deux vampires, Rose les sentit se figer à la question de leur patron.

— Bien ce que je pensais, ajouta ce dernier en retournant vers le bureau. Donc, où en étions-nous ?

Feignant de réfléchir, il tapota un doigt contre sa tempe.

— Ah, je me souviens. Nous discutions de la raison pour laquelle tu avais utilisé ce stylo, dit-il en désignant de la main le pupitre, par ailleurs vide. Étant donné que je n'y vois aucune facture impayée, je suppose que tu n'étais pas en train de remplir des chèques.

Rose souleva le menton et demeura impassible. Intérieurement, elle tremblait. Mais, devoir mentir, tricher, bluffer et faire semblant, des décennies durant, lui avait appris à rester de marbre. Et à changer de sujet.

— Peut-être étais-je en train de vanter les vertus de ta minuscule queue en lui consacrant un poème.

Cette fois, son insulte ne produisit pas le même effet. Keegan se contenta de glousser.

— Bien essayé, Rose. Tu ne t'acharnes pas inutilement.

Il se retourna, désigna l'endroit où, quelques instants auparavant, il avait tué son associé et poursuivit.

— Nous avons déjà laissé tomber ce sujet. Mais, merci de me dire que je suis sur la bonne voie.

Avec horreur, elle l'observa farfouiller dans le bureau, en train d'arracher les tiroirs et les vider en jetant leur contenu au sol. Factures, stylos et fournitures de bureau tombèrent sur le tapis. Lorsque le dernier petit tiroir fut à terre, Keegan soupira, visiblement frustré.

— Putain ! jura-t-il.

Crispée, Rose expulsa un soupir de soulagement de ses poumons. Ce dernier fut si léger qu'elle pensa que personne ne l'avait remarqué mais, d'un coup sec, Keegan tourna la tête dans sa direction. Il tenta de la pénétrer du regard.

— Il est là, n'est-ce pas ? Ton talon d'Achille.

Il tourna à nouveau la tête vers le bureau et l'unique objet qui y était resté.

— Bien sûr, ajouta-t-il.

Il saisit le magazine et le secoua. Une simple feuille en papier s'en dégagea et tourbillonna en l'air. Keegan la rattrapa avant qu'elle ne touchât le sol.

— Je t'ai.

Le cœur de Rose se serra.

Avec un sourire triomphant, il survola les mots qu'elle avait écrits avant de la regarder en gloussant.

— Eh bien, eh bien, Rose. Qui aurait pensé que tu avais un cœur ? Tu m'as bien berné !

Et pendant longtemps !

Il claqua ensuite les doigts sur la lettre. Elle savait à quoi s'attendre. Il disposait, à présent, d'un moyen pour l'obliger à parler : celui d'utiliser contre elle l'amour qu'elle portait à sa propre chair et à son propre sang.

— Selon moi, deux choix s'offrent à toi : me rendre ce que tu m'as volé, et je laisse vivre ton arrière-petit-fils.

Théâtralement, il marqua une pause.

— Dans le cas contraire, je le tuerai.

Impuissante, Rose laissa échapper un gargouillis de sa gorge. À cause d'elle, Blake souffrirait. Pouvait-elle sacrifier tant de vies en échange d'une seule ? Si elle rendait à Keegan ce qu'elle lui avait dérobé, il aurait les moyens de contrôler trop de vies et d'anéantir tous ceux qui s'opposeraient à lui. Il deviendrait trop puissant et invincible. Elle ne pouvait le permettre, pas pour la sauvegarde d'une seule vie.

— Personne ne peut me faire de chantage. Si tu dois le tuer, fais-le.

Son cœur saignait pour Blake. Malgré tous ses défauts, il ne méritait pas cela. Il méritait une longue et heureuse vie bien remplie.

Tandis qu'il se rapprochait d'elle, les yeux plissés si fort qu'ils ne ressemblaient plus qu'à des petites fentes, Keegan l'étudia du regard. Elle savait qu'il ne verrait en elle que sa détermination à lutter contre lui. Il redirigea ensuite son attention sur la lettre et la relut. Lorsqu'il releva la tête, il afficha son auto-satisfaction en arborant un petit sourire suffisant.

— Toutes mes excuses, Rose. Je crois que je n'ai pas utilisé les bons moyens. Essayons encore une fois, veux-tu ?

Sa voix habituelle devint glacée lorsqu'il prononça les mots suivants.

— Si tu ne me la rends pas, je le transformerai.

La gorge de Rose se serra à un point tel que celle-ci ne put plus respirer.

— Non, parvint-elle à dire, alors qu'elle étouffait.

Il se rapprocha d'elle et lui répondit sur le même ton.

— Oh que oui !

— Ne fais pas cela.

Keegan sourit et, si elle ne l'avait pas aussi bien connu, elle aurait cru que c'était par bonté.

— Tu détestes tant ta propre espèce que tu veux préserver ton arrière-arrière ou je-ne-sais-quoi de petit-fils de devenir l'un des nôtres.

Elle déglutit. Il devait exister un autre moyen.

— Elle n'est pas ici. Je l'ai cachée.

— Nous irons ensemble.

Elle secoua rapidement la tête.

— J'ai laissé de strictes instructions : si je ne vais pas la chercher moi-même, elle sera détruite.

Une évidente méfiance se refléta dans les yeux de Keegan. Aussi épaisses que des cordes, les veines de son cou se tendirent, tandis qu'il luttait pour se contrôler. Rose tint bon et ne broncha pas.

— Je te donne deux heures pour la récupérer.

Prête à tout pour s'accorder plus de temps, elle mentit une fois de plus.

— J'ai pris... d'autres mesures de précaution. Je n'y ai accès qu'à certains moments.

Lorsque Keegan plissa les yeux, elle poursuivit rapidement.

— C'est comme un coffre à temporisation dans une banque. J'ai besoin d'au moins vingt-quatre heures.

Keegan prit la mouche.

— Si tu essaies de me rouler, je trouverai ce Blake. Et je ferai de sa transformation l'événement le plus horrible de sa vie. Tu me comprends ?

Rose hocha simplement la tête.

— Je t'observerai. Tu as vingt-quatre heures, ou je pourchasse ton gamin.

Il accompagna ses deux acolytes à l'extérieur et disparut dans la nuit.

Tremblante, elle chancela. Avec le peu de forces qu'il lui restait, elle atteignit le canapé et s'y laissa choir.

Les larmes se libérèrent de ses yeux et coulèrent en avalanche sur ses joues.

Elle ne pouvait tolérer que Blake subît le même sort qu'elle. Elle avait promis à Charlotte, ainsi qu'à elle-même, que ses enfants et les enfants de ses enfants mèneraient une vie normale. Plus personne ne serait maudit. Jamais plus.

— Où es-tu quand j'ai besoin de toi ? s'écria-t-elle. Quinn, tu dois m'aider maintenant. Tu me le dois. Il est également ta chair et ton sang.

2

Quinn se glissa sur le siège passager, tandis qu'Oliver investissait le siège conducteur et démarrait le moteur du SUV.

— J'aurais aimé que tu restes plus longtemps, déclara Oliver, alors qu'il empruntait le chemin de campagne non éclairé, laissant derrière eux la maison où le noyau central de Scanguards venait de célébrer une nouvelle union par le sang.

Seuls les vampires et leurs compagnons avaient été invités – enfin, et Oliver. Sans oublier quelques chiens : Zane avait apporté Z, et Samson et Delilah avaient emmené le chiot de leur bébé, la petite Isabelle. Si ses membres ne se montraient pas plus vigilants, Scanguards se transformerait bientôt en cirque.

— Je dois retourner à New York. De plus, que pourrais-je bien faire ici ? Regarder comment Zane imite son chien en faisant des yeux de chiot à Portia ? gloussa Quinn. Mieux vaut partir. Quoiqu'il se passe ici, cela pourrait devenir contagieux.

Le gamin à ses côtés lui adressa un sourire en coin. Oui, Oliver était un gamin d'à peine vingt-cinq ans et, même si Quinn avait l'air plutôt jeune, il portait le poids des expériences et des souvenirs de deux siècles sur ses épaules. Deux très longs siècles de solitude, quoiqu'il n'eût jamais été seul pour s'être toujours entouré des plus chauds petits culs disponibles. Mais, cela n'avait pas chassé le vide dans son cœur. Ce soir-là, il l'avait ressenti physiquement. Voir autant de ses amis si heureux en ménage avec leurs partenaires de sang mêlé l'avait ramené une fois de plus à la réalité.

— Du style de devoir s'installer un jour, affirma Oliver. Hé, mec, la vie que tu mènes, c'est ça que je veux. Des femmes à gauche, à droite, au milieu. Tu as raison de vivre comme ça.

Quinn prit son air admiratif et se força à arborer son charmant sourire habituel sur les lèvres. Il l'avait tant perfectionné au cours de ces vingt dernières décennies que, maintenant, il ne savait même plus à quel point celui-ci semblait artificiel ! Si cela n'était pas un exploit en soi !

— Hé, gamin, je fais juste en sorte que cela semble facile. Être un playboy demande beaucoup de travail — et d'énergie.

Il cligna des yeux, forçant les souvenirs de son passé à se replier dans les sombres recoins de son esprit.

Oliver éclata de rire.

— C'est vrai ! Mais ce genre de travail ne me dérange pas, dit-il en haussant les sourcils à la Groucho Marx. Et de l'énergie, j'en ai beaucoup !

— Les jeunes ! rétorqua Quinn en roulant des yeux. Ils n'apprécient même pas l'art de la séduction. Il faut du talent et de la ruse pour amadouer une femme et la mettre dans son lit.

— Il faut de l'argent, la beauté, et une grosse queue, répliqua Oliver.

Quinn ne put s'empêcher de rire.

— Et bien, ça aide, effectivement. Mais alors, il te manque certainement deux choses.

Oliver détourna la tête de cette route sinueuse qui se présentait à lui.

— Parce qu'avec le physique que tu as ! ajouta Quinn.

Son jeune collègue grogna en guise d'indignation.

— Tu n'as pas vu ma queue !

— Ouais, et par la grâce de Dieu, j'espère ne jamais la voir !

Quinn se mit à rire, incapable de se contenir.

— J'ai ce qu'il faut ! rétorqua Oliver en le fixant du regard.

— Si tu le dis, gamin !

Quinn en avait les larmes aux yeux et avait peine à prononcer ces mots sans éclater de rire.

— Tu ne me crois pas ? Quoi ? Tu penses que je ne suis pas suffisamment équipé parce que je ne suis pas un vampire comme toi ?

Quinn oscilla la tête.

— Je ne peux pas croire que nous ayons cette conversation.

— Et bien, c'est ça ? Tu crois que tu es meilleur que moi dans ce domaine parce que tu es un vampire ?

Quinn décida de ne pas laisser Oliver l'amener à comparer leurs deux espèces. Un sourire sur le visage, il lui adressa un clin d'œil.

— Lorsque tu auras une aussi longue expérience que la mienne, je parie que tu seras meilleur que moi. Tu as ça dans le sang.

Les yeux d'Oliver brillèrent fièrement d'excitation.

— Tu le penses vraiment ?

— Bien sûr que je le pense. J'ai vu comment les filles te regardent.

Oliver ébouriffa ses cheveux noirs qui, comme d'habitude, allaient dans tous les sens, comme s'il venait juste de sortir du lit.

— Évidemment, à ce stade, elles veulent juste dompter ta crinière sauvage. Mais, crois-moi, c'est un avantage : tu les embobines avec ton air de petit garçon mignon et innocent et, badabim badaboum, l'affaire est dans le sac !

Oliver afficha un sourire qui s'étendait d'une oreille à l'autre.

— Ouais !

Il avait l'air si innocent et avait le teint si frais que, l'espace d'un instant, Quinn sentit son cœur se serrer. Autrefois, il avait été comme Oliver : plein d'enthousiasme pour sa vie future mais, ensuite, il avait tout perdu : sa vie, ses espoirs et son amour.

Il se racla la gorge, essayant désespérément de repousser ces souvenirs qui refaisaient surface et tenta de prononcer les premiers mots qui lui vinrent à l'esprit.

— Tu devrais venir me rendre visite à New York. Nous pourrons sortir et lever de supers nanas.

— Vraiment ?

La voix d'Oliver était teintée d'admiration, comme si on venait tout juste de lui présenter les clés d'une Lamborghini.

— Tu le penses vraiment ? Oh, mec ! C'est génial !

Quinn soupira. Il venait de déclencher quelque chose chez ce gamin qui allait au moins durer jusqu'à leur arrivée à l'aéroport, où un jet privé de Scanguards l'y attendait pour l'emmener à New York. Mais, cela valait mieux que de se vautrer dans ses propres pensées. Et ce serait peut-être amusant de recevoir la visite d'Oliver. Jake, lequel tenait la permanence au bureau de New York de Scanguards, pourrait se joindre à eux, et tous trois auraient, dès lors, l'opportunité d'aller chasser.

Quinn pourrait apprendre une ou deux choses au gamin, juste pour le plaisir. Et, quand ce dernier serait plus âgé, il comprendrait que le plus important n'était pas le nombre de conquêtes, mais bien l'identité de celles qu'il avait conquises.

— Pourquoi ne parlerais-tu pas à Samson pour lui demander de te donner quelques semaines de congé ? Je suis sûr qu'il sera d'accord. Maintenant que Zane est bien domestiqué, je n'ai vraiment personne d'autre avec qui aller faire la fête.

Le visage d'Oliver s'éclaira comme un sapin de Noël.

— Tu veux dire que je serai comme Zane ? Que je vais le remplacer ?

— Tu te fous de moi, Oliver ? hurla Quinn. Personne ne peut être comme Zane !

— Mais je vais le remplacer, n'est-ce pas ? s'empressa-t-il de répéter.

Quinn le gratifia d'une tape sur l'épaule, secrètement heureux de l'enthousiasme du gamin. Néanmoins, il ne pouvait pas s'arrêter de l'asticoter.

— C'est un défi de taille. Tu es prêt à le relever ?

— Dis-moi quand et où, et je suis ton homme ! proclama Oliver, rayonnant.

Tandis qu'il tournait la tête, Quinn aperçut quelque chose dans le coin de l'œil. Sa tête se repositionna d'un coup sec face à la route. Merde !

— Oliver ! Attention ! hurla-t-il.

Oliver se focalisa immédiatement sur l'obstacle qui se présentait à eux : sur leur bande de circulation, des cônes cernaient du matériel destiné aux travaux de voirie, lesquels étaient en arrêt pour la nuit, mais les feux qui accompagnaient généralement ces barrages ne clignotaient pas – ils semblaient faibles et à peine reconnaissables dans cette sombre nuit. Sur la droite, aucune sortie : seul un mur de roche rose s'élevait sur le côté.

— Putain ! s'exclama Oliver.

— Déporte-toi !

Au moment même où Oliver tournait sèchement le volant vers la gauche pour éviter la pelleteuse, les phares d'une autre voiture fonçant droit sur eux les éblouirent. À la vitesse du vampire, Quinn tira le volant vers la droite, tandis qu'Oliver freinait brutalement.

Les pneus crissèrent, et l'arrière de la voiture partit en queue de poisson. Des gravillons du chantier firent soudainement déraper les pneus. Alors qu'il tournait frénétiquement ce volant qui ne répondait pas, Oliver tenta d'éviter l'inévitable. Dans un énorme bruit sourd, la voiture percuta le flanc de la petite pelleteuse qui se renversa. Ce ne fut qu'à cet instant que Quinn remarqua la grue.

Les airbags se déployèrent sous la force de l'impact, mais les vitres furent soufflées et, avec horreur, Quinn fut témoin de la manière dont Oliver fut éjecté du véhicule. Il n'avait pas bouclé sa ceinture de sécurité.

Retenu par sa propre ceinture, Quinn fut aveuglé par l'airbag.

Il tâtonna pour se détacher et se rendit compte que sa ceinture était coincée. Il transforma volontairement ses doigts en griffes et, tandis qu'il tranchait l'entrave qui le retenait à son siège, il entendit un bruit sec. Il regarda tout autour de lui et perçut un mouvement à l'extérieur, côté fenêtre du passager. Au moment où il tournait la tête pour réaliser ce qui se passait, il aperçut une grande plaque d'acier. Suspendue à la flèche de la grue, elle ballottait dans sa direction.

Il se figea en plein mouvement. Merde ! Il n'y avait pas moyen de s'en sortir. Cette maudite plaque allait le décapiter. C'était fini.

Sa vie ne défila pas devant lui ; cela ne se passait peut-être pas de la sorte pour les vampires. Une seule pensée l'envahissait à présent. Il retournait, enfin, à la maison.

Rose.

Dans un dernier souffle, il soupira.

Rose, nous serons à nouveau ensemble. Enfin.

Lorsque la voiture fut percutée, il ressentit l'impact. Son profil gauche heurta le volant. Tout devint noir.

3

——————

ondres 1813

— Rose, murmura Quinn. Caché derrière une haie, il la vit sortir de la salle de bal et monter sur la terrasse, au calme. À cette heure, personne d'autre ne cherchait à s'y réfugier.

Elle semblait plus belle que jamais. Ses cheveux d'or étaient relevés au sommet de sa tête, et de fines anglaises s'en dégageaient pour venir encadrer le contour parfaitement ovale de son visage. Sa peau était d'albâtre, sans la moindre ride, parfaite. Coupée au goût du jour, l'échancrure de sa robe était plongeante, et sa petite poitrine était mise en valeur par le corsage qui rehaussait la chair comme s'il la présentait sur un plateau. À chacun de ses pas, ses attributs menaçaient de s'échapper du soyeux tissu, tant ils rebondissaient gaiement de haut en bas. Ce spectacle rendait fou tout homme digne de ce nom. Et Quinn, plus que tout autre, car il était amoureux de cette charmante créature.

— Rose.

Lorsqu'elle entendit sa voix, elle se précipita dans sa direction, lançant prudemment un coup d'œil par-dessus son épaule en direction de la salle de bal, afin de s'assurer que personne ne l'avait suivie.

Durant ces quelques secondes, il put admirer sa gracieuse et légère démarche, semblable à celle d'une gazelle. Le bruit de ses pantoufles fut réduit à néant dès qu'elle descendit de la terrasse pour traverser la pelouse bien entretenue qui s'étendait par-dessous.

Quinn s'avança vers elle et l'attira derrière la haie, avide d'un contact. Et même d'un baiser.

— Quinn.

Elle était à bout de souffle, comme si elle s'était adonnée à une des plus énergiques danses folkloriques que les classes inférieures appréciaient, plutôt qu'à une de ces danses particulièrement calmes que leur préféraient leurs hôtes, Lord et Lady Somersby.

Lorsqu'il l'attira tout contre lui, faisant fi des manières et du décorum, les rayons de la lune éclairèrent le visage de la jeune femme, offrant ses joues toutes chaudes à son regard. Mais il laissa ses yeux plonger plus bas, vers ces lèvres qui se languissaient, légèrement entrouvertes.

— Oh, Rose, mon amour. Je ne pouvais attendre plus longtemps.

Il plongea ses lèvres sur les siennes et s'imprégna de sa chaste odeur, de cette innocence avec laquelle elle lui répondait. Dans un soupir, il lui glissa une main derrière la tête et l'attira plus près. Lorsqu'il poussa la langue contre ses lèvres, elle laissa échapper un léger gémissement. Il l'accueillit et s'infiltra dans sa bouche. Tout en l'amadouant, la tentant et la pressant, il laissa glisser sa langue le long des dents de la jeune femme. Son goût l'enivrait, et son odeur l'alléchait.

Rose céda et autorisa sa timide langue à rencontrer celle de Quinn. Le temps s'arrêta.

— Ma Rose, marmonna-t-il en inclinant la bouche, plongeant en elle, déchaîné de passion, et dépourvu de tout contrôle.

C'était la troisième fois qu'il l'embrassait et, tout comme les deux premières fois, il se perdait dès l'instant où elle lui répondait.

Il laissa glisser son autre main sur ses fesses, enrobant ses courbes de sa paume à travers les fines couches de sa robe de bal. Choquée, Rose libéra un soupir mais, un instant plus tard, laissa son corps se mouler au sien, la douceur de ses seins se frottant contre son costume de soirée. Et, plus bas, à l'endroit où son pantalon bombait sous la raideur d'un membre aussi dur que la tige en fer du forgeron, Quinn vint se blottir contre le doux centre de la féminité de sa dulcinée. Il y perçut une intense chaleur. Était-ce dû à la température estivale, ou au fait qu'elle eût dansé toute la nuit ? Ou la raison en était-elle tout autre ?

Cette pensée le rendit presque fou. Mais il ne pouvait la prendre ici où, à tout moment, un autre couple d'amoureux ou un client inattendu pourrait les surprendre. À contrecœur, il relâcha ses lèvres. Sans pour autant parvenir à relâcher son corps.

— Nous devons être prudents, murmura-t-elle d'une voix rauque, les lèvres bien rouges tellement il en avait abusé.

Il en était responsable mais, par Dieu, il ne parvenait pas à le regretter.

— Papa va bientôt remarquer que je suis partie.

— Ne dites pas de bêtises, votre père est occupé aux tables. Et j'ai fait en sorte que votre chaperonne soit retenue ailleurs.

Elle écarquilla les yeux. Était-ce de la surprise ou du plaisir qu'il y lisait ?

— Qu'avez-vous fait ? Je vous en prie, dites-le-moi.

— Je me suis assuré que, ce soir, elle soit courtisée par un fervent admirateur qui la sollicitera pour toutes les danses et lui offrira continuellement du punch, rétorqua-t-il en lui adressant un clin d'œil coquin.

Elle le gratifia d'un léger petit coup d'éventail contre son gilet.

— Vous êtes cruel. Et qu'en sera-t-il si elle croit à toutes ces attentions dénuées de sincérité ?

Quinn lui prit la main et la guida vers ses lèvres, embrassant ses doigts, un par un, tandis qu'il lui répondait.

— Qui a dit que ses attentions n'étaient pas sincères ? Peut-être ne lui fallait-il qu'un peu d'encouragement pour surmonter sa timidité !

— Vous, Monsieur, dit-elle sur le ton de la raillerie, n'avez point, parmi vos connaissances, le moindre jeune homme à qui l'on puisse coller l'étiquette de « timide ». Vos fréquentations sont plutôt considérées comme...

Elle hésita, cherchant le mot juste.

— ... débauchées.

— Mes fréquentations ont-elles tellement d'importance ? Votre compagnie est la seule qui m'importe réellement. Et, dès que vous daignerez me l'accorder, il n'y aura plus que vous.

— Dès que mon père y aura consenti, voulez-vous dire ?

Quinn soupira. Ce soir, il était venu lui dire quelque chose, et il en avait le cœur lourd. Il y avait longuement réfléchi et en avait même discuté avec son frère aîné, lequel avait trouvé l'idée viable.

— Quel est le problème ? demanda-t-elle d'une voix teintée d'inquiétude.

— Ah, perspicace, comme toujours. Existe-t-il quelque chose que je puisse vous cacher ?

Rose lui adressa un sourire coquet, un de ceux qui faisaient fondre son cœur.

— Y a-t-il quelque chose que vous souhaitiez me cacher, Monsieur ?

Il l'attira plus près.

— Si vous m'appelez Monsieur une fois de plus, je le ferai très certainement. Mais, lorsque mon nom franchira vos lèvres, j'en serai totalement incapable.

Rose battit des paupières, tandis que ses joues se colorèrent d'un rouge profond.

— Quinn.

Ce nom ressembla plus à un souffle qu'à un son lorsqu'il s'échappa de la bouche de la jeune femme.

Quinn captura alors le menton de Rose entre le pouce et l'index et amena sa bouche à la sienne.

— Ah, Rose, vous me tentez tellement.

Il la sentit se dresser sur la pointe des pieds et n'eut plus aucune retenue. Tout ce qu'il pouvait faire, c'était de l'embrasser, envahir ses lèvres douces et caresser cette langue diabolique tout en pressant les fines courbes de son corps tout contre le sien, alimentant le feu qui brûlait en lui jusqu'à ce qu'il réalisât qu'il ne pourrait prendre congé d'elle ce soir.

Il déserta ses lèvres et posa son front contre le sien.

— Mon amour, je pars demain. Pour le continent.

Sous le choc, Rose libéra un souffle, tandis qu'elle écartait la tête pour le dévisager, d'un air étonné.

— Vous partez ?

Il lui effleura la joue de la jointure des doigts.

— J'ai acheté une commission, et je rejoins l'armée de Wellington.

Les lèvres de Rose se mirent à trembler.

— Vous allez à la guerre ?

Elle recula, mais il l'attira de nouveau à lui.

— C'est la seule façon. Votre père ne donnera pas son consentement. Je lui ai parlé. Il m'a simplement ri au nez.

— Vous avez parlé à papa ? À propos de moi ?

Il hocha la tête.

— J'ai demandé votre main. Il a refusé, attestant que je n'ai rien à vous offrir, aucun titre, aucune richesse qui en vaille la peine. Mon frère héritera du titre ; tout ce que j'ai, c'est une petite propriété qui me vient du côté de ma mère. Votre père estime que c'est insuffisant.

Et pourquoi ne le devrait-il pas ? Rose méritait tellement plus. Elle était la fille d'un comte, et d'une grande beauté, de surcroît. Les prétendants faisaient la queue lorsqu'elle apparaissait quelque part. Son père serait fou de l'autoriser à se marier au second fils, à un homme dépourvu de titre.

— Mais il faut qu'il comprenne, dit-elle, les yeux rougis, signe évident de l'imminence des larmes.

Quinn posa un doigt sur ses lèvres.

— Chut, mon amour. Écoutez-moi. J'ai un plan. Il va fonctionner.

Pleine d'espérance, Rose souleva les paupières. Ah, comme il pouvait voir l'amour briller dans ses yeux, l'amour ardent qu'elle éprouvait pour lui. Cette situation valait la peine d'être vécue, n'eût-ce été que pour voir cela.

— J'ai parlé à plusieurs officiers de l'armée de Wellington. Je pourrai monter en grade très rapidement. Je pourrai bientôt combattre aux côtés du commandant, et je reviendrai décoré, en héros de guerre. Beaucoup de portes s'ouvriront devant moi ; je serai riche, et l'absence de titre ne sera plus un obstacle. Votre père ne pourra plus s'opposer à notre union.

Aux petites rides d'expression qui se dessinaient sur le front de Rose, il put voir les engrenages tourner dans sa jolie tête.

— Mais vous pouvez être tué.

Elle s'inquièterait pour lui, bien évidemment. Il ne s'attendait pas à autre chose.

— Vous me connaissez. Je peux prendre soin de moi. Je vous promets que je reviendrai en un seul morceau.

Dubitative, elle le regarda.

— Ils disent tous ça. Et puis, ils reviennent, avec des membres manquants ou, pire, ils ne reviennent pas du tout. J'ai entendu certains récits, des choses terribles qui se produisent sur le champ de bataille.

Elle se détourna de lui.

Quinn soupira et l'enlaça par derrière, tout en l'attirant contre lui. Les douces fesses de la jeune femme s'ajustèrent parfaitement à son bas-ventre.

— Mon amour, je vous reviendrai. Je vous le promets. Je n'autoriserai personne à me tuer. Et vous savez pourquoi ?

— Pourquoi ? dit-elle, d'une voix calme et résignée.

Il plongea la tête dans son cou.

— Parce que je vous aime. Et j'ai l'intention de passer ma vie à vous rendre heureuse.

— Vous me le promettez ?

— Oui, si vous me promettez une chose en retour.

— Oui ?

Elle tourna la tête pour croiser son regard.

— Vous n'envisagerez aucune autre proposition de mariage. Vous êtes à moi, aucun autre homme ne vous touchera jamais.

Elle ferma les yeux.

— Papa m'y forcera.

Quinn secoua la tête.

— Non, il ne le pourra pas.

Ce soir, il ferait en sorte que Rose ne pût jamais accepter un autre homme. Il la retourna pour lui faire face.

— Parce que ce soir, vous serez mienne.

Il fut témoin de l'instant précis où Rose prit conscience de ses dires. Tout d'abord, ses jolis traits arborèrent une certaine indignation. Ensuite, elle rougit de colère, sa poitrine se soulevant de concert avec sa respiration haletante, tant elle était excitée.

— Vous avez décidé de me ruiner ? murmura-t- elle.

— Non, pas vous ruiner. Je vous ferai mienne, je ferai de vous ma femme et vous aimerai comme un mari.

— Un mari, marmonna-t-elle, incrédule. Sans la bénédiction de l'église et de la haute société ?

Il gloussa. Sa douce Rose ! Comment pouvait-elle croire qu'il en viendrait à envisager une telle chose ? Il tapota sa poche boutonnière.

— Bien sûr que non, ma douce, je me suis procuré une autorisation spéciale, et un pasteur et un témoin nous attendent en ce moment précis.

— Mais je ne comprends pas. Si nous devons nous marier ce soir, pourquoi voulez-vous vous engager dans l'armée ?

Le cœur lourd, Quinn la regarda.

— Parce que je veux le consentement de votre père. Pour vous. Je ne veux pas que vous soyez évincée par votre famille et par la société. Cela demeurera notre secret et, seulement au cas où votre père vous forcerait à épouser quelqu'un d'autre durant mon absence, dussiez-vous lui révéler notre mariage. Seulement alors. Et, dès que je reviendrai en héro de guerre, je lui demanderai sa permission. Et nous nous marierons une seconde fois. Mis à part vous et moi, personne n'en saura rien.

Elle considéra ces paroles tout en étudiant Quinn intelligemment du regard.

— Donc, vous me faites votre proposition ?

Il hocha la tête.

— Et quelle est votre réponse ?

Elle agita son éventail dans sa direction.

— Vous a-t-on jamais appris à faire votre demande ? demanda-t-elle en faisant claquer sa langue, clairement amusée. Eh bien, à genoux, alors.

En riant, Quinn se laissa tomber sur un genou.

— Vous ne me facilitez pas la tâche, mon amour. Mais, si vous insistez.

— J'insiste, en effet. Puisque cette proposition sera la seule et unique que je connaitrai, j'aimerais tout de même profiter de la représentation.

Ces encouragements balayèrent les inquiétudes de Quinn quant à un éventuel refus.

— Rose, ma chérie, voulez-vous m'épouser et me laisser vous aimer pour le reste de notre vie ?

— Oui !

Elle se jeta sur lui, le faisant atterrir sur le dos tout en le recouvrant de son corps.

— Ah, j'aime cette position !

— Quinn Ralston, vous êtes une canaille !

— Oui, une canaille à sa nuit de noces. Maintenant, ma douce épouse, libérez-moi de cette position des plus inconfortable, afin que nous puissions rencontrer le pasteur et *profiter* du reste de la *représentation* de ce soir.

Tandis qu'il répétait ses propres mots, elle se mit à rire d'une charmante manière.

Le pasteur attendait dans une petite chapelle située à seulement une courte promenade des terres composant le domaine des Somersby. James Worthing-ton, l'ami de Quinn, attendait patiemment à ses côtés.

Si, plus tard, quelqu'un venait à lui demander de relater le déroulement de la cérémonie, Quinn s'en trouverait incapable. Il était trop hypnotisé par sa séduisante Rose. Il ne pouvait que la regarder, sachant que, sous peu, elle serait sa femme, dans tous les sens du mot.

— Je vous prends, Vous, Quinn Robert James Ralston...

Lorsque la porte de la chapelle se referma derrière le pasteur et son ami, Quinn souleva Rose et la porta dans ses bras.

— Ma femme.

— Mon mari.

Il l'emmena vers la porte.

— Où allons-nous ?

— Dans un petit cottage.

Son domicile se trouvant bien en dehors de la ville, Quinn savait qu'il n'aurait pas le temps d'emmener Rose chez lui. Il avait donc pris ses dispositions pour trouver un endroit à proximité.

Lorsqu'ils arrivèrent à la maison, laquelle était dissimulée dans une petite rue, il ne fut pas déçu. Le propriétaire s'était assuré que l'intérieur fût impeccable et confortable. Il se dirigea vers la porte qui menait à la chambre. Du linge propre recouvrait le lit du coin, et une seule bougie brûlait sur une commode.

Même s'il avait espéré un environnement plus somptueux pour posséder Rose, il savait qu'il n'y avait pas de temps à perdre. Il devait partir à l'aube, et il était primordial de consommer leur mariage. C'était la seule façon de s'assurer que le père ne pût la marier à l'un des prétendants titrés qui, à l'instant même, flânaient dans la salle de bal pour obtenir une chance de demander sa main. Elle devrait l'attendre, lui, et lui seul !

Il déposa son épouse sur les pieds et ferma la porte derrière eux. Quand elle se tourna vers lui, dans la pénombre, il reconnut sa lourde respiration et son visage rougi.

— N'ayez pas peur, mon amour. Je ne vous ferai aucun mal. Je serai le plus doux des amants. Votre plaisir sera mon plaisir.

Il le pensait. À présent certain qu'elle allait s'abandonner à lui, il prendrait le temps de créer un souvenir qu'elle aimerait se remémorer jusqu'à son retour.

— Je n'ai pas peur, murmura-t-elle, les lèvres néanmoins tremblantes.

Elle était si courageuse, sa belle Rose.

Lentement, il leva les mains et les fit glisser le long du cou de sa femme, jusqu'à ses épaules sur lesquelles les manches bouffantes de la robe étaient posées, fragiles et presque transparentes, tels de petits papillons.

Le souffle haletant, Rose écarta les lèvres tout en baissant les paupières, afin d'éviter le regard de son époux.

— Rose, regardez-moi.

Elle leva les yeux.

— Vous ne devriez éprouver aucune honte. Ce qui se passe entre nous est pure et honnête.

Il déplaça les mains vers sa poitrine et poussa lentement le bustier vers le bas. Dépourvu de lacets, le tissu s'écarta et libéra les seins, les livrant ainsi à ses yeux affamés. De sombres boutons de roses trônaient sur des monticules de chair rose bien fermes, bien que non soutenus. Ses seins n'étaient pas gros, mais d'une forme parfaite, et Quinn ne pouvait se rassasier de cette vision qui lui régalait les yeux.

Rose ferma les siens. Quinn se pencha vers elle et embrassa ses paupières, l'une après l'autre.

— Oh, Rose, vous êtes belle. Je suis l'homme le plus chanceux de toute l'Angleterre.

Il autorisa ensuite ses mains à errer. Tandis que, pour la première fois, il enrobait les deux seins de la paume des mains, et qu'il sentait la chaleur de cette chair, son membre se contracta, en réaction.

— Dites-moi, mon amour, qu'ai-je entre les mains ?

Elle écarquilla les yeux.

— Dites-moi, l'exhorta-t-il.

— M... mes... seins.

Il la gratifia d'un doux sourire.

— Les hommes les appellent des nichons.

Il eut à peine prononcé ce terme grivois qu'il la vit s'écarter, haletante.

— Oui, et tu as des nichons magnifiques, ma belle épouse. Les plus beaux nichons que j'ai jamais vus.

Les joues de Rose rougirent davantage, mais aucune colère ne se reflétait dans ses yeux. En lieu et place, Quinn y lut des signes de désir, de passion, d'envie. Oui, Rose, sa belle Rose avait des tendances à être sauvage. Il l'avait toujours su ; en fait, il était tombé amoureux d'elle pour cette raison. Et c'était pourquoi il avait su qu'elle s'abandonnerait à lui, parce qu'elle le voulait également. Elle voulait faire l'expérience de cette sauvagerie, de cette passion. Avec lui.

Il inclina la tête et, de ses lèvres, captura un mamelon tendu. Il le suça.

— Ohhh ! s'exclama-t- elle, se cabrant presque immédiatement pour qu'il pût davantage puiser de sa poitrine.

— Tu aimes ça ? marmonna-t-il, tout en continuant à lécher et à sucer les seins réactifs.

— Oui, oh oui, Quinn. C'est tellement... tellement... bon.

Il ne relâcha ce sein que dans le but de prodiguer la même attention à l'autre. Lorsqu'il sentit la main de Rose sur sa nuque qui l'attirait à elle, il ne put réprimer un sourire. Oh oui, elle serait une épouse merveilleuse, et une maîtresse encore plus étonnante. Il savait qu'il ne pourrait jamais se rassasier d'elle et que, dès lors, ils auraient beaucoup d'enfants ; une propriété remplie d'enfants.

Sans toutefois relâcher le sein de sa bouche, il prit Rose dans ses bras et la transporta jusqu'au lit, avant de la reposer sur les jambes. Il ôta hâtivement son manteau et déboutonna son gilet, la chaleur de son corps s'intensifiant comme si un fourneau brûlait en lui.

Il ne s'autorisa à reposer les mains sur elle qu'après s'être débarrassé de son gilet. Elle s'abandonna à son toucher. Il tira sur la robe tout en desserrant quelques attaches dans le dos et poussa celle-ci vers le sol. Le jupon et la chemisette suivirent. Debout devant lui, uniquement revêtue de sa culotte, Rose enroula les bras autour du torse, comme pour se protéger.

Quinn les lui prit et, délicatement, les lui repositionna le long du corps.

— Ne te cache jamais de moi. Une beauté comme la tienne ne devrait jamais être cachée.

Quelques instants plus tard, Rose se retrouva sur le lit, couchée sur le dos, Quinn lui déliant les cordons de sa culotte. Elle serra une main sur celle de son époux, le forçant à la regarder.

— J'ai peur.

Il déposa un baiser sur sa main.

— Moi aussi.

— Vraiment ?

Elle l'observa de ses grands yeux étonnés.

— Oui. Parce que, si je ne peux pas te donner de plaisir, si tu n'aimes pas ce que je vais faire, je te perdrai. Et je ne peux pas te perdre. J'ai besoin de toi, Rose.

Un sourire de soulagement qui s'étendait jusqu'aux yeux s'afficha sur le visage de son épouse.

— Si tu me procures quelque chose de semblable à ce que je ressens quand tu m'embrasses, je suis certaine d'aimer.

À ces paroles, le cœur de Quinn s'arrêta. Était-elle en train de lui dire que ses baisers l'excitaient ?

— Dis-moi ce que tu ressens quand je t'embrasse.

Les yeux mi-clos, elle poursuivit.

— Je ressens cette sensation de chaleur. C'est chaud et... ça fourmille.

— Où ? Où est-ce que ça fourmille ? la pressa-t-il.

Rose pinça sa lèvre inférieure entre les dents, et cette simple action amena Quinn au bord de la libération. Combien de temps encore devrait-il se retenir avant d'enfouir son sexe dur en elle ? Il ne le savait pas.

— Là, murmura-t- elle d'une voix presque inaudible, tout en relâchant la main de Quinn pour déplacer la sienne, avec hésitation, vers le bas, jusqu'au sommet de ses cuisses.

— Là, répéta-t-elle.

Quinn libéra un gémissement en prenant conscience de l'effet de ses baisers sur son épouse. Car il éprouvait la même chose.

— Je peux faire plus que simplement te faire frémir à cet endroit, lui promit-il tout en lui faisant glisser la culotte le long des hanches et des jambes, dévoilant ainsi l'endroit le plus intime de son anatomie. Il abandonna négligemment le sous-vêtement et se hâta d'observer ce qu'il venait de dévoiler.

La canopée qui protégeait la douce féminité de Rose ne consistait qu'en une fine épaisseur de boucles blondes qui cachaient à peine la chair rosée pardessous. L'odeur de son excitation parvint jusqu'à lui, l'enveloppant dans un cocon de désir et d'envie. Il avait connu d'autres femmes, avait fait les quatre cents coups mais, jamais auparavant, le parfum d'une autre femme ne lui avait fait perdre les sens, comme tel était le cas avec Rose.

Il arracha sa chemise, en sueur à la seule pensée de ce qu'il allait faire.

— Je vais chérir ceci, te chérir, murmura-t-il tout en écartant les cuisses de Rose, comme s'il l'avait déjà fait des milliers de fois.

Il plongea ensuite entre les jambes de son épouse, la tête dirigée vers son sexe.

— Que vas-tu… ?

Mais il interrompit cette question teintée de surprise en déposant les lèvres sur les douces boucles, tout en s'imprégnant de cette odeur enivrante.

— Mais, tu ne peux pas…, essaya-t-elle de protester, la voix s'évanouissant dans un gémissement avant de reprendre vie. Ceci n'est pas du tout convenable.

Il leva la tête un instant et lui adressa un sourire empreint de satisfaction.

— Oh, mon amour, mais ceci est très convenable. Un homme qui refuse de manger la douce féminité de son épouse n'est qu'un philistin, quelqu'un qui n'a aucun sens du goût et du plaisir. Et je m'enorgueillis de posséder ces deux qualités.

Tout en gémissant, il effleura ce doux sexe de ses lèvres et le lécha une première fois. Il laissa sa langue glisser sur les lèvres inférieures, ces plis dodus qui brillaient de désir. Sa bouche en perçut le goût. Le nectar de Rose, doux et piquant à la fois, faisait éclater une multitude de saveurs dans sa bouche en une symphonie de plaisirs. Ah, oui, elle serait une femme merveilleuse, une femme dont il visiterait la couche chaque nuit. En fait, il ne voyait pas la nécessité d'avoir sa propre chambre. Il déménagerait simplement dans celle de Rose et dormirait tous les soirs avec elle, blottie dans ses bras. Une proposition choquante, mais il espérait qu'elle l'acceptât néanmoins.

Lorsqu'il la sentit se tordre sous sa bouche et réalisa que des gémissements et des soupirs emplissaient la pièce – ceux de Rose, pas les siens – il sut qu'il pourrait offrir une nuit inoubliable à sa douce épouse. Il prit son temps et lui écarta davantage les jambes. Et les replis, par la même occasion, afin de la tester et de la goûter, de l'explorer, sans jamais négliger cet amas de chair qui trônait juste à la base des boucles. La perle de Rose était engorgée, rouge et enflée et, à chaque fois qu'il léchait, à chaque coup de langue qui balayait cet organe sensible, Rose émettait des sons de plaisir.

Ses seins nus se soulevaient, sa respiration était haletante, et sa peau commençait à luire, une fine couche de sueur recouvrant tout son corps, preuve évidente de la chaleur qui grandissait en elle. Une chaleur semblable à celle qu'il avait en lui, prête à jaillir à la surface.

Le membre de Quinn palpitait férocement contre la patte de son pantalon. Il tenta de l'ignorer du mieux qu'il le pouvait. Premièrement, il voulait procurer du plaisir à Rose. Et il ne pourrait y parvenir qu'en contenant son propre désir le plus longtemps possible. Une fois qu'il s'enfoncerait en elle, il lui serait alors impossible de maintenir sous contrôle toute cette passion qui bouillait en lui. Il se déchaînerait en elle comme un animal sauvage, incapable de remarquer le plaisir de sa partenaire. Il l'avait désirée trop longtemps et ne pouvait gâcher cet instant parfait en se hâtant, quoiqu'il la désirât ardemment.

— Oh, oui, gémit-elle en plongeant les mains dans les cheveux de Quinn, le serrant tout contre elle, le pressant de lui en donner davantage.

Le jeune marié balaya, à nouveau, le sexe de son épouse d'un coup de langue rapide et résolu ; résolu à lui montrer ce qu'était l'ultime extase, à lui enseigner les plaisirs que son corps pouvait connaître. Plaisirs qu'il pouvait déclencher en elle, partager avec elle.

Il s'aventura doucement et, d'un doigt, lui caressa la fente. Dieu, qu'elle était étroite ! Il la pourfendrait en deux s'il essayait de plonger en elle. Comment pourrait-elle s'adapter à lui ? Il avait si peu de temps ; seulement ce soir.

Avec appréhension, Quinn poussa lentement le doigt entre les lèvres charnues et les écarta. Sa langue n'ayant de cesse de caresser la perle gonflée, il enfouit le majeur dans cette ouverture si étroite. Rose y répondit par une contraction instinctive des muscles. Quinn redoubla alors d'efforts sur le précieux bouton, le léchant plus fort et plus vite.

Rose se détendit, et cela permit à Quinn d'enfoncer entièrement le doigt. Chaleur et humidité engloutirent celui-ci. Conscient que ces mêmes muscles s'agripperaient à son sexe dans les prochaines minutes, le cœur de Quinn s'emballa, tel un cheval sauvage au galop tentant d'échapper à un ravisseur.

Lorsqu'il commença à entrer et à ressortir son doigt, Rose ondula des hanches, en rythme avec ses doux va-et-vient. Oui, elle était naturelle, son corps lui dictait ce dont elle avait besoin. Son halètement devint plus prononcé, sa respiration plus rapide et plus courte, et des sons de plaisir jaillirent de ses lèvres, telle l'eau s'écoulant d'une cascade.

— Ah, Rose, ma Rose, marmonna-t-il contre sa chair.

Elle se raidit.

— Quinn... J'ai besoin... Je... Je veux, murmura-t-elle.

Il savait ce qu'elle était incapable d'exprimer. Il pressa fortement la langue contre la perle engorgée, tandis qu'il enfonçait profondément le doigt en elle.

Un cri étouffé emplit le cottage. Non pas de douleur, mais bien de pur plaisir. Les muscles du vagin commencèrent à convulser autour du doigt de Quinn, et Rose se mit à bouger sauvagement les hanches lorsqu'elle atteignit l'orgasme.

— Oh mon Dieu ! s'écria-t-elle.

Les secondes s'écoulèrent, et son époux continua à se mouvoir doucement en elle et à lécher sa perle frémissante, soucieux de prolonger son extase.

Lorsqu'enfin, le corps de son épouse commença à se calmer, il leva les yeux et scruta le visage d'une nouvelle Rose : une Rose qui le dévisageait avec émerveillement et stupéfaction. Il avait fait cela pour elle, et il jura qu'il ferait tout ce qui serait en son pouvoir pour qu'elle se sentît comme cela leur vie durant.

— Quinn, mon Quinn.

Il se releva. Avec une habileté qu'il ne se connaissait pas, il se débarrassa de son pantalon. Lorsqu'il se tint devant elle, complètement nu, les yeux de Rose se baissèrent vers son bas-ventre.

Il amena une main sur son membre en pleine érection. Celui-ci était si raide, si injecté de sang qu'il se recourbait contre son ventre. Et ses testicules étaient gonflés à bloc.

— Tu es tellement... si... gros !

L'espace d'un instant, une lueur de crainte s'empara de ses traits.

Quinn s'abaissa lentement et s'engouffra entre les jambes écartées.

— Tu mouilles pour moi, maintenant. Je vais glisser en toi sans aucune résistance. Je te comblerai bien plus que mes doigts ne le pourraient. Et tu me garderas là, jusqu'à ce qu'ensemble, nous expérimentions l'extase. Il inclina la tête, posa ses lèvres sur les siennes et l'embrassa tendrement. Elle put goûter sa propre saveur, laquelle était toujours présente sur la langue de Quinn. Elle gémit dans sa bouche, et il s'enfonça davantage en elle tout en guidant sa langue à l'intérieur de cette douce caverne, en harmonie avec son membre qui poussait contre les lèvres vaginales. Comme si elle savait quoi faire, Rose tendit les jambes afin d'ajuster sa position.

Incapable de se retenir, il poussa brusquement en elle. Le cri étouffé qu'elle lança le fit s'arrêter instantanément. Il venait de percer sa virginité. Elle était sienne.

— Ne t'inquiète pas mon amour, roucoula-t-il. La douleur va disparaître en une seconde.

Elle hocha la tête, les yeux plissés.

— Ma brave Rose. Tu es ma femme, maintenant. Dis-le, appelle-moi ton mari.

— Mon mari. Tu es mon mari, maintenant, rétorqua-t-elle, les yeux grands ouverts.

— Oui, murmura-t-il en se retirant, s'extirpant presque complètement de la chaleur du fourreau. Et maintenant, ton mari va te faire l'amour jusqu'à ce que tu jouisses une fois de plus.

Lorsqu'il replongea dans cette profondeur accueillante tout en s'emparant une nouvelle fois de la bouche de sa femme, celle-ci enroula les bras et les jambes autour de lui, comme si elle essayait de s'assurer qu'il ne la quittât pas.

À chaque poussée, à chaque martèlement et à chaque gémissement, leurs corps se mouvaient en synchronisation, s'ajustaient l'un à l'autre en s'étudiant. À chaque coup de rein auquel Quinn s'adonnait, il s'enfonçait dans la chaleur de cette grotte, et les muscles de Rose l'agrippaient tel un poing serré, l'emprisonnant dans une cage qu'il ne voudrait jamais quitter.

C'était comme une danse. Tout d'abord irrégulière et dépourvue d'assurance, chacun étant incertain du prochain mouvement de son conjoint. Mais, à chaque minute qui s'écoulait, tandis que leurs corps se mouvaient ensemble, à chaque pénétration de Quinn, à chaque baiser que celui-ci recevait, ils fusionnaient, ne faisant plus qu'un.

Quinn sentit les mains de Rose sur lui. Celles-ci lui parcoururent le dos avant de descendre pour lui enfoncer les ongles dans la chair de ses fesses, le pressant de s'exécuter. Mais il tenta de se retenir, conscient que cette chair était bien trop fragile pour l'envahir plus ardemment. S'il le faisait, n'importe quoi pourrait survenir. Il voulait que leur première fois fût parfaite, que Rose en désirât davantage, et qu'elle l'attendît.

Mais, les jambes fermement enroulées autour de lui, les talons pressés contre son postérieur, son épouse continuait de l'attirer plus fort à elle.

— Oh, mon Dieu, Rose ! Tu dois arrêter de faire ça ou je vais me laisser aller.

Elle lui lança un regard surpris.

— Tu n'aimes pas ? Je m'y prends mal ?

— Lorsqu'il remarqua qu'elle se refermait sur elle-même, il l'arrêta.

— Non, non. Tu ne le fais que trop bien. C'est mieux que je ne l'avais imaginé. Mais, si tu continues de la sorte, je serai incapable de me retirer à temps.

Il n'était pas un goujat. Prendre la virginité de Rose était une chose mais, risquer de l'abandonner avec un enfant, alors qu'il ne reviendrait pas avant au moins une année, était inacceptable.

— À temps ? murmura-t-elle en retour, le front plissé.

— Avant que je n'explose en toi.

— Oh !

Quinn pressa son front contre celui de son épouse.

— Je t'aime, ma Rose, ma femme, mon tout.

Il lui captura ensuite les lèvres et s'autorisa à tout oublier, à l'exception de cette femme qui se tenait dans ses bras. Plus passionnément encore, avec plus de détermination et de ferveur, il l'embrassa, lui démontrant qu'elle lui appartenait, qu'elle serait toujours sienne. Rose y répondit tout aussi sauvagement.

Leurs corps entrelacés, ils ne faisaient plus qu'un. L'environnement de fortune oublié, et les terribles circonstances reléguées à l'arrière-plan, Quinn n'admit plus qu'une seule pensée : Rose était sienne. La femme qu'il aimerait toujours, la femme qui, un jour, porterait ses enfants.

Alors que la peau de celle-ci glissait contre lui, que ses mains caressaient sa chair échauffée, il se sentait comme dans un rêve, mais ceci était bien réel. Rose était dans ses bras, reliée à lui. Elle l'avait accepté, lui, son amour et son corps. Et elle lui avait offert son bien le plus précieux : sa virginité.

Cette pensée l'amena à plonger plus fortement et plus profondément en elle. Savoir qu'elle voulait de lui, un moins que rien, en dépit du fait que son avenir fût incertain en sa compagnie, lui procurait un grand bonheur. À présent, elle avait pris possession de son cœur. Il lui appartenait. Tout comme il était le gardien du sien.

— Je t'aime, Quinn.

À ces mots, ses testicules durcirent, le feu qui brûlait en eux menaçant de le consumer de l'intérieur.

— Pour toujours !

Il s'engouffra à nouveau fortement en elle et glissa une main entre leurs corps, partant avec succès à la recherche de la perle sensible. Il y caressa le doigt contre la chair moite.

— Une fois de plus, Rose, une fois de plus. Vole avec moi.

Lorsqu'il ressentit le spasme des muscles vaginaux se resserrer encore plus fort autour de son membre, il perdit toute pensée cohérente. À cet instant précis, seul le plaisir importait. Se relâcher était tout ce à quoi il pouvait encore penser. Incapable de garder le contrôle, il se laissa tomber.

Le feu dans ses testicules signala une libération imminente. Tout en grognant, il s'extirpa du fourreau. Quoique trop tard pour éviter de disperser sa semence sur l'intérieur des cuisses de Rose plutôt que sur les draps. Son cœur battait la chamade.

Maintenant, Rose était sa femme. Sa maîtresse. Sienne, pour toujours.

5

———

Quinn cligna des yeux. Devant lui, tout était rouge. Avait-il atterri en enfer ? Pour être honnête, il avait espéré aller au ciel, sans toutefois y croire vraiment. Après tout, il avait mené une vie de débauche, même s'il n'avait jamais commis de crimes violents. Enfin, tuer pour défendre sa propre vie n'était pas considéré comme tel. S'il y avait un dieu, il espéra qu'il ou elle lui lâcherait un peu de lest. N'avait-il d'ailleurs pas toujours donné aux œuvres caritatives et pris soin d'orphelins et d'autres personnes moins fortunées ? Tout cela ne comptait-il pas ?

— Merci beaucoup ! maudit-il tout en grimaçant.

Sa lèvre était coupée, et il goûtait son propre sang.

— Qu'est-ce que... ?

S'il était mort, pourquoi était-il blessé et ressentait-il la douleur ? Il leva rapidement la tête et examina les alentours.

— Merde, je suis vivant !

Son regard se tourna précipitamment sur la droite. Un poteau était coincé entre la fenêtre brisée et la plaque métallique censée le décapiter en s'engouffrant dans la voiture. Ce dernier l'en avait empêché. D'où il venait, Quinn n'en était pas sûr. Peut-être avait-il été catapulté du tas de marchandises à proximité lorsque la grue s'était renversée.

Soulagé, Quinn se redressa, s'écarta du volant et se replaça avec précaution sur son siège. Ses mains procédèrent à une évaluation rapide de ses blessures : rien de grave. Son rythme cardiaque avait quelque peu ralenti. Il s'en tirait pratiquement intact. Sa vision était cependant encore floue, et tout lui semblait teinté de rouge. Il s'essuya prudemment les yeux avec la manche de sa veste, puis cligna plusieurs fois. La teinte disparut. Seul un léger rouge subsista sur le contour de sa vision.

Il soupira et regarda à travers le pare-brise éclaté, par-dessus l'airbag quasiment dégonflé. Son cœur s'arrêta, et son estomac se retourna. Si l'estomac des vampires pouvait contenir la moindre substance, Quinn aurait déjà tout rendu.

Oliver.

Ce qu'il vit lui glaça le sang : Oliver était empalé sur le godet de la pelleteuse, et une des dents lui transperçait l'estomac. Du sang en jaillissait. Son corps pendait, suspendu comme une poupée de chiffon toute molle.

Quinn se rua vers l'avant et se précipita à travers les restes du pare-brise, ignorant les morceaux de verre.

Tout ceci était sa faute. Il avait distrait Oliver pendant que celui-ci conduisait. *Il* devait se retrouver empalé sur ces pics, pas Oliver, pas ce garçon innocent qui avait encore toute une vie devant lui.

Il atteignit son ami en quelques secondes.

— Oh, mon Dieu, Oliver.

Pourquoi avait-il dû mourir si violemment ? Pourquoi si jeune ? Il n'avait même pas encore commencé à vivre. Volontairement, Quinn laissa sa main toucher la joue du jeune homme, là où de la boue et du sang s'étaient mélangés. Sa peau était encore chaude.

— Je suis tellement désolé. Je ferais n'importe quoi pour que ceci ne soit jamais arrivé.

Il aurait volontiers donné sa vie pour Oliver. Il avait vécu trois vies et en avait assez. Se souvenir de Rose durant ces brefs instants, avant l'impact de la plaque contre la voiture, lui avait rappelé qu'il ne pouvait continuer de la sorte, à se pourrir la vie dans l'espoir qu'il pût un jour l'oublier. Il savait qu'il n'y parviendrait pas. Il avait toujours su que son cœur lui appartenait, qu'elle l'avait emporté avec elle dans la tombe. Elle ne le libèrerait jamais, et c'était réciproque !

Ce soir, il aurait dû mourir. Peut-être aurait-il alors enfin trouvé la paix. Il la reverrait si le paradis existait. Il pourrait peut-être l'apercevoir à nouveau, la voir, la toucher, l'aimer une dernière fois.

— Dieu, pourquoi ? Pourquoi es-tu si cruel ? hurla-t-il, la tête levée vers le ciel. Les étoiles brillaient dans l'obscurité, ignorant sa confusion ; se moquant du désespoir dans lequel il baignait. Aucune aide n'était à espérer de ce côté.

Résigné, il enroula les bras autour d'Oliver et le serra, joue contre joue, désireux de lui prodiguer du confort, même si la vie avait déjà abandonné le jeune garçon. Tout à coup, il perçut un battement : celui de deux rythmes qui se battaient en duel. Surpris, il s'écarta et pressa instantanément une main sur le cou d'Oliver.

Là ! Un mouvement contre ses doigts. Rêvait-il ? Était-il en train de l'imaginer ? Puis, un autre. Faible et de plus en plus irrégulier, il était à peine détectable, mais bien présent : un battement de cœur.

Oliver était encore en vie.

Il n'y avait pas de temps à perdre.

Aussi doucement et rapidement qu'il le pouvait, Quinn poussa Oliver vers l'avant et l'extirpa du pic. Il le déposa à terre et le maintint sur ses genoux.

— S'il y avait un autre moyen, je ne ferais pas cela, dit-il à son ami inconscient. Mais il n'y a plus de temps à perdre.

Le gamin n'avait plus que quelques secondes à vivre. Sa douleur disparaîtrait bientôt. Il renoncerait à cette vie, laquelle serait remplacée par une nouvelle ; une moins vulnérable.

Quinn amena son poignet à sa bouche, allongea ses canines et perça la peau jusqu'à ce que le sang s'en écoulât. Tout en touchant à nouveau le cou d'Oliver, il écouta jusqu'à ce que les battements de cœur s'affaiblissent, attendant impatiemment le court créneau au cours duquel le corps d'un humain était prédisposé au changement, lorsqu'il pourrait accepter ce que Quinn avait à lui offrir. Alors que le laps de temps entre les pulsations s'allongeait de plus en plus, le vampire porta son poignet ensanglanté aux lèvres d'Oliver.

Les premières gouttes de sang pénétrèrent dans la bouche du mourant. Quinn pompa du poing, favorisant ainsi un flux de sang plus abondant au départ de sa blessure jusque dans la gorge de son ami à l'agonie. Lorsqu'il vit que le jeune garçon avalait une première fois, il expira de soulagement.

— Encore, le commanda-t-il.

Heureux de constater qu'Oliver obéissait, quoiqu'inconscient, Quinn lui dégagea la figure d'une mèche rebelle de cheveux noirs. Des éclats de verre avaient entaillé son jeune visage, mais ce dernier guérirait vite. Une fois la transformation accomplie, s'il y survivait, il ne porterait plus aucune trace de l'accident. Un certain pourcentage d'humains n'y parvenait pas. Quinn ne pouvait qu'espérer une seule chose : que le corps d'Oliver ne rejetât pas cette métamorphose.

Tout en l'approvisionnant toujours de son sang, Quinn leva les yeux au ciel et chercha, sans trouver quoi que ce soit.

— Tu es heureux maintenant ? Tu l'es ? hurla-t-il de frustration.

Mais Dieu ne daigna pas répondre.

Quinn n'avait jamais transformé quiconque ; il ne l'avait même jamais envisagé. Il ne voulait pas de cette responsabilité, ne voulait pas être celui qui changerait la vie d'autrui pour l'éternité. Le destin l'y avait forcé. Mais, à présent, il était coincé. Coincé avec sa décision et la nouvelle responsabilité qui en découlait.

Dorénavant, il serait un tuteur. Un créateur. Quelque chose qu'il n'avait jamais voulu être. Échouerait-il dans ses fonctions, à l'image de son propre protecteur ? Abandonnerait-il son protégé, tout comme il l'avait été, peu de temps après sa transformation ? Wallace avait disparu, juste au moment où Quinn avait eu le plus besoin de lui, lorsqu'il s'était retrouvé dans le plus profond désespoir. Son mentor l'avait simplement quitté pour ne plus jamais revenir. Quinn l'avait, en vain, recherché. Il s'était senti seul et abandonné. Avec le cœur brisé.

Violemment, Quinn secoua la tête et regarda à nouveau Oliver.

— Je ne vais pas te faire ça. Je ne vais pas t'abandonner comme Wallace l'a fait. Tu comprends ? Tu es mon fils, maintenant.

Un fils. Dieu, comme il avait rêvé d'avoir un enfant ! Un enfant qui aurait hérité de la beauté de sa mère, de Rose. Ils auraient pu être une famille heureuse. Mais la guerre, et ce qui s'était passé sur le champ de bataille avaient anéanti ce rêve.

Au loin, les canons continuaient de tonner, même si la nuit était déjà tombée. Quelque part, il entendit les tambours, lesquels étaient interrompus par les cris des blessés et des mourants, comme lui. Quinn savait que c'était fini. Il s'était battu mais, cette fois, la chance l'avait déserté. Il n'y aurait plus de décorations, plus de médailles, plus d'actions héroïques qui le rapprocheraient de son objectif de rentrer en héros de guerre décoré. Tout cela, afin que le père de Rose acceptât sa requête.

Il avait joué et perdu.

Il gisait, à présent, dans une mare de son propre sang, la vie l'abandonnant lentement. Il était froid et humide et, de ce dont il avait été témoin sur le champ de bataille durant ces derniers mois, il savait que c'était un présage du peu de temps qu'il lui restait.

— Rose, murmura-t-il. Je suis désolé. Je voulais tenir ma promesse. Je voulais te revenir.

— Est-ce qu'elle vous attend ? répondit brusquement une voix.

Quinn tourna difficilement la tête et aperçut l'homme qui se tenait devant lui. Il plissa les yeux. L'individu n'était pas un soldat, mais un civil. Les rares fois où il l'avait vu dans le camp, ce dernier faisait affaires avec certains soldats, et Quinn avait suspecté qu'il leur procurait des prostituées. Il y avait quelque chose d'imposant en lui. Un drôle de type, avait-il toujours pensé.

— Wallace, n'est-ce pas ? demanda-t-il.

L'homme hocha la tête.

— Est-ce que la dame vous aime ?

Quinn ferma les yeux, réprimant la douleur.

— Elle le prétendait.

— Vous lui avez promis de lui revenir ?

— Oui, répondit-il en suffoquant tout en s'interrogeant, par la même occasion, sur l'étrangeté de cette conversation qu'il était en train de tenir avec un homme qu'il ne connaissait même pas.

— Dans ce cas, vous ne devriez pas la décevoir.

Quinn tenta un rire moqueur, mais seul un faible gargouillis s'échappa de sa gorge.

— Ne parlez pas. Écoutez-moi, tout simplement. Je peux vous sauver la vie. Mais ce sera différent. Vous ne marcherez que dans l'ombre et, au début, la soif de sang sera insupportable. Mais vous serez vivant, fort, presque invincible. Et immortel.

Les mots étaient scandaleux, incroyables. Mais Wallace semblait sérieux.

— Et si je dis oui... si je suis d'accord, que voulez-vous en échange de cette vie ?

Rien n'était gratuit. Il l'avait appris depuis longtemps.

— Un endroit que je pourrais appeler « ma maison ».

— J'ai un petit domaine...

Wallace hocha la tête.

— Cela fera l'affaire pour l'instant, dit-il avant de s'accroupir. Lorsque votre rythme cardiaque deviendra si faible qu'il sera à peine perceptible, je vous nourrirai avec mon sang.

Ce fut tout ce dont Quinn se rappela la nuit suivante. Aucune douleur ne se faisait ressentir, uniquement la soif de sang. Le champ de bataille lui procura tous les éléments nutritifs dont il avait besoin.

Il était devenu différent. Il n'était plus un homme. Mais une chose demeurait inchangée : son amour pour Rose. Doté du pouvoir de contrôler l'esprit, habileté que Quinn devait lui-même apprendre à maîtriser, Wallace lui avait permis d'obtenir un renvoi honorable de l'armée. Il avait, ainsi, pu rejoindre l'Angleterre. Leurs voyages furent jonchés de difficultés, car ils devaient se cacher durant la journée et ne pouvaient, dès lors, se déplacer que la nuit. Toutefois, le besoin de voir Rose rendit le tout supportable.

Mais Rose... elle ne l'avait pas suffisamment aimé pour fermer les yeux sur ce qu'il était, ce qu'il était devenu pour survivre. Il avait fait tout cela pour lui revenir, et cela n'avait servi à rien. S'il avait su, il aurait choisi la mort.

Quinn serra Oliver plus fort dans ses bras, pompa davantage du poing, afin de faire gicler le sang de son poignet avec plus de pression. Un instant plus tard, Oliver cessa d'avaler, et sa tête roula sur le côté.

Le cœur de Quinn s'arrêta. Oliver avait-il bu suffisamment ? Devait-il le forcer à en prendre davantage ?

Il lécha son propre poignet pour permettre à sa salive de refermer les plaies et saisit ensuite le téléphone portable dans sa poche. Il fit usage de la numérotation abrégée.

— Hé, tu ne peux pas te passer de nous, n'est-ce pas ? demanda la voix de Zane à l'autre bout de la ligne.

— J'ai besoin de toi maintenant. J'...

— Wow ! Je ne suis pas sûr que Portia va aimer ce genre de...

— Nous avons eu un accident, l'interrompit Quinn, qui respirait difficilement. Oliver se meurt. Je suis occupé à le transformer. J'ai besoin d'aide.

Instantanément, Zane adopta une voix professionnelle.

— Où êtes-vous ?

— Sur l'autoroute 1, à environ cinq minutes au sud. Utilisez le traqueur du GPS.

— Je pars immédiatement.

La ligne fut coupée, et Quinn jeta le téléphone au sol. Les minutes suivantes semblèrent des heures. Heures pendant lesquelles toute sa vie sembla défiler devant ses yeux. Était-ce ce qu'il voulait pour Oliver ? La même vie de débauche qu'il avait menée, parce que la femme qu'il avait aimée de tout son cœur ne l'avait pas aimé en retour ? Qu'est-ce qui attendait Oliver ? Serait-il également rejeté ?

Le blessé était toujours dans ses bras. Il ne remuait, ni ne gémissait pas. Quinn porta les doigts à son cou. Aucun pouls. Soit la transformation avait débuté, soit il était déjà mort. Il n'y avait aucun moyen de le savoir.

Avec son pouce, il lui souleva une paupière, afin d'observer l'iris. Cela ressemblait encore à l'œil d'un humain. Pendant la métamorphose et, jusqu'à la fin du processus, ce dernier deviendrait totalement noir, sans la moindre tache de blanc. Mais, jusqu'à présent, l'éloquente couleur noire n'apparaissait pas.

Quinn sentit sa main trembler. Et si ça ne marchait pas ? Ou si ce n'était pas censé réussir ? Que faire si Oliver n'était pas destiné à survivre ? Peut-être était-ce mieux ainsi, mieux de ne pas être soumis à une vie dans l'obscurité. Mais qui était-il pour juger ? Il aurait aimé connaître les volontés du jeune homme. Quoiqu'il n'eût jamais fait l'effort de vraiment apprendre à le connaître. Après tout, il ne l'avait rencontré qu'à quelques reprises et, à chaque fois, Oliver était demeuré collé à Samson et Zane qu'il semblait idolâtrer.

Un crissement de pneus et la lumière des phares lui firent réaliser qu'il n'était plus seul. Quinn tourna la tête et vit le Hummer de Zane approcher du SUV accidenté. Deux personnes en sortirent : Zane et Amaury.

Quinn laissa échapper un profond soupir. Bien. Ces deux-là sauraient que faire. Tandis qu'ils se précipitaient dans sa direction, il sursauta une fois de plus au bruit d'une portière qui claquait. Du coin de l'œil, il aperçut une autre silhouette qui émergeait du véhicule. Il la reconnut : c'était Cain, le vampire qui avait rejoint Scanguards peu de temps auparavant, après les avoir aidés à éradiquer un groupuscule destiné à créer une race supérieure d'hybrides.

— Oh, putain, maudit Zane en s'approchant de Quinn.

Il se laissa tomber instantanément et examina le corps d'Oliver.

— Tu as fait ce qu'il fallait.

Zane pointa la déchirure musculaire et la chair visible au niveau de l'estomac. Du sang y suintait encore.

— Il n'aurait jamais pu survivre à ça, ajouta-t-il.

Quinn croisa le regard de son ami. Il n'avait jamais été aussi heureux qu'en ce moment de voir le vampire chauve.

— Je racontais des blagues dans la voiture. Je l'ai distrait.

Il sentit soudain une grosse main sur son épaule et leva les yeux. Amaury le surplombait. Son ami à la carrure de rugbyman lui adressa un signe de tête encourageant.

— C'est tout bon. Il est jeune et fort. Il va s'en tirer.

Amaury se tourna ensuite vers Caïn.

— Nous devons nettoyer avant qu'un passant n'alerte la police ou une ambulance.

Cain hocha la tête. Dans la pénombre, ses cheveux foncés semblaient presque noirs.

— Pas de problème, acquiesça-t-il tout en se dirigeant immédiatement vers la grue renversée, en compagnie d'Amaury.

Zane voulut alors attraper Oliver.

— Mettons-le dans la voiture et ramenons-le chez Samson.

— Je peux prendre soin de lui, rétorqua Quinn en tirant son protégé plus près.

Zane leva les mains en guise de capitulation.

— Je ne voulais pas...

Il ne termina pas sa phrase.

— Je sais que tu peux le faire, ajouta-t-il tout en se relevant et faisant signe à Amaury et Cain. La dépanneuse devrait être ici dans quelques minutes. Si vous avez besoin de quelque chose d'autre...

De la main, Amaury leur fit signe de partir.

— Allez-y. On s'en occupera.

Oliver dans ses bras, Quinn se redressa et accepta le bras fort que Zane lui tendait. Il hocha furtivement la tête à l'intention de ses deux collègues.

— Merci, Amaury, Cain.

— On se verra à la maison, quand on en aura fini ici, répondit Amaury tout en s'arc-boutant sur la grue, Cain à ses côtés.

Lentement, Quinn se retourna. Le poids du corps d'Oliver l'accabla soudainement, et ses genoux se dérobèrent. Si Zane n'avait pas saisi son coude pour le soutenir, il se serait effondré.

Il venait de réaliser le genre de vie qu'il était en train d'imposer au jeune homme qu'il tenait dans ses bras, et cela le percutait de plein fouet.

— Oh, mon Dieu, qu'ai-je fait ? murmura-t- il.

6

— Tu as besoin de te nourrir.

Quinn tourna la tête vers Samson qui venait d'entrer en silence dans la chambre. Il regarda son patron, mais distingua à peine ses traits fiers et sombres. Il cligna des yeux, une fois de plus, tentant d'évacuer le reliquat de sang qui s'y trouvait. Il n'avait pas encore fait sa toilette et portait toujours ses vêtements déchirés. La boue présente sur les lieux de l'accident lui collait toujours à la peau et aux vêtements.

Il était assis au chevet d'Oliver depuis plusieurs heures, attendant un signe de survie du gamin. Ses yeux étaient devenus noirs, et Quinn espérait donc que tout allait s'arranger.

— Pas maintenant, répondit-il.

Comment aurait-il pu penser à lui-même, alors qu'Oliver avait besoin de lui ?

Samson s'approcha.

— Tu ne devrais pas te blâmer.

Quinn expulsa un rire amer.

— Et pourquoi pas ? Zane ne t'a pas raconté ce qui s'est passé ? Il n'a pas expliqué ?

Son patron hocha la tête.

— C'est Oliver qui conduisait. Il était sous sa propre responsabilité. Ce n'est pas parce que vous parliez et plaisantiez que c'est de ta faute.

— Je l'ai distrait.

Comment Samson ne pouvait-il pas le comprendre ?

— Pourquoi t'infliges-tu cela, Quinn ?

— M'inflige quoi ?

Samson s'approcha, ramenant son mètre quatre-vingt-dix-huit à quelques centimètres de Quinn.

— Ne fais pas l'idiot avec moi ! Je sais que tu ne l'es pas. Tu es plus intelligent que tous les autres, alors, à quoi joues-tu ?

— C'est faux, rétorqua Quinn, la rage bouillant en lui.

Il voulait qu'on le laissât seul avec son chagrin et ses souvenirs, à s'apitoyer sur lui-même.

— Espèce de salaud égoïste ! l'accusa Samson. Tu ne penses qu'à toi-même ! Pourquoi en suis-je même surpris ?

Quinn se releva de son siège.

— C'est quoi ce bordel ? Comment oses-tu ? Je ne fais que penser à Oliver !

Son patron ricana.

— Non, tu ne penses qu'à toi. Qu'à la façon dont ceci va changer ta vie. Avale ça et ne t'apitoie pas sur toi-même.

Même si Samson avait touché une corde sensible, Quinn n'était pas prêt à céder. Son patron n'avait aucune idée de ce qui se passait à l'intérieur de lui, et il n'était pas homme à s'épancher.

— Reste en dehors de ça ! Tu es peut-être mon patron, mais nous savons tous les deux que je n'ai pas besoin de ce travail !

— Oh, prêt à démissionner ? Tu veux tout balancer parce que ça devient trop difficile ? Nous interférons dans ta vie de playboy ? siffla Samson.

— La façon dont je mène ma vie ne te regarde pas du tout !

Samson plissa les yeux.

—C'est ce que tu vas dire à Oliver quand il se réveillera ?

— Qu'attends-tu de moi ?

Quinn se passa une main tremblante dans les cheveux et y rencontra une croûte de sang séché. Merde, il se trouvait dans un terrible état, et pas d'humeur à poursuivre cette conversation.

— Je veux que tu me dises ce que tu vas faire pour Oliver.

Alors qu'il fixait Samson dans les yeux, Quinn y lut de l'inquiétude. Mais son patron poursuivit avant qu'il ne pût rétorquer.

— Si tu ne peux pas le gérer, j'agirai comme son créateur. Après tout, il est avec moi d...

— Non ! l'interrompit Quinn. Il est sous ma responsabilité.

Il prit ensuite une profonde inspiration dans le but de ralentir son rythme cardiaque et de se calmer.

— Je suis désolé, Samson. Je sais ce qu'Oliver représente pour toi. Tu as perdu ton assistant, ton bras droit.

Samson expulsa un soupir de surprise.

— Tu crois que c'est à moi que je pense ?

Il secoua alors sa chevelure noire et se frotta le cou.

— Ce n'était qu'une question de temps avant que ceci n'arrive. Je savais, qu'un jour, Oliver en ferait la requête. Je l'ai entrainé à cette fin. De tous les humains que je connais, il est le mieux préparé à subir une transformation. Mais ça ne veut pas dire qu'il n'aura pas besoin de ton aide pour s'y habituer.

Quinn laissa ces paroles s'évanouir. Il ferma les yeux un instant, refoulant les souvenirs d'une période plus heureuse. Une période disparue depuis longtemps.

— Regarder notre vie de l'extérieur est une chose ; la vivre en est une autre.

Samson désigna le lit d'un signe de tête, là où Oliver gisait encore, immobile.

— Ça, il en est conscient. Mais toi, l'es-tu ? ajouta Samson en épinglant Quinn du regard.

Ce dernier ne broncha pas. Il ne se déroberait pas à ses obligations.

— Je sais ce que je dois faire. Tu peux compter sur moi.

— Bien. Maintenant, va prendre une douche. Tu as une mine affreuse. Et ton odeur est encore bien pire.

— Mais, Oliver...

Samson lui fit signe de partir

— Je vais rester à son chevet. Vas-y !

Quinn se retourna et se dirigea vers la porte.

— Quinn, et...

Ce dernier s'arrêta sans se retourner.

— Oui ?

— J'ai toujours pensé que tu ne te souciais de personne. Je pense que j'avais tort.

Quinn déglutit. Il avait la gorge aussi sèche que du papier de verre. Quelqu'un venait-il enfin de voir qui il était vraiment ?

Sans un mot, il sortit de la chambre et ferma la porte derrière lui, espérant qu'il pourrait sceller celle de son passé tout aussi aisément. Peut-être qu'il serait alors en mesure de recommencer à vivre.

DÈS QUE QUINN fût sorti de la salle de bain destinée aux invités, fraîchement douché et habillé des vêtements que Samson lui avait prêtés, il se dirigea vers les escaliers menant à l'étage supérieur, afin de rejoindre Oliver. Mais Zane lui bloqua le passage en lui tendant un téléphone portable.

— Gabriel veut te parler.

La bande de Scanguards s'attardait dans le salon, et Quinn n'avait même pas remarqué l'absence de Gabriel. Tous étaient anxieux, en attente d'une évolution de l'état d'Oliver.

— Pas maintenant. Je suis occupé.

Il essaya de repousser Zane, mais ce dernier ne bougea pas.

— Il a dit que c'était important.

Impatiemment, il arracha le téléphone de la main de Zane et le porta à l'oreille.

— Quoi ?

— Il faut que je te voie. Maintenant, répondit Gabriel.

— Je ne peux pas. Quoi que ce soit, ça devra attendre.

Gabriel soupira.

— Je suis désolé d'avoir à faire ça à un moment pareil, mais...

— J'ai dit que je ne pouvais pas.

Il raccrocha et lança le téléphone à Zane.

Il n'eut pas le temps d'atteindre le second étage que le téléphone sonna à nouveau. Quinn entendit les pas de Zane derrière lui avant de sentir la main de ce dernier se serrer sur son épaule.

— Je te suggère de prendre l'appel, l'avertit Zane.

Les lèvres pincées, Quinn saisit le téléphone et répondit.

— Bordel, qu'est-ce qu'il y a de si important ?

— Je vais quelque peu te lâcher la bride en ce moment, à cause de ce qui s'est passé mais, un autre signe d'insubordination, et tu seras sanctionné ! dit Gabriel d'une voix calme qui trahissait la gravité de ses paroles.

Merde, est-ce que tout le monde voulait le saquer ce soir ?

— Ai-je ton attention, maintenant ?

Quinn se racla la gorge.

— Oui.

— Bien. J'ai une mission qui vient de nous être confiée. Et tu as été tout particulièrement sollicité.

— Je n'ai pas le temps de remplir une mission.

Oliver avait besoin de lui, maintenant.

— Celle-ci va t'intéresser. J'ai l'impression qu'elle consiste en quelque chose de bizarre qui vaut la peine d'être vérifié. La femme dit que vous êtes de vieux amis, et que tu as une dette envers elle. Elle offre toutefois une indécente somme d'argent pour s'offrir nos... ou, plus particulièrement, tes services.

Les oreilles de Quinn se dressèrent.

— Je ne dois rien à personne. Qui est-elle ?

Il ne lui semblait pas être redevable d'une faveur ou d'une dette impayée. Et certainement pas envers une femme. Il avait toujours pris soin de régler les derniers détails.

— Son nom est Rose Haverford. Elle...

Mais Quinn n'entendit pas ce que Gabriel prononça par la suite, tellement le sang lui montait à la tête, se précipitant à ses oreilles, tonitruant tel un train de marchandises déboulant à travers une campagne tranquille. Cela couvrait tout autre bruit.

Rose.

Une voix d'outre-tombe. Sa Rose.

— Est-elle toujours là ?

— Oui, elle attend dans mon bureau.

— Garde-la occupée. Assure-toi d'être armé. Je serai là dans quelques minutes.

Il mit fin à l'appel avant que Gabriel n'eût la moindre chance de dire autre chose. Alors qu'il pressait le téléphone dans la main de Zane, son ami le regarda.

— Quelque chose ne va pas ?

Quinn hocha la tête. Tout allait mal.

— Elle est morte, morte depuis longtemps.

Zane lui lança un regard confus, mais Quinn le repoussa et se rua dans les escaliers, en direction de la porte, sans un mot.

Cette femme lui jouait une farce cruelle. Et pour cette imposture, elle allait payer.

7

Rose savait qu'elle devait faire preuve de prudence. Un mot de travers, et elle serait grillée. Moins les membres de Scanguards en savaient, et mieux c'était. Particulièrement Quinn. Il ne devrait jamais apprendre ce qui s'était vraiment passé deux cents ans auparavant, ou il ne l'aiderait jamais à sauver Blake.

Pas plus que découvrir ce que Keegan voulait réellement. Pas pour l'instant, du moins. Tout d'abord, elle devait définir de quel côté Quinn se tenait : l'aiderait-il à protéger ce qu'elle avait volé, ou voudrait-il tout simplement accéder au pouvoir en l'utilisant ? Le Quinn qu'elle avait connu lorsqu'elle était humaine n'aurait jamais voulu de ce genre de pouvoir mais, que dire du vampire qu'il était à présent ?

Rose observa ce bureau confortable en attendant le retour de Gabriel. Il n'avait pas voulu téléphoner en sa présence, et elle ne pouvait pas vraiment l'en blâmer.

Malgré l'horrible cicatrice sur son visage, il était apparu très civilisé, poli même. Cela pouvait être une ruse, tout comme le comportement raffiné de Keegan qui, en réalité, n'était qu'une façade. Sa brutalité s'y cachait par-dessous.

Elle en avait marre des hommes violents. Ils avaient traversé sa longue vie de trop nombreuses fois. Maintenant, elle serait plus prudente. Elle ne pouvait plus se permettre de faire à nouveau confiance au mauvais homme. Il y avait trop à perdre. Elle n'était, du reste, pas là pour raviver sa relation avec Quinn. Tout ce qu'elle attendait de lui, c'était son aide afin de protéger Blake. Dès que celui-ci serait hors de danger, elle disparaîtrait à nouveau.

Demeurer loin de Quinn constituait l'unique moyen de protéger son secret car, s'il venait un jour à découvrir ce qu'elle avait fait deux siècles auparavant, il la tuerait.

— Excusez le retard.

La voix de Gabriel provenait de l'arrière-plan.

D'instinct, elle se hissa de sa chaise et fourra une main dans la poche intérieure de sa veste en cuir. Elle s'arrêta net d'extraire la lame d'argent qu'elle y cachait.

Gabriel ralentit le pas avant de marquer brusquement l'arrêt tout en plissant instantanément les yeux. Il avait perçu la menace.

Sans rompre le contact visuel, Rose ôta lentement la main de sa veste, laissant le couteau dans son logement. Elle se rassit doucement.

— Je suis désolée, ronronna-t-elle, en vue de minimiser son action. Je sursaute facilement.

Gabriel hocha la tête avant de retourner à sa propre chaise et de s'asseoir, une fois de plus, derrière le bureau.

— Quinn sera là dans quelques minutes.

Au son de son nom, un fourmillement lui titilla la colonne vertébrale de haut en bas. Encore quelques instants, et elle allait le revoir. Aurait-il le même effet que par le passé sur elle ? Ses genoux flancheraient-ils à sa vue ? Son estomac se transformerait-il en un nid de papillons ?

— Pourquoi ne parlerions-nous pas de la mission durant cet intervalle ? Je crains que, jusqu'à présent, vous ne m'ayez donné trop peu d'informations.

— C'est un sujet très délicat, insista-t-elle.

— C'est ce que vous avez dit tout à l'heure. Mais il nous faut un peu plus que cela.

Rose repoussa une mèche de ses longs cheveux blonds derrière l'épaule.

— Un million de dollars ne suffit-il pas à étouffer votre curiosité ? Je suis sûre que vous ne vous voyez pas offrir une telle rémunération tous les jours.

— Au contraire, quelqu'un qui offre tant d'argent suscite toujours ma curiosité.

Gabriel se pencha en arrière, feignant d'être détendu, mais Rose n'était pas dupe. D'apparence calme, il la surveillait de près. Tout comme elle le surveillait.

— Je préfère différer la divulgation des détails jusqu'à l'arrivée de Quinn. Je déteste avoir à répéter deux fois la même histoire.

Par ailleurs, plus elle aurait à la raconter, et plus elle risquerait de faire un faux pas et s'emprisonner dans son propre tissu de mensonges.

— Comme vous voulez.

Gabriel se redressa dans son fauteuil, signe qu'elle interpréta comme la démonstration de son mécontentement.

— Alors, depuis combien de temps connaissez-vous Quinn ?

— Cela n'a pas d'importance.

Sa relation avec Quinn n'avait pas à faire l'objet de la discussion.

— Si vous le connaissez vraiment... insinua Gabriel en se penchant vers l'avant.

Elle ne mordrait pas à l'hameçon. Si Gabriel voulait apprendre quoi que ce soit à propos d'eux deux, il n'aurait qu'à tenter sa chance avec Quinn. Il serait peut-être plus enclin à parler. Quant à elle, elle garderait la bouche cousue. Il n'était nullement nécessaire de remonter certaines choses à la surface. Son infortunée relation avec le père de sa fille en faisait partie.

Ce serait suffisamment pénible de le revoir.

Un bruit à la porte lui fit tourner la tête d'un coup sec.

Oh, mon Dieu, ce serait plus difficile qu'elle ne le pensait.

Quinn était plus beau que jamais. Ses cheveux blonds semblaient plus foncés, mais ce n'était peut-être dû qu'au réfléchissement de la lumière. Ses yeux noisette semblaient plus en alerte, drainés de l'innocence dont ils étaient dotés tant de décennies plus tôt. Rose réalisa que son corps n'avait pas vieilli, contrairement à son esprit. Une certaine dureté l'habitait à présent. Le jeune homme insouciant qu'elle avait connu, celui qui était parti à la guerre pour se faire un nom, avait disparu.

Et, paradoxalement, il était toujours le même. Le même homme qu'elle avait aimé si intensément, de tout son cœur et de toute son âme. L'homme à qui elle avait offert son corps bien plus librement qu'à n'importe quel autre homme depuis lors. L'homme qu'elle avait appelé son mari, le temps d'une nuit.

Rose ne réalisa qu'elle s'était relevée que lorsque ses genoux vacillèrent, l'obligeant à saisir le dossier de la chaise pour se ressaisir. Quinn l'avait-il remarqué ? Avait-il vu sa faiblesse ?

Elle chercha ses yeux, à l'affût d'un signe qui pût trahir ce qui se passait en lui. Ressentait-il la même chose qu'elle ?

Elle voulait se détourner, se cacher de lui et des sentiments qui jaillissaient en sa présence. Mais cela ne contribuerait qu'à la démasquer davantage. Elle ne pouvait pas lui permettre de détecter sa vulnérabilité.

Elle entrouvrit les lèvres, désireuse de prononcer une salutation, quelque chose de professionnel, mais sa gorge sèche fut incapable de produire le moindre son.

Le silence était étouffant, et elle tira sur le col roulé de son fin top. La chaleur dans la pièce devint soudainement suffocante, l'air empreint de non-dits, et l'atmosphère chargée de souvenirs.

— Rose...

Ils se regardèrent fixement, la pièce et leur hôte se fondant à l'arrière-plan. Elle se rapprocha de lui avec des pas hésitants, tandis qu'il s'avançait également ment vers elle comme s'il était tiré par une force invisible.

Elle s'autorisa à se laisser aller un instant, à s'imprégner de son odeur, de sa présence. Et, pendant un moment de faiblesse, elle souhaita que tout fût différent, qu'elle pût être honnête envers lui et lui raconter la vérité. Tout avouer.

Lorsque Quinn dirigea une main vers son visage, Rose le lui présenta. Elle voulait qu'il la touchât, elle en mourait d'envie. Dès l'instant où les doigts de Quinn entrèrent en contact avec sa joue, elle baissa les paupières et prit une grande inspiration. Elle ne l'expulsa pas ; le souffle se serait transformé en sanglot.

Cette vision réjouit le cœur de Quinn.

— Tu es en vie !

Le bonheur se répandit dans chacune des cellules de son corps. Pour la première fois en deux décennies, Quinn se sentait vivant. Ses yeux parcoururent avidement le corps de Rose, incapable de se rassasier de ce spectacle.

Elle était aussi jeune que la dernière fois qu'il l'avait vue. Il était revenu de la guerre pour la revendiquer. Elle ressemblait alors à ce qu'elle était à présent. Elle avait des cheveux dorés, ses yeux brillaient d'un bleu vif, ses lèvres rouges appelaient au baiser. Pas une seule ride ne marquait son visage parfait. Et son corps : svelte, jeune, et des plus alléchant. À l'époque, elle s'habillait à la mode du jour, les jambes toujours dissimulées sous des couches de tissu, et c'était tout aussi bien. En ce temps-là, si les hommes avaient vu ses jambes telles qu'en ce moment, enveloppées dans un jeans moulant, ils se seraient rendus ridicules en public.

Oui, il s'en serait ensuivi des troubles de l'ordre public.

Tout comme il était prêt à en causer lui-même en ce moment, avec Rose. Ses pieds l'avaient transporté inconsciemment dans sa direction. Lorsqu'il s'était arrêté à quelques centimètres d'elle, il avait caressé ses cheveux, ainsi que la soyeuse douceur de sa peau. Elle n'était donc pas une illusion que son esprit, malade d'amour, avait fait apparaître. Elle était réelle. De chair et de sang.

Sa Rose était vivante. Aussi belle qu'à l'époque, et pourtant différente : elle était un vampire.

Il ne lui fallut que quelques secondes pour le réaliser. Mais il mit plus de temps à digérer ce que cela signifiait : elle était en vie durant toutes ces années, alors qu'il la croyait morte et la pleurait.

À cet instant précis, quelque chose en lui se cassa. Le cœur qui avait chéri cet amour et l'avait maintenu en vie durant deux siècles venait soudainement de se fissurer. Une fissure de la taille de la faille de San Andreas !

Sa voix devint glaciale lorsqu'il s'adressa de nouveau à elle.

— Tu m'as laissé croire que tu étais morte.

En vie depuis toutes ces années, elle n'était jamais venue le voir. Ne l'avait-elle même pas aimé un peu ?

— Je n'ai rien fait de tel.

Entendre sa voix pour la première fois en deux décennies l'anéantit presque. En dépit des mots, le son était aussi doux qu'un chant d'oiseau. Quinn savait qu'il était fou mais, quand il s'agissait de Rose, cette folie s'emparait de toutes ses facultés.

— Je suis allé sur ta tombe ! J'ai lu l'épitaphe. Tu es morte peu de temps après mon retour de la guerre.

Rose fit un mouvement dédaigneux de la main.

— Alors, je l'ai fait, dit-elle en se redressant. Mais je ne suis pas ici pour parler du passé. Je suis ici pour sauver notre petit-fils.

Sous le choc, Quinn tituba et fit quelques pas en arrière.

— Notre quoi ? rétorqua-t-il en s'étranglant.

— Et bien, Blake est notre arrière-arrière-arrière-arrière-petit-fils, mais ce mot est tout simplement trop long.

Dieu, avec quelle facilité elle lui parlait ! Comme si tout ceci ne signifiait rien, comme si elle n'était pas du tout affectée par ces retrouvailles. Ses paroles étaient dépourvues de toute émotion, alors que lui, il pouvait à peine enchaîner deux phrases cohérentes. Quel degré de froideur cette femme, qu'il avait un jour appelée « épouse », avait-elle atteint ?

— Nous avons eu un enfant ? parvint-il à demander, presque incapable de se tenir debout.

— Une fille.

Quelqu'un se racla la gorge. Quinn tourna brusquement la tête dans cette direction.

— Je pense que je vais vous laisser seuls, dit Gabriel en se dirigeant vers la porte.

Quinn était tellement captivé par la présence de Rose qu'il n'avait même pas remarqué que ce dernier était toujours dans la pièce.

— Je serai en bas, dans le bureau de Maya, si vous avez besoin de moi, ajouta Gabriel avant de fermer la porte derrière lui.

Lentement, Quinn reporta son regard sur Rose tout en essayant de digérer ses mots. Une fille. Il était père.

— Où est-elle ?

Un triste regard traversa le visage de Rose.

— Elle est morte depuis longtemps. Elle a mené une vie bien remplie, heureu...

Sans même réaliser ce qu'il faisait, Quinn bondit et claqua Rose contre le mur derrière elle.

— Tu m'as empêché de connaître ma fille ? Tu l'as maintenue loin de moi ? Comment peux-tu être si cruelle ? Comment as-tu pu me mentir de la sorte ?

Rose ne cligna pas des yeux lorsque ceux-ci entrèrent en contact avec le regard furieux de Quinn.

— C'est justement pour ça !

D'un signe de tête, elle désigna les griffes qu'il avait déployées et qui la maintenaient contre le mur.

— Tu étais devenu un vampire lorsque tu es revenu. J'avais peur pour elle. Je craignais que tu ne lui fasses du mal si tu apprenais son existence.

— Je n'aurais jamais fait de mal à ma propre chair et à mon propre sang ! s'époumona-t-il. Jamais ! Tu comprends ça ?

— Ne te rappelles-tu pas de quoi tu avais l'air à ce moment-là ? De la façon dont tu as réagi quand je... quand... ?

— Tu veux dire quand tu m'as repoussé à cause de ce que j'étais devenu ? hurla-t-il, le cœur empli de haine, là où l'amour et le chagrin avaient séjourné durant deux siècles.

Oh combien il se souvenait de chaque moment douloureux ! Comment pourrait-il jamais oublier ?

— Je me suis glissé dans ta maison cette nuit-là, parce que ton père ne voulait pas me recevoir.

Quinn s'en souvenait comme si cela venait de se passer ce soir même. Rayonnante, elle lui avait souri lorsqu'il était entré dans sa chambre. Elle avait arboré un air angélique.

— Tu as voulu me dire quelque chose à ce moment-là, mais je ne t'ai pas laissé parler. Je voulais d'abord te raconter ce qui m'était arrivé. Dieu..., poursuivit-il.

Il marqua ensuite une pause et se passa une main dans les cheveux.

— J'ai failli mourir sur le champ de bataille. Et si Wallace n'avait pas été là, s'il ne m'avait pas transformé cette nuit-là, j'aurais disparu pour toujours. Mais il m'a offert un moyen de revenir vers toi. J'ai fait ça pour toi. Afin que nous puissions nous retrouver.

Quinn fixait les yeux bleus de Rose, mais il ne la voyait pas vraiment. Il ne voyait que ce qui s'était passé cette nuit-là.

— Quand je te l'ai dit, tu as eu peur de moi. Tu as reculé, dégoûtée. Comme si tu pensais que j'allais te faire du mal. Jamais je ne t'en aurais fait. Je te l'ai promis. Tu n'as pas voulu écouter. Tu ne ME voyais même pas. Tu ne voyais qu'un monstre, mais je n'en étais pas un. J'étais toujours le même homme. Je t'aimais !

Il s'étrangla en prononçant ces derniers mots. Son cœur se brisa une seconde fois.

— Tu as piétiné mon amour. Et comme si cela ne suffisait pas, tu m'as menti. Tu m'as privé de ma chair et de mon sang !

À ces paroles, Rose ressentit un frisson tout le long de sa colonne vertébrale. Elle n'avait jamais vu Quinn aussi furieux, aussi sauvage. Et il avait toutes les raisons de l'être. Elle aurait réagi de la même façon.

Le regard qu'il lui lança lui fendit profondément le cœur.

Elle finit par le repousser des deux mains. Peut-être avait-elle poussé le bouchon un peu trop loin mais, à présent, elle ne pouvait plus s'arrêter. Elle avait toujours besoin de son aide.

— Quel était son nom ? demanda-t-il, la voix subitement plus calme.

— Charlotte.

— C'était le nom de ma mère.

— Je sais.

Lorsqu'elle avait mis son bébé au monde, Rose pensait que tout se terminerait bien. Que Quinn reviendrait. Par amour et par respect pour lui, elle avait donné à leur fille le prénom de sa mère, une femme qu'il avait aimée, adorée.

— Où était-elle quand je suis revenu ?

Rose ne souhaitait pas vraiment parler de ces jours pénibles, mais elle savait qu'il n'accepterait jamais de l'aider si elle ne répondait pas à ses questions. Elle devait l'amener à se calmer.

Rose fixa la fenêtre des yeux, observant l'obscurité qui régnait à l'extérieur.

— Lorsque mes parents se sont aperçus que j'attendais un enfant, je leur ai montré notre certificat de mariage. Mon père était livide. Ils m'ont envoyée dans un domaine à la campagne et ont dit à tout le monde, à Londres, que j'étais malade. C'est là que j'ai donné naissance à Charlotte, mais ils l'ont emmenée loin de moi. Ils l'ont placée dans la famille d'un fermier. Ça m'a fait mal de la laisser partir, mais je savais que je reviendrais la reprendre.

Elle souleva alors les paupières et poursuivit.

— Dès que tu serais revenu, nous l'aurions recueillie. Mais...

Sa voix se brisa.

Sans se préoccuper de l'angoisse qu'elle ressentait, Quinn continua son interrogatoire.

— Qu'est-ce qui lui est arrivé ?

— Elle a grandi comme la fille de l'agriculteur. Elle s'est mariée et a eu des enfants. Un seul a survécu. Charlotte est morte à l'âge de soixante-huit ans.

Quinn se détourna, mais Rose eut le temps d'apercevoir la formation d'un voile humide dans ses yeux.

Pour la première fois, elle se demanda si elle n'avait pas commis une erreur en lui cachant l'existence de leur fille. Peut-être l'aurait-il aimée et pris soin d'elle. Les doutes qui l'avaient submergée des années auparavant refaisaient surface. Avait-elle eu tort ? Aurait-elle dû l'accepter dès son retour de la guerre, après qu'il fût devenu un autre homme ? Non, pas un homme, un vampire. Auraient-ils pu avoir une vie commune ? Peu importe. Maintenant, il était trop tard. Elle ne pouvait remonter le temps, même si elle le voulait.

— Savait-elle que tu étais sa mère ?

Rose hocha la tête, bien que Quinn lui tournât toujours le dos.

— Pas au début. Mais je le lui ai dit plus tard. Je l'ai surveillée. Elle n'a jamais manqué de quoi que ce soit. Je l'ai protégée. Et elle m'a également fait promettre de protéger sa progéniture dès qu'elle serait morte.

— Savait-elle ce que tu étais ? demanda Quinn, la voix teintée d'incrédulité.

— C'était une fille courageuse qui n'avait jamais peur de rien. Quand je le lui ai dit, elle l'a accepté. Elle m'a demandé de lui montrer mes canines et n'en a pas été effrayée.

Rose avait été si fière de Charlotte. Fière d'avoir eu une fille qui l'avait acceptée, aimée. Ses descendants n'avaient pas été aussi accueillants. Quand elle avait révélé sa nature au fils de Charlotte, il avait instantanément essayé de la poignarder, ses préjugés de péquenaud trop profondément enracinés en lui pour écouter la moindre explication. Elle avait donc dû effacer tout souvenir d'elle-même de la mémoire de sa fille pour s'assurer que cela ne se reproduisît plus. Voilà pourquoi elle ne s'était pas présentée aux autres. Elle avait simplement veillé sur eux, de loin, tout comme elle gardait un œil sur Blake, à distance. Il ne l'avait jamais rencontrée et ne savait pas qui elle était. Et elle voulait que cela continuât de cette façon.

— Ce que j'étais devenu t'avait dégoûtée, se souvint Quinn en se retournant vers elle, le visage posé. Et pourtant, tu es devenue un vampire peu après. Ne le nie pas : tu es la même que lorsque je suis revenu. Tu as certainement été transformée dans l'année de mon retour.

Sa voix se durcit à nouveau.

— Je veux savoir ce qui s'est passé. Tout.

La dangerosité du ton de sa voix était sans équivoque. Mais Rose ne pouvait pas se conformer à sa requête. S'il apprenait comment elle avait été transformée, il devinerait ce qu'elle avait fait d'autre. Et s'il le découvrait, elle ferait tout aussi bien d'être déjà morte.

— Ce n'est pas important. Ce qui l'est, c'est que notre petit-fils, Blake, est en danger de mort. J'ai besoin de ton aide pour le protéger. Je ne peux pas y arriver seule.

Aussi difficile qu'il lui était de l'admettre, elle avait besoin du savoir-faire de Quinn. Après tout, il était garde du corps et, de toutes les choses qu'elle avait apprises à propos de Scanguards et des gens avec qui il travaillait, elle savait qu'ils étaient les meilleurs. Si quelqu'un était capable d'empêcher Keegan de planter ses griffes en Blake, c'était Quinn.

— Qu'est-ce qui te fait penser que je vais t'aider après tout ce que tu m'as fait ?

Elle soupira.

— Après tout ce que *je* t'ai fait ?

Avait-il déjà oublié ce qu'il lui avait fait ?

— Oui, toi ! Tu veux que je te rédige la liste ?

Il intensifia son regard et leva la main afin de compter sur ses doigts.

— Tu m'as jeté après mon retour de la guerre. Je t'ai proclamé mon amour, mais tu l'as ignoré. Tu m'as caché l'existence de ma fille. Et ensuite, tu m'as même laissé croire que tu étais morte, alors qu'en réalité, tu vivais. En tant que vampire. Tu es devenue ce que tu détestais tant chez moi et, pourtant, tu n'es pas revenue malgré cette transformation. Pourquoi ça, Rose ? Pourquoi m'as-tu infligé tout cela ? Me détestais-tu tellement d'avoir pris ton innocence et de t'avoir laissée avec un enfant dans le ventre ?

Il avait les yeux hagards. Involontairement, Rose tendit la main, en vue d'apaiser sa douleur. Il recula brusquement, comme s'il ne pouvait pas supporter qu'elle le touchât.

— Je ne peux pas te parler maintenant.

Il tourna les talons et sortit en trombe avant qu'elle n'eût le temps de prononcer un seul mot.

— Je suis désolée, murmura-t-elle.

Mais il était déjà parti.

Si seulement elle pouvait lui raconter la vérité, mais celle-ci la tuerait. Et elle n'était pas prête à mourir.

8

Quinn inhala l'air frais de la nuit et s'efforça de retrouver son calme. En vain. Sa vie venait d'être bouleversée. Et, à ce qu'il y semblait, cela ne s'arrangerait pas de si tôt.

Alors qu'il s'éloignait de Rose en marchant d'un pas raide à travers la nuit, de plus en plus de questions bombardèrent son esprit. Et le temps nécessaire afin de les considérer dans leur intégralité n'avait aucune importance. Seule l'une d'entre elles lui importait : pourquoi Rose n'était-elle pas venue vers lui après sa métamorphose ?

Ensemble, ils auraient pu mener une vie heureuse, une vie pleine d'amour, de camaraderie, et de rires. En lieu et place, il s'était retrouvé seul durant près de deux cents ans, le cœur constamment froid, bien que de nombreuses femmes eussent réchauffé son lit.

Il se sentait trahi par la seule personne qui eût jamais compté pour lui.

Rose n'avait jamais paru plus belle ou été plus alléchante. Son odeur lui pendait encore aux narines en ce moment même et suscitait une réaction corporelle qu'il avait à peine pu dissimuler en sa présence. Il ne s'était pas autorisé à s'y laisser aller, refusant de lui donner la satisfaction de réaliser qu'il la désirait toujours, malgré tout.

Mais, à présent, en l'absence de tout témoin de sa faiblesse, il laissa déferler en lui les sentiments qu'elle avait éveillés. Le résultat fut immédiat : le sang fusa tellement dans ses reins que son membre devint plus dur que la barre d'acier qui lui avait sauvé la vie plus tôt dans la soirée.

— Je n'avais pas terminé.

Il sursauta au son de la voix et se retourna en une fraction de seconde. Rose marchait dans sa direction, d'un pas déterminé, la légère brise soufflant ses longs cheveux vers l'arrière.

— Moi, oui.

C'était un mensonge, et il le savait. Il voulait lui poser tant de questions, mais il se connaissait suffisamment bien pour se rendre compte qu'il était en état de choc. Leur vive discussion devait, dès lors, être postposée à tout prix. Jusqu'à ce qu'il pût à nouveau se contrôler et traiter Rose avec froideur et indifférence.

Mais, de toute évidence, Rose le connaissait également. Et elle était manifestement décidée à exploiter sa faiblesse. Qu'elle fût maudite pour cela !

— J'ai besoin de ton aide. Blake est en danger. Si tu ne le protèges pas, il va périr. Il est ta chair et ton sang, le seul qui reste. Est-ce que— ?

— Quel genre de danger ? l'interrompit-il, désireux de se focaliser sur le boulot plutôt que de plonger dans le bagage émotionnel qu'il partageait avec elle.

Cette question la détendit, car elle levait l'incertitude liée à une éventuelle réponse.

Et pourtant, son visage demeura aussi impassible qu'auparavant.

Ressentait-elle toujours quelque chose ? Ou son cœur s'était-il purgé de tout sentiment, quoi qu'il eût pu lui arriver ? *Sa* Rose était-elle toujours là, quelque part ? Quinn aurait tant voulu le savoir !

— Il y a un vampire prénommé Keegan. Il est puissant et, où qu'il soit, ses acolytes ne sont pas loin derrière. Il veut faire du mal à Blake.

Quinn plissa les yeux.

— Pourquoi ?

Elle inspira profondément.

— Pour me blesser, moi.

— Que lui as-tu fait ?

— Rien !

Quinn parcourut la distance qui les séparait en deux enjambées et aboutit tout contre elle. La chaleur de son corps, tout comme son odeur grandissante, se révélait être une pure torture.

— Conneries ! Il doit y avoir une raison alors, crache-la, Rose. Qu'as-tu fait ?

Et il ne se contenterait pas d'une ineptie en guise de réponse.

Rose regarda sur le côté.

— Je l'ai quitté.

Cette réponse le surprit. Instantanément, un accès de rage s'empara de lui. Combien d'hommes y avait-il eu ? Combien d'hommes l'avaient touchée après lui ? Combien avaient parcouru son corps parfait de leurs mains sales et l'avaient pénétrée ?

Le dégoût se propagea dans son ventre, se mêla à la rage qui y bouillait, et se mélangea à sa haine naissante. Il fut incapable de parler pendant quelques secondes et ne put s'empêcher de laisser descendre ses canines tant elles le démangeaient. À la lueur rouge de ses yeux qu'il vit se refléter dans ceux de Rose, il comprit qu'il était en train de perdre le contrôle à toute vitesse.

— Il est mauvais. Je ne l'ai pas remarqué au premier abord, poursuivit-elle rapidement, comme si elle voulait noyer cet insupportable silence. Il ne voulait pas que je le quitte. Personne ne quitte Keegan. Son ego est blessé. Il veut s'en prendre à moi en faisant du mal à Blake.

Mais, plus elle s'expliquait, et plus une chose devenait claire.

À présent, il pouvait nettement la déceler : la façon dont elle détournait les yeux, dont sa voix tremblait, quoique presque imperceptible, dont la veine de son cou se contractait. Même son odeur avait changé, ses glandes sécrétant une sueur inodore. Elle était nerveuse. Pas à cause de Keegan, mais bien parce qu'elle espérait ne pas être démasquée, alors qu'elle débitait un mensonge.

— Tu me mens.

— Non ! protesta-t-elle. J'ai quitté Keegan.

— Soit ! Mais ce n'est pas pour ça qu'il veut faire du mal à Blake.

Quinn marqua une légère pause et épingla Rose du regard.

— Tu n'es pas, à ce point, bonne au lit.

Cette pique le blessa davantage qu'elle ne sembla heurter Rose.

— Pense ce que tu veux. Le fait est que Keegan est résolu à se venger. J'ai besoin de ton aide pour protéger Blake.

D'une façon ou d'une autre, il l'amènerait à dire la vérité. Peut-être pas ce soir, mais il pouvait se montrer patient.

— Très bien. Tiens-t'en à ton mensonge. Que veut-il faire à Blake ? Le tuer ?

Rose secoua ses cheveux tout en fermant les yeux.

— Il veut le transformer. Et je ne peux le permettre.

Lorsqu'elle rouvrit les yeux, l'angoisse s'y était installée.

Cette prise de conscience se propagea si rapidement en Quinn que ce dernier fit un pas en arrière.

— Tu hais être un vampire.

Elle le regarda, ne masquant nullement ses sentiments.

— Qu'y a-t-il là-dedans qui ne mérite pas d'être détesté ?

Incrédule, Quinn dodelina de la tête. Comment avait-elle pu vivre comme l'une des leurs durant si longtemps et ne pas avoir décelé les avantages d'une telle vie ?

— Tu n'as pas choisi cette métamorphose, n'est-ce pas ?

Elle y avait été contrainte.

— Ça n'a plus d'importance, maintenant. L'important, c'est Blake. Vas-tu m'aider, ou pas ?

Le regard blessé qu'elle lui lança suffit à lui transpercer le cœur. Sans réfléchir, il hocha la tête.

— À une condition : tu me dis comment tu as été transformée.

Il put voir les engrenages tourner dans sa tête. Essayait-elle d'inventer un autre mensonge à lui servir ?

— Dès que Blake sera hors de danger.

— Pourquoi pas maintenant ? la pressa Quinn.

Pourquoi ne pouvait-elle pas lui raconter ce qui s'était passé ?

— Parce que tu n'es pas prêt à l'entendre.

— Teste-moi.

Elle secoua la tête, les lèvres fortement pincées.

— Lorsque Blake sera en sécurité, je te le dirai.

Il observa la manière dont sa poitrine se soulevait à chaque inspiration qu'elle prenait. Il savait qu'elle cachait quelque chose. Son instinct le lui dictait, et cela l'inquiétait, le rongeait même. Mais il savait également qu'elle ne cèderait pas. Du moins, pas encore.

— Très bien. Fais comme tu veux. Mais, dès qu'il sera en sécurité, j'exigerai de le savoir.

D'un hochement de tête, elle prit acte de sa déclaration.

— Bon. Maintenant, parlons de la façon dont nous pouvons le protéger.

Quinn leva la main.

— Un instant. Nous n'avons pas fini de négocier.

Le regard surpris qu'elle lui adressa aurait pu être drôle pour autant que Quinn eût fait preuve d'un certain sens de l'humour. Dans le cas présent, il n'en possédait pas la moindre dose, car il était de mauvaise humeur. Par contre, de la colère, il en avait à profusion. Et il la libèrerait sur elle.

Si elle croyait qu'elle pourrait valser à nouveau dans sa vie, sans la moindre explication, sans le moindre remords pour le mal qu'elle lui avait causé, il le lui ferait payer à sa façon.

— Maintenant, venons-en à ta contribution en échange de mes services.

Elle haussa un sourcil.

— J'ai déjà dit à ton patron que je vais donner un million de dollars à Scanguards pour assurer la sécurité de Blake. N'est-ce pas suffisant ?

Quinn dissimula sa surprise. Cette somme d'argent était astronomique. De toute évidence, Blake signifiait beaucoup pour elle. Sinon, pourquoi aurait-elle déboursé autant ? Cependant, Quinn n'était pas intéressé par l'argent. Il en possédait plus qu'assez pour subvenir éternellement à ses besoins.

— Le million est pour Scanguards, pas pour moi. Je préfère quelque chose de plus personnel que du liquide.

Il laissa ses yeux errer sur la svelte silhouette de Rose. Dieu, qu'elle était magnifique ! Il se souvenait de son corps luisant comme si c'était hier. Il pouvait encore sentir ses muscles se resserrer autour de lui, ses talons s'enfoncer dans son postérieur, ses mains le caresser. Il avait connu de nombreuses femmes après elle mais n'avait, cependant, jamais oublié sa nuit avec Rose.

Dorénavant, ce serait différent. Ce qu'il planifiait n'était pas destiné à raviver ces sensations, mais bien à les détruire pour, enfin, se libérer d'elle.

— Que veux-tu ?

Quinn leva les yeux pour rencontrer ceux de Rose. Il remarqua l'appréhension qui avait pris possession de son visage.

— Tu paies avec ton corps. Je te baiserai chaque fois qu'il me plaira jusqu'à ce que la mission soit terminée.

Elle en eut le souffle coupé.

Il ne pourrait arrêter de penser à elle qu'en anéantissant le souvenir mystique qui entourait leur seule et unique nuit ensemble. À l'époque, lorsqu'il avait pris sa virginité, il n'était qu'un jeune homme relativement inexpérimenté et, faire l'amour à Rose, avait été magique. Aujourd'hui, il était doué dans tous les domaines de l'art charnel. Il avait couché avec les plus expérimentées des femmes. S'envoyer en l'air avec Rose maintenant ne susciterait pas les mêmes réponses en lui que deux cents ans auparavant. Cela le débarrasserait enfin du sentiment d'avoir perdu quelque chose de très précieux.

Oui, il se persuadait que, s'il la baisait maintenant, ce serait comme avec une autre femme. Il n'y aurait aucune différence. Rose ne représenterait rien de spécial. Il devait se le prouver à lui-même, faire comprendre à son corps et son cœur qu'il n'avait pas besoin d'elle, et que tout ce dont il avait besoin, il pourrait l'obtenir de n'importe quelle femme.

Rose perdrait finalement le pouvoir qu'elle détenait sur lui. Et il serait libre d'aimer quelqu'un d'autre. Libre ! Enfin !

— Tu ne peux pas être sérieux ! lança-t-elle, en retour.

— C'est à prendre ou à laisser !

Ce point n'était pas négociable. Si elle voulait son aide, elle paierait pour l'avoir.

— Mais il est ta chair et ton sang. Comment peux-tu être aussi insensible ?

Quinn laissa expulser un rire amer.

— Insensible ? N'emprunte pas cette voie, Rose. Ce Blake n'est rien pour moi. Il est peut être ma chair et mon sang, mais qu'est-ce que cela signifie réellement ?

Il claqua le poing contre son cœur et poursuivit.

— Je ne sens rien ici. Tu comprends ? Rien !

Et elle en était la raison, mais il ne prit pas la peine de le dire, car la lueur dans les yeux de Rose traduisait qu'elle le soupçonnait déjà. Elle était intelligente, sa Rose. Elle avait toujours été brillante, bien plus que les autres jeunes femmes qu'il avait rencontrées au cours de la saison à Londres. Il avait été attiré par sa beauté et était resté pour son esprit. Alors que les autres étaient des têtes de linottes, Rose avait toujours affirmé son opinion, posé des questions intelligentes et soutenu ses arguments avec logique. Il avait aimé se disputer avec elle.

— Je suis certaine que tu ne manques pas de femmes désireuses de partager ton lit.

Essayait-elle de savoir s'il voyait quelqu'un ?

— Je peux t'en citer une douzaine qui sauteront immédiatement sur l'occasion si j'appelle, dit-il d'un ton glacial.

C'était la vérité, mais il n'avait pas envie d'une autre femme. Il avait envie de Rose.

Celle-ci serra visiblement les mâchoires.

— Alors, que veux-tu de moi ?

Il fit un pas délibéré dans sa direction, se rapprochant d'elle à moins de trois centimètres.

— Je ne savais pas que tu étais malentendante. Mais, laisse-moi te le dire à nouveau : je veux te baiser. Voilà ma condition pour protéger Blake. Tu as jusque demain, au coucher du soleil, pour me donner ta réponse. Ensuite, mon offre expirera.

Il tira rapidement une carte de sa poche et la fourra dans celle du jean de Rose.

— Envoie-moi un texto.

Il se détourna.

— Va te faire foutre ! s'indigna-t-elle.

Quinn sourit.

— C'est dans cet esprit, Rose. Maintenant, mettons ces mots en application.

9

Quelques heures après avoir quitté Rose, Quinn entendit le tintement de son téléphone portable. Il venait de recevoir un texto, et son cœur se mit à battre si frénétiquement qu'il dut prendre une bouffée d'air pour le régulariser. Il avait erré dans la ville, sans but, afin de se vider la tête.

Il extirpa le téléphone de sa poche et ferma les yeux un instant. Rose ne devrait jamais savoir à quel point il était soulagé qu'elle acceptât cette condition ridicule.

Il balaya le message des yeux : *Oliver est réveillé.*

L'espace d'une fraction de seconde, il ne comprit pas la signification de ces trois mots mais, ensuite, il les réalisa. Il avait des responsabilités.

Ses interactions avec Rose lui avaient fait oublier ce qui s'était passé d'autre ce soir-là. Il était un tuteur à présent, celui d'Oliver. Et cela signifiait qu'il devait l'aider, le guider, lui prodiguer des conseils. Il avait, lui-même, besoin d'être conseillé mais, ce n'était pas grave, il devait à présent faire semblant qu'il connaissait tout, qu'il avait la solution à tous les problèmes auxquels son nouveau protégé serait confronté.

Quinn se passa une main dans les cheveux. Il aurait tant voulu parler à quelqu'un, demander conseil. Mais il ne connaissait personne à qui se confier en toute détente. Durant ces deux cents ans écoulés depuis sa transformation, il ne s'était fait aucun véritable ami. Même Zane, son copain, garde du corps chez Scanguards, n'était pas assez proche de lui. Oui, ils étaient sortis, avaient fréquenté des prostituées, mais tout cela était fini depuis bien longtemps. Zane était maintenant lié à une hybride, Portia, une jeune femme mi-vampire, mi-humaine. De plus, Quinn ne pouvait dire à personne ce qui se passait en lui. Il ne pouvait que feindre, ne laisser personne deviner en quel gâchis sa vie s'était transformée.

Déterminé à au moins réussir quelque chose de bien dans sa vie, il se dirigea vers la maison de Samson. À présent, Oliver avait besoin de lui, et il n'allait pas se soustraire à ses responsabilités.

Thomas l'accueillit à la porte. Le motard gay aux cheveux blond sable et au sourire facile lui fit signe d'entrer. Quinn entrevit Samson et Amaury dans le salon, tous les deux occupés à arpenter la pièce en parlant volubilement, le téléphone portable collé à leur oreille. Il adressa un regard interrogateur à Thomas. Pourquoi avaient-ils laissé Oliver seul ?

— Zane est à l'étage avec Oliver, lui dit son ami en désignant le majestueux escalier en acajou qui menait au second étage.

Tandis qu'il gravissait les marches, Quinn fut surpris d'apprendre que Zane était encore à la maison. Il s'attendait à ce que ce dernier s'en fût retourné auprès de sa compagne, Portia. Ces deux-là étaient pratiquement inséparables depuis leur récente union.

Le rire de Zane l'accueillit dès qu'il ouvrit la porte de la chambre. Quinn plissa le front. La dernière chose à laquelle il se serait attendu à un moment comme celui-ci, c'était bien un rire. Que se passait-il ?

Lorsqu'il entra dans la pièce, il trouva Zane assis sur une chaise près du lit. Oliver était étendu sur le lit, se tenant le ventre à deux mains.

— Arrête ! supplia-t-il, la grimace lui déformant le visage. Ça fait mal !

D'un signe de la main, Zane lui signifia qu'il ne le prenait pas au sérieux.

— Ouais, c'est ce qu'il a dit aussi quand j'ai versé la cire chaude par-dessus.

— Qu'est-ce que tu lui fais ? hurla Quinn en se lançant sur Zane.

Son collègue se releva immédiatement.

Quelle mouche t'a piqué ? répliqua Zane en lui lançant un regard étonné.

— Il est juste en train de...

La voix d'Oliver mourut en plein milieu d'une crise de... fou rire.

D'un coup sec, Quinn tourna la tête en direction d'Oliver. Maintenant qu'il l'observait de plus près, il remarqua à quel point son protégé avait les yeux remplis de larmes, alors qu'il continuait de rire.

— J'étais juste en train de lui raconter une blague, expliqua Zane.

Abasourdi, Quinn demeura là. Il s'était attendu à ce qu'Oliver fût en état de choc. La plupart des vampires fraîchement transformés l'étaient, en particulier ceux qui avaient été métamorphosés de façon inattendue. Oliver semblait, cependant, être tout sauf en état de choc. En fait, il avait l'air tout à fait... heureux !

Soudain, le visage de ce dernier fut déformé par la douleur.

— Merde. Ça fait encore mal, dit-il en désignant son estomac.

Pris de panique, Quinn se précipita à ses côtés, mais la main de Zane le retint par l'épaule.

— Il va bien. Sa blessure à l'estomac va toutefois mettre quelques heures à guérir. Ne t'inquiète pas, nous avons amené un donneur humain pour accélérer le processus.

— Qui ?

— Wesley. Il était le plus proche.

Surpris, Quinn cligna des yeux.

— Le frère d'Haven ? Il s'est porté volontaire ?

Wesley avait longtemps détesté les vampires. Mais, depuis la transformation de son propre frère, sa haine avait, apparemment, quelque peu diminué.

— En quelque sorte, répondit Zane en haussant les épaules.

— Qu'est-ce que ça veut dire ?

Quinn se retourna vers Oliver en entendant ce dernier s'éclaircir la gorge avant de lui répondre.

— Samson lui a offert un emploi chez Scanguards.

Merde !

— Wesley est un électron libre !

— Je me souviens qu'on me désignait comme tel il n'y a pas si longtemps, gloussa Zane. Et regardez-moi maintenant !

Son ami, le vampire chauve, étirait les bras sur les côtés comme s'il se présentait face au public.

— Tu l'es toujours, répondit Quinn d'un ton sec. Putain, j'aurais dû rester ici. Samson ne devrait pas avoir à nettoyer après moi.

Au lieu de s'assurer que son protégé eût tout ce dont il avait besoin, Quinn l'avait abandonné à la première occasion. Qu'est-ce que cela disait sur lui ? Qu'il n'était pas mieux que son propre tuteur ?

Il se passa une main dans les cheveux avant de laisser ses yeux parcourir le corps d'Oliver.

— Tu vas bien ? Comment te sens-tu ?

— Je mentirais si je disais que je n'ai jamais été mieux, commença Oliver.

Quinn baissa les paupières.

— Je suis désolé. J'aurais voulu te laisser le choix.

Au lieu de cela, il s'était laissé dominer par sa propre culpabilité. Après tout, il était responsable de l'accident, pas Oliver.

— Ne le sois pas. Dès que cette foutue blessure à l'estomac sera guérie, je me sentirai comme neuf, l'assura son protégé.

Quinn leva la tête et croisa le regard de ce dernier.

— Mais, toute ta vie va changer.

— Ouais, pour le meilleur. Franchement, si ce n'était pas arrivé, j'aurais demandé Samson de me transformer, rétorqua Oliver en souriant. Je ne rajeunissais pas et—

— Tu as vingt-cinq ans ! l'interrompit Quinn.

— Bientôt vingt-six, le corrigea le jeune homme. Il était temps. Je ne veux pas paraître plus vieux que le reste d'entre vous.

Quinn secoua la tête.

— Je n'en crois pas mes oreilles !

Il savait qu'Oliver les avait toujours admirés et avait même caressé l'idée de devenir un vampire. Mais il ne s'était nullement attendu à ce qu'il s'adaptât à son destin aussi facilement qu'un poisson dans l'eau, à l'accepter comme une faveur. Même ceux qui avaient demandé à être transformés avaient éprouvé quelques difficultés d'adaptation et s'étaient, ultérieurement, interrogés à propos de leur décision. Oliver ne serait pas différent.

— Tu ne sais pas encore à quoi t'attendre dans ta nouvelle vie. Ce ne sera pas facile. Interroge Eddie.

Le beau-frère d'Amaury était un relativement jeune vampire, transformé moins d'un an auparavant.

— Eddie va tout simplement très bien. Il a Thomas.

Cela fit glousser Zane.

— Ou peut-être que c'est Thomas qui l'a ! rétorqua ce dernier.

— Veux-tu bien la fermer, Zane ? lança sèchement Quinn. Thomas est en bas. Il peut probablement t'entendre.

Il se tourna ensuite vers Oliver.

— Il faut penser à beaucoup de choses. Pour commencer, tu ne peux vivre seul pour l'instant.

L'ouverture de la porte l'interrompit. Il regarda entrer Samson et Amaury.

— Hey Samson, Amaury. Je disais justement à Oliver qu'il va devoir faire quelques changements. Il faut qu'il habite avec moi pendant un certain temps.

Samson hocha la tête.

— C'est déjà prévu.

Quinn haussa un sourcil.

— Pardon ?

Amaury l'interrompit.

— Une de mes connaissances vient juste de rénover un manoir à Pacific Heights. Il l'a rendu habitable pour les vampires et tout, et tout. Il veut que ça devienne un B & B.

Quinn prit une grande respiration.

— Hors de question. Je n'habiterai pas dans un B & B avec Oliver. Nous retournons à New York. Nous n'avons pas besoin d'un groupe d'étrangers autour de nous.

— Il n'y aura personne d'autre. Il ne peut pas encore ouvrir l'établissement. Il a quelques problèmes avec les services de l'urbanisme. Alors, il nous l'offre pour usage privé jusqu'à ce qu'il obtienne les permis définitifs. Connaissant cette ville, ça va prendre des mois, affirma Amaury.

— Et c'est mieux si vous restez ici pour l'instant, afin qu'Oliver puisse rester dans un environnement familier, ajouta Samson avant de se retourner sur son assistant d'antan. Tu ne crois pas Oliver ? N'est-ce pas ce que tu veux ?

Déterminé, le gamin hocha la tête.

— Ça devrait convenir.

Celui-ci se retourna ensuite vers Quinn, une expression d'effroi sur le visage.

— Je veux dire, pour le moment ! Ensuite, ce serait cool d'aller à New York avec toi.

À contrecœur, Quinn hocha la tête. Si tel était le souhait d'Oliver alors, il pouvait au moins s'y conformer.

— Alors, c'est réglé, répondit Samson. Quand voulez-vous emménager ? Demain soir ?

Le téléphone portable de Quinn tinta avant que ce dernier ne pût répondre. Son cœur se mit à nouveau à battre la chamade car, cette fois, il connaissait avec certitude l'identité de la personne qui lui adressait ce texto. Par contre, il n'était pas certain de la réponse.

Le pouls galopant, il jeta un œil à l'écran.

Je suis d'accord, disait simplement le message.

Il déglutit, ne sachant pas si la réponse de Rose le rendait heureux ou triste, ou peut-être les deux.

Lentement, il arracha son regard du téléphone et regarda de nouveau Oliver.

— J'espère que ça ne te dérangera pas si nous n'y vivons pas seuls.

Il ravala cette boule qu'il avait dans la gorge et qui menaçait de lui dérober toute capacité à parler.

— Ma femme se joindra à nous.

Oliver le fixa, les yeux écarquillés, visiblement sous le choc.

— Mec, tu es marié ?

10

R ose pointa le bar du doigt.

— C'est lui.

Malgré l'heure tardive, cette boîte de nuit populaire n'était pas encore bondée. Bientôt, cependant, les habitués feraient la queue, juste pour y prendre un verre. Et la piste de danse ressemblerait à une boîte de vers occupés à se tortiller dans tous les sens.

Du regard, Quinn suivit la direction pointée par Rose. Il aboutit sur un grand gars qui semblait tout droit sorti d'une séance de photos pour le GQ Magazine. Ses cheveux brun foncé étaient coupés courts, ses muscles bombaient sous ses vêtements immaculés. Un bronzage, artificiel ou naturel, complétait son look de mannequin.

— La penderie sur pattes ? demanda Quinn.

Du coin de l'œil, il remarqua le haussement d'épaules de Rose.

— Je n'ai aucune influence sur la façon dont il dépense l'argent de son fonds.

Quinn roula des yeux.

— Super. Un bébé bénéficiaire d'un fonds en fidéicommis. Que dois-je savoir d"autre sur lui ?

Blake ne ressemblait en rien à ce qu'il s'était imaginé de son petit-fils. Non pas qu'il se fût attardé à y penser avant ces dernières vingt-quatre heures.

— Il a terminé l'université, puis a fait une maîtrise.

— En quelle matière ?

— La communication. Domaine dans lequel il ne pourra, en réalité, trouver aucun boulot, répondit Rose.

— Donc, il est au chômage !

Tout simplement parfait. Son arrière-grand-peu importe était un perdant.

— C'est pourquoi il est venu sur la côte ouest. Il pense qu'ici, il pourra trouver un emploi.

Quinn renifla.

— Il aurait peut-être dû déménager à Los Angeles.

— Tu ne l'aimes pas, dit Rose.

Il se tourna vers elle dans le but de la contredire mais, dès l'instant où il posa les yeux sur elle, il fut immédiatement distrait. Rose portait un top échancré qui accentuait ses petits seins et les faisait paraître plus grands que dans ses souvenirs. Son décolleté était plus prononcé que celui des robes de bal à la mode qu'elle portait à l'époque. Tandis qu'il dirigeait le regard vers le bas, il autorisa ses yeux à s'attarder. Il se demanda combien de temps il lui faudrait pour la débarrasser du jeans noir cintré qu'elle portait. Une seconde ou deux ?

Sa bouche devint sèche à cette pensée. Il flairait le sang des humains tout autour de lui mais, en ce moment, aucun parfum n'était aussi tentant que celui de la peau de Rose. Pour maîtresses, il avait toujours préféré les femmes humaines, car l'odeur de leur sang accentuait son excitation. Mais, à présent si près de Rose, dont le corps se réchauffait dans cette pièce insuffisamment climatisée, il se rendait compte que son sang n'en était pas moins alléchant. Au contraire : quoiqu'entouré de délicieuses effluves, son corps ne voulait se nourrir que d'une seule d'entre elles.

— Quoi ? demanda-t-elle en le fixant des yeux.

Quinn essaya d'adopter un regard indifférent tout en espérant ne pas être en train de baver. Dieu, qu'il était pathétique ! Comment serait-il capable de faire cela, nuit après nuit ?

— Allons au bar. On peut tout aussi bien prendre un verre.

Rose lui lança un regard confus.

— Tu bois... euh...

Elle baissa la voix.

— ... des boissons pour humains ?

— Juste pour fondre dans la masse. Traîner ici sans boire semblera suspicieux. Après tout, c'est une boîte de nuit, ici, les gens viennent pour boire.

D'ailleurs, sa gorge était si sèche, qu'il se fichait de la nature du liquide qui l'hydraterait.

Quinn se dirigea vers une extrémité du bar d'où il avait une bonne vue sur Blake et fit signe au barman. Il donna une tape sur un tabouret vide et regarda à nouveau Rose.

Elle le suivit et prit le siège.

— Deux Martinis-Boodles, secs, sans olive, ordonna-t-il en voyant sa marque préférée de London Dry Gin derrière le bar. Touillés, pas secoués.

Le barman hocha la tête et se mit au travail.

— Je pensais que James Bond insistait toujours pour que ses martinis soient secoués, et pas touillés, dit-elle.

Quinn pensa qu'elle semblait trouver cette remarque beaucoup plus amusante qu'elle ne l'était en réalité.

— Bond connait les femmes, pas les martinis, rétorqua-t-il.

Il lança un regard oblique à Rose. Maintenant qu'elle était assise, il avait la tête à hauteur idéale pour plonger les yeux dans son décolleté. Lorsqu'il les releva, leurs regards entrèrent en collision. Apparemment, elle avait remarqué son petit jeu. Il sentit la chaleur jaillir dans ses veines.

Agacé par sa propre réaction, il focalisa son attention vers le milieu du bar, où Blake parlait à une jeune femme. Il écouta leur conversation tout en évinçant les autres bruits autour de lui.

— Je viens d'emménager ici. Chouette endroit, déclara Blake.

— Tant mieux pour toi, répliqua la jeune fille en saisissant son verre presque vide.

Son regard s'égara au loin, comme si elle cherchait quelqu'un. Elle était jolie et, à ce qu'il semblait, elle en était bien consciente.

— Qu'est-ce que tu bois ? Je t'en offre un autre, dit Blake.

— Merci, mais je vais commander mes propres boissons, répondit-elle en faisant signe au barman qui venait juste de déposer deux verres de Martini en face de Quinn.

— Ça fait vingt-quatre dollars.

Quinn sortit quelques billets de banque et les jeta sur le bar.

— Merci.

Tandis que le barman ramassait l'argent, Quinn regarda à nouveau Blake et la jeune fille.

— Elle ne l'aime pas, lui dit Rose, toujours à ses côtés.

— Peut-être qu'elle se fait désirer.

Quinn réfléchit, se demandant pourquoi Rose avait pris la peine de lui parler.

Pour la première fois, il l'entendit glousser. Ce son glissa tout doucement le long de son corps, telle une douce caresse. Dieu, comme le rire de Rose lui avait manqué ! La chaleur de celui-ci pouvait remonter le moral de quiconque.

— Je suppose que c'est de famille.

— De se faire désirer ? demanda Quinn.

— De ne pas être en mesure de savoir ce qu'une femme veut.

Elle marqua une pause.

— Ou ne veut pas.

Quinn tendit la main et saisit son verre.

— Ah, c'est méchant, Rose, même venant de toi.

Quinn prit ensuite une généreuse gorgée et laissa ce dégoûtant liquide enrober sa gorge. Cela contribuerait sans doute à lui rendre une voix normale. Du moins, l'espérait-il.

— Et dire que je pensais t'avoir donné tout ce dont tu pouvais rêver cette nuit-là.

Elle plissa les yeux.

— Et plus encore.

À ces paroles, Quinn ressentit un froid glacial le long de sa nuque.

— Tu parles du bébé ?

— Entre autres.

Il posa le verre sur le bar avec tant de force qu'une partie du liquide en déborda.

— Je me suis retiré !

Mais il savait parfaitement que ce n'était pas une méthode infaillible pour prévenir la conception. Cependant, deux cents ans auparavant, à défaut de préservatif, cela représentait le seul moyen.

Rose soutint son regard sans broncher. Mais elle ne le gratifia d'aucune réplique. En lieu et place, elle prit simplement son verre et le vida sans grimacer.

— C'est pour ça que tu m'en veux tellement ? Parce que je t'ai quittée avec un enfant dans le ventre ? J'aurais pris soin de toi et de notre fille si tu m'avais donné la moindre chance.

Fille, ce mot résonnait encore si étrangement à ses oreilles. Pourtant, il pensait ce qu'il avait dit. S'il avait su, les choses se seraient déroulées différemment.

— Avoir Charlotte fut la seule bonne chose qui me soit arrivée dans la vie, admit Rose.

Cet aveu surprit Quinn.

— Alors, qu'ai-je fait de mal ?

Il ne put contenir ces mots. Il savait qu'il étalait sa vulnérabilité en posant une telle question.

La voix tonitruante d'un homme lui épargna la réponse de Rose, quoi que cette dernière eût été prête à lui dire.

— N'as-tu pas entendu ce qu'elle a dit ?

Le regard de Quinn se détourna d'un coup sec en direction de Blake et de la fille à qui il faisait des avances. Rose avait raison : Blake ne l'intéressait pas. Derrière elle, un grand gars lançait un regard noir au jeune homme.

— Elle ne veut pas de tes attentions. Alors, fiche le camp, grogna l'étranger.

Blake se retourna et le regarda.

— Ne te mêle pas de ça. C'est entre elle et moi.

Il se détourna de l'homme et reporta son attention sur la demoiselle.

Le timbre de sa voix changea lorsqu'il lui sourit de nouveau.

— Alors, tu veux danser ? Il paraît que je suis plutôt bon danseur.

L'objet de son attention roula des yeux.

— Je ne suis pas intéressée. Merci.

Elle se tourna de l'autre côté et accepta la boisson que le barman déposait en face d'elle.

— Ça fait dix dollars.

Avant qu'elle ne pût sortir son portefeuille, Blake déposa un peu d'argent sur le bar.

— Laisse, c'est pour moi.

— Non, merci, insista-t-elle.

— Oh, allez... c'est juste une boisson.

Blake libéra un charmant sourire, et Quinn put voir comment il s'y prenait pour plaire à la plupart des femmes. Mais pas à celle-ci, apparemment.

Ni au gars derrière elle qui, visiblement, avait décidé d'intervenir en tant que protecteur.

— C'est tout !

Le sauveur saisit brusquement Blake par la chemise et le tira loin du bar.

Le coude de Blake heurta le verre de la jeune fille et le renversa. Celle-ci hurla de frustration lorsque le liquide rouge du cocktail se répandit sur sa robe.

— Regarde ce que tu viens de faire, connard ! hurla Blake à l'intention de son agresseur.

Dès la seconde qui suivit, il balança un coup de poing dans le visage de l'homme, lui fouettant la tête sur le côté.

— Bien, super, regarde ce que ton petit-fils est en train de commencer, avança Quinn entre ses dents.

C'était exactement ce dont ils avaient besoin : une attention non désirée.

— Mon petit-fils ? Il est tout autant le tien. Et crois-moi, ce tempérament ne provient pas de la branche de ma famille, répliqua Rose.

Les deux hommes se retrouvèrent en plein pugilat en moins de cinq secondes. Des crochets du gauche alternaient avec des uppercuts au menton, des coups à l'estomac et des coups de pied dans les jambes. Les deux parties ne se battaient ni élégamment ni équitablement. Pas plus que dans la retenue. Presque comme si tous deux avaient attendu un exutoire à une tension et une frustration emmagasinées depuis trop longtemps.

Quinn en savait assez à ce propos, sur la façon dont une bagarre pouvait soulager la douleur en la provoquant dans d'autres parties du corps.

Appuyé contre le bar, il regardait, presque avec plaisir, les deux hommes se jeter l'un sur l'autre pour se défoncer la gueule. Les autres habitués du club semblaient également apprécier l'échange. Ils formaient un cercle autour des combattants, les encourageant même comme si ces derniers étaient des boxeurs professionnels.

Rose observait le combat la bouche ouverte. Elle lança ensuite un regard furieux en direction de Quinn.

— Tu ne vas rien faire ?

— Faire quoi ?

— Les arrêter, bon sang ! Blake pourrait se blesser.

Quinn fit la grimace.

— À ce que je vois, il peut prendre soin de lui-même.

Quoique simplistes, les compétences de Blake en matière de combat n'étaient pas si mauvaises. Il était fort et avait de bons instincts. Léger, il avait l'agilité d'un danseur et était en mesure d'éviter nombre de coups assénés par son adversaire.

Quinn avait peut-être sous-estimé ce garçon trop vite. De toute évidence, il avait plus de muscles que de cervelle, sa subtilité étant comparable à celle d'une pierre, mais il semblait fait pour se battre. Comme s'il était né à cette fin. Avec un minimum d'entrainement adéquat, il pourrait être bon, voire excellent.

Rose paraissait impatiente. Elle bondit de son tabouret et se prépara à intervenir.

— Si tu ne les arrêtes pas, moi, je vais le faire, menaça-t-elle.

Contrarié, Quinn soupira.

— Ne te mets pas dans tous tes états !

Il l'attrapa par le bras et la frôla en passant à côté d'elle.

— Reste ici.

Il se fraya ensuite un chemin à travers la foule tout en écartant, sans le moindre effort, les gens de son passage jusqu'à ce qu'il atteignît les deux bagarreurs.

D'un mouvement aussi rapide que l'éclair, il saisit les deux hommes par le bras et les sépara en s'interposant entre eux. Ils luttèrent pour se libérer de son emprise, mais leur force humaine ne faisait pas le poids face à sa puissance.

Arrêtez de vous battre, espèce d'idiots. Ils s'arrêtèrent presque immédiatement dès l'instant où il fit passer cette simple pensée dans leur esprit.

— Assez ! cria-t-il. Il n'y a plus à rien à voir ici.

Lentement, la foule se détourna, et chacun retourna à ses occupations : danser, parler et boire.

Quinn relâcha les deux hommes.

— Casse-toi, ordonna-t-il de vive voix au protecteur de la jeune femme, tandis que son cerveau lui envoyait simultanément ce même ordre.

Le contrôle de l'esprit, outil dont étaient dotés les vampires, se révélait bien pratique. Quinn n'aimait pas en abuser, mais il voulait parler à Blake, seul à seul, et n'était pas d'humeur à davantage limiter les dégâts que ce qu'il n'avait déjà fait.

— Qui es-tu ? cracha Blake.

Quinn le dévisagea de haut en bas. Quoique débraillé, Blake n'arborait pas la moindre égratignure.

— Il se peut que je sois celui qu'il te faut.

L'indignation brillait dans les yeux de Blake.

— Hé, je ne mange pas de ce pain-là.

— Moi non plus. Ne te froisse pas. J'ai quelque chose à te proposer.

Blake haussa un sourcil interrogateur.

— De quel genre ?

D'un signe de tête, Quinn lui désigna le gars avec qui il venait de se battre quelques instants plus tôt.

— Tu sembles bien te battre. Je me demande si tu aimerais utiliser tes compétences à des fins professionnelles.

— Tu veux dire en tant que boxeur ? Pas intéressé. Je n'ai nullement envie de me faire amocher.

— Non, pas du tout. Personne ne voudrait jamais abîmer un si joli portrait ! se hâta de dire Quinn.

Blake hocha la tête.

— C'est vrai.

De toute évidence, la modestie ne l'étouffait pas. Quinn ajouta *prétentieux* au caractère de son petit-fils et se dit qu'il devrait demander à Rose si elle était certaine que Blake fût leur descendant. Peut-être y avait-il eu une certaine confusion à l'hôpital.

— Je pensais que, si tu avais l'intention de réorienter ta carrière… nous avons toujours besoin de jeunes hommes comme toi : forts, intelligents, surenchérit Quinn en reculant quelque peu. Mais, là encore, tu dois déjà certainement avoir un excellent travail. Je veux dire, regarde-toi…

Il désigna les vêtements de Blake de la main.

— Donc, ceci ne t'intéressera probablement pas. Même si nous payons bien, c'est quand même…

Sa curiosité attisée, Blake l'invita à continuer.

— C'est quoi ?

— C'est un métier dangereux. En fait, je ne peux pas vraiment appeler ça un métier. C'est plus comme une aventure. Chaque jour, tu sais. Seuls quelques privilégiés sont faits pour ce genre de travail...

Quinn se retourna à moitié.

— Oublie ma question.

Mais il n'eut pas le temps de repartir : la main de Blake le retint par l'épaule. Bingo.

Il croisa le regard confus de Rose qui les regardait de loin avant de refaire face à son petit-fils.

— De quoi s'agit-il ? Il se peut que je sois justement celui que tu cherches, déclara Blake avec impatience.

Quinn l'évalua du regard.

— Eh bien, nous ne le saurons pas immédiatement. Il y a des tests, tu sais...

— ... comme les Men in Black, mais sans les extraterrestres, ajouta-t-il sur un coup de tête.

Blake en demeura bouche bée.

— Cool ! Je marche, mec. Que dois-je faire ?

Quinn sortit une des cartes de Scanguards de sa poche et la lui tendit.

— Sois là demain soir à 21 heures. La sélection commence à cette heure. Demande Quinn.

— Quinn, répéta Blake en fixant la carte des yeux.

— Et ton nom est ?

Blake tendit la main.

— Bond. Blake Bond.

Quinn marqua un temps d'arrêt. Rose avait négligé de lui révéler le nom de Blake et s'était, manifestement, amusée de cette légère omission. Super ! Si l'on ajoutait ce nom à l'ego du gamin et qu'on les mélangeait avec ses vingt neurones et ses muscles bien fermes, une catastrophe imminente se préparait.

— Bond, hein ?

Blake eut la banane.

— Ouais, on me dit souvent ça.

— Eh bien, à demain soir... Monsieur Bond.

Quinn se retourna et se dirigea vers Rose. Il savait, bien avant de la rejoindre, qu'elle n'avait pas apprécié ce qui s'était passé.

— Tu es fou ? Tu ne dois pas te compromettre. Nous allons veiller sur lui, pas le transformer en Rambo.

— C'est la meilleure façon de le protéger : en lui laissant croire qu'il vient travailler pour nous. Ne t'inquiète pas, ça va parfaitement marcher.

Ouais, ça va parfaitement nous exploser en plein visage ! songea-t-il. Mais ce qui était fait, était fait.

— Il va découvrir qui nous sommes.

— Et ce serait si terrible ? demanda Quinn.

Rose le regarda.

— Oui. Il a droit à une vie normale.

Il fit un pas vers elle, comblant l'espace qui les séparait.

— Il a perdu ce droit quand Keegan a décidé de te blesser en lui faisant du mal. Maintenant, allons-y.

Gonflant sa poitrine, elle fit un geste en direction de Blake qui parlait à présent avec quelques autres habitués de l'endroit.

— Il faut le surveiller. Keegan pourrait débarquer n'importe quand, n'importe où.

Le prenait-elle vraiment pour un amateur ?

— On s'en occupe déjà. Je lui ai assigné quelqu'un dès l'instant où tu m'as révélé son nom et l'endroit où le trouver.

Rose laissa soudainement retomber les épaules.

— Oh !

Elle prit ensuite une profonde inspiration.

— Ok, où allons-nous maintenant ?

Quinn baissa la tête à hauteur de l'oreille de Rose et sentit celle-ci se rapprocher, comme si elle s'attendait à se voir confier un secret.

— Il est temps de percevoir le premier versement.

Lorsqu'elle retint son souffle, la flamme brûlante du désir le heurta dans son bas-ventre. Oui,

le paiement. Voilà ce dont il avait besoin.

11

Elle ne survivrait jamais à ceci. C'était certain.

Rose écouta les bruits de la douche provenant de la salle de bains attenante et sentit la chaleur de son corps s'intensifier au fil des secondes.

La pièce dans laquelle Quinn l'avait emmenée était une grande chambre luxueusement équipée. Face à la cheminée, un grand lit et des meubles à l'aspect confortable habillaient le coin salon. Rose arpentait toutefois la pièce plutôt que de tester le mobilier.

Tout ceci n'était pas bon.

À quoi pensait-elle lorsqu'elle avait accepté cette scandaleuse condition ? Si elle couchait avec lui, elle ne parviendrait jamais à maintenir une distance émotionnelle entre eux. Elle en souhaiterait plus, désirerait à nouveau ressentir cette proximité qu'ils avaient autrefois partagée. Et elle voudrait tout avouer. Lui raconter ce qui s'était réellement passé. Tout. Et cela la tuerait.

L'eau cessa de couler et, lorsque le plancher craqua peu de temps après, elle sut que son léger répit était terminé. Quinn réclamait son dû, et elle n'avait pas d'autre choix que de s'y conformer.

Elle se retourna lentement et jeta un œil en direction de la porte de la salle de bains. Sous le choc, elle se pétrifia. Il n'avait pas pris la peine d'enfiler un peignoir. Une serviette couvrant à peine son bas-ventre était enroulée sous ses hanches, les extrémités rentrées si négligemment qu'elles menaçaient de se détacher au moindre mouvement.

Rose sentit sa bouche s'assécher à la vue de ces abdos ciselés et des muscles saillants de sa poitrine, de ses bras et de ses jambes.

Elle en eut le souffle coupé et détourna rapidement les yeux.

Un instant plus tard, le doux filet de la voix de Quinn lui parvint.

— Allons, allons, Rose. Tu m'as vu plus dénudé que cela.

Peut-être mais, à l'époque, il ne ressemblait pas à cela. Il était clair que l'année qu'il avait passée sur le champ de bataille avec les troupes de Wellington l'avait amaigri, rendu plus fort et davantage sculpté. Elle risqua un autre coup d'œil sur les cuisses de Quinn et admira cette peau douce qui recouvrait muscles et tendons, ce tout qui composait un corps susceptible de couvrir de honte n'importe quel dieu grec.

Avalant la boule qu'elle avait dans la gorge, Rose autorisa ses yeux à voyager plus haut. Il n'était pas bon de divulguer sa faiblesse en ce moment. Quinn ne devait pas savoir à quel point il l'affectait. Après tout, tout ceci n'avait rien à voir avec ce fabuleux rapport sexuel qu'ils étaient sur le point d'avoir. C'était une question de pouvoir, de savoir lequel des deux gagnerait. Et, si elle admettait que ses genoux tremblaient à sa simple vue, elle ferait tout aussi bien de jeter l'éponge immédiatement.

Ramassant son courage à deux mains, elle leva la tête pour croiser son regard et s'obligea à hausser nonchalamment les épaules.

— J'ai vu beaucoup d'hommes nus…

— … Plus que je ne peux en compter, ajouta-t-elle lorsqu'elle remarqua qu'il plissait les yeux.

Quinn laissa échapper un grondement sourd de sa poitrine et, étrangement, pour une raison qu'elle ne voulait pas examiner dans l'immédiat, cela la remplit de satisfaction.

— Ne crois pas que tu peux me manipuler, Rose. Cette époque est révolue.

Quinn fit un pas vers elle. L'instinct lui dicta de battre en retraite, mais son esprit l'emporta sur la réaction de son corps. Battre en retraite ne ferait qu'aggraver la situation. Elle n'était pas sa proie. *Il* serait *la sienne*.

— Je n'y pense même pas. Il s'agit d'un arrangement commercial, rien d'autre.

Et, pour marquer cette évidence aux yeux de Quinn, elle sortit le top de son jeans, le tira d'un coup sec par-dessus sa tête et le lança sur le canapé à proximité. Son soutien-gorge était transparent. Si elle avait su que Quinn voudrait percevoir le paiement immédiatement, elle aurait porté quelque chose de moins alléchant.

— Je suppose que tu veux baiser maintenant, dit-elle en s'affairant à déboutonner son jean. Elle avait toujours détesté ce mot, *baiser*, mais elle se força à l'employer, lui témoignant à quel point tout ceci ne signifiait rien pour elle, même si elle ne pouvait elle-même s'en convaincre.

Elle ne remarqua qu'il avait bougé que lorsqu'elle sentit la main de Quinn s'emparer des siennes, l'empêchant de baisser sa fermeture éclair. Surprise, elle leva la tête, et leurs regards entrèrent en collision.

— Je pense que tu oublies une chose : c'est moi le responsable ici. Je décide quand et comment tu te déshabilles. Nous sommes-nous bien compris ?

Sa voix n'était qu'un grondement sourd, mais elle put à peine se concentrer sur celle-ci. Et pour cause : Quinn se tenait, tout à coup, tout près d'elle. Son odeur enveloppa Rose comme une couverture et la rendit incapable de respirer. Des petites décharges électriques semblaient danser sur la peau de Quinn, pour ensuite sauter sur la sienne et la brûler.

Quinn leva alors une main, la glissa sous l'abondante chevelure de Rose et lui agrippa fermement la nuque. Sans le moindre effort, il attira sa tête plus près de la sienne.

— Nous comprenons-nous bien... Rose ?

Le cœur de cette dernière sauta un battement. L'avait-elle imaginé, ou le dernier mot qu'il avait prononcé était-il teinté de la même tendresse que lors de cette nuit, lorsqu'elle était devenue sa femme ?

Elle chercha ses yeux noisette, espérant une réponse à ses questions, mais il ne divulgua rien. Quoi qui se fût manifesté, une simple fraction de seconde plus tôt, avait disparu. Ou peut-être n'était-ce simplement qu'une illusion, une farce que son esprit fatigué lui avait jouée.

Ce même esprit la poussait à présent à céder, à se rendre. Peut-être était-ce mieux ainsi. Après deux cents ans, elle était fatiguée de fuir, de se cacher. Elle se dit qu'elle devait le faire pour Blake, car elle l'avait promis à Charlotte.

Dans un soupir, elle rapprocha son corps tout contre celui de Quinn.

— Je comprends. Vas-y, prends ce que tu veux.

Les lèvres de ce dernier s'écrasèrent sur les siennes avant qu'elle n'eût pu prononcer le dernier mot. Il n'était pas tendre, pas comme il l'avait été cette nuit-là, à Londres, et elle en était bien aise. De la tendresse aurait réduit son courage à néant et aurait émietté sa détermination à protéger son cœur. Ce baiser eut pourtant un autre effet : il suscita son désir.

Les lèvres de Quinn pillèrent, explorèrent et exigèrent. Elles étaient à la fois dures et douces en s'inclinant sur la bouche de Rose, l'exhortant à se rendre. Sous l'impact, la peau de celle-ci grésilla, le souffle masculin attisant, de surcroît, les flammes de son corps.

Oubliant qu'elle avait projeté de ne pas s'impliquer, elle enroula les bras autour du cou de Quinn et écarta les lèvres, tant la langue de ce dernier l'en implorait. Une bouffée de chaleur l'envahit, l'embrasant et la privant de toute capacité à penser. Lorsqu'il fourra sa langue en elle, envahit sa bouche, elle sentit son cerveau se désintégrer en une masse gluante.

Elle sentit sa langue soyeuse glisser contre ses dents, la priant de lui répondre. Sans réfléchir, elle s'exécuta. Sur le même rythme parfait des danses auxquelles ils s'étaient adonnés dans les salles de bal de Londres, leurs langues tournoyaient à présent, comme obéissant à une musique dont elle pouvait ressentir les résonnances à travers tout son corps. La mélodie l'emportait, la berçait dans une certaine sécurité, mais la précipitait vers l'inévitable.

Sous son soutien-gorge, ses mamelons se frottaient contre lui tant il la serrait contre sa poitrine dure comme la pierre. La douleur était insupportable, mais aucun soulagement n'était en vue. Quinn ne semblait nullement avoir l'intention de relâcher sa bouche ou encore de consacrer son énergie à ses seins endoloris.

Une main toujours plaquée sur sa nuque s'assurait qu'elle n'échapperait pas au talent dévastateur de sa bouche. L'autre enrobait son postérieur, tandis que Quinn frottait son bas-ventre contre son sexe. Elle sentit le dur contour de son membre mais, la serviette toujours attachée à ses hanches, empêchait un contact plus intime.

D'un geste rapide, Rose tira dessus et en libéra Quinn.

Ce dernier eut un sursaut de surprise en guise de réponse. Il intensifia alors son baiser, comme pour la punir de ce qu'elle venait de faire. Pensait-il vraiment qu'il pourrait la réduire au silence et prendre toutes les initiatives ? Elle allait lui montrer qu'elle n'était plus la playmate timide qu'il avait autrefois possédée, celle qui avait éprouvé du respect pour lui et l'avait regardé avec émerveillement. Non, elle prendrait ce qu'elle voudrait.

Enfonçant les ongles dans les fesses de son partenaire, elle positionna le centre de sa féminité tout contre son érection.

Quinn arracha alors sa bouche de la sienne.

— Putain, Rose !

Il la regarda, les yeux rouges.

— Je t'ai dit que...

— Va te faire foutre, Quinn ! Tu penses vraiment que je suis toujours cette vierge qui va docilement écarter les jambes pour toi ? Si tu veux baiser alors, nous le ferons à ma manière !

Il n'eut même pas l'opportunité de répondre. Elle plia les bras en arrière, libéra l'attache de son soutien-gorge et fit glisser l'irritant vêtement le long de son corps.

Le regard de Quinn s'abattit immédiatement sur ses seins.

— Et de quelle manière donc, Rose ? grommela-t-il, le bout des canines pointant entre ses lèvres.

Rose saliva à cette vision. Elle n'avait jamais considéré des canines allongées comme sexy. Mais, à la façon dont il la regardait, ses genoux flanchèrent.

— Eh bien, certainement pas comme tu l'as fait à l'époque !

Il plissa les yeux. Maintenant, elle avait réussi. Il avait l'air furieux. Il grogna d'une voix sombre et basse.

— Je sais ce que tu fais. Ça ne marche pas.

Elle souleva le menton.

— Et je fais quoi, selon toi ?

— Ne fais pas l'idiote ! Tu penses qu'en m'insultant, tu pourras te soustraire à tes obligations. Tu me crois si stupide ? Je vais t'avoir. Tout de suite. Aucun moyen de t'en sortir.

Elle ne faisait pas que cela, mais il ne servait à rien de le corriger. Tout ce qu'elle voulait, c'était en finir avec tout ça, en s'impliquant le moins possible émotionnellement. Ce qui signifiait le plus rapidement possible, sans longues préliminaires.

Devant ses yeux, Quinn transforma ses mains en griffes. À la vitesse du vampire, il déchira son jean en lambeaux et le jeta au sol. Son slip suivit le même chemin.

Elle aurait dû se sentir quelque peu effrayée, mais aucun sentiment de la sorte ne s'empara d'elle. En lieu et place, ses mamelons durcirent, et un filet continu d'humidité fit son chemin vers les grandes lèvres de son sexe.

Quinn inspira pour se calmer, espérant que Rose ne remarquât pas qu'il était pratiquement en train de baver. Elle était encore plus belle que dans ses souvenirs. Son corps était plus mûr, ses hanches un peu plus rondes que la nuit où il avait pris sa virginité. Et ses seins étaient également plus gros. Était-ce la grossesse qui avait provoqué cela ? Était-ce la raison pour laquelle elle était encore plus féminine ?

Sa peau était toujours d'albâtre, ses mamelons durs de couleur brun foncé, et ses lèvres d'un rouge profond. Quinn perçut l'odeur de son excitation et remarqua la rosée qui brillait sur les boucles gardiennes de son sexe. Alors que ses yeux parcouraient ce corps nu, sa rage se dissipa. Ses griffes redevinrent des doigts, mais ses canines demeurèrent allongées. Et ceci n'avait rien à voir avec la colère, mais bien avec l'envie et le désir.

Sachant qu'il était si près de la prendre, de la pousser contre le mur et de la baiser debout, il serra les poings. Non, il ne lui permettrait pas de le contrôler de cette façon. Il la baiserait comme n'importe quelle autre femme et, dès que ce serait fini, il se rendrait compte que cela n'avait en rien été spécial, que le sexe avec elle était identique au sexe avec les autres femmes.

— Allonge-toi.

Elle entrouvrit les lèvres, comme désireuse de protester.

— Maintenant, Rose !

Peut-être avait-elle lu la détermination dans ses yeux, ou peut-être avait-elle compris qu'il ne plaisantait pas après qu'il lui eût déchiqueté le pantalon. Mais elle obtempéra à sa demande et s'étendit sur le lit.

Elle ressemblait à un chaton, son joli corps contrastant avec les draps rouge foncé, et ses cheveux blonds s'étalant autour d'elle, tel un halo. Une jambe pliée, elle tenta de cacher son sexe exposé à la vue de Quinn. Malgré la froideur qu'elle avait affichée, ce dernier se demanda si ceci signifiait quelque chose pour elle.

Elle lui avait clairement fait comprendre qu'elle avait vu beaucoup d'hommes nus. C'était sa façon de lui dire qu'elle avait couché avec d'innombrables hommes depuis qu'il l'avait déflorée. En faire étalage avait été une tentative de le rendre furieux, pour sûr. Cela n'aurait pas dû revêtir la moindre importance et, pourtant.... savoir que d'autres hommes l'avaient touchée, pénétrée, lui avaient procuré du plaisir, lui bouillait le sang.

Sa colère se raviva en un instant. Peut-être était-ce mieux ainsi. Peut-être que la rage qu'il éprouvait l'empêcherait de transformer ceci en quelque chose de plus important que ce ne l'était : du sexe à l'état pur. C'était plus que nécessaire.

Déterminé à se prouver à lui-même qu'elle ne représentait plus rien à ses yeux, il s'abaissa sur le lit tout en lui écartant les jambes. Il remarqua comment elle fermait les yeux. Il ne s'en soucia pas. Aucune importance si elle ne voulait pas le regarder. Un peu plus tôt, elle l'avait regardé bouche bée et, durant ces quelques secondes où ses yeux avaient erré sur son corps à moitié nu, il en avait éprouvé une certaine satisfaction. Si elle voulait à présent nier le reliquat de désir qui subsistait entre eux, alors, il le permettrait.

Reniflant plus intensément son excitation, tandis qu'elle s'offrait à présent à lui les jambes écartées, Quinn se rappela à quel point il s'était régalé d'elle cette nuit-là, à quel point il avait apprécié la lécher et s'abreuver de son nectar. Mais il ne le ferait pas ce soir. Il ne faisait pas l'amour. Ce n'était simplement que du sexe. Si seulement il pouvait en convaincre son propre corps !

Quinn se mut entre les cuisses de Rose et se positionna bien au centre. Sans un mot, il enfouit son membre endolori en elle et poussa profondément.

Rose ouvrit brusquement les yeux, ses lèvres s'écartant dans un gémissement.

Oh, merde, il était complètement foutu !

Une chaleur luisante l'accueillit, les muscles internes le saisissant tel un poing serré et le maintenant là, prisonnier. En un seul coup, il avait scellé son destin. Ça ne se pouvait. C'était impossible mais, se retrouver en elle, sans même bouger, sans rien faire, l'amenait à prendre conscience du pouvoir qu'elle exerçait encore sur lui. Du pouvoir qu'elle aurait toujours sur lui.

— Rose, murmura-t-il, incapable d'arrêter le mouvement de ses lèvres.

Sa main remonta, prête à caresser la joue de Rose, mais il réprima rapidement cette envie. Il répéta son mantra : il ne faisait pas l'amour. Il ne devait y avoir aucune émotion, aucun sentiment en jeu. Il devait demeurer indifférent.

Peut-être se sentirait-il différent après sa délivrance. Peut-être, alors, la verrait-il simplement comme une autre femme.

Déterminé à détruire tout le pouvoir qu'elle avait sur lui, il s'extirpa de cet étroit fourreau et replongea. Il se devait de ne pas accorder la moindre importance à ce que Rose ressentait, si elle aimait ceci ou pas et, pourtant, il se surprit à l'observer pour y trouver des signes de plaisir. Chaque fois qu'elle laissait émerger un gémissement ou un soupir, la poitrine de Quinn se gonflait de fierté, et son engin palpitait d'impatience. Il sentit à quel point il ajustait son rythme à la respiration de Rose, à quel point il aspirait qu'elle le touchât de ses mains.

Mais les mains de Rose demeuraient sur le côté. Pourquoi ne le touchait-elle pas ? Il y jeta un œil et remarqua qu'elle avait enfoncé les ongles dans les draps et déchirait ceux-ci.

Il ramena brusquement la tête vers son visage et vit comme elle pinçait sa lèvre inférieure entre les dents, tentant clairement de ne pas crier.

Merde, foutue fierté !

— Touche-moi, Rose ! ordonna-t-il. Fais-le !

Elle relâcha immédiatement sa lèvre, un regard étonné sur le visage. Mais, quelques instants plus tard, ses mains abandonnèrent les draps et vinrent caresser la poitrine de Quinn.

Il laissa échapper un souffle précaire, suivi d'un gémissement. Partout où elle le touchait, il était en feu. Il était inutile de le nier : les mains de Rose étaient magiques. Elles évoquaient les souvenirs d'une vie révolue depuis long-temps, de baisers secrets et de moments volés, de réunions clandestines et de caresses passionnées. D'un amour interdit.

Tout était comme la première fois. Ses mains étaient tout aussi douces que jadis. Mais celles-ci, alors timides du temps de sa virginité, lorsqu'elle était toujours sa Rose, s'étaient transformées en mains de femme dont le toucher savait ce dont un homme avait besoin. Ses ongles s'enfonçaient en lui, exigeant qu'il accélérât le rythme et la pénétrât plus fortement. À l'époque, il n'avait pas pu le faire, de peur de lui faire mal mais, aujourd'hui, il pouvait s'enfoncer en elle aussi fort qu'il le voulait, et elle l'accueillerait. Leurs corps étaient aussi indestructibles l'un que l'autre et plus souples que jamais.

— Encore ! exigea-t-elle, l'attirant plus près, les jambes enroulées autour de lui.

Il n'avait aucune objection. La chevaucher violemment et rapidement était justement ce qu'il lui fallait.

La vierge timide de deux siècles auparavant avait disparu. Quinn ne pouvait pas dire qu'il le regrettait, car la femme qui se tordait à présent sous lui, dont le corps lui procurait tant de plaisir, était tout ce dont il avait toujours rêvé. Et même plus. Elle était devenue la maîtresse parfaite.

Passionnée et sauvage, elle l'aguichait avec des gémissements et des soupirs spontanés. Son corps réagissait immédiatement et brutalement aux coups puissants que Quinn assénait. Et, à chaque glissade dans sa soyeuse douceur, celui-ci se perdait un peu plus. Chaque seconde qui passait, tandis que leurs corps dansaient en parfaite harmonie, le rapprochait de l'extase. La libération se profila, mais il se retira, ralentit. Il ne pouvait tolérer que cela se terminât déjà. C'était trop bon pour en finir.

Il endura donc la torture qu'elle lui infligeait : une caresse à la fois, une glissade, un coup de rein. Et peut-être juste un baiser. Quel mal y aurait-il là-dedans ?

Au coup suivant, il baissa la tête, rapprocha ses lèvres des siennes et l'embrassa. Cette fois, c'était différent, il était moins en colère. Elle l'accueillit avec passion, glissa sa langue contre la sienne d'une manière attrayante, lui demandant de la prendre. Elle ne dût pas le lui dire deux fois car, lorsqu'il envahit sa bouche, il s'exécuta en sachant que ce qu'elle voulait de lui n'avait rien à voir avec le marché qu'ils avaient passé. Il le ressentait.

Cette prise de conscience le poussa à bout. Sans le moindre avertissement, ses testicules durcirent à un point tel que la pression devint insupportable. Le feu se propagea à toute vitesse dans son membre, lequel explosa en son bout.

Rose haleta dans sa bouche.

— Oh, mon Dieu ! grommela-t-il en arrachant ses lèvres de celles de sa partenaire.

Les vagues de son orgasme le heurtèrent et le secouèrent telle une tempête dans l'Atlantique qui faisait balloter un canoë dans la houle. Une autre vague vint alors s'écraser, et il réalisa que celle-ci ne venait pas de lui. C'était Rose. Les muscles vaginaux convulsaient autour de sa tige en acier et s'y agrippaient de sorte qu'il ne pouvait s'échapper, déserter sa caverne humide. Quoiqu'il n'eût pas l'intention de le faire.

Il continua à la chevaucher, ralentissant ses coups de rein en les adaptant aux spasmes de Rose. Pris au piège entre ses cuisses, il la pénétrait et ressortait afin de prolonger le plaisir qui courait dans ses veines.

Lorsqu'il roula finalement sur le côté, il entendit Rose expirer à ses côtés. Il se tourna pour lui faire face, plia le coude et reposa la tête dans la paume de sa main.

Peut-être pourraient-ils réparer ce qui avait mal tourné entre eux. Ce qu'il venait juste d'expérimenter avec elle avait été parfait. Il ne pouvait tout simplement pas le gâcher.

— Dis-moi ce qui s'est passé à l'époque, dit-il doucement, lui caressant le cou de la jointure de ses doigts.

Elle évita son regard.

— Nous avions un accord. Je te le dirai dès que Blake sera hors de danger.

Après avoir essuyé ce refus, Quinn sentit son cœur battre plus rapidement, mais il n'était pas disposé à renoncer.

— Pourquoi pas ? S'il te plaît, raconte-moi, Rose. Après ta transformation, pourquoi m'as-tu laissé croire que tu étais morte ?

Elle serra la bouche.

— Ça n'a pas d'importance.

Quinn se redressa brusquement et s'assit.

— C'est important pour moi. Je t'aimais, Rose ! Je pensais que tu éprouvais la même chose, à l'époque.

Il fixa la cheminée vide du regard, en attente de la réponse, conscient de ce qu'il voulait entendre : une confession de l'amour qu'elle ressentait pour lui. Et tout ce qu'elle lui raconterait d'autre, par la suite, n'importerait pas. Quelles qu'eussent été ses raisons de ne pas revenir vers lui, il comprendrait. Si seulement elle l'avait aimé. Même si elle ne l'aimait plus. Il pouvait vivre avec cela. Du moins, essaierait-il.

— Je t'ai dit que je t'expliquerais tout plus tard. Mais Blake est plus important pour le moment. Il est en danger et—

Quinn leva une main pour l'arrêter. Savoir qu'elle lui cachait quelque chose lui noua l'estomac.

— Je comprends, grommela-t-il. Tu aimes Blake plus que tu ne m'as jamais aimé. J'espère que vous serez, tous deux, très heureux ensemble.

Il bondit hors du lit et saisit vivement la serviette au sol.

— Où vas-tu ?

Il ne se retourna pas. D'un pas raide, il se dirigea vers la porte tout en enveloppant la serviette autour de ses hanches

— Où crois-tu que j'aille, Rose ? Dans ma chambre. Nous sommes peut-être encore mariés, mais nous ne sommes plus un couple. Nous ne l'avons jamais vraiment été.

Ces mots obstruèrent presque ses voies respiratoires et lui assénèrent un coup douloureux dans le cœur, comme si quelqu'un y enfonçait un couteau. Dieu, comme il avait voulu la tenir dans ses bras, écouter les battements de son cœur pendant son sommeil, la bercer, sentir son souffle lui effleurer la peau. Et puis, au coucher du soleil, se réveiller avec elle, la sentir remuer dans ses bras, son corps chaud moulé au sien, son beau petit derrière enfoncé dans son bas-ventre.

Combien de jours avait-il rêvé de cela ? Combien de fois avait-il souhaité l'impossible, une vie avec Rose ? Et, même à présent qu'il claquait la porte derrière lui, il savait que ses rêves n'étaient pas morts. Il était irrévocablement amoureux de Rose. Durant deux cents ans, il avait maintenu cet amour en vie et, ce soir, celui-ci s'était réaffirmé. Elle était encore sienne, cette épouse qu'il avait revendiquée cette nuit fatidique, cette femme qu'il ne pouvait oublier. Celle qui lui avait gâché toute opportunité de regarder une autre femme qu'elle.

Son plan, de se purger de son amour pour Rose, avait échoué.

Qu'était-il supposé faire, maintenant ?

12

———————

Rose détestait de se débarrasser de l'odeur de Quinn, tandis qu'elle se lavait, mais elle savait que c'était mieux ainsi. La situation était déjà assez pénible comme cela : son corps lui faisait agréablement mal, son sexe vibrait toujours des contrecoups de... enfin, elle ne pouvait pas exactement appeler cela de « l'amour ». Car ça ne l'avait pas été. Il s'agissait d'un accouplement, certes agréable et passionné. Mais, ce qui avait suivi, avait détruit ce moment et lui avait rappelé qu'ils ne pourraient jamais retrouver ce qu'ils avaient autrefois connu. Alors, elle avait refermé violemment la porte de son cœur et l'avait verrouillée.

Elle s'habilla à contrecœur et passa la tête dans le couloir. Celui-ci était désert. Et si elle avait de la chance, il demeurerait tel quel encore une heure, jusqu'au coucher du soleil. Elle n'avait pas eu l'occasion de jeter un œil dans la demeure lorsqu'elle y était entrée. Quinn avait expliqué qu'il s'agissait d'un Bed and Breakfast, et que Scanguards en avait l'usage exclusif.

Il était géré par un copain vampire et, selon Quinn, une fois que le B & B serait officiellement ouvert, seuls des vampires pourraient y faire des réservations. Ceux-ci devraient s'identifier avec un mot de passe, et tous les humains seraient évincés en prétextant l'absence de chambres libres. Cela expliquait la présence de volets sombres et de vitres au revêtement spécial anti-UV : la quantité de lumière pénétrant à l'intérieur des pièces devait être réduite au maximum. Rose supposa même que, par temps nuageux ou brumeux, un vampire pourrait y vivre en sécurité, avec les volets ouverts. Et, à ce qu'elle avait entendu dire à propos de San Francisco, tel était souvent le cas. Le temps, ici, était apparemment semblable à celui du bon vieux Londres.

Alors qu'elle descendait l'escalier minutieusement sculpté, la moelleuse moquette sous ses pieds absorba le bruit de ses pas. Parfait, elle ne réveillerait pas Quinn. Moins elle le verrait, mieux ce serait. Elle espéra qu'il prendrait son temps pour se préparer, car elle devrait se nourrir dès le coucher du soleil. Et elle détestait qu'on l'accompagnât durant la chasse, qu'on la regardât lorsqu'elle se métamorphosait en animal, en prédateur. Cela la dégoûtait.

C'était ce qu'elle détestait le plus dans sa nature de vampire : se nourrir à la source.

Mais c'était un mal nécessaire à sa survie.

Dans le hall, Rose regarda autour d'elle et essaya de s'orienter. Une petite pancarte indiquant *Cuisine* pointait en direction de l'arrière de la maison. Elle la suivit.

Elle sut que la cuisine n'était pas déserte avant même d'avoir poussé la porte western. Son estomac se retourna à l'odeur du sang qui émanait de la pièce.

Elle observa la personne qui se tenait devant le réfrigérateur ouvert et qui engloutissait, la tête penchée en arrière, un liquide rouge au goulot de la bouteille. Il buvait si goulûment que les gouttes de sang lui coulaient sur le menton. C'était un jeune dont la chevelure foncée et abondante était en bataille. Pieds nus, il portait simplement un jeans et laissait ainsi dévoiler sa maigre poitrine imberbe. Quoique ses muscles ne fussent pas aussi saillants que ceux de Quinn, son torse était toutefois agréable à regarder.

La tête du vampire se tourna brusquement dans sa direction. Les yeux rouges et les canines allongées, il émit un grognement d'avertissement. Instinctivement, elle recula. Interrompre un vampire en train de se nourrir pouvait prendre une mauvaise tournure, même si elle se demandait pourquoi il buvait à la bouteille. Avait-il drainé un humain de son sang quelque temps auparavant et ensuite rangé le surplus dans le réfrigérateur, pour sa prochaine collation ?

— Excuse-moi, murmura-t-elle tout en repoussant la porte derrière elle.

D'un seul coup, il fut sur elle, la plaquant contre le chambranle de la porte.

Elle se prépara à riposter, mais il ne la frappa pas. Il se contenta de la renifler et recula immédiatement.

Soudain, la couleur de ses yeux changea, et ses canines se rétractèrent. Son comportement de prédateur vira, dans la seconde, à celui d'un jeune homme hésitant.

— Je suis désolé, dit-il.

Il haussa ensuite les épaules.

— Pas encore habitué à tout ceci.

Rose hocha la tête, pas vraiment certaine de ce qu'il voulait dire.

— Y'a pas de mal.

Elle fixa des yeux la porte du réfrigérateur qui était restée ouverte derrière lui. Deux douzaines de bouteilles de liquide rouge étaient soigneusement alignées sur les clayettes. Elle les pointa de la main.

— Ce sont des— ?

— Tu dois être l'épouse de Quinn, dit l'homme.

Les bouteilles dans le réfrigérateur furent immédiatement oubliées.

— L'é... de Quinn ? répliqua-t-elle d'une voix étouffée.

Elle ne s'était pas attendue à ce que Quinn eût révélé la nature de leur relation à tout le monde. Après tout, n'avait-il pas dit, quelques heures auparavant, qu'ils ne formaient pas un couple ?

Il lui lança un regard étonné.

— Eh bien, dit-il... Je veux dire... oh Dieu, tu ferais mieux de partir rapidement. Il a dit que sa femme allait nous rejoindre mais, si tu n'es pas sa femme alors, tu devrais sortir d'ici avant qu'il ne se pointe. Qui sait à quoi elle ressemble.

Le jeune vampire regarda nerveusement autour de lui et, ensuite, vers la fenêtre.

— Oh, merde, il fait encore jour.

Ses yeux s'abattirent sur le téléphone qui était posé sur le plan de travail.

— Je peux t'appeler un van à vitres teintées.

Rose leva la main.

— Attends !

— Non, tu ne comprends pas. Dès que sa femme sera là, je suis sûr qu'elle ne sera pas contente de voir qu'il a ramené... euh... une... autre femme ici.

— Je ne suis pas une—

Il lui coupa la parole.

— Écoute, sans vouloir t'offenser, je vous ai entendu baiser quand il t'a ramenée ici. Alors, ne nie pas. Je sais que c'est un playboy. Nous l'acceptons tous mais, aussi longtemps que son épouse restera, je m'assurerai qu'aucune... euh... femme, ne fiche tout en l'air. Est-ce clair ?

Playboy ? Super, c'était juste parfait ! Quinn était connu comme un coureur de jupons. Y avait-il quelque chose de nouveau ?

Le vampire attrapa le téléphone.

Rose claqua une main sur la sienne pour l'empêcher de décrocher.

— Je suis sa putain de femme !

Elle eut à peine prononcé ces mots qu'elle voulut plaquer une main sur sa bouche et retirer ces paroles. Elle était peut-être la femme de Quinn sur papier, mais elle ne représentait rien à ses yeux.

Le jeune vampire grimaça.

— Donc, tu l'es, dit quelqu'un depuis la porte.

Rose se raidit. Oh, merde ! Quinn avait entendu son éclat de voix qui, apparemment, portait bien dans la vieille maison.

— Oliver, laisse-moi te présenter Rose, ma femme, qui m'a abandonné quand je suis revenu de la guerre sous l'apparence d'un vampire.

L'accusation était bien franche, quoiqu'exprimée calmement. Oui, Rose l'avait rejeté. Car elle craignait pour sa sécurité et celle de sa fille. Elle n'avait nullement besoin qu'on le lui rappelât.

— Il n'est pas nécessaire d'émettre nos doléances en présence d'inconnus, siffla-t-elle, sans toutefois se retourner vers lui.

Quinn se rapprocha à son niveau.

— Mais Oliver n'est pas un inconnu. Il est mon protégé, mon fils, en quelque sorte.

Oliver tendit la main vers elle.

— Heureux de te rencontrer. Désolé... à propos de... tu sais. Je ne pensais pas ce que j'ai dit. Il n'est pas—

— Tu n'as pas à m'excuser Oliver, l'interrompit Quinn. Rose a déjà une mauvaise opinion de moi. Je doute qu'elle puisse être pire.

Elle ignora cette pique et préféra se concentrer sur Oliver. Elle se demandait pourquoi Quinn avait transformé le jeune homme, mais elle aurait préféré se mordre la langue plutôt que demander.

— Ravie de te rencontrer, Oliver.

Alors qu'il hochait la tête en souriant, Rose laissa glisser le regard vers son menton toujours couvert de sang. Cela lui rappela ce qu'elle avait précédemment voulu lui demander.

Elle désigna le réfrigérateur.

— Les bouteilles. Qu'est-ce que c'est ?

Oliver plissa le front.

— Des bouteilles de sang, bien sûr. Pourquoi demandes-tu cela ?

— Je veux dire, comment les obtiens-tu ? Tu les remplis toi-même ?

L'énorme quantité laissait supposer le contraire.

— Es-tu en train de me dire que tu ne connais pas le sang en bouteille ? demanda Quinn.

Rose se retourna vers lui, et il la regarda comme si elle venait de terminer sa retraite de deux cents ans dans sa grotte.

Tout comme Oliver, il portait un jean. Les taches humides sur son t-shirt laissaient supposer qu'il avait enfilé ce dernier sans s'être bien séché après avoir pris sa douche.

— Je... eh bien, où puis-je m'en procurer ?

— Nous le commandons par le biais de certaines relations que nous avons auprès de la banque du sang. Il y a quelques années, mon patron a constitué une société de matériel médical, et c'est de cette manière que le sang est acheminé vers nous, expliqua Quinn.

— Tu veux dire que vous ne vous nourrissez pas directement à la source ?

Quinn laissa son regard errer sur le cou de Rose. Lorsque celle-ci le remarqua, sa peau en frissonna.

— Seulement de temps en temps, quand c'est nécessaire.

— C'est vrai, ajouta Oliver. Avant, la plupart d'entre eux se nourrissaient de moi. Tu vois, en cas d'urgences. Mais, sinon, ils prennent tous le sang en bouteille. Je veux dire, la plupart des gars de chez Scanguards.

Rose en demeura bouche bée. Pourquoi s'étaient-ils nourris du sang d'un autre vampire ? Cela n'avait absolument aucun sens.

— Mais tu es également un vampire.

Oliver sourit, arborant ainsi les petites fossettes de ses joues.

— J'étais humain, il y a encore quelques jours.

Quinn lui ébouriffa les cheveux.

— Il est pratiquement un bébé.

— Je n'en suis pas un !

Lorsque le rire de Quinn fit écho dans la cuisine, Rose sentit comme un coup de poignard dans son cœur. Dieu, comme son rire, ses sourires et l'étincelle dans ses yeux lui avaient manqué ! Il regardait Oliver avec malice et affection, et c'était de cette façon qu'elle se souvenait de lui. Il semblait à nouveau si jeune, si innocent... si humain.

— Donc, vous vous nourrissez à la bouteille, répéta-t-elle. Puis-je faire un essai ?

Oliver alla au réfrigérateur, en sortit une bouteille et referma la porte.

— Voici. Il est assez bon.

Hésitante, elle prit la bouteille et dévissa le bouchon avant d'en renifler le contenu. Cela avait définitivement l'odeur du sang, du riche sang humain.

— C'est du vrai ?

Quinn hocha la tête.

— Donné par des humains, mis en bouteille et réfrigéré. Nous le buvons froid mais, si tu veux le réchauffer, tu peux utiliser le micro-ondes.

Elle oscilla la tête. Si ses collègues et lui le buvaient froid, elle en ferait autant. Ne pas connaître l'existence du sang en bouteille était déjà suffisamment pitoyable. Aucune des hordes de vampires qu'elle avait fréquentées au fil des ans n'avait utilisé de sang en bouteille. Tous s'alimentaient directement à la source.

Elle amena la bouteille à ses lèvres et goûta avec hésitation. Ses papilles gustatives analysèrent instantanément l'épais liquide qui lui remplissait la bouche.

Wow!

Elle prit une seconde gorgée, puis une autre. C'était bon. À vrai dire, c'était très bon. Et le plus important, c'était qu'il n'était pas douteux. Elle n'avait pas à percer la peau de quelqu'un, à y enfoncer ses canines et à sentir sa victime lutter. Elle se voyait épargnée de lire la peur dans les yeux de l'humain lorsqu'il ou elle savait ce qui allait arriver. Et elle n'éprouvait pas le dégoût qu'elle ressentait habituellement lorsqu'elle se sustentait. Elle se sentait presque... normale. Comme une vraie personne qui était tout simplement en train de boire une boisson. Cultivée, civilisée, tout à fait normale.

Lorsqu'elle ôta la bouteille de ses lèvres, cette dernière était vide. Elle n'avait même pas réalisé la rapidité avec laquelle elle avait englouti ce délicieux fluide. Clandestinement, elle regarda le réfrigérateur. Serait-ce faire preuve de gourmandise que d'en demander une autre ? La bouteille contenait facilement un demi-litre. Pourtant, elle avait encore faim. Avait-elle puisé plus d'un demi-litre de sang aux humains dont elle s'était nourrie ? Honnêtement, elle n'aurait pu le dire. Elle s'était toujours arrêtée une fois sa faim apaisée, sans jamais évaluer la quantité dérobée.

Cette pensée la rendit malade. Pas étonnant que son subconscient l'eût dégoûtée de l'acte.

— Oliver, donne-lui-en une autre, ordonna Quinn.

Rose fusilla ce dernier du regard. Le fait qu'il eût pu décrypter son envie sur son visage l'inquiétait.

— Je vais bien. Je n'ai besoin de rien d'autre.

Mais c'était un mensonge, et elle vit dans les yeux de Quinn qu'il l'avait compris.

Quinn n'eut qu'à faire un signe insistant de la main à Oliver pour qu'elle cédât. L'instant suivant, elle tenait une seconde bouteille qu'elle vida aussi rapidement.

Un sentiment de plénitude s'installa en elle. Pour la première fois de sa vie, elle se sentait rassasiée, sans pour autant éprouver un sentiment de culpabilité.

— Merci.

Quinn la regarda longuement avant d'acquiescer d'un signe de tête.

— Tu n'as jamais vu de sang en bouteille avant.

Ce n'était pas une question, mais une simple affirmation. Et pourtant, elle se sentit obligée de s'expliquer.

— Les divers clans de vampires avec qui j'étais ne se nourrissaient qu'à la source. Personne ne m'a jamais parlé de ceci.

— Les clans ? Au pluriel ? demanda Quinn en haussant un sourcil interrogateur.

Rose haussa les épaules.

— Ouais, pourquoi ?

— C'est inhabituel pour un vampire de changer de clan. Une fois qu'on est dans un groupe, on y reste. Comme une famille.

Elle renifla. Les groupes de vampires qu'elle avait rencontrés n'agissaient pas exactement comme des familles aimantes, mais plus comme une bande de mafieux encore moins loyaux que ladite organisation meurtrière. Les coups de poignard dans le dos et les querelles internes étaient constamment à l'ordre du jour, et la composition de chaque groupe changeait plus vite que le menu d'un restaurant chic.

— Ça n'existe pas chez les vampires. C'est chacun pour soi.

Quinn la parcourut du regard, d'une façon telle qu'elle eut l'impression qu'il l'examinait attentivement.

— Chouette bande avec qui tu traînais. Ça explique certaines choses.

— Ça n'explique rien du tout. Je ne suis pas comme eux. Je refuse d'être comme eux.

Et, si elle avait connu l'existence du sang en bouteille, cela lui aurait épargné pas mal de souffrances émotionnelles.

— Alors, peut-être qu'il est temps que tu rencontres ma famille.

Quinn fit un signe à Oliver.

— En route pour Scanguards. Je veux que tu viennes avec nous. Il est temps de commencer ton entraînement.

— Mais je suis *déjà* un garde du corps entraîné, insista Oliver.

— Humain, tu l'étais. C'est totalement différent. Maintenant, nous allons monter le niveau d'un cran.

Quinn reposa ensuite les yeux sur Rose.

— Il est temps de présenter notre petit-fils.

Et sa voix sembla imprégnée d'une certaine douceur lorsqu'il prononça le mot *petit-fils*. Rose le dévisagea. Peut-être apprendrait-il à se soucier de Blake et à le protéger, même lorsqu'il saurait ce qu'elle avait fait. Le temps le dirait.

13

Dès que le soleil fut couché sur l'océan Pacifique, Quinn enfonça la pédale d'accélérateur du SUV de Scanguards et sortit en trombe du garage à six places du B&B.

Sur le chemin qui menait à la voiture, il avait briefé Oliver sur leur mission et sur la personne qu'ils étaient censés protéger. Dire qu'Oliver avait été surpris était un euphémisme. Mais ce dernier ne posa aucune question personnelle. Quinn n'était d'ailleurs pas d'humeur à divulguer davantage d'informations. Il avait commis une énorme bévue en avouant avoir été blessé par l'attitude de Rose à son retour de la guerre ; une bévue qu'il ne pouvait attribuer qu'au sentiment de honte éprouvé à la suite de ce qui s'était passé dans sa chambre. Pas le sexe, bien sûr, mais les mots qu'ils avaient échangés par après.

Cela n'avait plus d'importance, maintenant. Ce qui était fait, était fait. Et peut-être que cela inciterait Rose à bien réfléchir. Peut-être s'adoucirait-elle même au point de lui raconter ce qui se tramait réellement. Car il ne croyait ni au fait que Keegan eût voulu se venger d'elle après qu'elle l'eût quitté ni à son d'autant plus ridicule prétexte de n'être pas revenue vers lui dans le but de protéger Charlotte. Foutaises, selon lui !

Quinn serra le volant plus fort et se força plutôt à focaliser ses pensées sur le travail.

Il avait déjà reçu un texto de l'un des gardes du corps humains qu'il avait assignés à Blake. Le garçon était en chemin vers le tout nouveau centre de formation de Scanguards situé dans la Mission. Ce dernier avait été rénové et spécialement équipé pour les vampires : il disposait de plusieurs salles d'entraînement et de classes où, tant les vampires que les gardes du corps humains, étaient formés pour leurs missions. Samson prenait ces formations très au sérieux, et cela se voyait.

L'endroit était ultramoderne, mais Quinn le remarqua à peine lorsqu'ils arrivèrent. Il montra rapidement son identifiant de chez Scanguards à l'agent de sécurité qui assurait la permanence à l'entrée. Oliver fit de même.

Lorsque le garde à la forte carrure se mit face à Rose, Quinn lui administra une petite tape sur le bras.

— Elle est avec moi.

— Elle devra encore passer au contrôle, répondit le vigile.

Quinn retourna son badge et le lui montra. *Section V, classe A*, y était inscrit. L'homme fit instantanément un pas en arrière.

— Je suis désolé, Monsieur, je ne savais pas. Allez-y, entrez.

Quinn hocha la tête. Il n'avait visité qu'une seule fois ces nouvelles installations de San Francisco. Le gardien ne le connaissait donc pas. À New York, il n'aurait même pas dû présenter son badge. Il vit Rose hausser un sourcil avant de le précéder dans le bâtiment. Dès qu'ils furent à l'intérieur, elle désigna la poche dans laquelle il avait fourré son badge.

— Qu'est-ce que ça veut dire ?

— Tu comprends évidemment ce que signifie le V de Section V. Le garde, quant à lui, pense que ça veut dire VIP.

C'eût pu être le cas.

— La classe A est la plus haute autorisation au sein de Scanguards. Tout qui possède une autorisation « Section V de classe A » peut accéder à toutes les zones de l'entreprise.

— Merde, j'ai toujours un badge « Section H », marmonna Oliver.

— Il est temps de le changer, alors. Va au poste de sécurité principal et demande un nouveau laissez-passer.

Curieux, son protégé le regarda.

— Que dois-je leur dire ?

Quinn lui sourit.

— Samson leur a déjà transmis ses instructions. Alors, vas-y. Retrouve-nous à l'accueil quand tu auras terminé.

Oliver partit en vadrouille, et Quinn se dirigea vers le comptoir. *Enregistrement* y était inscrit en gros caractères gras. Une jeune femme releva la tête et sourit lorsqu'il s'arrêta juste devant celui-ci.

— Comment puis-je vous aider... Quinn ? demanda-t-elle jetant un œil à son badge.

Automatiquement, il lui sourit en retour. Avec un de ces sourires qu'il avait utilisés durant ces deux dernières décennies : celui qui avait pratiquement fait fondre toutes les femmes dans ses bras. Curieusement, lorsque cette humaine rougit, un sentiment de malaise remonta lentement le long de sa colonne vertébrale. Il n'était pas d'humeur à flirter, et c'était quelque chose qui ne lui était jamais arrivé. La présence de Rose à ses côtés y était-elle pour quelque chose ?

— Pouvez-vous m'avertir dès l'arrivée de Blake Bond, s'il vous plaît ?

Elle rayonnait.

— Il est déjà là. Salon Visiteurs H, répondit-elle en jetant un œil à l'écran en face d'elle.

Quinn hocha la tête.

— Merci.

— À votre service, gazouilla la jeune fille.

D'un regard oblique, il fit signe à Rose de l'accompagner.

— Laisse-moi parler.

— Je pense toujours que c'est une idée stupide.

Cette objection nécessitait une réponse, et ce fut plus fort que lui.

— Et c'est exactement pour ça que ce sera moi qui parlerai.

La raison pour laquelle il faisait toujours en sorte d'agacer Rose lui échappait. Il se devait plutôt d'essayer d'user de son charme pour la radoucir, la transformer en argile molle, tout comme il l'avait fait avec la fille à l'enregistrement, lorsqu'elle avait, instantanément, répondu aux ondes émises par son subconscient. L'espace d'un instant, il se demanda s'il était capable de mettre son charme en veille, ou si ce dernier était trop ancré en lui pour l'avoir exploité durant deux cents ans.

Lorsqu'il observa Rose durant une courte seconde, tandis qu'ils longeaient le couloir, il remarqua la raideur dans sa mâchoire et ses épaules. Eh bien, peut-être qu'après tout, il *pouvait* mettre son charme en veilleuse. Apparemment, c'était automatique lorsqu'il se trouvait seul en présence de Rose.

Le salon destiné aux visiteurs, pourvu de sièges confortables, d'une cheminée et dispensant de la musique douce, ressemblait beaucoup au hall d'un hôtel cinq étoiles. Deux femmes en tenue de ville parcouraient la salle, afin de répondre aux besoins des visiteurs qui patientaient. Elles leur servaient des boissons, répondaient aux questions et leur assuraient que la personne qu'ils étaient venus voir serait là sous peu.

Il y avait deux salons semblables dans le bâtiment. Celui-ci était destiné aux humains. À l'autre extrémité du couloir, le salon Visiteurs V répondait aux besoins des vampires, surtout ceux que Samson avait prévu de recruter. Se substituant au café et au thé, du sang y était servi. L'accès y était strictement surveillé, afin qu'aucun humain n'y atterrît accidentellement.

Quinn scanna la salle et repéra immédiatement son petit-fils. Il eût été difficile de ne pas le remarquer : celui-ci flirtait avec l'une des hôtesses. Sans vergogne.

Quinn sentit soudain le regard de Rose posé sur lui. Il tourna la tête et la dévisagea. Il savait exactement ce qu'elle pensait, presque comme si ces deux décennies de séparation n'avaient jamais existés. Son cœur s'adoucit un instant.

— Peut-être qu'il a juste besoin d'une guidance dans la vie pour pouvoir mûrir. Ceci pourrait être la meilleure chose qui lui soit jamais arrivée.

Une lueur d'espoir brillait dans ses yeux.

— J'espère que tu as raison.

En ce moment précis, elle lui rappelait tellement la jeune fille qu'il avait courtisée contre la volonté de son père, et il eut du mal à arracher son regard d'elle.

Lorsqu'ils s'approchèrent finalement de Blake, celui-ci se redressa de son siège, clairement impatient de découvrir le motif de sa visite.

— Chouette endroit, lâcha-t-il en serrant la main de Quinn.

Celui-ci hocha simplement la tête avant de désigner Rose.

— Voici Rose, mon associée.

Il n'était nullement nécessaire de lui donner davantage d'informations à propos de son lien de parenté avec Rose.

Blake la scruta instantanément de haut en bas, suscitant une réaction de possessivité chez Quinn : il se rapprocha d'elle.

Rose tendit la main, et Quinn trouva que Blake la tenait trop longtemps à son goût.

— Ravi de te rencontrer, répondit le jeune homme.

— Pareillement.

— Et si on s'asseyait ? proposa Quinn en désignant les fauteuils.

Ils s'exécutèrent, et Quinn s'assura de se placer tout près de Rose, afin d'éviter le moindre contact physique entre Blake et elle. Il justifiait cette prise de précaution par le fait que son descendant était un dragueur éhonté. Si le garçon savait qu'il flirtait avec son arrière-grand-mère au quatrième degré, il en serait probablement dégoûté.

Au plus tôt Quinn établirait les règles de base, mieux ce serait.

— Je suis certain que tu es curieux d'en apprendre davantage au sujet de mon offre, commença Quinn.

Blake s'avança immédiatement sur sa chaise, dévoilant clairement son impatience et sa curiosité.

— Eh bien, ne me laisse donc pas te tenir en haleine. Ce que je vais te dire à présent ne doit pas sortir de cette pièce. Voici le marché : nous sommes une boîte chargée de la sécurité au plus haut niveau. Nous ne travaillons pas toujours dans les limites de la loi. Par conséquent, nous choisissons très soigneusement ceux que nous recrutons. Seuls les meilleurs réussiront.

La fascination illumina le visage de Blake.

— Wow. Alors, que dois-je faire ?

— Il y a un certain nombre de tests. Peu les réussissent.

— Tout comme dans Men in Black, non ? demanda Blake, tel un enfant sur le point de déballer ses cadeaux de Noël.

Quinn regretta presque d'avoir fait référence aux Men in Black la veille.

— Ceci est la réalité, pas un film. Des gens meurent si nous ne faisons pas notre travail correctement. C'est pourquoi nous n'embauchons que le meilleur. Rien de moins.

Il marqua une pause, accordant un moment à Blake pour digérer ses paroles, et regarda Rose.

Elle articula silencieusement quelques mots à son intention. *Le meilleur du meilleur du meilleur.*

Quinn s'abstint de rouler des yeux. Super. Même Rose citait, à présent, des répliques du film.

— Je dois te prévenir que, si tu es choisi, la formation est épuisante. À la fois mentalement et physiquement. Ta vie va irrévocablement changer. Il n'y a pas de place pour les faibles.

Blake laissa instantanément échapper un souffle teinté d'indignation.

— Je ne suis pas une mauviette !

Immédiatement, il gonfla les muscles de ses bras, comme pour prouver ses capacités physiques.

— Je ne pense pas que Quinn parle de cela, intervint Rose.

— Elle a raison, déclara rapidement Quinn avant qu'elle ne pût poursuivre et interférer dans la voie de la flatterie qu'il avait adoptée avec le gamin.

— C'est un privilège d'être sélectionné. Survivre intact à la formation est un accomplissement dont on peut être fier.

Blake hocha la tête avec enthousiasme.

— Je peux le faire.

Quinn se retourna à l'approche d'un autre vampire. Oliver apparut souriant à ses côtés en lui présentant son badge flambant neuf. Il fit référence à l'identifiant : *Section V, classe A.* C'était ce qu'il voulait. Oliver était dans le cercle restreint des vampires depuis quatre ans, en tant qu'assistant personnel de Samson. Qu'il fût instantanément élevé au plus haut échelon au sein de Scanguards ne relevait donc que de la plus pure normalité.

Ils échangèrent un bref sourire. En ce moment, Quinn éprouvait toute la fierté d'un père.

— Voici Oliver.

— Hé, le salua Blake.

— Rose et Oliver vont te conduire là où l'on passe les tests. Tu y rencontreras d'autres candidats sélectionnés par mes collègues.

Quinn se pencha en avant pour souligner ses paroles.

— Entre nous, ici, c'est toujours une compétition entre les membres expérimentés du personnel de dénicher la prochaine recrue. Alors, ne me fais pas perdre ce pari.

Blake se redressa d'un coup.

— Tu peux compter sur moi !

Quinn sourit. Naïf, le gamin était enthousiaste. Dès qu'il se serait épuisé à passer ces faux tests inutiles contre certains des membres de Scanguards, choisis pour jouer aux autres candidats, il serait plus que ravi d'avoir été choisi et accepterait, de ce fait, les conditions que Quinn lui soumettrait plus tard.

Quinn s'adressa alors à Rose.

— Nous nous retrouverons ici dans quelques heures.

Rose lui lança un regard surpris.

— Tu ne viens pas avec nous ?

— J'ai rendez-vous au service informatique.

Puis, il se retourna et quitta la pièce avant qu'elle n'eût le temps de protester. Ce dont il avait à discuter avec Thomas n'était pas destiné aux oreilles de Rose.

14

———

Thomas leva les yeux de sa console et dévisagea le vampire aux cheveux bruns qui se tenait devant lui. Cain n'avait rejoint Scanguards que quelques semaines auparavant, après leur avoir fourni des informations à propos d'un vampire nazi désireux de créer une race supérieure. Au cours du combat final, Thomas avait subi de graves blessures mais, grâce aux soins prodigués par Eddie, son protégé, il avait rapidement récupéré.

— Mais nous n'avons aucun élément, répliqua-t-il à la question de Cain.

— Je le sais. Mais tout le monde dit que tu es un génie qui peut dénicher n'importe quoi.

Thomas roula des yeux.

— S'il s'agit de pirater un système informatique, bien sûr, mais, quant à découvrir qui tu es ! Comment veux-tu que je fasse ? *Tu* ne sais même pas qui tu es.

Cain se pencha sur le bureau.

— J'ai besoin de ton aide. J'ai besoin de savoir qui je suis. Ça me rend fou de ne pas me souvenir de ma vie humaine. Et si jamais j'ai une famille ? Si quelqu'un a besoin de moi ? Si quelqu'un me cherche ? Tu ne comprends pas ce que je peux ressentir ?

Ses yeux suppliaient pour un peu de compréhension.

Thomas baissa légèrement les paupières, refusant de lire la douleur et le désespoir qui étaient ancrés dans chacune des cellules de Cain. Il ne le comprenait que trop bien. Il connaissait cette douleur liée au fait de savoir que quelqu'un avait compté sur lui. Lui-même s'en était allé, un jour. Car, à défaut, il savait qu'il serait devenu une personne différente : un dangereux vampire avide de pouvoir. Il s'était éloigné de celui qui manipulait les autres de plein droit, parce que le pouvoir courait dans ses veines.

Thomas savait qu'il avait hérité de ce même sang. Ce sang qui était empreint de pouvoir et de... destruction. S'en aller avait été le seul moyen de survivre.

Peut-être que Cain avait également fui quelque chose de similaire, et que son esprit l'avait gratifié de cette perte de mémoire. Quel cadeau !

— Et si tu n'aimes pas ce que je vais découvrir ? contesta Thomas. Si c'est quelque chose que tu préfèrerais ne pas savoir ?

Cain secoua la tête.

— Quoi qu'il en soit, je veux savoir. Je veux me retrouver. Je sais qu'il y a quelque chose... Je le sens. Ici, je le sens ici, ajouta-t-il en pressant une main sur sa poitrine.

Il pointa ensuite la porte du doigt.

— Là, dehors, quelque part, mon passé m'attend. J'ai besoin de savoir ce qui m'attend avant que ça ne se retourne contre moi.

Lentement, Thomas hocha la tête. Il aurait souhaité ne pas avoir à mentir à Cain, mais il était déjà en train d'enquêter sur lui. Gabriel l'avait ordonné peu de temps après son arrivée dans l'équipe. Rien n'en était, toutefois, ressorti. Jusqu'à présent.

— Très bien. Je verrai ce que je peux trouver. Envoie-moi par mail tout ce dont tu te souviens, n'importe quoi, aussi insignifiant que ça paraisse. Je sais que tu nous as déjà donné certaines de ces informations quand tu nous as rejoints, mais je veux que tu y réfléchisses et que tu essaies de te rappeler ce qu'il pourrait y avoir d'autre. Tu le feras ?

Un sourire reconnaissant s'afficha sur le beau visage de Cain. Il était attirant mais, curieusement, Thomas ne ressentait rien d'autre que la même connexion qu'il avait avec tous les autres vampires de chez Scanguards. C'était différent avec Eddie, son jeune protégé qui vivait avec lui. Un hétéro, essaya-t-il de se rappeler à lui-même. Et il ne ferait jamais d'avances à un hétéro, même s'il le désirait ardemment, s'il était avide de ses caresses.

Il y avait des limites qu'il ne franchissait jamais. S'il voulait garder la soif de domination à distance et cacher l'amplitude de son pouvoir à tout le monde, il devait s'en tenir à sa haute éthique morale.

— Merci. Tu n'as aucune idée de ce que cela signifie pour moi.

Cain lui attrapa la main et la serra avec enthousiasme.

— Ouais, ouais. Maintenant, sors d'ici.

On frappa à la porte avant que Cain n'eût le temps de l'ouvrir.

— Entrez.

À la grande surprise de Thomas, Quinn fit son entrée.

— Hé, qu'est-ce qui t'amène dans mon humble bureau ?

— Juste une petite chose. Ce sera rapide.

— À bientôt, dit Cain en franchissant la porte.

— Oh, Cain, le rappela Quinn.

— Ouais ?

— Tu m'as été assigné. Peux-tu m'attendre au salon V destiné aux membres du personnel ?

— Bien sûr, acquiesça-t-il avant de tirer la porte derrière lui.

— Tu as une minute ? demanda Quinn en se laissant tomber dans le fauteuil face au bureau de Thomas, sans même attendre la réponse.

— Pas vraiment. Tu as besoin de moi pour vérifier dans le système quel autre membre du personnel est disponible pour ta mission ? Puisqu'elle rapporte un million de dollars, je suppose que nous pouvons y affecter quelques hommes de plus.

D'un geste de la main, Quinn lui signifia que telle n'était pas sa requête.

— J'ai déjà vérifié la disponibilité des gars avec Gabriel. C'est sous contrôle. Aucune inquiétude à ce sujet. Mais tu peux faire quelque chose d'autre pour moi. Il se pencha en avant, scrutant la porte des yeux avant de les rediriger sur Thomas.

Curieux, Thomas haussa un sourcil.

— J'ai besoin que tu trouves tout ce que tu peux sur Rose.

Thomas sentit sa mâchoire tomber. Son ami ne pouvait pas être sérieux.

— Écoute, je ne sais pas ce qu'il y a entre elle et toi, et je ne veux pas le savoir...

Il leva les mains lorsque Quinn tenta de l'interrompre.

— ...mais je ne vais pas violer la vie privée de quelqu'un, uniquement pour satisfaire ta curiosité.

Quinn se leva.

— Cela n'a rien à voir avec ma curiosité. Rose me ment. Elle me cache quelque chose, et j'ai besoin de savoir ce que c'est.

— Ce n'est pas mon problème. Si elle te cache quelque chose, c'est peut-être parce que ça ne te regarde pas.

— Ça me regarde, cracha Quinn.

— Je ne peux pas t'aider. Si ça n'a rien à voir avec la mission alors, je ne veux pas être mêlé aux problèmes personnels d'un couple.

— Nous ne sommes PAS un couple !

— Vous ne l'êtes pas ? Drôle, car quelqu'un m'a dit qu'elle était ta femme.

Quinn rageait, à présent.

— Considère-nous comme divorcés. Elle m'a rejeté après ma transformation.

Il s'arrêta en réalisant qu'il en avait, manifestement, trop dit.

— Eh bien, selon moi, il semble que Rose et toi ayez bel et bien des problèmes. Et je suis assez vieux pour savoir que je ne dois pas m'en mêler.

— Allez, Thomas. Qu'est-ce que ça peut te faire ? Tu ne la connais même pas. Je pensais que nous étions amis, dit Quinn en tentant de l'amadouer.

— Nous le sommes. Et c'est exactement la raison pour laquelle je ne vais pas fouiner pour toi. Car, fais-moi confiance, ça se retournera contre toi.

Lorsque Thomas remarqua que le visage de Quinn se décomposait sous l'effet de la déception, il soupira. Mais ne céda pas pour autant.

— Maintenant, sors d'ici.

Il jeta un œil à l'horloge murale avant de poursuivre.

— Je veux travailler un peu avant d'aller à la fête.

Quinn s'arrêta dans son élan.

— Quelle fête ?

— La fête d'anniversaire d'Haven, bien sûr. Tu n'as pas été invité ?

Il secoua la tête.

Thomas comprit ensuite pourquoi son ami n'avait pas été convié.

— Bien sûr. Les invitations ont été lancées la semaine dernière, et tu étais censé être déjà de retour à New York. Je suppose que c'est pour ça qu'Yvette ne te l'a pas envoyée. Mais, hé, tu devrais quand même y aller. Tu sais qu'ils t'auraient invité.

— Ça se pourrait que j'y aille.

Thomas pensa que, peut-être, cela pourrait remonter le moral de son ami. Ce dernier ne semblait pas aussi insouciant que d'ordinaire. Apparemment, la réapparition de Rose avait sérieusement saboté le mode de vie du playboy. Peut-être était-ce mieux ou, peut-être qu'un jour, tout finirait par exploser.

ROSE PUT VOIR BLAKE TRANSPIRER, tandis qu'il se concentrait sur son test, tout comme les cinq faux candidats. Elle lui fit signe de les rejoindre, Oliver et elle. Consciencieusement, il se dirigea vers elle.

Elle le vit se passer une main tremblante dans ses cheveux noirs, geste qui lui rappela Quinn. Étrange comme certaines choses se transmettaient de génération en génération bien que, ni Blake, ni aucun de ses ancêtres n'eussent jamais rencontré Quinn. Pas plus qu'ils n'eussent été confrontés à ses idiosyncrasies.

— Je pense que j'ai bien fait. Mais je ne sais pas comment les autres s'en sont sortis. Ils semblaient également plutôt confiants.

Rose sourit.

— Nous devrons simplement attendre et voir. Ça ne devrait pas prendre trop de temps. N'est-ce pas, Oliver, demanda-t-elle en se retournant sur ce dernier.

— L'ordinateur va corriger les tests, et ils donneront le résultat à Quinn. Allons l'attendre au salon, préconisa Oliver tout en adressant un clin d'œil discret à Rose.

Celle-ci parvint à ne pas rire. Cela la dépassait de voir comment un groupe de vampires adultes pouvait tourner autour du pot de la sorte, sans flancher. N'auraient-ils simplement pas pu feindre d'offrir un emploi à Blake ? Non, ils devaient jouer à Mission Impossible avec le gosse pour qu'il se sentît spécial. Comme si l'ego de Blake avait besoin d'un coup de pouce supplémentaire !

Ils ne durent pas attendre longtemps dans le salon. Quinn arriva quinze minutes après qu'ils se fussent assis. Son regard était grave.

Rose remarqua à quel point Blake déglutissait difficilement.

— Oh, merde, ça ne semble pas bon, dit le jeune homme.

Quinn s'assit en face de Blake et l'observa longuement.

— Eh bien, j'ai une bonne et une mauvaise nouvelle.

— Oh.

— La bonne, c'est que tu as très bien réussi tous tes tests. La mauvaise, c'est qu'un autre gars a fait de même. En fait, vous êtes à égalité.

— Oh, merde, laissa échapper Blake. Et maintenant ?

Quinn se pencha légèrement en avant sur son siège.

— Voici le marché. En ce moment même, mon collègue fait une offre à l'autre gars.

— Putain !

Quinn leva la main.

— Attends. Mais, moi, je t'en fais une. Le premier qui accepte toutes nos conditions obtiendra le job.

— Des conditions ? Donne-les-moi. Ne perds pas de temps.

L'urgence dans la voix de Blake était indéniable.

— Le stagiaire vivra dans un lieu de notre choix, entouré par d'autres stagiaires et des formateurs. Tu demeureras toujours à vue, sauf autorisation du contraire et sous surveillance. Il y en a d'autres, à l'extérieur, qui adorent voler nos recrues sous notre nez. Nous voulons éviter cela.

Blake ne put voir Rose rouler des yeux. Combien de conneries Quinn allait-il encore débiter ?

— Tu suivras toutes nos instructions à la lettre. Tous tes besoins seront pris en charge. Ton logement et toutes tes factures seront payés. Ton salaire sera plus que confortable.

— Combien ? intervint Blake.

— Pendant la formation, tu te feras autant qu'un avocat durant sa première année. Après cela... suffisamment pour remplir les conditions pour obtenir une hypothèque sur une maison à Pacific Heights.

Impressionné, Blake laissa échapper un souffle.

— Ouais !

— Mais tu décides maintenant.

Quinn regarda vers la porte.

— Si mon collègue revient avant que je n'aie obtenu ta décision, le marché est mort.

— J'accepte ! lâcha Blake.

— Excellent! Attends ici.

Quinn se précipita vers la porte et la referma derrière lui.

Il revint à peine une minute plus tard, les pouces en l'air. Un vampire aux cheveux noirs fit son entrée à ses côtés.

Enthousiaste, Blake sauta en l'air.

— Ouais ! Je l'ai eu !

Il attira Rose vers lui et l'étreignit, la serrant contre sa large poitrine.

— Je l'ai eu !

Par-dessus l'épaule de Blake, Rose vit Quinn pincer les lèvres.

Elle devait lui rendre justice : apparemment, sa stratégie avait fini par payer. Blake ferait tout ce qu'ils voudraient, et il serait, dès lors, plus facile de le protéger.

— D'accord, déclara fermement Quinn avant de désigner l'homme à ses côtés. Cain, ici présent, et Oliver vont t'accompagner dans tes nouveaux quartiers. La formation débutera immédiatement.

— Tout de suite ? demanda Blake, surpris.

— Oui, n'est-ce pas ce que j'ai dit ?

— Oh, oui, certainement, bien sûr, répliqua rapidement le jeune homme.

— Eh bien, nous te verrons plus tard, alors, lui confirma Quinn.

Ce dernier regarda Rose et l'invita à prendre la porte.

— Rose, on y va ?

Quelques secondes plus tard, ils se retrouvèrent dans le couloir, en direction de la sortie.

— Où allons-nous ? Je pensais que nous restions avec Blake.

— Oliver et Cain peuvent s'occuper de lui dans l'immédiat. Nous devons aller à une fête.

— Une fête ? Je n'ai pas le temps d'aller m'amuser à une fête en ce moment.

— Nous n'allons pas nous amuser. Je dois me débrouiller pour trouver quelques humains qui pourront se joindre à nous à la maison, juste au cas où Blake déciderait d'aller se promener pendant la journée.

Il marquait un point. Si Blake parvenait à quitter la maison et leur protection pendant la journée, ils éprouveraient des difficultés à le suivre. Bien sûr, ils pourraient utiliser les fourgonnettes à vitres teintées, mais la protection ne serait pas optimale. De plus, les vans ne trouvaient leur utilité que sur la route.

Si Blake venait à se précipiter à l'intérieur d'un bâtiment ou dans une zone inaccessible aux fourgons, ils perdraient sa trace.

— Et tu vas trouver ces humains dans une fête quelconque ?

— Pas *quelconque* ; c'est, à strictement parler, une affaire de famille.

Il posa ensuite la main sur l'avant-bras de Rose. Ce contact brûla la peau de la jeune femme, et elle se remémora son toucher, moins de vingt-quatre heures plus tôt.

— Allons-y. Ce n'est pas loin d'ici.

15

La maison d'Yvette et d'Haven n'était pas énorme. En fait, il s'agissait plutôt d'un cottage assez confortable sur Telegraph Hill. Il était impossible de se garer dans les environs. Quinn le savait depuis sa première et unique visite dans cette maison. Il avait, dès lors, laissé le SUV au B&B et avait opté pour un taxi.

Durant le trajet, il demeura calme, se demandant toujours que faire puisque Thomas avait refusé d'accéder à sa requête d'enquêter sur Rose. Bien sûr, il pourrait essayer de creuser un peu lui-même, mais il ne disposait pas des compétences nécessaires et, il ne ferait que perdre un temps précieux dont il ne disposait pas. Il n'y avait qu'une seule autre manière de découvrir ce qui se passait réellement en elle : l'amener à le dire en la séduisant.

Cette option l'excitait et l'effrayait à la fois. Car, en la séduisant, il courait le risque d'exposer une nouvelle fois son cœur. Pouvait-il vraiment se permettre ce genre de blessure ? Ou cela caractériserait-il le point d'orgue de son ultime auto destruction ?

Lorsque le taxi s'arrêta, Quinn régla la course au chauffeur et sortit du véhicule. Automatiquement, il présenta une main à Rose, comme il l'avait fait tant de fois par le passé pour l'aider à descendre d'une calèche. Dès qu'elle eût glissé sa main délicate dans la paume de la sienne, il replia les doigts et tira doucement. Rose émergea du taxi. Son talon se coinça entre deux pavés inégaux, et elle s'écroula dans ses bras. Il la rattrapa aisément en enroulant instinctivement son autre bras autour de sa taille. À cet instant précis, un souvenir refit surface et le heurta de plein fouet.

Rose souleva les paupières et leurs regards entrèrent en collision.

— Te souviens-tu de notre premier baiser ? murmura-t-il.

Elle ne répondit pas, mais ses yeux confirmèrent que sa mémoire était tout aussi bonne que la sienne.

— Tu as trébuché sur ton ourlet quand tu es descendue de la calèche. Je t'ai rattrapée. Il faisait sombre. Ta chaperonne s'était endormie durant le trajet et, excepté le cocher, il n'y avait personne d'autre. Il a fait exprès de regarder de l'autre côté.

— Parce que tu l'as soudoyé, ajouta-t-elle sans le moindre tintement de réprimande dans la voix.

— Je suis heureux de l'avoir fait. Je me souviens encore du goût de tes lèvres. Comme elles étaient douces ! Si douces !

Il se pencha. Elle ne recula pas.

— Tu avais une odeur si virile, et tes bras me tenaient si fortement, poursuivit-elle avant que sa respiration ne se bloquât.

— Tu savais que j'allais t'embrasser, et tu as permis que ça se produise.

Pourraient-ils reproduire ce moment dans l'histoire ? Le rejouer, encore et encore ?

— Fermez la porte. Je n'ai pas toute la nuit !

La voix du chauffeur de taxi émana de l'intérieur du véhicule, détruisant ainsi cet instant de tendresse.

Immédiatement, Rose se détourna de Quinn, attrapa la portière et la referma en la claquant. Les pneus du taxi crissèrent au démarrage.

Lorsqu'elle fut de nouveau face à lui, Quinn remarqua qu'elle évitait son regard. Son cœur se serra. Déçu, il se dirigea vers le cottage, sachant qu'elle le suivrait.

La porte n'était pas verrouillée. À l'intérieur, les voix de ses collègues et amis se mêlaient à la musique. Plusieurs chiens jappaient et aboyaient. Deux chiots labradors lui bloquèrent le passage et l'empêchèrent de pénétrer plus loin que le petit hall d'entrée. Ils aboyaient avec enthousiasme dans sa direction, ne sachant pas s'ils devaient l'accueillir ou défendre leur territoire.

— Vous, petits idiots !

Haven apparut à travers la porte de la salle de séjour et s'accroupit près des chiots pour les caresser. Les intrus instantanément oubliés, les deux petits animaux roulèrent sur le dos, offrant leurs petits ventres aux mains de leur maître. Haven les observa en riant avant de les pousser gentiment vers la cuisine.

— Allez !

Il s'essuya les mains sur son jean en se redressant. Sa large carrure remplissait presque toute la largeur de l'étroit corridor.

— Désolé, Quinn, ils ne sont pas encore dressés.

Quinn sourit.

— Tu n'as toujours pas trouvé de maison pour ces deux monstres, n'est-ce pas ?

Haven lui tendit la main pour la lui serrer.

— Tu en veux un ?

— Bon Dieu, non ! Trop de travail !

Son hôte se mit à rire.

— Ouais, mais imagine quel genre d'aimants à nanas ces—

— Joyeux anniversaire, Haven ! l'interrompit bruyamment Quinn, dans l'espoir d'empêcher son ami de faire de plus amples références à son mode de vie.

Lorsqu'Haven plissa le front, Quinn fit un pas de côté, afin de permettre à Rose de se glisser devant lui.

— Oups.

Haven s'excusa d'un geste et afficha ensuite un large sourire sur son visage.

— Pourquoi ne me présentes-tu pas à la demoiselle ?

Quinn n'eut pas le temps de s'exécuter, car Rose tendait déjà la main à Haven qui la lui serra instantanément.

— Je suis Rose Haverford. Une cliente.

Haven hésita et lança un regard interrogateur en direction de Quinn avant de rétorquer.

— Haven, le compagnon d'Yvette. Entrez, dit-il en désignant le salon. Yvette est là.

Il passa la tête par la porte.

— Bébé ! Encore des invités. Pourquoi ne présenterais-tu pas Rose à tous nos amis ?

Et, avec ces mots, il poussa légèrement Rose vers le salon.

— Haven, on peut parler deux minutes ? demanda Quinn.

Son hôte désigna la cuisine d'un signe de tête.

Les pouces accrochés dans sa ceinture, Haven s'appuya contre la porte dès qu'il l'eut refermée derrière eux.

— Tu es trop prudent que pour amener une cliente chez moi. Donc, je suppose que Rose est ta femme, celle dont tout le monde parle.

Quinn soupira. Apparemment, les bonnes nouvelles circulaient vite. Néanmoins, cela lui éviterait d'avoir à expliquer leur histoire à tout le monde, ainsi qu'à leurs chiens.

— C'est compliqué. Quoi qu'il en soit, elle nous a seulement embauchés pour protéger son arrière-petit-fils, quatrième génération.

Haven marqua un temps d'arrêt.

— Petit-fils ? dit-il en un souffle élogieux. Je n'ai jamais vu une grand-mère aussi sexy !

Tiraillé entre l'indignation provoquée par le commentaire d'Haven et la fierté éprouvée en entendant qu'un vampire de sang-mêlé appréciait la beauté de sa Rose, Quinn opta pour une réponse enjouée.

— Qu'Yvette ne t'entende pas dire ça, ou elle t'arrachera la tête.

— Aucun risque ! Elle m'arracherait plutôt les couilles. Je vais te dire quelque chose : si jamais tu te lies par le sang, il vaudrait mieux que ce soit avec une femme dont tu ne peux te rassasier, ou ce foutu *amour pour toujours* va très vite se faner, dit Haven en riant.

Ne voulant pas parler de lui, Quinn dévia la conversation.

— Donc, tu penses que tu as fait le bon choix ?

Haven secoua la tête.

— Je ne *pense* pas. Je *sais* que j'ai fait le bon choix.

Ses lèvres remuèrent alors en silence : *n'est-ce pas, bébé* ?

— Tu sais, tu n'as pas besoin de remuer les lèvres quand tu parles télépathiquement à Yvette, poursuivit Quinn.

— Oh, est-ce que je l'ai encore fait ? Zut, c'est encore si nouveau. Tout comme le reste, quand on devient un vampire.

Quinn hocha la tête.

— Tu t'y habitueras. Nous sommes tous passés par là. Tu regrettes ?

Haven secoua violemment la tête en guise de réponse.

— Dieu, non ! Je ne regrette pas d'avoir perdu ma vie humaine. Être avec Yvette compense largement.

Haven poussa la porte.

— Alors, tu voulais me parler de quelque chose ?

— Oui. À propos de Wesley.

Le visage de son ami se décomposa.

— Oh, putain, qu'est-ce qu'il a encore fait ?

Rapidement, Quinn leva les mains.

— Rien.

— Tu es sûr ? Car, chaque fois que quelqu'un veut me parler de Wesley, c'est qu'il a encore déconné.

— Crois-moi. Ton frère est net.

Pour l'instant. Bien sûr, cela pourrait rapidement changer. L'homme impétueux était aussi volatile qu'une poudrière à proximité d'une flamme.

Les épaules d'Haven se relâchèrent visiblement.

— Alors, de quoi s'agit-il ?

— J'aurais besoin de son aide.

Son ami sembla surpris.

— Tu plaisantes. Parlons-nous de la même personne ? Mon frère, ce même gars qui s'attire des ennuis chaque fois qu'il le peut ?

D'un air mécontent, Quinn hocha la tête. S'il avait le choix, il choisirait quelqu'un d'autre pour ce job mais, malheureusement, le nombre d'êtres humains dans leur noyau interne était en forte régression. Notamment avec Oliver qui se retrouvait, à présent, dans le camp des vampires. Et pour ce travail, Quinn avait besoin d'un homme. Par ailleurs, Wesley possédait d'autres compétences.

— Comment s'en sort-il dans ses tentatives de recouvrer ses dons de sorcellerie ?

— Pas terrible. Et c'est tout aussi bien ainsi.

Haven marqua une pause et soupira.

— Pourtant, après la mort de Francine, il a presque vidé sa péniche de tous ses livres et de toutes ses potions. Il étudie. Je pense que ça l'intéresse vraiment. C'est la première fois que je le vois si sérieusement concerné par quelque chose.

— Ça se révèlera peut-être bien pratique un jour.

Haven haussa les épaules.

— Qui sait ? Eh bien, au moins, nous pouvons être sûrs que, même s'il se fait un peu d'argent avec sa sorcellerie, il n'obtiendra jamais le Pouvoir des Trois.

Quinn hocha la tête.

— Dieu soit loué pour cela.

Haven avait détruit le Pouvoir des Trois seulement quelques mois auparavant, par le sacrifice de sa vie humaine. Ce faisant, il avait privé Wesley, leur sœur Kimberly et lui-même du pouvoir magique le plus puissant du monde. Son frère et sa sœur étaient, néanmoins, demeurés des sorciers... dépourvus de pouvoirs significatifs, à proprement parler. Quant à ceux qu'ils possédaient, ils n'avaient aucune idée de la manière de les exploiter. D'où la quête de Wesley à étudier les livres de la sorcière qui les avait trahis après avoir été leur alliée.

Lorsque Quinn reposa les yeux sur Haven, il vit que ce sorcier transformé en vampire repensait également à cet événement.

Haven cligna des yeux.

— Alors, pourquoi as-tu besoin de lui ?

— C'est un travail simple, vraiment. Il devra se déplacer dans le B&B avec nous, faire semblant d'être un autre stagiaire au sein de Scanguards ; ce qu'il est, en fait.

Vexé, Haven l'interrompit.

— Ouais, il a remué ciel et terre pour que Samson y concède. Un vrai opportuniste, mon frère. La discipline lui fera du bien, poursuivit-il en souriant.

Quinn oscilla la tête en riant.

— Nous verrons s'il s'y colle. Quoi qu'il en soit, j'ai besoin qu'il garde un œil sur Blake, le petit-fils de Rose.

Il avait encore du mal à l'appeler *son* petit-fils.

— Nous l'avons ramené en tant que recrue afin de veiller sur lui. Il pense qu'il est en formation pour devenir une sorte de super-héros dans les opérations spéciales. Oliver et Cain seront là aussi, mais nous avons besoin de quelques humains au cas où il irait se promener durant la journée.

— Tu inventes les trucs les plus tordus, commenta Haven. Qui peut être assez stupide pour gober ce coup monté ?

— Crois-moi, Blake l'a déjà avalé, comme un bleu ! Je n'ai jamais vu un gars plus désireux de tomber dans le panneau.

Haven sourit malicieusement.

— Eh bien, on dirait que Wesley et lui vont immédiatement bien s'entendre. Ils semblent être taillés dans la même étoffe.

Quinn fronça les sourcils.

— C'est ce que je crains. Mais je n'ai pas vraiment le choix. Je ne peux pas prendre les gardes du corps humains occupés chez Scanguards. C'est une affaire trop délicate. Ça doit rester dans la famille.

— Hmm. Alors, je pense qu'il ne reste que lui. Allons lui parler.

16

Rose suivit Yvette, laquelle était presque en transe en la traînant d'un invité à l'autre en vue de la présenter. Des bribes de conversations lui parvinrent, tandis que la musique continuait de jouer. Contrairement à ce qu'elle avait pensé, les regards qu'elle suscitait n'étaient pas méfiants, mais bien sympathiques et curieux. À chaque fois qu'elle rencontrait d'autres vampires pour la première fois, ils la traitaient toujours avec méfiance. Elle y était habituée. Et le peu de temps pendant lequel elle avait fréquenté certains clans, elle avait fait preuve de la même prudence. Elle n'était jamais restée au même endroit assez longtemps pour développer tout type de confiance ou d'attachement.

Voilà pourquoi ce à quoi elle était à présent confrontée lui semblait si différent. Auparavant, elle n'avait jamais vu d'individus se comporter les uns avec les autres à la manière de ce groupe. Il y avait un semblant de chaleur et de camaraderie entre eux qu'elle ne connaissait pas chez les vampires. D'autant plus qu'ils n'en étaient pas tous. Plusieurs humains se déplaçaient librement parmi eux. Ils n'affichaient aucun signe de détresse, preuve qu'ils se trouvaient là de leur plein gré.

— Oh, il faut que tu rencontres Delilah et le bébé, dit gaiement Yvette en l'emmenant avec elle. Où est-elle allée ?

Bébé ? Rose se posa la question. Avait-elle bien entendu ? Avant qu'elle n'eût le temps de s'interroger à nouveau, une belle humaine aux cheveux noirs entra dans la pièce par l'autre porte, un bébé dans les bras.

— Oh, te voilà, déclara Yvette en se dirigeant vers elle.

Rose suivit et observa la femme et son bébé. Elle n'avait jamais vu de bébé dans une communauté de vampires. Comment cette femme pouvait-elle supposer que son enfant fût en sécurité ici ?

— J'ai mis la couche culotte dans la poubelle de la salle de bain des invités, dit-elle à Yvette. J'espère que j'ai bien fait.

— Pas de problème.

Yvette se tourna ensuite vers Rose.

— Rose, je te présente Delilah. Elle est la compagne de Samson. Delilah, voici Rose, la f... euh de Quinn... euh.

— Une connaissance, répliqua rapidement Rose en serrant la main de Delilah.

— Ravie de te rencontrer, Rose.

Ainsi, le propriétaire de Scanguards vivait avec une humaine ? Rose n'avait jamais vu ce genre de relations perdurer. En fait, elle avait rarement rencontré un vampire marié. Dans la plupart des clans qu'elle connaissait, seuls quelques-uns étaient mariés, la plupart vivant sans attache, libres comme l'air, sans aucun lien. Pourtant, depuis son arrivée à cette fête, elle avait déjà été présentée à trois couples mariés. Quelles en étaient les probabilités ?

En prenant une inspiration, Rose perçut soudain une odeur qui ne lui était pas familière. Celle-ci, à la fois humaine et vampire, quoique différente, s'intensifia.

Instinctivement, elle tendit la main vers le bébé, mais une forte poigne lui agrippa le poignet avant qu'elle n'eût le temps de le toucher. Rose tourna la tête d'un coup sec et fixa un vampire aux cheveux courts et foncés à qui elle n'avait pas encore été présentée.

Ce dernier l'épingla intensément du regard, soulignant ainsi l'évidence de l'avertissement.

— Samson, mon amour, roucoula la douce voix de Delilah, comme pour apaiser ce dernier.

Il tourna lentement la tête dans sa direction.

— Je pense que Rose voulait simplement dire bonjour à Isabelle, ajouta Delilah.

Hésitant, Samson libéra la main de Rose qui s'abstint de se la frotter pour se soulager de l'inconfort causé par cette violente poigne.

— Je suis désolée, déclara rapidement Rose. Je ne suis pas habituée à voir des bébés à une fête.

Samson hocha furtivement la tête et se relâcha quelque peu. Il l'avait clairement perçue comme une menace.

— Nous laissons rarement notre fille aux autres.

Rose ne put réprimer sa surprise. Pas étonnant que l'odeur fût si différente. C'était la fille de Samson et Delilah !

— Elle est hybride ?

Elle avait entendu parler d'eux, mais ne croyait pas qu'ils pussent réellement exister.

Delilah et Samson échangèrent des sourires empreints de fierté.

— C'est notre petit ange, déclara Delilah.

— Elle est belle, répliqua Rose en se souvenant de Charlotte à cet âge. Comme à chaque fois qu'elle pensait à sa fille, elle ressentit ce familier pincement au cœur.

Soudain, le bébé la regarda, avant de reposer les yeux sur sa mère.

— Isabelle dit que toi aussi, tu es belle, poursuivit Delilah.

Rose lui lança un regard confus. Les parents pouvaient agir un peu étrangement quand il s'agissait de leurs enfants.

— Euh... merci.

À ses côtés, Yvette gloussa.

— Au début, il faut un peu de temps pour s'y habituer.

Rose la regarda.

— S'habituer à quoi ?

— Notre petite Isabelle possède le don de télépathie. Elle peut communiquer avec ses parents.

Rose en demeura bouche bée.

— Oh.

Un bébé télépathe. À quoi d'autre devait-elle s'attendre ? Non seulement, le bébé était hybride mais, de surcroît, il possédait un don spécial. De ce qu'elle en savait, les vampires pourvus de certains dons étaient extrêmement rares.

— Et je pense que, maintenant, elle veut Zane, ajouta Delilah.

Avant que Rose n'eût le temps de cligner des yeux, un vampire chauve apparut à leurs côtés et prit le bébé qui lui tendait les bras.

— Nous ne nous sommes pas encore rencontrés, dit-il en s'adressant à Rose. Je suis Zane. Et voici...

Il se retourna et fit signe à la jeune fille qui s'approchait derrière lui.

— ...Portia, ma compagne, ajouta-t-il.

Dès l'instant où Rose prit la main de Portia, ses narines inhalèrent un parfum similaire : le mélange d'une odeur humaine et vampire. Un autre hybride ? Combien y en avait-il ?

— Je suis Rose, dit-elle automatiquement.

Tout en saluant Portia, elle aperçut Samson en train de chuchoter quelque chose à l'oreille de Delilah qui, en retour, se mit à rougir. Il lui prit ensuite la main et l'emmena avec lui.

Samson n'avait-il pas proclamé peu de temps auparavant qu'ils ne laissaient que rarement leur fille à quelqu'un d'autre ? Étrange.

Rose observa à nouveau Isabelle et remarqua la façon dont la petite souriait à Zane.

— Hé, ma jolie Rachel, que dirais-tu d'une danse ?

— Rachel ? Je croyais qu'elle s'appelait Isabelle, laissa échapper Rose sans réfléchir.

— Tu as bien entendu. Elle se prénomme Isabelle mais, quand elle est avec moi, elle est Rachel.

Rose sentit la confusion se répandre en elle, lorsqu'Yvette posa la main sur son avant-bras. D'un coup sec, elle posa les yeux sur son hôtesse.

— Ne fais pas attention à lui. Il aime être énigmatique ! Tu vois, il est son mentor, le premier qu'elle a mordu. De toute façon, tu sais ce que ça veut dire. Pour les humains, c'est comme s'il était son parrain, et c'est pourquoi il est celui qui lui a donné son deuxième prénom, Rachel.

Rose hocha la tête, se sentant soudain submergée. Il y avait tellement de choses qu'elle ne savait pas. Mais elle ne pouvait l'admettre. D'une certaine manière, les vampires présents autour d'elle semblaient beaucoup plus civilisés et instruits que ceux qui avaient croisé son chemin. Ils semblaient mener une vie résolument humaine. Pas une existence cachée comme celle qu'elle avait connue, toujours en mouvement, toujours inquiète de savoir sur qui elle allait tomber au prochain tournant. Était-ce la raison pour laquelle elle n'avait jamais rencontré de vampires qui vivaient de la sorte ? Comme les humains ?

Elle regarda autour d'elle et remarqua des bouteilles de sang sur une petite table d'appoint. De la nourriture humaine y était présentée à côté. Cela semblait presque naturel, comme si les deux choses allaient de pair.

Lorsqu'elle détourna son regard de la table, elle vit Quinn et Haven faire leur entrée dans la pièce. Mais Quinn ne vint pas vers elle. Il dirigea plutôt son attention sur un jeune couple, Haven juste derrière lui. Yvette ne les lui avait pas encore présentés, mais il y avait quelque chose d'étrange chez eux. Elle les observa avec méfiance.

— Oh, c'est Wesley et Kimberly, mon beau-frère et ma belle-sœur, déclara Yvette. Je vais te présenter.

— Plus tard. Je ne veux pas interrompre leur conversation.

Ce n'était qu'à moitié vrai. En réalité, elle avait l'impression que sa tête était prête à éclater. Elle venait de prendre conscience de trop de choses en une seule fois.

Elle se retrouvait au milieu d'un groupe soudé, une unité qui ne pouvait être dépeinte que comme une famille. Des noms rebondissaient dans sa tête : Amaury et sa compagne Nina, Samson et Delilah, Yvette et Haven. Elle avait également été présentée à la compagne de Gabriel, la belle Maya, ainsi qu'à Zane et à sa compagne hybride, Portia. Ensuite, le bébé. Et maintenant, la belle-famille ! Elle avait besoin d'un peu d'air.

À présent totalement en alerte, elle inspira profondément, et ses narines se dilatèrent.

Prête au combat, elle fourra une main dans la poche intérieure de sa légère veste. Son cœur battait dans sa gorge, son pouls accélérait.

La main d'Yvette l'arrêta dans son mouvement.

— Des intrus, lâcha Rose, tentant d'avertir Yvette.

Elle jeta un œil autour de la pièce, afin de découvrir d'où provenait l'odeur de sorcière qu'elle percevait.

— Quoi ? demanda Yvette.

Rose se pencha plus près de son hôtesse tout en continuant de scanner la pièce.

— Des sorcières. Je peux les sentir. Nous devons nous défendre.

Le rire d'Yvette la surprit. La femme avait-elle perdu la boule ?

Rose la dévisagea.

— Désolée, Rose, je suppose que personne ne t'a dit que Wesley et Kimberly sont des sorciers.

Surprise par cette révélation, Rose fit rapidement un pas en arrière.

— Vous frayez avec des sorciers ?

— Ils sont inoffensifs. En outre, Haven était un sorcier avant sa transformation. Son frère et sa sœur ne nous feraient jamais aucun mal.

Yvette se rapprocha ensuite plus près de Rose.

— De toute façon, leurs pouvoirs sont négligeables, même si Wesley semble penser le contraire.

Rose sentit sa gorge se nouer. Elle ne pouvait en supporter davantage. Trop de choses se passaient ; un trop grand nombre de ses croyances étaient subitement remises en question. Les sorciers n'étaient-ils pas les ennemis jurés de tout vampire ? Elle sentit une chaleur se répandre dans son corps.

— Puis-je aller me rafraîchir un peu ? parvint-elle à exprimer tout en essuyant les perles de sueur apparues sur son cou.

Yvette la regarda curieusement avant de lui indiquer une porte.

— De ce côté et, ensuite, première porte à gauche.

— Merci.

Ses pieds la transportèrent jusque dans le hall, là où la musique était moins forte et la température plus basse. Elle avait l'impression que son corps était brûlant de fièvre. Elle n'avait jamais su que les vampires vivaient de la sorte. Pourquoi l'ignorait-elle ? Pourquoi n'avait-elle jamais réalisé qu'elle aurait pu avoir une vie différente, qu'elle aurait pu avoir des amis comme ceux-ci ou même un semblant de famille, si elle ne s'était pas cachée durant toutes ces années ?

À bout de souffle, elle tourna la poignée et ouvrit la porte de la salle de bain. Seule la lumière au-dessus du lavabo était allumée, mais elle éclairait suffisamment la petite pièce pour que Rose réalisât où elle avait mis les pieds.

Les canines de Samson étaient profondément logées dans le cou de sa compagne. Quoique complètement vêtu, son corps se frottait à celui de la jeune femme dans un rythme caractéristique, tandis que les mains de Delilah le pressaient tout contre elle, comme si elle refusait qu'il s'arrêtât.

Instantanément, Samson lui relâcha le cou et tourna la tête d'un coup sec en direction de Rose, les yeux d'un rouge éclatant et le sang dégoulinant de ses canines allongées.

Rose referma brusquement la porte. Le choc et le dégoût se répercutèrent en elle. Ces vampires n'étaient pas mieux que ceux qu'elle avait fréquentés. Non, ils parvenaient tout simplement à mieux se cacher.

Elle rebroussa chemin, prête à s'échapper de cette maison. Ce fut alors qu'elle se heurta à quelque chose de massif.

Elle leva les yeux.

Quinn. Il enroula les bras autour d'elle, l'empêchant ainsi d'aller plus loin.

— Il ne vaut pas mieux. Il l'utilise, dit-elle en s'étranglant.

ROSE TREMBLAIT TANT que Quinn la serra fermement dans ses bras, réalisant instantanément qu'elle était sur le point de s'enfuir à toutes jambes. Il ne comprenait absolument pas ce qui avait pu la mettre dans un tel état.

— Qu'est-ce qui ne va pas, mon amour ? demanda-t-il en lui passant une main sur les cheveux en vue de la calmer. Il ne réalisa que tardivement à quel point il s'était intimement adressé à elle.

— Tes vampires ne sont pas différents.

D'un mouvement de tête furtif, elle désigna la porte de la salle de bain.

— Samson. Il se nourrit d'elle. Il la tient sous son emprise. Tu as dit que vous buviez tous du sang en bouteille.

Il ne fallut qu'une seconde à Quinn pour comprendre ce dont elle parlait. Il oscilla la tête.

— Des tourtereaux.

Le regard perplexe qu'elle lui lança le fit glousser.

— Rose, ne sais-tu pas ce qui se passe entre des compagnons liés par le sang ? Samson se nourrit d'elle parce qu'elle est sa compagne. Un vampire lié à un être humain ne peut se nourrir que d'une seule et unique source : le sang de son ou sa compagne.

— Mais, il l'utilise. Comme tous ceux que j'ai connus. Nous les utilisons tous.

Le pensait-elle vraiment ? Ne comprenait-elle pas ce que ressentait Delilah en laissant son compagnon se nourrir d'elle ?

— C'est le plus grand plaisir qu'il puisse lui procurer.

Le visage de Rose se figea sous le choc.

— Quoi ? rétorqua-t-elle en s'écartant de Quinn.

— Nourrir son compagnon. Le plaisir sexuel qui l'accompagne n'est comparable à rien d'autre en ce monde, poursuivit-il en franchissant l'espace qu'elle avait créé entre eux.

À présent, elle se retrouvait dos au mur. Quinn glissa un doigt sous son menton et le lui souleva. Il lui caressa la peau lisse de sa mâchoire.

Comment ne savait-elle pas ce genre de choses ?

Lorsqu'elle dévisagea Quinn, un million de questions dans les yeux, celui-ci comprit finalement comment procéder. Il lui montrerait la beauté d'une vie en tant que vampire. Il lui montrerait qu'ils détenaient tous cette capacité à aimer, et qu'être une créature de la nuit n'était pas synonyme d'une âme obscure.

— Douce Rose. La morsure d'un vampire est comme un baiser : passion-née, sensuelle, tendre. Elle représente tout ce que tu veux qu'elle soit. Quoi que ton cœur ressente, la morsure l'amplifiera.

Il laissa glisser la jointure de ses doigts le long du cou de Rose, remarquant à quel point la grosse veine palpitait sous son toucher. Ses boyaux se resser-rèrent sous la tentation.

— Comme un baiser, murmura-t-elle. Mais, comment ?

— Aucun vampire n'a jamais enfoncé ses canines en toi ? Puisé ton sang sucré ?

Il inspira, désireux de remplir ses poumons de son alléchant parfum. Oh, Dieu, comme il désirait son sang en cet instant précis ! Les battements de cœur de Rose lui parvinrent tout à coup aux oreilles. Ce son était si fort qu'il pensa qu'il était perceptible par tout ce monde présent dans la maison.

— Jamais. Je n'ai jamais autorisé quiconque à m'utiliser de la sorte.

Sa voix tremblait. Quinn fixa ses yeux et remarqua à quel point ils s'étaient assombris. Elle avait les lèvres entrouvertes, et sa respiration était irrégulière.

— Utiliser ? Ce n'est pas comme ça entre personnes qui s'aiment.

Il baissa la tête vers son cou tout en permettant à ses canines de s'allonger. Lentement, il en honora la peau de Rose.

Il perçut le frisson qui la parcourut. Ce dernier était le parfait miroir de sa propre réaction. Le désir qui l'envahissait était sans précédent. Il voulait la prendre ici, puiser son sang tout en s'enfonçant en elle. Pour lui montrer ce qu'était la réelle extase. Et il serait son premier, à nouveau.

— Oh, Dieu, Rose, savoir que personne n'a jamais—

— Je ne me souviens que d'une seule morsure. C'était horrible, parvint-elle à exprimer.

Instantanément, Quinn s'écarta de son cou. Sa transformation. Cela l'avait certainement traumatisée. Pas étonnant qu'elle eût refusé que quiconque la mordît.

Il lui caressa la joue.

— Ce n'est pas comme ça. Ça ne devrait jamais être comme ça.

Pas entre eux. Cela devrait être une expérience à chérir.

Rose ferma les yeux, comme si elle voulait dissiper les souvenirs. Son corps se raidit. La femme souple que Quinn tenait dans ses bras avait soudain disparu.

Si seulement elle pouvait se confier à lui, il pourrait l'aider. Mais il pouvait voir qu'elle était bouleversée. Cela devrait attendre.

— Viens, retournons et allons voir si Blake aime sa nouvelle demeure.

Avant qu'il n'eût pu l'aider à traverser le couloir, la porte de la salle de bain s'ouvrit derrière eux.

— Quinn, Rose, un mot s'il vous plaît, exigea Samson.

17

———

Quelques instants plus tard, Rose frissonnait, debout sur le porche. En tant que vampire, elle savait, toutefois, que l'air frais de la nuit ne pouvait l'affecter comme il le ferait pour un humain. Néanmoins, un frisson la transperça. Son dos se raidit instinctivement.

— Toutes mes excuses, dit Samson, après avoir refermé la porte derrière lui, un regard penaud s'affichant sur son visage. Delilah et moi avons eu peu de temps pour nous ces derniers jours. Le bébé… enfin, elle requiert beaucoup d'attention.

Était-il en train de s'excuser ? Parce qu'elle était entrée sans prévenir ? Bien étrange ! Le pensait-il vraiment ? Rose le regarda bizarrement.

— Je suppose que j'ai oublié de verrouiller la porte, ajouta-t-il avec un sourire furtif avant de retrouver un visage grave en regardant Quinn. As-tu vu le texto que Thomas vient juste d'envoyer ?

— Quel texto ? répondit Quinn tout en jetant un œil à son téléphone portable qu'il venait d'extirper de sa poche. Il était encore en mode vibreur.

Il balaya l'écran du doigt et appuya sur l'une des applications. Il tourna ensuite les yeux vers Samson.

— Merde !

Samson hocha la tête.

— Ce pourrait, bien sûr, être une coïncidence. Il y a beaucoup de gars qui se prénomment Blake.

En entendant le nom de son petit-fils, Rose se mit en alerte.

— Qu'est-ce qui se passe avec Blake ? Qu'est-il arrivé ?

Instantanément, son cœur se mit à battre la chamade.

Samson se tourna vers elle.

— Nous avons été prévenus qu'un homme prénommé Blake a été enlevé dans le Sud, hier. Il a été libéré quelques heures plus tard, sans demande de rançon.

— Où ça dans le Sud ? demanda Rose.

Quinn posa une main sur son avant-bras.

— À environ deux heures au nord de Los Angeles. Ce n'était pas notre Blake. Il est en sécurité...

— ...Mais je ne crois pas aux coïncidences, ajouta-t-il en regardant Samson.

Rose non plus. La proximité du lieu de cet incident ne la rassura pas. Après avoir lu la lettre qu'elle avait écrite, Keegan savait qu'elle allait suivre Blake sur la côte Ouest. Mais ce n'était pas tout : il disposait même d'informations plus précises.

— Où exactement ? les pressa-t-elle de répondre. Où est-ce arrivé ?

Elle insistait tellement que Quinn plissa le front.

— À Santa Barbara.

Rose sentit son estomac se retourner. Elle savait ce que Keegan était en train de faire.

— Oh, mon Dieu. Il recherche toutes les villes de la côte Ouest qui commencent par *San*.

Quinn lui agrippa les deux bras, l'obligeant à le regarder.

— Que sait-il ?

Rose éprouva des difficultés à déglutir. Pourquoi avait-il fallu qu'elle écrivît cette maudite lettre ?

— Il sait que Blake est sur la côte Ouest, et qu'il vit dans une ville commençant par *San*.

— Il t'a suivie jusqu'ici ?

Elle secoua la tête.

— Impossible.

— Comment le sais-tu ?

Elle lui lança un regard furieux. Elle n'était pas un amateur. Durant toute sa vie en tant que vampire, elle s'était cachée et savait comment disparaître sans laisser de trace.

— J'utilise un réseau.

Quinn plissa les yeux.

— Quel réseau ?

Pendant un moment, elle se demanda si elle devait lui divulguer ces informations, ou pas. Sachant qu'elle ne lui donnerait aucun nom ou tout autre renseignement spécifique, elle estima qu'il était plus sûr de lui révéler les détails de son départ de Chicago.

— Je possède un réseau de maisons closes et de services d'escorte chapeauté par des sociétés écrans. Keegan n'en sait rien. Personne ne le sait.

Incrédule, Quinn la dévisagea.

— Tu possèdes des bordels ?

Elle haussa les épaules. Elle avait dû se faire de l'argent, d'une manière ou d'une autre.

— Je les traite bien. Les femmes qui y travaillent sont plus en sécurité que si elles étaient dans la rue. Et elles sont loyales.

Elle remarqua la manière dont Samson était appuyé contre la rambarde du porche, les bras croisés sur la poitrine, écoutant avec intérêt. Il ne semblait pas la juger.

— Elles t'ont aidée à quitter Chicago en toute clandestinité ? répliqua Quinn qui, visiblement, poursuivait son interrogatoire.

— Oui. Elles créent des leurres, s'habillent comme moi, portent des perruques, du maquillage. Elles voyagent sous mon nom à divers endroits pour conduire toute personne susceptible de me suivre sur une fausse piste.

Apparemment satisfait de sa réponse, Quinn hocha la tête.

— Alors, comment est-ce que Keegan sait que tu es ici ?

— Il a vu une lettre.

— Quelle lettre ? Il y avait un cachet postal imprimé dessus ? Je croyais que Blake ne te connaissait pas.

Elle oscilla la tête.

— Il ne me connaît pas. Ce n'était pas une lettre écrite par Blake, mais par moi.

— Adressée à qui ?

— Elle n'a jamais été postée. Keegan m'a interrompue pendant que je l'écrivais. Ce n'est pas grave, mais il sait. Il sait qu'il doit chercher toutes les villes de la côte Ouest qui commencent par *San*. Nous devons faire quelque chose.

Pendant un moment, Quinn ne dit rien. Il cherchait tout simplement Rose du regard. Il lui relâcha ensuite les bras.

— Je pense que nous allons passer à l'offensive plus tôt que je ne l'avais prévu.

— À l'offensive ? répéta Rose.

Quinn et Samson échangèrent un regard.

— Je pense que ce que Quinn essaie de dire, c'est que nous allons réduire Keegan en poussière avant qu'il ne puisse trouver Blake, ajouta Samson en souriant à Rose.

— Mais nous ne pouvons pas attirer l'attention sur nous, ou il va nous retrouver encore plus rapidement. Vous ne pouvez pas faire ça !

Un sentiment de panique courait dans ses veines.

— Ça a toujours été le plan, déclara Quinn. Tu ne pensais tout de même pas qu'on allait simplement cacher Blake pour toujours ? C'est seulement une solution temporaire. Certes, j'aurais préféré qu'il soit d'abord installé pour lui expliquer les règles de base et faire le point avant de rechercher Keegan mais, sachant ce que ce dernier sait, nous devons agir immédiatement.

— Tu avais prévu ceci depuis le début ? Pourquoi ne me l'as-tu pas dit ? J'ai le droit de savoir.

De colère, elle souffla. C'était elle qui *les* avait engagés. Elle établissait donc les règles lorsqu'il s'agissait de la protection de Blake.

Quinn plissa les yeux.

— J'avais également le droit de savoir beaucoup de choses.

Sa poitrine se souleva soudain, et ses yeux virèrent au noir, signe qu'il était embêté.

— Dès le début, tu aurais dû nous dire ce que Keegan savait. En nous cachant certaines choses, tu mets Blake en danger. Ne le réalises-tu pas ?

Elle crispa les mâchoires.

— Je pensais que tu aimais notre petit-fils, ajouta-t-il plus doucement.

Notre ? Avait-il réellement dit *notre* ? Ce mot provoqua quelque chose en elle : il adoucit son cœur. Quinn et elle avaient tant en commun. Blake, leur chair et leur sang, pouvait-il devenir le lien qui réparerait ce qui avait mal tourné ? Quinn serait-il capable de pardonner Rose une fois qu'il aurait découvert ce qu'elle avait fait ?

— Rose ?

La voix de Quinn dériva vers elle, l'obligeant à le regarder.

— Dis-nous tout à propos de Keegan. Plus nous en saurons, plus grandes seront nos chances de le trouver avant qu'il ne nous trouve.

— Quinn a raison, ajouta Samson. Nous avons besoin de la moindre information dont tu pourras te rappeler : où il possède des propriétés, avec qui il vit, ce qu'il fait, qui sont ses amis et ennemis. Tout, même si tu penses que c'est sans importance.

Elle hocha la tête lentement. Ils avaient raison. Elle devait leur dire, mais il y avait une chose qu'elle ne pouvait avouer : que Keegan la pourchassait parce qu'elle lui avait volé quelque chose d'inestimable. Et elle savait qu'il ferait tout pour le récupérer, tout comme elle ferait n'importe quoi pour l'en empêcher.

— D'accord.

— Bien, dit Samson. Laissez-moi vérifier si Thomas est déjà arrivé. Il faut qu'il prenne part à cette conversation.

Il ouvrit la porte de la maison et disparut à l'intérieur.

Le silence régna pendant un certain temps. Rose évita de regarder Quinn jusqu'à ce que, tout d'un coup, il se mit à parler.

— Comment t'es-tu lancée dans l'achat de maisons closes ?

Rose souleva brusquement le menton, prête à défendre ses choix, lorsqu'elle remarqua la lueur dans les yeux de Quinn. Ceux-ci n'étaient teintés d'aucun signe d'accusation, mais bien de curiosité.

— C'était la seule chose qui s'ouvrait à moi en ce temps-là. La seule... profession qu'une femme pouvait exercer à l'époque.

Elle s'autorisa à esquiver son regard, non désireuse de le voir la juger. Mais Quinn ne le lui concéda pas. Les doigts placés sous son menton, il lui souleva la tête, la forçant ainsi à le regarder.

— Mais, pourquoi ? Vampire, tu étais plus forte que quiconque. Tu aurais pu faire tout ce que tu voulais.

Elle secoua la tête.

— Quand mes parents ont réalisé ce que j'étais devenue, je n'ai pu espérer aucune aide de leur part. Et je ne voulais pas les forcer en utilisant le contrôle de l'esprit. Tu comprends ça ?

En connaissance de cause, elle les avait pressés de feindre sa mort, car ils n'auraient pas survécu au scandale qu'elle leur aurait infligé. Et ils l'avaient fait.

— Au début, pour survivre, j'ai volé et triché. Le contrôle de l'esprit m'a aidée, et ma force de vampire m'assurait que personne ne puisse me faire du mal.

— Je suis tellement désolé que tu aies dû traverser tout cela, Rose.

— Quelque temps plus tard, une fois que j'ai cessé de m'apitoyer sur mon sort, j'ai compris à quel point j'étais chanceuse, comparé à toutes les autres femmes dans la rue. J'ai vu combien d'entre elles étaient maltraitées. J'ai donc commencé à les protéger. J'étais tellement plus forte que ces hommes à qui elles vendaient leur corps. Ils l'ont compris et ont eu peur de moi.

Tandis que Quinn lui caressait doucement les cheveux, Rose désirait vivement se pencher vers lui.

— Je les ai pillés, afin de me constituer une vie meilleure. Et de procurer la même vie à ces femmes qui m'entouraient. Elles étaient si reconnaissantes, tu aurais dû les voir. Leurs yeux se sont illuminés quand je leur ai dit qu'elles n'auraient plus à coucher avec des hommes violents. Je leur ai dit qu'elles pourraient rejeter ceux qui leur faisaient du mal, et que je m'occuperais de leur cas. Je me suis assurée que ces hommes n'osent plus jamais revenir. Mes bordels n'autorisent l'entrée qu'aux hommes civilisés. Nous refusons les violents, les pervers qui prennent plaisir à frapper les femmes.

— Ma brave Rose, murmura Quinn en l'attirant plus près. Toujours forte, toujours à s'occuper des autres plutôt que d'elle-même.

Les larmes lui montèrent aux yeux, mais elle ne s'autorisa pas à pleurer. Elle ne pouvait pas se montrer faible, pas quand il la félicitait d'être aussi courageuse.

— J'ai survécu ; comme nous tous. J'ai développé mon affaire à l'échelle nationale ; j'ai créé un réseau de prostitution. Tous avec les mêmes règles, le même type de sécurité pour les femmes. J'ai pensé que, si elles devaient vendre leur corps, elles pourraient tout aussi bien le faire dans un environnement sûr. Certains bordels sont dirigés par des vampires comme moi, des femmes qui protègent d'autres femmes. Je possède même un bâtiment ici, à San Francisco. Au coin du Ritz Carlton. C'est un établissement chic. Pas minable, pas comme ces endroits plus loin en bas de la colline. Les femmes sont prises en charge. Elles sont en sécurité.

Elle hésita, avant de poursuivre.

— Certaines d'entre elles voulaient être comme moi... mais je ne pouvais pas leur faire ça. Je ne pouvais pas les condamner à une vie comme la mienne.

Les bras de Quinn l'enveloppèrent, l'attirant contre son torse.

— Tu aurais dû venir à moi. J'aurais pu te montrer comme la vie pouvait être belle. Je le peux toujours. Il n'est pas trop tard.

Elle leva la tête et le regarda.

— Pas trop tard ?

— Il ne l'est jamais pour—

La porte s'ouvrit derrière eux.

— Thomas est ici. Parlons, déclara Samson.

En toute hâte, Rose se libéra de l'étreinte de Quinn, se demandant ce qu'il avait voulu dire. Trop tard pour l'amour ? Était-ce ce qu'il pensait ?

18

L a maison bourdonnait comme une ruche malgré l'heure tardive.

Quinn avait pu convaincre Amaury et Nina d'emménager au B&B afin de disposer d'une protection supplémentaire. Nina, une humaine habituée à se battre contre des vampires, serait parfaite pour accompagner Wesley durant la garde diurne. Toutefois, accepter les services de Nina signifiait également s'accommoder de son dominateur de compagnon, Amaury. Non pas que Quinn n'adorât pas ce gars mais, la façon dont ce dernier rôdait autour de Nina était carrément écœurante. Avoir à regarder quotidiennement ces tourtereaux serait épuisant.

Cain et Oliver avaient installé Blake à l'étage supérieur, entre leurs chambres respectives. Wesley était occupé à traîner ses valises à l'étage pour s'y établir également.

— Laisse-moi t'aider, proposa Quinn. Il saisit alors un des sacs de Wesley et le plaça en bandoulière tout en gravissant les marches à ses côtés.

— Hé, c'est génial ici, s'exclama Wesley, les yeux errants. Cette maison est vraiment cool.

— Pour ce faire, elle conviendra, répliqua Quinn.

Wesley secoua la tête.

— Est-ce qu'il vous arrive d'être encore plus désabusés, les gars ?

Désabusé ? Quinn ne s'était jamais défini comme tel mais, après avoir vécu une aussi longue vie, peu de choses pouvaient encore réellement l'impressionner.

— Ma propriété, là-bas dans le Nord, aurait pu contenir trois fois cette maison, affirma Quinn.

— Dans le Nord ?

— Dans le Derbyshire. À quelques heures au nord de Londres.

Quinn se demanda pourquoi il pensait tout à coup à cet endroit. Il s'y était rarement rendu. En fait, ce domaine ne devrait même plus lui appartenir. Il l'avait promis à Wallace, son créateur, pour lui avoir sauvé la vie. Mais ce dernier n'était jamais venu le lui réclamer et avait simplement disparu.

— Tu possèdes un château ou quoi ?

Quinn gloussa.

— Je préfère penser que c'est un tas de vieilles pierres qui a terriblement besoin d'être restauré.

Négliger cette propriété depuis des décennies n'avait pas, le moins du monde, amélioré l'état de ce bâtiment plein de courants d'air.

— Et ce n'est certainement pas un château, ajouta-t-il. Il n'y a aucune douve, aucun pont-levis et aucun mur tout autour. Ce n'est qu'une maison de campagne.

— Vous êtes drôles, vous, les Anglais !

Wesley s'arrêta devant une porte et déposa sa valise.

— Celle-ci, pas vrai ?

Quinn hocha la tête avant de désigner les autres portes dans le couloir.

— Cain se trouve dans la chambre d'à côté, ensuite Blake et Oliver. Amaury et Nina logent un étage plus bas, de même que Rose et moi-même.

Wesley ouvrit la porte, souleva sa valise et entra. Quinn le suivit.

— Alors, c'est vrai, ce que les autres disent.

Quinn haussa un sourcil. Il posa la question, quoique presque certain de ce dont les autres discutaient.

— Et qu'est-ce qu'ils disent ?

— Que toi et elle... mec, c'est une bombe ! Quelle silhouette ! Et ces seins, pas énormes mais, wow, quel décolleté !

Quinn en avait suffisamment entendu. Il poussa Wesley contre le mur le plus proche tout en lui montrant ses canines.

— Toi, petit con, écoute bien ceci, car je ne le dirai qu'une seule fois.

Il marqua une pause pour reprendre le souffle nécessaire tout en essayant de tempérer sa colère. Cela ne fonctionna pas. La jalousie l'avait empoigné. Wesley le dévisagea, les yeux écarquillés tant il était apeuré, la transpiration perlant sur son front. Ouais, bien qu'il trainât à présent avec des vampires, il avait toujours peur d'eux. Et c'était tout aussi bien.

— Je ne tolèrerai aucun manque de respect envers ma femme. Un autre mot comme ça, un regard inapproprié dans sa direction, et j'aurai ta peau ! Et alors, même ton frère sera incapable de venir à ta rescousse. Tu comprends ça ? Rose est à moi. Elle l'a toujours été et le sera toujours. Je tuerai tout homme qui voudra la toucher.

Wesley hocha instantanément la tête. Mais, quoi qu'il eût à rétorquer, un bruit provenant de la porte y coupa court.

Quinn pivota sur ses talons pour faire face à l'intrus.

Rose se tenait dans l'encadrement de la porte, figée. Quinn avait revendiqué sa possessivité envers elle, et elle en avait perçu chaque mot.

Merde.

Rapidement, elle détacha son regard.

— Je voulais juste parler des bouteilles dans le réfrigérateur.

Dans un premier temps tremblant, la voix de Rose se tempéra.

— Vous n'allez pas les y laisser tant que Blake est ici, n'est-ce pas ? poursuivit-elle.

— Non, j'ai demandé à Nina de les déplacer.

— Dans ce cas, je vais l'aider.

Rose se retourna et sortit.

— Rose... murmura Quinn en se passant une main dans les cheveux. Mais elle ne se retourna pas.

Derrière lui, Wesley s'éloigna du mur.

— Désolé, Quinn. Je ne voulais pas être irrespectueux. Ça ne se reproduira pas.

La voix du jeune garçon était teintée de découragement, et l'exubérance que Quinn y avait perçue un peu plus tôt avait disparu. Tout à coup, le vampire se sentit ridicule, dépourvu de toute l'excitation que cette mission lui prodiguait.

— Sans rancune, lui assura-t-il en le regardant.

Rose se précipita dans les escaliers et se dirigea vers la cuisine. En entendant Quinn parler d'elle si passionnément, un frisson s'était emparé de tout son corps. Il la considérait toujours comme sienne et, bien qu'elle eût toujours détesté tout propos possessif de la part des hommes, c'était différent avec Quinn. Savoir à quel point il voulait la posséder et tuer tout homme qui la toucherait, l'excitait bien plus que ce qu'elle n'avait imaginé. Cette pensée l'électrifia et l'émut plus que tout.

Elle se sentit vidée lorsqu'elle atteignit la cuisine, mais toutefois reconnaissante de ne pouvoir rougir, inaptitude propre aux vampires. Et elle était tellement perturbée que cela lui épargnerait, au moins, d'avoir à se justifier envers quiconque la croiserait.

Elle poussa la porte de la cuisine et entra. Nina se trouvait là, assise sur la table et, plutôt que de vider consciencieusement le réfrigérateur des bouteilles de sang compromettantes, elle s'adonnait à une étreinte passionnée avec un des plus grands vampires que Rose eût jamais vus : Amaury. Nina avait enroulé les jambes autour de la taille de son compagnon, et leurs lèvres fusionnaient si fermement que Rose se demanda si des mâchoires de survie seraient nécessaires pour forcer les amants à se dégager l'un de l'autre.

La porte se referma soudainement derrière elle, et ce bruit alerta les deux autres. Amaury tourna la tête avec une expression telle sur le visage que cela catapulta Rose dos contre la porte.

Bon Dieu, elle n'avait jamais vu d'yeux teintés de tant de désir. Ces vampires étaient-ils tous fous d'amour ? D'abord Samson, maintenant Amaury. Comme s'ils ne pouvaient se rassasier de leur compagne ! Comme s'ils les aimaient sincèrement. Était-ce même possible ? Les vampires pouvaient-ils aimer de la sorte ? Pouvaient-ils éprouver de tels sentiments tendres ? D'honnêtes sentiments ?

Amaury afficha la banane.

— Excuse, euh... cette démonstration d'affection. Mais ma femme, ici présente, m'a totalement maîtrisé. Tu peux l'en blâmer.

Nina poussa un soupir agacé et claqua une main sur l'épaule de son compagnon, sans le moindre effet.

— Regarde qui se fout de la charité ! dit-elle en claquant la langue avant de sourire à Rose. Ne fais pas attention à lui. C'est juste un homme de Neandertal surdimensionné avec qui j'ai fait l'erreur de me lier, un soir.

Elle descendit de la table et roula des yeux.

— Maintenant, il me suit partout, poursuivit-elle.

Amaury lui attrapa la main et y déposa un baiser.

— Tu peux me lier quand tu le veux.

Mal à l'aise face à ce tendre badinage qu'ils poursuivaient, Rose posa une main sur la poignée de la porte.

— Je ferais mieux de partir.

Amaury leva une main.

— Non, reste. Je m'en vais aider Quinn pour un certain nombre de choses. Je vous laisse seules, les filles.

Il passa devant Rose et sortit de la cuisine.

Le rire de Nina s'ensuivit.

— Tu as besoin de quelque chose ? J'allais ranger la cuisine.

— Laisse-moi t'aider. Nous devons bouger... euh, ... les bouteilles, tu vois.

Rose jugea qu'il était préférable de ne pas mentionner le mot sang partout dans la maison, d'autant plus que tout le monde semblait constamment marcher les uns sur les autres et entendre des choses qu'ils ne devaient pas.

— J'étais sur le point de le faire quand Amaury m'a interrompue.

Nina se dirigea vers le réfrigérateur et l'ouvrit.

Le calme naturel avec lequel Nina se déplaçait et parlait impressionna Rose. Son compagnon était tellement plus grand et plus fort qu'elle et, pourtant, elle l'avait traité comme si c'était elle qui dirigeait.

— Ça ne te dérange pas ? demanda Rose.

Nina désigna les bouteilles.

— Le sang ? Non, je n'ai jamais été dégoûtée.

Rose sourit.

— Je voulais dire d'être avec quelqu'un qui est clairement beaucoup plus... Elle hésita.

— Grand ? répondit Nina en oscillant la tête.

Plus puissant, pensa Rose mais, plus grand était également correct.

— Il ne me ferait jamais aucun mal. S'il le fallait, il donnerait sa vie pour sauver la mienne. Quoique, franchement, je ne l'accepterais pas. S'il essayait à nouveau, je lui donnerais un bon coup de pied au cul. Mais, tu vois le tableau.

— À nouveau ? répliqua Rose.

Nina balaya sa question d'un geste de la main.

— Ne me fais pas repenser à ça ! Il s'est presque laissé tuer en voulant me sauver d'un fou furieux de v—

Elle jeta rapidement un œil à la porte avant de poursuivre.

— Quoi qu'il en soit, je sais qu'il le ferait sans hésiter une seconde.

Les clans parmi lesquels Rose avait vécu n'avaient jamais fait grand cas de leurs amants humains, et certainement pas au point d'en protéger un contre un autre de sa propre espèce. Ce choix avait toujours été clair : les vampires passaient avant les humains. Ces derniers étaient superflus. Et, même si elle n'avait pas souscrit à ce mantra elle-même, elle en avait vu assez pour se rendre compte que cette attitude était répandue.

— Je suppose que c'est rare, quelqu'un comme lui.

Nina haussa les épaules et déposa quelques bouteilles sur un plateau. Rose se dirigea vers le réfrigérateur et suivit son exemple.

— Je ne les connais que de cette manière. Je pense que tous les hommes de Scanguards sont comme ça. Yvette également. Ils sont durs mais, quand il s'agit de leurs partenaires, ils sont comme des chatons apprivoisés ou des ours en peluche, comme Amaury.

Elle se pencha plus près de Rose avant de poursuivre.

— Il suffit de ne pas leur dire que nous les avons cernés, ou on aura droit à une démonstration de testostérone.

Rose se mit à rire. Elle aimait Nina. Elle n'avait pas eu l'occasion d'échanger plus de deux mots avec elle à la fête, lorsqu'on l'avait présentée mais, maintenant qu'elle était en mesure de discuter avec elle, elle réalisait de plus en plus que Nina ne se laisserait jamais utiliser par personne, et surtout pas par son compagnon. Ce qui amena Rose à se poser une question : Nina appréciait-elle la morsure d'Amaury ?

Mais elle ne pouvait pas le lui demander. C'était trop personnel, et cela ne la regardait pas. Mais, depuis que Quinn lui avait dit, à la fête, qu'une morsure représentait le plus grand plaisir sexuel qu'un vampire pouvait procurer à sa ou son partenaire, elle était intriguée.

Rose n'avait jamais autorisé quiconque à la mordre et avait rapidement rompu les liens avec tout vampire éventuellement désireux d'en faire la tentative. Chaque fois qu'elle avait dû se nourrir d'un être humain, elle s'était mise dans un état semblable à une transe afin de ne pas vraiment prendre conscience de ce qu'elle faisait. Du mieux qu'elle le pouvait, elle avait séparé son esprit des actions de son corps. Elle n'avait jamais aimé cela.

Mais, maintenant, en se remémorant Samson et Delilah dans la salle de bain et sachant que Nina et Amaury faisaient de même, elle ne pouvait s'empêcher de se demander comment deux humaines pouvaient demeurer si heureuses, alors que leurs compagnons respectifs se languissaient quotidiennement de leur sang. Que retiraient-elles de tout cela ?

— Quelque chose ne va pas ? demanda subitement Nina.

Rapidement, Rose afficha un sourire sur son visage.

— Non, rien.

— Tu n'en as pas rencontré beaucoup comme eux, n'est-ce pas ? Je veux dire...

Elle baissa la voix.

— ...des vampires liés à des humains.

— Ne le prends pas mal mais, comment est-ce que ça peut marcher ? Les forces ne sont pas équilibrées dans une telle relation. Nous sommes tellement plus forts que les humains. Comment ne ressens-tu pas que tu te trouves en position d'infériorité ?

Nina gloussa légèrement.

— Parce que l'amour égalise superbement tout.

— Mais quand il te mord... désolée, oublie ça. Je ne voulais pas que ça devienne personnel.

Rose plaça une autre bouteille sur le plateau et referma la porte du réfrigérateur.

— Où allons-nous mettre celles-là ?

— Rose.

Elle regarda de nouveau Nina.

— Oui ?

— J'aime quand il me mord. J'en ai terriblement envie. Je ne pense pas que je pourrais vivre sans.

— J'aimerais comprendre ce que ça signifie, murmura Rose.

Cette réponse s'adressait plus à elle-même qu'à Nina.

Lorsqu'elle se détourna de la jeune femme, elle aperçut un mouvement à la porte. Quinn se tenait là, en train de la regarder, les yeux aux reflets dorés, les lèvres légèrement entrouvertes. Elle cessa de respirer et, pendant un moment, elle fut transportée vers leur nuit de noces. Il l'avait regardée de la sorte, lorsqu'il avait fait d'elle sa femme. Avec le même amour, la même passion.

Elle savait que son corps pouvait se fier à lui. Mais pouvait-elle en faire de même avec son passé ?

19

─────────

Quinn tourna les talons avant de céder à sa première impulsion : prendre Rose dans ses bras et planter ses canines dans son joli cou, afin de lui démontrer ce que sa morsure lui procurerait. Qu'elle ne fût pas humaine importait peu. Sa morsure aurait le même effet que celle d'Amaury sur Nina.

Il fut heureux de tomber sur Blake dès qu'il eut franchi ce cap. Avoir affaire à son petit-fils lui permettrait, au moins, de maintenir ses pensées loin de l'alléchant cou de Rose.

— Tu es justement l'homme que je cherchais, déclara Quinn en entraînant Blake loin de la cuisine, sachant que cette pièce n'avait pas encore été rendue *fréquentable par des humains*.

Blake sourit.

— Hé, chouette endroit.

— Viens, je tiens à te présenter à l'un de tes formateurs, lui dit Quinn avant de hausser la voix. Amaury, où es-tu ?

— Je suis en train de te chercher.

La voix d'Amaury émana de la salle de séjour, avant que ce dernier ne passât la tête dans le couloir.

— On passe outre les règles ? poursuivit-il.

— Je pensais que nous pourrions commencer avec ça, dit Quinn en entrant dans la pièce.

Blake le suivit comme un chiot bien entraîné.

— Les règles ?

Quinn échangea un rapide sourire suffisant avec Amaury, avant de se tourner vers le jeune homme.

— Les règles te sortiront par les oreilles, dès que nous en aurons terminé ici. Mais commençons par le commencement. Voici Amaury LeSang. Tu as de la chance : il est notre meilleur entraîneur.

Décidé, Blake lui serra la main.

— Bond. Blake Bond.

Remarquant la manière dont les lèvres d'Amaury se tordaient, Quinn lui lança instantanément un regard d'avertissement pour le contraindre à rester sérieux. Encourager Blake dans sa routine 007 ne ferait qu'empirer les choses. Il valait mieux l'ignorer. Son ego était assez grand ; il était, à présent, temps de le faire redescendre d'un cran et de faire comprendre au jeune homme qu'il avait beaucoup à apprendre. Quinn ne voulait pas réellement approfondir le fait que cette idée lui plût. Peut-être que, dans une moindre mesure, Blake lui rappelait lui-même, lorsqu'il était jeune et qu'il pensait qu'il pourrait conquérir le monde, qu'il pourrait aller à la guerre sans que cela ne le changeât, convaincu qu'il avait été préparé à tout ce qui s'offrait à lui. Quoiqu'il n'eût pas été préparé à la mort !

Repoussant ces souvenirs qui refaisaient surface, il désigna les sièges de la main.

— Il y a beaucoup de choses dont nous devons discuter. Il existe des règles de base auxquelles chaque stagiaire doit se conformer. Transgresses-en une, et tu es dehors. Il faut obéir aux ordres. Considère ceci comme un camp d'entraînement. Une fois que tu auras passé cette étape, tu seras prêt à rejoindre les stagiaires spécialisés.

— Hein ? demanda Blake tout en s'affalant sur le canapé. Ceci n'est pas encore la véritable formation ?

— Ça l'est, le coupa Amaury. C'est ici qu'on t'apprendra les bases, à toi et un autre stagiaire. Ce ne sera que, lorsque vous les aurez acquises, qu'il sera prudent de vous laisser rejoindre les autres.

Les yeux de Blake s'illuminèrent.

— Donc, vous dites que c'est dangereux ?

Il semblait tout excité à cette idée.

— Absolument, rétorqua Amaury.

Quinn adressa un regard de réprimande à Amaury. Super ! Maintenant, il allait devoir inventer un aspect dangereux de la formation, uniquement pour garder intact l'intérêt du gamin.

— Comme quoi ?

— Nous verrons ça plus tard, répondit Quinn en vue de détourner son attention. Règle numéro un : tu ne quitteras pas cette maison, à moins que ce ne soit en compagnie de l'un des formateurs ou d'un autre stagiaire. Tu dois comprendre, qu'à l'extérieur, il y a des compagnies qui adorent débaucher nos recrues, et elles iront jusqu'à kidnapper un stagiaire uniquement pour saboter nos activités.

Un froncement de sourcils s'afficha sur le front de Blake.

— Kidnapper ? Tu plaisantes. Pourquoi est-ce que quelqu'un ferait ça ?

— Parce que nous sommes trop précieux.

La voix de Wesley provenait de la porte.

D'un air confiant, ce dernier entra à grands pas. Il semblait bien que le savon qu'il s'était pris quelques minutes plus tôt avait glissé sur lui comme sur du téflon.

— Je suis Wesley, dit-il en tendant la main, tandis que Blake se redressait pour la lui serrer.

Quinn adressa un signe de tête à son petit-fils.

— Wesley est l'autre stagiaire.

— Hé, le salua Blake.

— Prends un siège. Pour répondre à ta question, Blake, je crains que Wesley n'ait raison. Vous êtes trop précieux. Vous représentez un énorme investissement pour nous, et nous sommes prêts à protéger cet investissement. Afin de nous aider dans notre tâche, nous exigeons de nos recrues d'être en parfaite condition physique...

Après avoir laissé Blake suivre un intense programme d'exercices physiques dans la salle de gym du sous-sol, sous la supervision d'Oliver, Quinn adressa un signe de tête à Amaury.

— Je vais contrôler le périmètre.

Quinn accueillit avec plaisir l'air frais de la nuit, lorsqu'il sortit dans l'obscurité. Il ne portait pas de veste, mais le froid ne le dérangeait pas.

Il tenta, en vain, de se débarrasser de ce malaise qui l'envahissait petit à petit. Bien qu'il sût qu'emmener Blake avec lui était la meilleure façon de le protéger à court terme, il réalisa toutefois que, sur le long terme, il devrait éradiquer la menace. Si, au moins, il savait ce que Keegan voulait réellement.

Ses yeux entraînés surveillaient les alentours, tandis qu'il marchait le long du trottoir. La lumière des lampadaires qui bordaient cette tranquille rue résidentielle renvoyait les ombres de sa silhouette sur le trottoir.

Rien ne passa inaperçu : ni le jeune homme qui se tenait aux côtés de son chien pendant que l'animal faisait ses besoins, ni la voiture qui essayait de se caser dans une place de stationnement bien trop petite.

Dans un soupir, il tourna à gauche au bout du pâté de maisons. Au loin, on pouvait entendre les voitures. Les maisons voisines étaient éclairées, mais personne ne se trouvait à l'extérieur. Son regard dériva jusqu'aux fenêtres et toitures. Aucun mouvement. Ses yeux parcoururent alors les jardins, son acuité visuelle nocturne perçant aisément les ombres que les buissons et les arbres créaient. Tout ceci n'était que pure routine. Soit Amaury, soit lui procéderait à cette vérification plusieurs fois durant la nuit. Ses actions étaient tellement automatiques, si habituelles, que son esprit dériva de nouveau vers Rose.

Pourquoi tout cela avait-il mal tourné ?

L'amertume qu'il avait éprouvée lorsque Rose l'avait rejeté après qu'il fût revenu, transformé, du front, il pouvait toujours la goûter dans la bouche. Le regard effrayé qu'elle lui avait adressé lui avait déchiqueté le cœur au point qu'il s'était senti prêt à mourir, séance tenante.

Londres 1814

Quinn ne se soucia pas de la calèche et laissa son cocher patienter. Tandis que la lourde porte se refermait derrière lui, le heurtoir faisant écho, il se lança dans une course effrénée, comme si un tueur le pourchassait avec un pieu en bois. Il ne pouvait s'éloigner suffisamment de Rose et de la douleur qu'elle lui avait infligée en le repoussant.

Les mots lui transperçaient le cœur comme de minuscules pics. *Va t'en !*

La femme qu'il aimait plus que sa propre vie avait peur de lui. Trop peur de reconnaître qu'il était toujours le même homme qu'auparavant. Que ce qui était dans son cœur n'avait pas changé. Elle croyait qu'il était un monstre et avait reculé devant lui.

Quoiqu'ayant couru rapidement à travers la moitié de Londres, il n'afficha aucun signe d'épuisement lorsqu'il rentra chez lui. Il poussa la porte, entra et se dirigea vers le salon avec une seule chose en tête : éradiquer la douleur.

Comme il s'approchait de la carafe en cristal qui contenait le liquide ambré qui l'avait aidé tant de fois auparavant, il la prit et en remplit un verre. Mais, lorsqu'il le porta à ses lèvres, l'odeur le piqua au nez. Instinctivement, il lança le verre à terre, et celui-ci vola en éclats.

La colère le fit bouillir : il ne pouvait même pas se saouler pour oublier son chagrin ! Il ne pouvait faire ce que tout homme sain d'esprit ferait à sa place : effacer tout souvenir d'elle en le noyant dans l'alcool.

Frustré, il grogna et saisit la petite table d'appoint sur laquelle se trouvait la liqueur qu'il appréciait au temps de sa forme humaine. Sans réfléchir davantage, il lança la table et tout ce qui y était posé à l'autre bout de la pièce. L'ensemble s'écrasa avec fracas contre le mur. Les verres, les bouteilles et leur contenu se répandirent sur les carpettes, et le bois de la table se brisa en morceaux. L'odeur d'alcool qui emplit instantanément la pièce ne fit qu'alimenter la colère de Quinn.

Ses yeux étudièrent la scène, se focalisant sur les débris de bois de ce qui était, quelques secondes plus tôt, une jolie table. Sans toutefois prendre conscience de ses actes, il sentit ses pieds le catapulter en direction de ce chaos. Il s'accroupit et ramassa un morceau de bois à l'extrémité acérée. L'arme parfaite, la meilleure façon de mourir.

Oui, ce serait mieux de cette façon. Il n'aurait jamais dû survivre. Il aurait plutôt dû mourir sur le champ de bataille et épargner, tant à Rose qu'à lui-même, cette tragédie. Elle aurait gardé un souvenir plus favorable de lui que l'image qu'elle en avait à présent. Mais cela, il ne pouvait le changer.

Il souleva le pieu de fortune. Mais, plus il tentait de l'approcher de sa poitrine, et plus sa main refusait d'obéir à son ordre. Presque comme si son instinct de survie était le plus fort. Dieu, à quel point tout cela était-il pathétique ? Il ne parvenait même pas à se suicider !

Furieux, il dirigea à nouveau sa main vers sa poitrine et en fut empêché. Une poigne de fer lui serrait le poignet.

— Prudence avec ça.

Quinn tourna brusquement la tête vers Wallace.

Il lança un regard empreint de colère à son créateur. Comment osait-il l'arrêter ?

— C'est ma vie ! Ça me regarde, c'est mon choix !

— Non, pas du tout ! Comment peux-tu avoir envie d'en finir avec cette vie ? Le pouvoir que je t'ai conféré, comment oses-tu le gâcher ? Comme s'il ne valait rien ? N'as-tu pas la moindre idée de ce que tu es, de ce qui te rend plus grand ?

Wallace désigna la porte et poursuivit.

— Il y en a des milliers, là-bas, qui souhaitent être comme toi, qui veulent demeurer jeunes et puissants, qui ont soif d'immortalité. Et toi, tu es prêt à la jeter dans le caniveau ! Pour t'en débarrasser, comme la putain de la semaine dernière !

Wallace lui arracha le pieu de la main et le balança à l'autre bout de la pièce. Tout en dégageant violemment son bras libre de la poigne de Wallace, Quinn afficha ses canines.

Il n'avait pas besoin d'un sermon de la part de l'homme qui n'avait clairement aucune idée de ce qu'il traversait.

— Je ne peux pas vivre comme ça ! affirma-t-il en évitant le regard de son créateur.

Wallace posa une main apaisante sur son épaule.

— Qu'est-il arrivé ?

Quinn prit son souffle mais, lorsqu'il l'expulsa, l'air s'était transformé en sanglot.

— Elle ne m'aime plus... à cause de ce que je suis.

Il leva les yeux et poursuivit.

— Pour elle, je suis un monstre. Un monstre dont elle a peur.

Le dire avec des mots était encore pire. En tant qu'être humain, il n'avait jamais ressenti une telle douleur. Pas même lorsqu'il avait été blessé sur le champ de bataille, tandis que son corps gisait en pleine agonie.

— Je ne peux pas vivre comme ça. Ne le comprends-tu pas ? Je fais ceci pour Rose. Sans elle, il n'y a aucune raison de continuer.

L'éternité sans elle ne serait qu'une interminable nuit de torture.

Wallace attira Quinn tout contre sa poitrine.

— Fils, tu surmonteras ça. Ton cœur se brisera plusieurs fois avant que tu ne comprennes comment le protéger. Les humains que tu aimes mourront. Tu les perdras un par un. Mais il y en aura d'autres qui les remplaceront.

Quinn se libéra de l'étreinte de Wallace.

— Personne ne peut prendre la place de Rose !

— Tu l'aimes tellement ?

— Plus que ma vie.

Sans elle, il ne ressentait rien d'autre que la douleur et la froideur.

— Nous avons tous dit cela lorsque nous étions jeunes. Nous avons tous connu une femme qui nous semblait au-dessus des autres. Spéciale.

Les yeux de Wallace s'égarèrent au loin, comme s'il se rappelait quelqu'un.

— Tellement belle que ça fait mal rien que de penser à elle. Et de la voir dépérir. La voir vieillir. C'est une telle douleur. Pourtant, au fil du temps, tout s'estompe. Nous poursuivons notre vie. Nous survivons. La douleur est temporaire. Nous sommes puissants. Une peine de cœur ne nous démoralisera jamais.

— Puissant ? Pour faire quoi ? Pour vivre dans l'obscurité ? Sans amour, sans soleil ?

Wallace plissa les yeux.

— Tu veux de l'amour ? Paie une putain. C'est le genre d'amour dont tu as besoin. Ça t'aidera à oublier.

— Tu crois que tu peux m'envoyer des putains pour que j'oublie Rose ? Comment oses-tu ? Tu ne me comprends pas du tout ! Tu veux m'aider ? Alors, aide-moi ! Aide-moi à la reconquérir. Ou dégage de ma vue !

Wallace lui lança un regard noir. Pendant un long moment, il se tint là, comme une statue.

— Très bien.

Puis, il se retourna et sortit.

CE FUT la dernière fois qu'il vit son père. Celui-ci avait clairement pris ses paroles à cœur et avait disparu. Juste au moment où Quinn avait le plus besoin de conseils. Car il n'avait plus personne dans sa vie. Pour combler le vide dans son cœur, il avait fait exactement ce que Wallace lui avait conseillé dans sa colère : il avait acheté de l'amour auprès des putains.

Subitement, Quinn se mit à frissonner dès l'instant où il emprunta le dernier tournant menant au bloc de maisons où le B&B se trouvait. Durant deux cents ans, il avait essayé d'oublier Rose en noyant tout sentiment au fond d'une débauche insensée. Et, depuis deux cents ans, il y échouait. Il voulait le retour de Rose, et pas seulement dans son lit, ce qui constituait la partie facile : il voulait retrouver sa place dans le cœur de sa bien-aimée.

Déterminé à faire tout ce qui était en son pouvoir, il redressa les épaules et remonta le petit sentier qui menait à la porte d'entrée. Il se figea subitement, une odeur toxique lui pénétrant les narines : de la peinture en aérosol.

Là, sur la blanche porte d'entrée du B&B, quelqu'un avait peint un message à la bombe. L'intestin de Quinn se noua. Il avait deviné que Rose lui avait menti à propos de Keegan et de la raison qui motivait ce dernier à faire du mal à Blake. Mais en avoir la confirmation l'affecta néanmoins.

Rends-moi ce que tu as volé.

20

———————

— De quoi parle-t-il, bordel ? Et, cette fois, je veux la vérité !

Quinn la regarda en pointant du doigt la porte qu'il venait juste de claquer une seconde plus tôt.

Instinctivement, Rose prit un peu de recul sans, pour autant, vouloir échapper tant à lui qu'à sa colère. Mais ce n'était pas le pire. Keegan savait où elle était, où Blake était. Elle l'avait conduit ici malgré les précautions qu'elle avait prises ?

— Oh, mon Dieu, il nous a trouvés.

— Il le devait, tôt ou tard. Malheureusement, c'est un peu plus tôt que prévu. Mais ce n'est pas la question. Qu'est-ce que tu lui as volé, Rose ? C'était quoi ? De l'argent ?

Elle secoua la tête.

— J'ai beaucoup d'argent.

Elle trépignait, nerveusement. Que devait-elle lui dire ? Pouvait-elle lui faire confiance en lui avouant la vérité ? Ou voudrait-il également acquérir cette puissance inhérente à l'objet qu'elle avait dérobé à Keegan ?

Lorsque Quinn l'agrippa par les épaules et la poussa contre le mur, les petits engrenages dans sa tête commencèrent à perdre le contrôle.

— Maintenant, Rose ! Avant que je ne vous flanque dehors, Blake et toi, pour vous laisser vous débrouiller par vous-mêmes. Je n'ai pas besoin de cette merde ! Tu refais surface dans ma vie après deux cents ans, et tu penses que tu peux me faire passer pour un imbécile. Je ne le suis pas, Rose.

Ses lèvres se retroussèrent, exposant ainsi ses canines allongées.

— Je suis dangereux.

Elle retint sa respiration, et son rythme cardiaque accéléra au même moment. Elle sentit la veine de son cou pulser violemment et remarqua le regard de Quinn glisser à cet endroit, pendant une seconde, avant de la fixer à nouveau dans les yeux. Elle n'avait pas le choix, elle le savait à présent. Seule la vérité parviendrait à apaiser Quinn.

— Keegan a tué un vampire et lui a dérobé une clé USB. Je l'ai volée.

Les mots s'échappaient de sa bouche comme si on avait renversé un pot rempli de billes.

— Qu'y a-t-il sur cette clé ?

Pendant un instant, elle ferma les yeux, priant pour que Quinn fût toujours ce même homme honorable qu'il était en tant qu'humain.

— Elle contient une liste de noms et d'adresses...

Rose déglutit difficilement avant de regarder Quinn droit dans les yeux.

— ...de tous les vampires d'Amérique du Nord et d'un grand nombre de ceux qui vivent à l'étranger.

Dans un soupir manifestant sa surprise, Quinn la relâcha, reculant d'un pas, comme s'il avait touché de l'argent et en ressentait la cuisante brûlure.

— Rose... C'est de la folie. Cela ne peut être vrai.

C'était également ce qu'elle avait pensé lorsqu'elle avait découvert cette liste.

— C'est pour ça que je devais la voler. On ne peut tolérer qu'elle demeure entre les mains de Keegan. Il va l'utiliser pour prendre le contrôle. Il sera en mesure d'éliminer ceux qui s'opposent à lui. Il sera trop puissant.

— Que penses-tu qu'il ait l'intention d'en faire ?

— Il va embobiner d'autres vampires et créer une armée.

Quinn fit claquer sa langue.

— Ce n'est pas aussi facile que tu sembles le penser. Personne n'est aussi convaincant !

— Keegan l'est.

Un frisson parcourut sa colonne vertébrale de haut en bas, tandis qu'elle se remémorait un incident du temps où elle sortait avec Keegan.

— Une fois, je l'ai vu utiliser le contrôle de l'esprit sur un vampire.

Quinn la dévisagea.

— Aucun vampire n'est assez stupide pour employer le contrôle de l'esprit sur un autre de son espèce. Celui que l'on tente de contrôler se défendra instinctivement. C'est inné, il n'y a aucun moyen de lutter contre cet instinct. Et c'est toujours une lutte à mort. Personne n'est connu pour avoir mis un terme à un combat avant son inévitable conclusion. Keegan ne peut nullement imposer sa volonté à un autre vampire. L'autre le combattra et, si Keegan est le plus fort, il tuera son opposant plutôt que d'avoir le contrôle sur lui.

— Keegan a pu le contrôler sans avoir à le tuer. Après cela, il était vidé et a presque fait une dépression, mais il peut le faire. Depuis lors, s'il a réussi à parfaire ce qu'il a été capable d'accomplir avec difficulté, il sera en mesure de contrôler les vampires et les amener à exécuter ses ordres.

— Merde ! jura Quinn en se passant une main dans les cheveux. Qu'est-ce qui te fait penser que cette clé est unique ? S'il la possède depuis un certain temps, il en a déjà probablement fait une copie.

— Impossible. Le lecteur est crypté. On ne peut le copier ; on ne peut même pas l'imprimer. Quelqu'un voulait s'assurer que cette clé demeure l'unique exemplaire.

— Où est-elle maintenant ?

L'insistance dans la voix de Quinn était indéniable.

— En sécurité.

— Où ?

Rose oscilla la tête de gauche à droite.

— Quinn, s'il te plaît, ne pose aucune question. Il vaut mieux que tu ne le saches pas.

C'était plus sûr s'il ne le savait pas, plus sûr pour *lui*. Au moins, Keegan ne pourrait le faire avouer sous la torture.

— Mieux ? Tu ne me fais toujours pas confiance !

— Il n'est pas question de ça.

— C'est exactement ce dont il s'agit. À l'époque, tu croyais déjà que je ne pouvais pas te protéger. Et maintenant, tu ne me fais pas confiance. N'est-ce pas la vérité, Rose ?

Il secoua la tête comme pour se débarrasser d'un mauvais souvenir.

Ensuite, il la dévisagea à nouveau.

— Tu dois la détruire. Personne ne peut détenir ce genre d'informations.

À ces mots, un grand soulagement envahit Rose. Quinn ne voulait pas de cette clé USB pour lui. Il ne voulait pas du pouvoir qui l'accompagnait. Le Quinn qu'elle connaissait était toujours là, quelque part. L'honneur le guidait toujours, comme lorsqu'il était humain.

Sans s'en rendre compte, elle tendit la main pour lui caresser la joue.

— Mon—

Quinn recula afin d'éviter le contact.

Mon amour, avait-elle voulu dire, mais les mots étaient restés coincés dans sa gorge. Quinn la regardait, la douleur bien ancrée au fond des yeux. Rose avait tant à réparer, tant de choses pour lesquelles elle devait faire pénitence. Elle ne voulait plus lui faire de mal. Et elle ne voulait plus mentir.

— Samson doit être mis au courant, dit soudain Quinn en se détournant et en sortant son portable.

Lorsque l'appel aboutit, il ne prononça que quelques mots.

— Nous avons besoin de toi à la maison, maintenant. C'est important.

Il se retourna ensuite vers Rose.

— Si nous avions su de quoi il s'agissait, nous aurions pu y aller de plein fouet dès le départ et le réduire en poussière avant qu'il n'ait une chance de nous trouver. Maintenant, il a pris le dessus.

***

Quinn attendit Samson dans le bureau. Son patron ne mit que dix minutes pour arriver. Quinn entendit Amaury le saluer à la porte, et tous deux entrèrent ensuite dans la pièce. Amaury lui lança un regard grave. Apparemment, ce dernier avait entendu la conversation que Rose et lui avaient tenue. Et c'était tout aussi bien.

Quinn résuma la situation en deux phrases, briefant ainsi Samson en quelques secondes.

— Ça change tout, annonça Samson. Où est la clé maintenant ?

— Rose refuse de me le dire.

— Nous devons la trouver et la détruire.

— Je le lui ai dit

Mais elle l'avait simplement regardé, comme s'il ne comprenait pas. D'autant plus qu'il avait été confus lorsqu'elle l'avait touché

— Elle ne va pas le faire, n'est-ce pas ? demanda Samson.

Amaury se rapprocha.

— Tu ne dois pas lui en vouloir. C'est sa police d'assurance. Tant que Keegan croit que Rose est la seule à savoir où se trouve la clé, il ne la tuera pas. S'il suppose qu'elle l'a dit à l'un d'entre nous, qu'est-ce qui l'empêchera de se débarrasser d'elle et de nous soutirer l'info ?

À contrecœur, Quinn dut admettre que son ami marquait un point, même si cela ne rendait pas plus acceptable le fait que Rose n'eût pas confiance en lui.

— Néanmoins, nous sommes mieux équipés qu'un civil pour protéger ces renseignements. Nous devons savoir où elle cache cette clé, dit Samson en faisant les cent pas. J'aurais préféré ne jamais avoir été entraîné dans ce pétrin, mais il n'y a plus aucun moyen de revenir en arrière, maintenant. D'ailleurs, Rose est de la famille.

Ces dernières paroles l'ayant secoué, Quinn jeta un regard à son patron. Comment avaient-ils tous pu accepter Rose si facilement ?

Samson haussa les épaules.

— Elle est ta femme. Ça fait d'elle un membre de la famille, quelle que soit la situation entre vous deux.

Il désigna ensuite la porte.

— Et Blake est votre chair et votre sang. Nous ne pouvons l'oublier.

— Vous n'avez aucune obligation envers elle ou Blake. Moi seul en ai, protesta Quinn. Je ne peux pas vous mettre tous en danger parce que ma femme a fait un mauvais choix.

C'était étrange de qualifier de nouveau Rose de la sorte mais, en même temps, il savait qu'il ne pouvait refuser de reconnaître ce qu'elle était pour lui, ce qu'elle serait toujours pour lui : sa femme.

Amaury roula des yeux.

— Oh, ferme-la, Quinn. Tu ferais la même chose pour chacun de nous. Donc, allons à l'essentiel. Il n'y a qu'un seul moyen pour que Keegan fiche la paix à Rose.

— Supprimer ce qu'il cherche pour supprimer la menace, déclara Samson.

— Non, détruire uniquement la clé ne suffira pas, interrompit Quinn. La seule manière d'éradiquer la menace pour de bon, c'est d'éliminer Keegan. Même si nous détruisons les données qu'il veut, il cherchera à se venger. Rose et Blake ne seront jamais en sécurité tant qu'il sera en vie.

Amaury hocha la tête.

— Exactement.

— Je veux en savoir plus sur ce Keegan avant de prendre une décision, le mit en garde Samson.

— Mais nous ne pouvons pas attendre ! protesta Quinn.

— Il n'y a pas besoin d'attendre. Tu fais ce qu'il faut pour protéger Rose et Blake, et nous ciblerons Keegan. Thomas est déjà occupé à rechercher tout ce qu'il peut sur lui. Ça ne devrait pas prendre trop de temps.

Quinn connaissait le grand sens de l'éthique de son patron et comprit que celui-ci ne donnerait pas la permission de tuer Keegan, à moins que ce ne fût la seule possibilité. Il ne servirait à rien de tenter de le convaincre du contraire. Mais il espéra que tout ce que Thomas allait dénicher justifierait d'éliminer Keegan pour de bon. Tout homme qui représentait une menace pour Rose devait être éliminé. Notamment celui qui avait posé ses sales pattes sur elle.

Samson se tourna vers la porte, puis se ravisa et se tourna vers Quinn.

— Et une autre chose : toi et Rose...

Les poils sur la nuque de Quinn se hérissèrent. Il était à l'affût.

— Peut-être que si vous parveniez à résoudre vos problèmes, elle te dirait où se trouve la clé. Ça nous aiderait beaucoup.

— Plus facile à dire qu'à faire, marmonna Quinn dans sa barbe.

Son patron l'avait, néanmoins, entendu.

— Peut-être que vous devriez essayer plus fort. Je n'ai pas gagné Delilah en me tournant les pouces. Ta colère ne t'aidera pas à avancer avec Rose. Je pensais que tu étais un maître dans la séduction. Me suis-je trompé ?

Affichant un sourire en coin, Samson quitta la pièce.

Amaury sourit.

— Si tu veux, je peux te donner quelques conseils.

—Hors de ma vue !!!

Il n'avait nullement besoin de conseils pour séduire sa femme. Séduire Rose n'avait jamais été le problème. Le corps de celle-ci lui répondait toujours. De cela, il était certain. Mais, par contre, son cœur répondrait-il toujours au sien ? L'ouvrirait-elle pour l'y laisser entrer une fois de plus ? Lui ferait-elle à nouveau confiance ?

Malgré les réticences qu'il éprouvait face aux mensonges de Rose, il pouvait, d'une certaine façon, comprendre la prudence dont elle faisait preuve. Après tout, ils ne s'étaient pas vus durant deux siècles, et il était pratiquement un étranger pour elle. Mais c'était quelque chose qu'il voulait changer.

21

———

Plutôt que de rentrer chez lui, Samson se rendit chez Thomas. Eddie ouvrit la porte immédiatement et l'invita dans le spacieux salon où Thomas s'était installé dans un coin aménagé en bureau.

Eddie ferma la porte derrière lui.

— Hé, quoi de neuf ?

— Nous avons un gros problème. J'ai un travail pour vous deux.

Le jeune visage d'Eddie s'illumina.

— Cool. De quoi as-tu besoin ?

Thomas se leva de sa chaise et les rejoignit.

— Courte fête, hein ?

— Je doute qu'Haven se soit offusqué de notre départ précipité. Je suis sûr qu'il a de meilleures choses à faire que de divertir des gens comme nous.

Samson sourit. Il avait également de meilleures choses à faire. Delilah l'attendait à la maison. Isabelle s'était finalement endormie, et il espérait qu'elle le demeurerait pendant quelques heures, afin que Delilah et lui pussent s'accorder un peu de temps ensemble, seuls.

Il perçut une lueur de tristesse dans les yeux de Thomas, avant que ce dernier ne la masquât à nouveau, et il se rappela que son ami n'avait pas eu de partenaire régulier depuis longtemps. Pendant un instant, il se demanda s'il était bon pour Thomas d'avoir l'inaccessible objet de ses affections à demeure.

Peut-être vaudrait-il mieux qu'Eddie déménageât. Mais Samson serait le dernier à suggérer une telle chose. Si ces deux-là aimaient cet arrangement, il ne lui appartenait pas de le remettre en cause.

— Bien, quoi qu'il en soit..., commença-t-il.

Il les mit au courant des événements au B&B. Lorsqu'il eut terminé, il leur exposa ce qu'il attendait d'eux.

— De quelle manière peut-on balayer un secteur pour retrouver cette clé USB ?

Thomas haussa un sourcil.

— Je suppose que tu ne veux pas qu'on sache que tu la recherches ?

— Tu peux le dire, répliqua Samson.

— Et qu'en sera-t-il quand nous l'aurons trouvée ?

À présent, il y avait quelque chose dans le ton de sa voix qui ressemblait à du soupçon.

Samson oscilla la tête et rit sous cape.

— Thomas, depuis combien de temps nous connaissons-nous ?

— Est-ce qu'on connaît vraiment quelqu'un, même après cent ans ? répondit Thomas par cette autre question.

— Parfois, c'est une question de confiance, tu ne penses pas ?

Samson regarda alors Eddie.

— Thomas ne t'a jamais dit comment nous nous sommes rencontrés ?

Eddie l'observa avec grand intérêt.

— Thomas n'aime pas parler de son passé.

— Alors, je ne vendrai pas la mèche. Peut-être qu'un jour, tu pourras l'amadouer pour qu'il te le raconte.

Il reposa ensuite le regard sur Thomas, demeuré silencieux tout ce temps.

— Donc, qu'en dis-tu ? Étant donné notre histoire, me crois-tu capable de faire les bonnes

choses ?

Tous deux se toisèrent.

— J'ai bricolé un dispositif. Considérant qu'une clé USB n'émet aucune onde, aucun détecteur conventionnel ne fonctionnerait. Mais j'ai planché sur un dispositif programmable qui me permet de rechercher n'importe quelle combinaison de métaux. Donc, si j'y introduis les composants de la plus commune des clés USB, théoriquement, il devrait pouvoir la rechercher. Mais c'est seulement un prototype.

Samson sourit.

— Alors, mettons-le à l'essai. Commencez au B&B. Et si cette fichue clé ne s'y trouve pas, vous irez visiter tous les bordels de Rose, d'ici à Chicago, pour la retrouver.

— Des bordels ? répéta Thomas. Tu te moques de moi. La femme de Quinn est une Madame ? Je suis sûr qu'il y a une histoire là-dessous.

Londres 1814

Rose savait qu'elle devait partir. Tôt ou tard, Quinn reviendrait et lui ferait des choses indescriptibles. Elle en était certaine. Parce qu'il n'était plus son doux Quinn. Maintenant, il était un monstre, un vampire ! Un animal sanguinaire. L'éclat rouge affiché dans ses yeux lui avait glacé le sang mais, lorsqu'elle avait vu ses canines, ces armes avec lesquelles il aurait pu la tuer en un instant, son cœur avait cessé de battre pour ne se remettre en marche que quelques instants plus tard, trois fois plus vite.

Elle ne s'était jamais sentie aussi effrayée de toute sa vie. Et pas que pour elle-même. S'il venait à découvrir l'existence de sa fille, il s'emparerait d'elle également. Les mots teintés de possessivité qu'ils avaient prononcés avant de quitter sa chambre faisaient toujours écho dans ses oreilles.

Tu es à moi, Rose.

Un frisson glacial lui parcourut la colonne vertébrale. Non, elle n'appartenait pas à un monstre, pas plus que sa fille. Elle irait à la campagne et, plus tard, lorsqu'elle se serait calmée, elle prierait son père de la laisser rester dans le domaine le plus proche de celui où il avait placé son enfant. Elle savait, à présent, que son mariage avec Quinn était impossible et que, dès lors, elle n'aurait aucune chance de récupérer sa fille.

Un sanglot lui déchira la poitrine à cette terrible pensée. Désormais, elle ne pourrait jamais être la mère de son enfant. Mais, si elle priait son père suffisamment longtemps, peut-être s'adoucirait-il et la laisserait-il demeurer tout près de Charlotte, afin qu'elle pût, tout au moins, voir sa fille grandir et devenir une jeune femme. Cette enfant n'aurait jamais le genre d'éducation privilégiée dont elle-même avait joui, mais Rose pourrait au moins s'assurer que sa fille ne manquât de rien.

Ses parents à peine partis pour une soirée, Rose appela sa domestique et lui ordonna d'alerter le cocher, afin qu'il préparât la calèche. Elle serait partie depuis des heures avant que ses parents ne pussent remarquer son départ. Elle affronterait leur colère plus tard. Quitter Londres à la haute saison était un affront qu'ils ne prendraient pas à la légère. Cela importait peu. S'ils savaient de quoi elle s'enfuyait, ils comprendraient, mais elle ne pouvait le leur dire. Ils ne la croiraient jamais.

Mais elle avait vu ce qu'elle avait vu : Quinn était un vampire.

Elle était partie dans l'heure. Mais elle n'avait même pas atteint les périphéries de Londres que son voyage fut interrompu. Effrayés, les chevaux hennirent et se cabrèrent. Le chauffeur stoppa immédiatement la calèche, tirant sur les rênes des chevaux en essayant de les calmer, mais ils étaient morts de peur.

Rose sortit la tête de la calèche.

— Que se passe-t-il, William ?

Au lieu de répondre, son chauffeur hurla subitement. La calèche faisait un bruit, comme si quelqu'un avait sauté dessus. Une lutte s'ensuivit. Mais elle fut terminée en quelques secondes. Le silence se répandit à nouveau dans la nuit.

— William ?

Un sentiment de panique courut dans les veines de Rose, là où son sang s'était transformé en glace.

Son fidèle serviteur ne répondit pas. Oh Dieu, non ! Elle tendit le cou, tentant de voir ce qui s'était produit.

— Maintenant que nous sommes seuls, parlons.

La voix de l'étranger provenait de l'arrière. Elle se retourna, mais il avait déjà ouvert la porte de la calèche et s'était faufilé à l'intérieur. Ses vêtements étaient simples, mais elle ne put regarder que son visage. Ses yeux étaient rouges, comme les yeux de Quinn, et des canines pointues dépassaient de sa bouche. Du sang s'en écoulait, goutte à goutte.

Elle hurla.

Tout ce qu'elle y gagna fut un rire moqueur du vampire.

— Personne ne vous entendra. Votre chauffeur est mort. Sacrément savoureux. Qui aurait pensé qu'un vieil homme comme lui avait un sang aussi doux ?

Quoiqu'on ne puisse jamais dire ce qu'un cadeau contient avant de l'ouvrir, n'est-ce pas ?

Tout en s'écartant de lui, Rose tendit la main vers la porte opposée, mais la main du vampire se referma si vite, comme un étau autour de son poignet, que ses yeux ne purent réaliser ce qui se passait.

— Laissez-moi partir !

Il la transperça du regard.

— Je ne peux pas.

— Qui êtes-vous ? Que voulez-vous ? De l'argent ?

— Toutes mes excuses, Madame. J'ai omis de me présenter. Je suis Wallace.

Wallace ? Où avait-elle déjà entendu ce nom ?

— Je suis le créateur de Quinn. Son père, le vampire qui a fait de lui ce qu'il est aujourd'hui. Je lui ai sauvé la vie sur le champ de bataille.

Rose haleta.

— Oh Dieu, non !

Quinn l'avait envoyé pour lui faire du mal.

— Je lui ai sauvé la vie, afin qu'il puisse vous revenir.

Soudain, sa voix se glaça.

— Et que faites-vous ? Vous rejetez son amour. Vous le balancez sur la rue. Vous pensez que vous valez mieux que lui ?

Wallace lui adressa un regard furieux.

— Vous ne vaudrez pas mieux que Quinn, lorsque j'en aurai terminé avec vous.

L'air se coinça dans la gorge de Rose.

— Oui, vous savez ce qui va arriver, n'est-ce pas ? Je vous créerai à son image.

— Non, murmura-t-elle, la voix l'abandonnant.

— Vous serez comme lui. Dès lors, vous serez égaux. Il n'y aura plus de raison de le repousser. Il obtiendra finalement ce qu'il veut.

Une pensée terrible se propagea jusque dans le cœur de Rose.

— Vous a-t-il demandé de faire cela ?

— Quinn ? Il est trop désespéré pour penser. Vous êtes responsable de ce qui vous arrive. C'est mon cadeau pour Quinn.

Elle n'eut pas le temps de considérer la raison pour laquelle ces mots la soulagèrent momentanément, car Wallace l'attrapa et l'attira plus près de lui.

Elle tenta désespérément de lutter, mais ne parvint pas à se libérer de lui. Les coups de pied et les cris ne le dissuadèrent nullement de sa mission.

Il approcha la tête de sa gorge, encore et encore jusqu'à ce que ses lèvres entrassent en contact avec la peau de son cou. Un moment plus tard, elle sentit ses canines. Ensuite, une violente douleur. Elle lutta, la douleur dans son cou s'intensifiant et se répandant dans tout son corps, tandis que son assaillant enfonçait plus profondément ses canines.

Lorsque l'obscurité pointa du nez, Rose la combattit également, mais sa lutte fut vaine, son corps étant trop faible pour maintenir l'inévitable à distance. Ce vampire était en train de la transformer en monstre, et elle ne pouvait nullement l'arrêter.

L'obscurité apparut et disparut. La souffrance ancrée dans son cœur se répandit comme de la moisissure. Elle engloutit tout son être, submergea ses sens de façon à ce qu'elle ne pût penser qu'à la lancinante douleur de la perte de la vie. Elle ne serait plus jamais la même.

Et lors de sa renaissance, cette même nuit, le mal ne disparut pas.

Lorsque Rose inspira pour la première fois en tant que vampire et ouvrit les yeux face à un monde nouveau, elle se trouvait dans une salle minable. Au bruit qui provenait du rez-de-chaussée, elle comprit qu'elle était dans une espèce de taverne.

Tout semblait plus net, sa vision, son ouïe, son odorat. En particulier ce dernier. Mais, tout ce à quoi elle pouvait penser en se redressant sur son lit, c'était la soif qui la commandait comme les ficelles d'une marionnette. Elle devait boire, afin d'apaiser ce besoin qui la rendait sauvage.

— Enfin éveillée.

La voix de Wallace était la dernière chose au monde qu'elle eût voulu entendre. Mais il était là, assis devant la cheminée. À ses pieds, elle remarqua un paquet. Ses yeux se focalisèrent dessus, de même que son nez. Cela sentait délicieusement bon.

Sans réfléchir, elle se leva dans un mouvement fluide et fonça dessus.

— Ai pensé que tu aurais faim.

La chaise délabrée sur laquelle il était assis grinça lorsqu'il se pencha.

Rose fut plus rapide et atteignit le paquet, lequel contenait une fille de peut-être seize ans et, à en juger par son habillement, elle était probablement une fille de cuisine.

— Elle est savoureuse. J'en ai déjà pris une petite gorgée, dit Wallace en lui adressant un regard suggestif. Vas-y, je sais que tu as soif. Je peux le voir dans tes yeux.

Rose s'écarta de lui et de l'humaine qui, à présent, remuait. Soudain, sa mâchoire lui fit mal. Sa main vint toucher sa bouche, et elle sentit des dents pointues dépasser de ses lèvres. Canines ! Elle avait des canines ! La finalité de ce fait la heurta. On ne pouvait le nier. À présent, elle était un monstre, un monstre qui tuait pour survivre.

— Non ! cria-t-elle.

La fille au sol redressa la tête, ses yeux effrayés regardant fixement Rose. Celle-ci tenta de reculer, mais le sang humain était alléchant, meilleur que tout ce qu'elle eut jamais reniflé. Quoique remplie de dégoût envers elle-même, son corps n'obéit pas à son esprit. Comme si tirée par une force invisible, Rose se sentit attirée vers la fille. Plus près et plus près.

Elle lutta pour résister. Mais les besoins de son corps étaient plus forts.

Tandis qu'elle s'abaissait et attirait à elle la fille qui se débattait, la faim la submergea. Elle la guidait, la contrôlait. Ce ne fut qu'au moment où ses canines s'enfoncèrent dans le cou de l'humaine, pour y puiser le précieux liquide, que ce besoin s'atténua et laissa place à la répulsion et à la haine. Rose se dégagea de la fille dès qu'elle eut la force de reprendre le contrôle de son corps, mais il était trop tard. Elle l'avait drainée de son sang. Alors que les larmes lui inondaient les yeux, la fureur déferla en elle. Sans réfléchir, elle fonça sur Wallace. La chaise se brisa sous lui lorsqu'ils atterrirent tous deux au sol, en train de se battre.

Elle se rendit compte de sa force soudaine, de l'immense puissance qui courait dans ses veines. Sa haine envers Wallace et ce qu'il lui avait fait ne contribuait qu'à alimenter cette puissance, à la gonfler, à attiser davantage le feu dans son ventre.

— Je te déteste ! hurla-t-elle.

Il tenta de la soumettre en lui saisissant les bras, mais elle se tordit sous son emprise, les mains à la recherche de n'importe quelle arme à disposition. Lorsque ses doigts entrèrent en contact avec du bois, elle referma la paume de la main tout autour. Sans même regarder, elle sut que c'était un des pieds cassés de la chaise.

Avec plus de force qu'elle n'en crut son corps capable, elle lui plongea le pieu de fortune en pleine poitrine.

Un bruit à la porte coïncida avec le coup qu'elle asséna dans le cœur de Wallace. Tandis qu'il se désintégrait en poussière, la porte se referma, amenant Rose à tourner la tête dans cette direction, prête à expédier quiconque la menacerait.

Un homme s'appuyait nonchalamment contre la porte. Elle ne savait pas pourquoi mais, instinctivement, elle reconnut le vampire en lui.

— Tu m'as sauvé de devoir le tuer. J'avais un compte à régler avec lui, dit-il d'une voix traînante.

Tout en maintenant toujours fermement le pieu, elle se redressa en sautant.

— Qui es-tu ?

Un coin de sa bouche se souleva.

— Disons juste que nous avons les mêmes ennemis.

Rose jeta un coup d'œil à la poussière qui jonchait le sol. Devant la cheminée, la défunte gisait comme une poupée de chiffon. Une nausée la submergea subitement mais, hormis des haut-le-cœur, elle n'expulsa rien.

— Oh, ta première mise à mort, commenta l'étranger. Ça deviendra plus facile.

Elle secoua la tête. Jamais. Elle ne voulait plus jamais tuer. À présent, ce dont elle avait besoin, c'était quelqu'un qui la soutînt.

— Quinn, oh Dieu, Quinn, murmura-t-elle.

Elle devait le trouver. Il l'aiderait.

— Tu connais son protégé ? demanda-t-elle. J'ai besoin de lui, maintenant.

Rose souleva la tête et regarda à nouveau le vampire, sans réellement le voir. Elle leva les yeux et pria.

— Aide-moi, Quinn, s'il te plaît, aide-moi.

Un instant plus tard, des bras musclés l'empêchèrent de tomber. Ils la secouèrent pour l'aider à reprendre connaissance.

— Tu ne peux pas aller chez son protégé.

— Non, j'ai besoin de Quinn. J'ai besoin de lui, maintenant.

— Tu ne comprends pas ! S'il découvre que tu as tué son père créateur, il te tuera !

La voix du vampire était devenue plus insistante.

—Non ! Quinn m'aime !

Il l'avait encore récemment proclamé.

— Il n'a pas le choix. C'est le devoir d'un protégé de tuer le meurtrier de son créateur, qui que soit cette personne. C'est instinctif, enraciné, comme l'envie de sang. Dès qu'il saura ce que tu as fait, il ne pourra pas résister à cette envie irrépressible. L'attraction sera trop forte. Ce devoir est inné en nous.

— Mais, il m'aime... murmura-t-elle.

— Aucune importance. Si tu restes ici et que tu le laisses te trouver, tu ferais tout aussi bien d'être déjà morte.

Son cœur se serra. Si elle avait été seule, elle l'aurait laissé se produire, aurait laissé Quinn la trouver et la tuer. Mais il y avait Charlotte. Elle devait toujours protéger Charlotte.

— Aide-moi, pria-t-elle l'étranger.

Rose balaya ses larmes en un clignement d'yeux. Elle se tenait devant la porte de la chambre de Quinn, au second étage du B&B, luttant contre elle-même. Il méritait de savoir pourquoi elle n'était pas revenue vers lui durant toutes ces années et pourquoi elle avait feint sa propre mort. Cela avait été la seule manière de s'assurer qu'il ne la recherchât pas.

Elle en avait fini de lui mentir, de se cacher de lui. Et, maintenant que Quinn savait ce qui était en jeu si Keegan mettait la main sur la clé USB, elle était certaine qu'il continuerait de protéger Blake, même s'il allait devoir prendre sa revanche sur elle pour avoir tué Wallace. Blake n'aurait plus besoin d'elle. Il serait pris en charge.

Son cœur se mit à battre dans sa gorge, laquelle était aussi sèche que du papier de verre. Son pouls s'emballa de manière incontrôlable, et les paumes de ses mains étaient moites. Une perle de sueur fit son chemin le long de son cou, jusque dans son décolleté.

Rose tenta de soulever une main pour frapper à la porte, mais son corps n'obéit pas à son esprit. Quoiqu'elle le voulût plus que tout, elle ne pouvait pas bouger. Elle se tenait là, comme une statue congelée, les pieds fixés au sol, son corps raidi par la crainte.

Cependant, la sensation qui la remplissait étrangement n'était pas la crainte de perdre la vie après cette révélation, mais bien celle de perdre son amour. Cela prenait le pas sur toute autre chose. La pensée de perdre son amour, là où qu'elle allât, fût-ce le paradis, l'enfer ou tout autre endroit intermédiaire, lui était insupportable.

Elle était une lâche et une mauviette, tout simplement pas assez forte ; encore moins maintenant que juste après la mort de Wallace. Car, même après deux cents ans, elle aimait Quinn avec la même intensité que lors de la nuit où elle lui avait offert sa virginité. Ces années de séparation avaient plutôt cimenté cet amour.

Déçue par elle-même, elle tourna sur les talons, et son cœur s'arrêta.

À seulement quelques mètres d'elle, Quinn se tenait là, en train de l'observer. Il se mit à avancer vers elle jusqu'à atteindre une distance d'une longueur de bras.

Ses yeux noisette arborèrent un reflet doré, tandis qu'il les laissait courir très lentement sur elle. Il la regarda alors fixement.

— Tu m'as manqué, mon amour, murmura-t-il.

Non, si elle lui disait la vérité maintenant, elle ne verrait plus jamais ce regard amoureux dans ses yeux.

22

———

Des doigts, Quinn lui caressa la joue. Il l'avait observée lorsqu'elle s'était tenue devant sa porte, clairement déchirée entre l'envie d'entrer ou pas. Cela représentait la révélation de tout ce qu'il avait besoin de savoir. Rose voulait une seconde chance. Tout comme lui.

Quelques heures plus tôt, il avait été en colère contre elle, lorsqu'il avait réalisé sa déception après avoir découvert le message de Keegan. Mais, plus il y pensait, et plus il comprenait la raison pour laquelle elle lui avait caché les faits. Il ne s'était pas comporté comme l'homme qu'elle avait connu à l'époque. Il l'avait contrainte à coucher avec lui, en paiement de ses services, et ce déploiement de pouvoir avait laissé une fausse impression à son épouse. Elle avait dû assumer le fait qu'il eût changé. Alors, comment pouvait-elle lui faire confiance et croire qu'il agirait correctement en n'essayant pas de lui dérober les données pour les utiliser à ses propres fins ? Il ne lui avait donné aucune raison de lui faire confiance.

Dorénavant, cela allait changer. Il mettrait sa fierté de côté, oublierait les deux derniers siècles et la courtiserait à nouveau, tout comme il l'avait fait dans les salles de bal de Londres. Mais cette fois, il la courtiserait différemment, il lui ferait passionnément l'amour, bien plus intensément qu'il ne le lui avait été permis à l'époque, tandis que Rose était toujours innocente.

— Je suis tellement désolé pour les choses que je t'ai dites, murmura-t-il.

— Quinn, je—

Il glissa un doigt sur ses lèvres.

— Chut, mon amour. Écoute-moi. Quoi qu'il se soit passé entre nous, je veux que nous l'oubliions. Je veux un nouveau départ. Une ardoise propre. Je sais que j'ai agi comme un imbécile. J'étais en colère et blessé. Mais je suis également reconnaissant, reconnaissant que tu sois en vie. Et c'est la seule chose qui compte. Pour une raison quelconque, tu m'es revenue, et je ne vais pas laisser passer cette chance. Rose, s'il te plaît, pardonne-moi pour ce que j'ai fait. Laisse-moi juste t'aimer à nouveau.

Quelques secondes de silence s'écoulèrent.

— Je n'ai jamais cessé de t'aimer, répondit-elle, la voix lourde des larmes qu'elle contenait. Mais, les choses que j'ai faites...

Elle baissa à moitié les paupières.

Tout en glissant les doigts sous le menton de Rose, il la força à le regarder. Faisait-elle allusion aux bordels qu'elle gérait ? À ses yeux, elle avait honorablement agi en protégeant ces femmes, même si les autres ne le voyaient pas de cette façon.

— Je t'aime, quoi qu'il en soit.

Rose était toujours pure. Pour lui, elle était toujours la jeune femme qu'il avait laissée pour aller à la guerre.

Il passa à côté d'elle, ouvrit la porte, poussa Rose à l'intérieur et la suivit de près. Une fois entré dans sa chambre, il verrouilla la porte, afin de s'assurer que personne ne pût entrer et les interrompre.

Le regard de Rose se posa subitement sur la serrure, puis de nouveau sur Quinn, avant d'atterrir une seconde plus tard sur le lit.

Quinn suivit son regard avant de la dévisager à nouveau.

— Cette fois, je ne vais pas te forcer à faire quoi que ce soit. Quoi qu'il se passe ici découlera de notre volonté à tous les deux. Tu pourras repartir à tout moment, tu pourras refuser tout ce que tu veux.

— ... ou je pourrai accepter n'importe quoi, poursuivit-elle.

Le regard suggestif dont elle le gratifia le percuta dans tout son corps, comme une balle de revolver. Il se souvenait d'elle de cette manière : espiègle et réceptive.

— Vais-je encore devoir attendre longtemps pour un baiser, ou est-ce trop effronté pour une dame d'en voler un ? ajouta-t-elle.

Son sourire coquet fit fondre le cœur de Quinn.

— Je ne laisse jamais patienter une dame.

Ces mots s'étaient à peine échappés de ses lèvres qu'il la prit dans ses bras.

— Mais je fais toujours jouir une dame.

Il écrasa sa bouche contre celle de Rose et libéra la passion qu'il avait contenue pendant deux siècles.

Avec un bras autour de sa taille, il l'attira contre sa dure poitrine tout en enfouissant l'autre main dans ses cheveux d'or, inclinant sa tête pour une connexion plus étroite. Les lèvres de Rose étaient accueillantes, les doux mouvements de sa langue l'alléchant, le priant de fouiller plus profondément dans sa délicieuse bouche.

La douce pression de ses seins contre sa poitrine lui envoya un frisson dans le bas-ventre, sensation renforcée par le fait qu'elle fût là de son plein gré et non parce qu'il l'y forçait. Rose le voulait. Les gestes qu'elle accomplissait l'attestaient : ses mains qui lui caressaient la nuque et le faisaient frissonner, son bassin qui venait s'écraser contre lui, afin de le laisser deviner la chaleur qui brûlait en elle, ses canines qui étaient partiellement descendues et représentaient une toute autre tentation.

Incapable de résister, il laissa sa langue caresser la pointe d'une des canines. Rose tressauta instantanément et, en réaction à ce geste inattendu, sa canine perça la langue de son époux, à une profondeur suffisante pour que le sang s'en écoulât immédiatement.

Rose lança la tête en arrière, interrompant ainsi leur baiser, une expression horrifiée sur son visage.

— Oh, mon Dieu, je suis désolée. Je ne voulais pas.

Malgré ces mots d'excuse, ses yeux étaient rivés sur la bouche de Quinn, tandis que ses narines se dilataient de concert.

Il l'attira de nouveau contre lui, écarta les lèvres et lui laissa entrevoir les gouttes de sang qu'il pouvait goûter sur sa langue.

— Je ne le suis pas. Désolé, c'est comme ça.

Ses lèvres planèrent au-dessus de celles de Rose, alors qu'il lui permettait d'inhaler l'odeur de son sang. Cette minuscule plaie guérirait bien trop vite par elle-même, stoppant ainsi l'écoulement de sang mais, avant que cela ne se produisît, il attendait quelque chose de Rose.

— Goûte-moi.

Elle écarquilla les yeux, l'intérêt et l'horreur y entrant en collision, dans un combat d'adversaires de force égale. Lequel des deux l'emporterait, on ne pouvait le dire. Mais, lorsqu'il s'agissait des femmes, Quinn n'était pas du genre à jouer selon les règles. Il savait comment prendre l'avantage, comment retourner la situation en sa faveur.

Tout en glissant une main vers le bas, vers les courbes rondes de ses fesses, il la pressa doucement à se rapprocher de lui, désireux de lui faire prendre conscience de l'effet qu'elle avait sur lui.

— Tu sens ça, Rose ? La simple pensée que tu puisses goûter mon sang me rend plus dur que le granit.

L'inspiration suivante qu'elle prit s'accompagna d'un gémissement qui se répercuta profondément dans la poitrine de son époux. Un instant plus tard, ses lèvres étaient sur lui, sa langue s'aventura à l'intérieur et glissa sur la sienne pour recueillir le sang qui n'attendait qu'elle. Lorsqu'elle déglutit, le cœur de Quinn se mit à battre dans sa gorge, tant il était impatient de connaître sa réaction.

Tout à coup, il sentit le cœur de son épouse battre contre le sien en un rythme effréné, aussi grave et mélodique qu'un tambour, mais aussi rapide qu'un marteau-piqueur.

— Quinn, gémit-elle, relâchant sa bouche durant une fraction de seconde.

Il aurait souri, s'il n'avait pas été si occupé à reconquérir ses lèvres. Savoir qu'elle aimait son goût, qu'elle avait pris une petite goutte de son sang lui donna de l'espoir : ils allaient arranger les choses entre eux et supprimer les obstacles subsistants. Cette fois, ils feraient en sorte que cela fonctionnât.

Son besoin d'elle montant en flèche, il laissa ses mains errer sur son corps. Lorsqu'il enroba un sein dans la paume de sa main à travers le tissu du top, les sons de plaisir que Rose émit vibrèrent contre ses lèvres, engendrant d'agréables picotements.

Il grogna, à présent impatient de toucher la peau nue de son épouse. Comme si elle savait ce qu'il voulait, elle laissa tomber les mains aux bords de son tee-shirt et le tira vers le haut.

— Non, s'il te plaît, murmura-t-il. Laisse-moi le faire.

Il ne pouvait penser à plus grande joie que de la déshabiller, de la mettre à nu, comme un cadeau, le jour de Noël.

Docilement, elle lâcha son tee-shirt et posa les mains sur le torse de Quinn.

Ses doigts agiles se dirigèrent instantanément vers les boutons de sa chemise, les faisant sauter l'un après l'autre.

— Un prêté pour un rendu, dit-elle.

Il gloussa et tira le tee-shirt vers le haut, l'interrompant ainsi dans son activité lorsqu'il le lui passa par-dessus la tête. Tandis qu'il jetait le vêtement au sol, ses yeux étaient déjà en train de consommer ce qu'il avait mis à nu. Le soutien-gorge en dentelle qu'elle portait était pratiquement transparent et ne concédait rien à son imagination.

En admiration, il baissa la tête et porta les lèvres sur le mamelon qu'il pouvait clairement apercevoir à travers le très fin tissu. Il glissa la langue hors de sa bouche et le lécha, dégustant ainsi le bouton de rose. Oui, voilà ce qui lui avait manqué toute sa vie : le goût de Rose.

Préalablement occupée à déboutonner sa chemise, Rose mit un terme à son activité et saisit plutôt les revers du vêtement, s'y agrippant comme si sa vie en dépendait.

Tout en poursuivant son sensuel assaut sur le mamelon, Quinn orienta les mains vers les bretelles du soutien-gorge et les fit rapidement glisser sur les épaules de sa partenaire, ce qui lui permit d'écarter le tissu des seins. Lorsque ses lèvres et sa langue y rencontrèrent la chair, il suça avidement ce mamelon qui avait durci depuis longtemps dans sa bouche.

Désireux de ne pas négliger l'autre sein, Quinn changea de côté, léchant et suçant le deuxième mamelon de la même manière, tout en malaxant la chair dans sa main. L'arôme qui émanait de la peau de Rose s'intensifia, imprégnant ses narines de cette douce odeur de femme excitée. Avec un goût de pétale de rose, sa peau l'engloutissait dans un jardin anglais rempli de centaines de rosiers.

Sachant qu'il lui fallait goûter d'autres zones de son corps, il continua à la déshabiller, ses mains s'affairant rapidement sur le bouton et la fermeture éclair de son pantalon, avant d'aboutir sur ses hanches. Il abandonna ses seins et laissa ses mains glisser le long de ses jambes tout en s'abaissant jusqu'à amener la tête au sommet de ses cuisses. Tandis qu'elle se libérait de son pantalon, après s'être débarrassée de ses sandales à hauts talons quelques instants plus tôt, Quinn la stabilisa, les mains plaquées à l'arrière de ses cuisses.

Rose tituba un instant, mais il l'attira vers lui et appuya son visage contre le centre de sa féminité, là où son slip cachait son sexe. Aussi délicat que les ailes d'un papillon, le tissu moulant lui obstruait la vue, mais laissait toutefois échapper son parfum.

Quinn prit une autre inspiration, remplit ses poumons de ce délicieux arôme, conscient des effets que ce dernier avait sur lui, et que nulle autre femme ne lui avait jamais procurés : son cœur s'adoucit, et les murs qui l'entouraient se fissurèrent pour la première fois en deux siècles.

Rose enfonça ses doigts dans les épaules de son mari.

— Arrête.

Il leva la tête pour la regarder, surpris par cet ordre. Avait-elle changé d'avis ? Lorsque son regard rencontra le sien, il remarqua son sourire.

— Je veux que tu te dénudes aussi.

Quinn se redressa tout en déboutonnant le dernier bouton de sa chemise avant de s'en débarrasser.

— Mieux, approuva-t-elle en désignant ensuite son jeans. Maintenant, ton pantalon.

Il se déchaussa et dirigea les mains vers la boutonnière de son jeans. Il le défit et descendit la fermeture éclair. Rose laissa glisser sa main sur la sienne, s'appropriant cette tâche. Délibérément, lentement, elle baissa la fermeture éclair tout en laissant glisser son autre main sur le côté de celle-ci, caressant la dure saillie qui se recourbait contre le bas-ventre de son époux.

Quinn laissa échapper un sifflement.

— Putain, Rose, refais ça, et tout sera terminé avant d'avoir commencé.

Elle fit claquer sa langue et le caressa à nouveau.

— Et dire que je pensais que tu étais ce playboy expérimenté qui avait plus d'endurance que n'importe qui.

Il secoua lentement la tête tout en serrant les mâchoires, luttant contre l'assaut des émotions que cette tendre main déclenchait en lui.

— Avec toi, je ne suis qu'un gamin inexpérimenté. C'est à nouveau comme la première fois.

Elle lui abaissa le pantalon à mi-cuisse et ramena sa main sur lui, la glissant sous son boxer-short. Lorsqu'elle enroba son sexe de la paume de sa main, le cœur de Quinn cessa de battre. C'était comme la première fois, tout aussi magique et nouveau.

— C'est pour ça que tu es déjà en train de me supplier ?

Elle frotta un doigt sur la tête de son membre, étalant la goutte d'humidité qui suintait de la fente.

— Oui, répondit-il en fermant les yeux, s'autorisant à profiter au maximum de son toucher. C'est pour ça que je n'ai pas pu me retirer à l'époque.

Elle leva la tête. Lorsque leurs regards se croisèrent, Quinn nota un triste sourire sur les lèvres de Rose.

— Ne parlons pas du passé, ajouta-t-elle.

Tout en lui caressant la mâchoire, il attira Rose plus près et hocha la tête.

— Vivons dans le présent, confirma-t-il tout en enfonçant ses lèvres sur les siennes.

En guise d'accord, elle l'empoigna plus fort et lui abandonna ses lèvres.

En quelques secondes, il fut débarrassé de son pantalon. Rose s'occupa de son boxer-short. Lorsque son soutien-gorge et son slip rejoignirent les vêtements de Quinn au sol, ce dernier la serra dans ses bras, leurs corps brûlant où qu'ils se touchassent.

Il la prit dans ses bras, la porta jusqu'au lit et l'y déposa, comme s'il plaçait un objet précieux pour en faire étalage. Il laissa courir ses yeux sur elle, profitant de cet instant.

— Tu es belle.

Elle battit des cils, les lèvres entrouvertes et humides de son baiser.

— C'est ce que j'ai toujours pensé de toi.

La façon dont les yeux de Rose l'admiraient, tout en scannant avidement son corps, le rendit encore plus raide qu'il ne l'était déjà. Si elle continuait dans cette voie, il exploserait sans le moindre autre contact.

Quinn s'abaissa sur le lit pour la rejoindre et laissa glisser son corps sur le sien. Rose l'enveloppa immédiatement dans ses bras et écarta les jambes pour l'y accueillir. Ils s'ajustaient parfaitement, comme s'ils avaient fait cela une centaine de fois.

Quinn plaça son long membre dur entre les jambes écartées de Rose, donna un petit coup contre le centre humide de sa féminité, mais se retint, ne voulant pas précipiter ce moment parfait. Ils avaient toute la journée. Le soleil s'était levé, et presque tout le monde dans la maison était endormi ou s'était, tout du moins, retiré dans sa chambre. Pendant plusieurs heures, Quinn n'aurait rien d'autre à faire que s'occuper de Rose et lui montrer à quel point la vie pouvait être belle.

L'aimer.

Rose se pressa contre lui, le bassin incliné, le priant de l'envahir.

Doucement, Quinn écarta une mèche de ses longs cheveux de sa joue.

— Patience, mon amour. Nous avons tout le temps du monde.

— Mais je te veux maintenant.

Elle leva ses yeux empreints d'impatience et de désir vers lui et sembla la même que lors de leur nuit de noces.

Quinn sentit un léger sourire lui titiller les lèvres.

— Tu m'as déjà.

Ses mots ne pouvaient résonner plus vrais. Son cœur appartenait à Rose. Il en avait toujours été de la sorte depuis qu'il était tombé amoureux d'elle, la première fois. Il n'y avait aucune différence à présent. Ou peut-être y en avait-il une : son amour était plus intense, et l'emprise qu'elle avait sur son cœur était plus forte.

Il se frotta contre elle et appuya son membre contre son sexe, à la recherche de son point le plus sensible. Il sut qu'il l'avait trouvé lorsqu'elle gémit doucement.

— Juste là, hein, Rose ? demanda-t-il.

Elle s'étrangla en prononçant un simple mot.

— Oui.

Quinn souleva les hanches, ajusta son angle et alla ensuite s'imbiber de la chaude humidité de cette grotte accueillante. L'enivrante étroitesse le priva de sa capacité à respirer.

En guise de réponse, Rose émit un soupir de soulagement. Mais ce soupir eut à peine le temps de mourir sur ses lèvres que Quinn se retira et laissa son érection ramper sur son clitoris. Désormais humidifiée de son jus, la chair glissa parfaitement sur la chair. Cette friction répandit le parfum de cette femme excitée dans la pièce, enivrant ainsi son partenaire, pour autant que les vampires pussent ressentir quelque chose de ce genre. Quinn ne percevait que Rose et ses mouvements sensuels, ses respirations irrégulières qui s'intensifiaient en halètements, ses gémissements et soupirs qui résonnaient dans la chambre.

Enfonçant ses lèvres dans son cou, il y embrassa la gracieuse colonne. Un écran de sueur s'était formé sur la peau de Rose, et son goût et son odeur étaient plus délicieux que tout ce qu'il eût jamais connu. Il souffla sur sa peau en sueur et suscita un frisson.

Il sentit son corps répondre de la même façon, un frémissement lui parcourant toute la colonne vertébrale pour s'éteindre dans son membre. Il ressentit un picotement dans ses testicules qui se tendirent fortement, son sexe tellement engorgé de sang qu'il se raidit au maximum.

— Je ne peux plus attendre, dit-il une fraction de seconde avant de plonger en elle.

Cette action eut pour effet de repousser Rose de quelques centimètres plus haut vers la tête de lit. Elle se cambra et enfouit la tête plus profondément dans l'oreiller. Elle poussa brusquement ses seins en avant, les durs mamelons suppliant d'être sucés. Si mûrs, prêts à être récoltés. Les canines de Quinn s'allongèrent face à ce tableau.

Il s'extirpa de cette gaine étroite et s'enfonça à nouveau à l'intérieur, plus profondément à chaque pénétration. Leurs corps dansaient dans un rythme parfait. Les jambes de Rose enroulées autour de ses hanches l'attiraient encore plus fort en elle. Emprisonné entre ses cuisses musclées, il se sentait complet.

À chaque poussée, Quinn sentait la pression augmenter dans ses testicules. Il savait qu'il se rapprochait de son point de rupture. Mais, refusant que tout ceci prît fin, il repoussa ce besoin de libération. Au même moment, ses canines le démangèrent, le pressant de solliciter un autre type de libération, de satisfaire un autre type de besoin.

Son regard glissa à nouveau sur le cou de Rose. Sous la peau, la veine pulsait à un rythme si régulier qu'elle l'appelait telle une balise qui le guidait vers la maison. Lentement, il laissa à nouveau tomber la tête sur le cou de sa partenaire et ralentit la cadence de ses coups. Il permit à ses canines de se décoller de ses lèvres, en vue d'écorcher cette peau délicate. Ce contact lui envoya une décharge à travers le corps, l'électrocutant presque. Il lança la tête en arrière et regarda Rose.

— Rose, je veux... Je veux... J'ai besoin de ton sang.

Les yeux mi-clos de Rose s'ouvrirent brusquement.

Il voulait la mordre ? À ces paroles, une sensation inhabituelle la transperça. Quoiqu'elle eût toujours éprouvé du dégoût à l'idée que quelqu'un la mordît une nouvelle fois, le souvenir vieux de deux siècles de sa transformation étant toujours bien présent dans sa mémoire, quelque chose en elle la poussait à se rendre.

Tandis qu'elle fixait les canines allongées de Quinn, son cœur se mit à battre un peu plus vite. Non pas par crainte, mais bien parce qu'il battait de concert avec son clitoris. Presque de manière incontrôlable. Si violemment, en fait, qu'elle sut qu'elle était sur le point de jouir. Il était impossible que l'idée d'une morsure de Quinn eût un tel impact sur elle. Cela devait plutôt la dégoûter, l'amener à le repousser et à le jeter hors du lit.

Pourtant, elle ne put que continuer à répondre au rythme des hanches de son partenaire, tandis que le membre de celui-ci plongeait en elle sans répit.

À quoi cela ressemblerait-il s'il la mordait, s'il buvait son sang ? Serait-ce la même douleur qu'elle avait connue auparavant ? Lutterait-elle ?

Sa main trembla lorsqu'elle atteignit le visage de Quinn et tendit un doigt vers sa bouche. Quinn stoppa net ses mouvements, son érection demeurant bien logée profondément en elle. Il écarta davantage les lèvres, lui permettant un meilleur accès.

Prudemment, elle toucha une canine avec la pulpe de son index.

Quinn ferma les yeux et laissa échapper un gémissement de sa gorge.

— Oh, mon Dieu !

Lorsqu'il les rouvrit, un instant plus tard, le reflet doré s'était transformé en un rouge foncé, signe qu'il s'était métamorphosé en vampire, contrôlé par ses instincts animaux.

Cette vision aurait dû l'amener à reculer mais, au contraire, elle la remplit d'excitation. Elle avait eu cet effet sur lui, rien qu'en lui touchant une canine.

Elle caressa une fois de plus cette canine allongée, analysa la douce texture de la dent et la netteté de la pointe. Un instrument tellement mortel ! Était-ce vrai ce qu'il lui avait dit à la fête ? Que sa morsure pouvait procurer du plaisir ?

— J'ai peur, murmura-t-elle.

Il ferma les yeux, essayant clairement de se contrôler.

— Si tu refuses, je ne le ferai pas.

Quoiqu'elle reconnût la sincérité dans sa voix, elle ressentit sa déception. Le vide dans son propre cœur lui fit mal. Comme si elle avait à nouveau perdu quelque chose.

Déterminée à ne pas le repousser, elle pressa la partie charnue de son doigt contre la canine de Quinn, l'autorisant ainsi à lui percer la peau.

Il ouvrit les yeux, et ses narines se dilatèrent lorsqu'il inhala l'odeur de sang.

— Rose, tu ne dois pas...

Elle ôta son doigt, puis enduisit la veine de son cou des gouttes de sang qui s'en écoulaient. Respirant fortement, tant l'excitation entrait en collision avec les derniers reliquats de sa crainte, elle fixa Quinn droit dans les yeux.

— Je tiens à te donner tout ce dont tu as besoin.

Le désir et l'amour se déversaient de ses yeux en proportions égales.

— Je serai doux.

Elle hocha la tête, se préparant à la douleur. Si c'était ce qu'il voulait, elle le lui donnerait. Elle ne pouvait le décevoir.

Tout d'abord, il frôla son cou des lèvres, puis de la langue qui lécha le sang présent sur la peau. Rose entendit Quinn inhaler tout en déglutissant.

— Oh, Rose, je n'ai jamais goûté quoi que ce soit de meilleur dans ma vie.

Ces mots lui firent monter les larmes aux yeux, et elle éprouva quelques difficultés à les contenir. Elle se raidit lorsque les canines lui écorchèrent la peau.

— Je t'aime, murmura-t-il, tandis que ses dents pressaient davantage jusqu'à lui percer la peau et pénétrer la chair.

Au début, la sensation pouvait être comparée à une piqûre de cure-dent sur le doigt. Aucune douleur ne se faisait ressentir. Un certain soulagement l'envahit. Quinn ne lui avait pas menti. Cela ne ressemblait en rien à la brutale morsure par le biais de laquelle elle avait été intégrée dans le monde des vampires ; c'était plutôt un doux baiser, une caresse affectueuse.

Alors qu'elle autorisait son corps à se détendre dans les bras de son mari, elle sentit soudain une traction sur sa veine. Des décharges la parcoururent dans tout le corps, se propulsant dans ses veines comme de la lave, la brûlant de l'intérieur. Mais ce n'était pas un vilain feu destructeur ; il était vivifiant, passionné et consumant.

— Oui, murmura-t-elle, en l'attirant plus près d'elle.

Elle le sentit reprendre ses mouvements calculés de va et vient en elle qui, à chaque fois qu'il se retirait, la faisaient se languir de lui et, à chaque pénétration, prenaient soin de se frotter contre son clitoris. La morsure de Quinn était un baiser passionné, tout comme il le lui avait promis plus tôt, mais il avait omis de mentionner l'endroit précis d'où elle sentirait ce baiser. Ses canines dans son cou lui procuraient la même sensation que s'il lui léchait le clitoris tout en enfouissant son membre en elle. Anatomiquement impossible et, pourtant, la sensation était identique. Elle n'avait jamais rien ressenti de la sorte.

Pourquoi avait-elle eu si peur de ça depuis si longtemps ?

Tandis qu'elle s'abandonnait dans ses bras, autorisant ses caresses à la balayer sur un nuage de bonheur absolu, elle sut qu'elle ne serait plus jamais capable de vivre sans lui. Maintenant qu'elle avait compris ce qu'il était capable de lui faire ressentir, les sensations qu'il pouvait éveiller en elle, elle ne pourrait jamais faire marche arrière.

Lorsqu'il accéléra ses coups, elle le sentit ôter ses canines de son cou et ensuite lécher les minuscules incisions. Il la regarda ensuite, de petits filets de transpiration coulant le long de son torse.

— Je ne peux même pas t'exprimer ce que cela signifie pour moi... Rose, je ne sais pas comment te remercier pour ce cadeau.

Les larmes menacèrent de la submerger, mais elle les refoula. Elle n'avait jamais mis ses émotions à nu.

— Je sais comment tu peux me remercier. Fais-moi jouir.

Il laissa échapper un grognement.

— Oh, Rose, je ne te mérite pas.

Il plongea ensuite ses lèvres sur les siennes. Elle put goûter son propre sang sur la langue de Quinn, mais cela ne la dégoûta pas. Cela ne la dégoûtait plus.

Le corps de Quinn se mut avec le sien, il donnait des coups de rein, se retirait pour, ensuite, venir s'enfoncer en elle, son sexe poursuivant le même rythme, sans aucune relâche. Il la combla de son membre dur, bien profondément, touchant ainsi des zones qui libérèrent des sensations qu'elle s'était à peine crue capable d'éprouver.

Elle inclina son bassin et répondit aux mouvements de son partenaire, trouvant l'angle approprié pour que chacun des coups de Quinn pût lui procurer une alléchante sensation de picotement dans le clitoris et l'envoyer à toute allure vers l'inévitable. Tandis que leurs corps se mouvaient dans un rythme vieux comme le monde, elle sentit Quinn se raidir dans ses bras.

— Maintenant, Rose, maintenant !

Alors qu'il inondait son canal de sa semence, elle sentit l'approche de son propre orgasme. Comme une vague loin dans l'océan, il grandit et grandit jusqu'à atteindre le rivage et se briser sur la plage, démolissant tout sur son passage.

Rose sentit les spasmes de Quinn coïncider avec les siens. Sa forte respiration faisait écho à la sienne.

Elle ne s'était jamais sentie aussi connectée à quelqu'un. Même leur nuit de noces n'avait pas ressemblé à cela. La morsure lui avait fait ressentir une plus profonde connexion à Quinn, bien qu'elle ne fût pas l'exécutante de cette morsure. Serait-ce encore plus intense si elle le mordait ? Cette pensée la secoua. Et pourtant, elle ne pouvait nier qu'elle en était à la fois toute excitée.

Alors que son corps se calmait, et qu'il s'extirpait de son fourreau, Quinn blottit son visage dans le creux du cou de son épouse. Il roula à côté d'elle et la ramena dans ses bras, la serrant contre son corps tout chaud.

— C'était incroyable, dit-il.

— Mieux que tout.

Il déposa un baiser sur sa tempe.

— Rose ?

Elle tourna le visage vers lui, en alerte. La pousserait-il à obtenir des informations sur son passé, maintenant ?

— Oui ?

— Aimais-tu Keegan ?

Soulagée, elle laissa échapper un soupir et baissa les paupières.

— Un vampire peut-il aimer ?

Le doigt posé sous le menton de Rose, Quinn la pressa de le regarder. Elle remarqua la façon dont il secoua la tête.

— Tu as aimé notre fille. L'amour existe, même pour un vampire. Tu peux aimer, tout comme tu as aimé lorsque tu étais humaine.

Sentant ses yeux se mouiller, elle hocha la tête rapidement.

— J'aimais notre fille, oui. Mais c'était différent. Elle était ma chair et mon sang. Mais un autre homme... Je n'ai jamais aimé personne.

—Tu as dit que tu m'aimais. Était-ce seulement au beau milieu de la passion ?

Sa voix était demeurée calme, comme s'il connaissait déjà la réponse à sa question.

Oui, elle l'avait dit, n'est pas ? Et elle le pensait.

Rose se perdit dans la teinte dorée de ses yeux, incapable de dire un mot.

— Donc, tu m'aimes, poursuivit-il.

Les larmes commençant à couler sur son visage, elle ne put qu'hocher la tête. Si seulement les choses étaient aussi simples que ça. Si seulement elle pouvait tout lui dire, alors, ceci aurait représenté le moment le plus heureux de sa vie.

— Ne pleure pas, mon amour. Parce que je t'aime aussi. Et nous avons une nouvelle chance.

Il déposa ses lèvres sur sa bouche, afin d'apaiser les sanglots qui déchiraient la poitrine de Rose. Mais ce baiser ne put calmer ce sentiment de culpabilité qui se propageait en elle. Elle continuait à le leurrer et acceptait un amour qu'elle ne méritait pas.

23

Il était déjà tard dans l'après-midi et, quoiqu'il eût dormi huit longues heures, Blake se sentait épuisé. Toute la nuit durant, ils l'avaient réellement épuisé au gymnase. Toutefois, il ne l'admettrait ni à Wesley, qui semblait totalement imbu de sa personne, ni à aucun entraîneur. Il réussirait cette formation, aussi dure fût-elle. Quoiqu'il ne fût pas très au courant du but de cette formation. Quinn avait été un peu vague à ce sujet.

Mais, pour l'instant, cela n'avait aucune importance, parce qu'il venait juste de découvrir, qu'en plus de la très belle Rose, il y avait une autre formatrice. Elle s'était tout simplement présentée comme Nina. Cette femme culottée était super canon ! Oh, ouais ! C'était ainsi qu'il aimait ses femmes : des seins généreux, une bouche à pipe et des jambes musclées. Il pouvait dire que Nina possédait tout cela, et encore bien plus.

Et surtout, elle était naturellement blonde. Elle arborait une coupe de cheveux à hauteur du menton lui conférant quelque peu un air de garçon manqué, quoique sexy et féminin à la fois.

Blake autorisa ses yeux à errer sur son corps sexy pendant qu'elle projetait, sur le mur blanc juste en face de lui, la plus ennuyeuse présentation Powerpoint à laquelle il eût jamais assisté.

Il voyait bien que cette pièce n'était pas vraiment destinée à cette fin. Par le passé, elle avait probablement fait office de petite salle à manger et, pendant un instant, il se demanda pourquoi les cours n'étaient pas dispensés là où il avait passé son test.

Mais, au moins, il était le seul élève. Wesley s'était éclipsé après avoir pris un café dans la cuisine, et Nina ne l'avait pas empêché de partir. Cela ne la dérangeait peut-être pas d'être seule avec lui. Après tout, elle l'avait analysé du regard lorsqu'il lui avait serré la main. Il n'y avait aucun mal à tenter sa chance.

Nina avait à peu près son âge. En fait, maintenant qu'il y pensait, tout le monde dans cette maison avait l'air plutôt jeune, même les formateurs. Même Quinn ne pouvait avoir plus de vingt-cinq ans. Comment avaient-ils tous pu devenir entraîneurs à un si jeune âge ? Eh bien, cela voulait probablement dire que la compagnie n'était pas rigide, et qu'il était possible d'y obtenir rapidement une promotion. Et c'était justement dans ses cordes. Au plus vite il pourrait atteindre le sommet et laisser les autres faire le travail fastidieux, au mieux ce serait.

— Oh, zut, jura soudain Nina.

Elle secoua la télécommande sans fil qui lui permettait de faire défiler les diapositives. Elle appuya sur le bouton, encore et encore, mais la diapositive n'avança pas.

Blake se leva de sa chaise et s'approcha d'elle.

— Laisse-moi voir. C'est peut-être un fil qui a lâché.

Il alla vers elle pour saisir la télécommande, se rapprochant plus que nécessaire. Il avait une bonne tête de plus qu'elle et, de son point d'observation, il disposait d'une nette vue sur son décolleté. Son tee-shirt moulait ses seins, et il remarqua qu'elle ne portait pas de soutien-gorge.

Des gouttes de sueur se formèrent soudain sur son front.

— Ici, c'est peut-être la batterie.

La voix de Nina dériva vers lui.

Distraitement, il lui prit la télécommande de la main, la retourna et fit glisser le cache arrière. Mais, son attention étant toujours concentrée sur les seins de Nina, l'objet glissa entre ses doigts.

Les piles tombèrent à terre, le bruit faisant écho dans la petite pièce. Blake s'accroupit rapidement pour les ramasser avant qu'elles ne roulassent sous la table.

Lorsqu'il se redressa, il se cogna à Nina, son épaule effleurant le sein de la jeune femme qui se retrouva coincée entre la table et lui.

Il lui adressa son sourire bien entraîné.

— Oups, je suis tellement maladroit.

— Je te conseille de reculer si tu ne veux pas avoir d'ennuis, dit-elle en plissant les yeux.

— Les ennuis peuvent parfois être amusants, répliqua-t-il en laissant ses yeux errer plus bas. Oh oui, très amusants.

— Je te le dis pour la deuxième fois, ça va faire mal.

Il arbora un léger rictus.

— Qu'est-ce que c'est, une sorte de règle stipulant que les stagiaires et les formateurs ne peuvent pas devenir amis ? Je ne dirai rien, si tu fais de même.

— Alors, d'accord, dit-elle en souriant légèrement. Alors, tu ne diras rien à personne à propos de ceci.

Elle leva les mains et le poussa fortement. Surpris par ce geste brusque, il trébucha et tomba sur l'une des chaises, l'emportant avec lui. Avant qu'il n'eût le temps de se relever, la porte s'ouvrit brutalement et, telle une image floue, quelqu'un entra. La scène se déroula trop rapidement pour que ses yeux pussent la capter.

Ce ne fut que lorsque la personne s'arrêta devant lui et le souleva par sa chemise qu'il le reconnut : Amaury.

Blake ne pouvait pas bouger. Il ne pouvait que fixer les yeux rouges et les dents qui dépassaient de sa bouche.

— Merde !

— Bébé, je contrôlais la situation, dit calmement Nina derrière lui.

Amaury l'ignora, son torse se soulevant à chaque respiration, la tête penchée en avant.

— Tu la touches encore une fois, et tu es un homme mort. Elle est à moi !

Putain ! Pourquoi personne ne lui avait dit que ces deux-là étaient ensemble ? Non pas que ce fût son plus gros problème dans l'immédiat.

Nina se montra, les bras croisés sur la poitrine, adressant une mine renfrognée à son homme.

— Ce n'était pas nécessaire.

Amaury lui lança rapidement un coup d'œil.

— Ça l'était !

Sa voix résonnait plus comme le grognement d'un animal que celle d'un homme.

— Qu'est-ce que tu es ? dit Blake d'une voix rauque.

Tout en fixant les dents pointues des yeux, il connaissait déjà la réponse, mais ne pouvait l'admettre. Les vampires n'existaient pas. Merde, avait-il bu la nuit dernière et avait-il, dès lors, des hallucinations ?

— Qu'est-ce qui se passe ?

Une autre voix provint de la porte, avant que la personne ne se montrât : Cain, l'un des formateurs.

Il portait un pantalon de pyjama et, en observant Amaury, Blake se rendit compte que celui-ci n'était également qu'à moitié vêtu. Il ne portait rien d'autre qu'un jeans. Le regard d'Amaury bascula vers son collègue.

— Pas de quoi s'inquiéter.

Cain, les cheveux noirs en bataille et clairement encore un peu endormi, semblait en désaccord avec lui.

— Je déteste le signaler mais, es-tu conscient que tu dévoiles tes canines ? Je pensais que le gamin n'était pas censé le savoir.

— Euh, merde ! laissa échapper Amaury.

Il adressa alors un regard teinté d'excuses à Nina.

— Désolé, chérie.

Nina secoua simplement la tête.

— Tu as vraiment pensé que je ne pouvais pas gérer un petit con comme lui ? Allons !

Amaury se retourna alors sur Blake et le redéposa sur ses deux pieds. Celui-ci vacilla et, aussi loin qu'il pût s'en souvenir, c'était la première fois que cela lui arrivait. Il brossa alors délicatement sa chemise froissée, comme si cela pouvait améliorer les choses.

Bon sang, cela ne changea rien au fait que cet homme fût un vampire !

Blake fit un pas en arrière, désireux de ne plus se tenir à portée de ce gars mais, malheureusement, cette... chose... Amaury, se tenait entre lui et la porte. Pourrait-il atteindre la fenêtre, l'ouvrir et sauter ? Il jeta un coup d'œil rapide dans cette direction. Les stores étaient tirés. Nina s'en était occupée, afin de faciliter la présentation PowerPoint.

Peut-être que, s'il pouvait tirer les stores suffisamment vite, le soleil tuerait ce salaud. Il se précipita sur le cordon mais, une fraction de seconde plus tard, Amaury l'attrapa à nouveau par le col de sa chemise et le retint.

— Qu'est-ce qui se passe ici ?

Au son de la voix tonitruante de Quinn, Blake laissa échapper un soupir de soulagement. Il se retourna.

— C'est un vampire ! Amaury est un vampire. Il faut que tu m'aides.

Quinn roula des yeux et regarda Amaury.

— C'est tout simplement génial. Je t'ai amené ici pour que tu m'aides, pas pour tout foutre en l'air !

Il aborda Nina.

— Blake essayait de flirter avec moi, corrigea Nina. Il n'a pas réussi, mais il a fallu que mon grand macho, ici, fasse irruption dans la pièce à la vitesse du vampire et montre ses canines à notre invité.

Amaury la regarda en plissant les yeux.

— Nous en parlerons en privé, dans une minute.

Nina ne broncha pas face à la menace. Une rougeur apparut plutôt sur ses joues.

Blake marqua un temps d'arrêt. C'était quoi ce bordel ? Tout ceci était tout simplement trop bizarre ! Il devait sortir d'ici. Profitant d'un moment de distraction d'Amaury, il courut vers la porte.

Cain lui coupa la route et le retint en enroulant un bras autour de lui. Tandis que Blake luttait pour se libérer, son adversaire ne dut même pas reprendre sa respiration.

— Qu'as-tu l'intention de faire avec lui, maintenant ? demanda-t-il à Quinn.

Soudain, la porte s'ouvrit et Rose entra, vêtue d'un peignoir assez court. Blake ne put s'empêcher de laisser courir ses yeux le long des longues jambes de la jeune femme. Ouais, merde, ce genre de pensée était exactement ce qui l'avait mis dans le pétrin juste avant.

Rose regarda Cain.

— Lâche-le.

Cain regarda Quinn pour approbation.

— Si je le lâche, il va courir.

— Pourquoi? demanda Rose d'un ton sec.

Il a vu Amaury sous sa forme de vampire, lui expliqua Quinn.

— Oh, mon dieu ! Comment peux-tu lui faire ça ? Tu dois effacer sa mémoire. Maintenant.

Blake se recroquevilla et se tordit sous l'emprise de Cain. Ils voulaient effacer sa mémoire ? Comment diable allaient-ils faire ça ? Il savait ce qu'il avait vu et, jamais il ne l'oublierait. Ils pouvaient lui injecter toutes les drogues de leur choix, mais il garderait la mémoire.

— Non ! Laissez-moi partir. Vous ne pouvez pas me garder ici, vous ne pouvez pas me faire ça. Je suis un citoyen américain, j'ai des droits, hurla Blake.

— Bienvenue au club, déclara sèchement Quinn. Nous sommes également américains. Nous avons les mêmes droits.

Quinn le regarda, avant de poser les yeux sur Rose.

— Peut-être qu'il devrait savoir. Il a le droit de savoir ce qui se passe.

Rose secoua la tête avec véhémence.

— Non. Il ne doit pas savoir. Il a droit à une vie normale.

Quelques secondes s'écoulèrent avant que Quinn ne hochât finalement la tête.

— Comme tu veux.

— Fais-le, poursuivit-il en faisant signe à Amaury.

Pris de panique, Blake se débattit et donna des coups de pied à Cain, mais l'homme ne vacilla pas d'un centimètre, comme s'il était aussi fort et indestructible qu'un tank.

— Merde !

— Ça ne fera pas mal, lui assura Amaury en le fixant dans les yeux.

Pour une raison étrange, Blake ne pouvait évincer le regard du vampire. Fasciné, il le regarda droit dans ses yeux bleus. Il n'avait jamais rien vu de si bleu. Même l'océan ne pouvait rivaliser avec cette belle couleur.

À l'arrière-plan, il perçut des mots mais, dès qu'ils pénétrèrent dans sa tête, ils s'évaporèrent. Autour de lui, tout lui sembla doux et chaud, comme de la barbe à papa. Ses paupières, qui lui semblaient si lourdes, se refermèrent sur ses yeux. Pendant un instant, tout devint sombre et calme.

Lorsqu'il rouvrit les yeux, il eut besoin d'une seconde pour trouver ses repères.

— Maudite alarme incendie, dit Quinn en bâillant. Mais ne t'inquiète pas. C'est juste un fusible qui a sauté. Tout va bien.

Blake hocha la tête et regarda autour de lui. Tous les formateurs étaient rassemblés. La porte s'ouvrit, et Wesley et Oliver entrèrent au pas de course.

— Qu'est-ce qui se passe ? demanda Wesley.

— Tu n'as pas entendu l'alarme incendie ? demanda Quinn.

— Hein ?

Pour la première fois, Blake éprouva de la sympathie pour Wesley : lui non plus n'avait pas entendu l'alarme. Peut-être était-il trop absorbé à regarder sa jolie formatrice en train de présenter les diapositives les plus ennuyeuses qu'elle avait pu trouver sur l'histoire de la sécurité.

— Eh bien, puisque nous sommes tous réveillés, nous pourrions aussi bien nous préparer pour notre prochaine mission de formation, annonça Quinn.

Blake tendit l'oreille. Quoi que ce pût être, il espéra que ce serait plus intéressant que la présentation PowerPoint.

— Quel genre de formation ?

— C'est un jeu d'évasion.

24

———

Rose l'avait pris à part et trainé dans le bureau. Elle se tenait, à présent, suffisamment près de lui pour n'avoir plus qu'à murmurer. Une position que Quinn aimait à coup sûr. Plus près elle se trouvait, mieux c'était.

— Il est beaucoup plus en sécurité ici, insista Rose.

En désaccord avec elle, Quinn secoua la tête.

— Keegan sait où nous en sommes. Si j'étais lui, j'attaquerais ce soir. Il ne peut se permettre de nous accorder du temps pour nous préparer. Je suis même surpris qu'il nous ait donné un avertissement.

Rose soupira.

— Il aime prouver sa supériorité en faisant ce genre de merde. Il pense que ça va nous effrayer et nous faire abandonner.

— Charmant, ce gars. En tout cas, nous ne nous rendrons pas. Mais nous ne serons pas des proies faciles non plus. Nous sortirons Blake d'ici durant la journée.

Elle posa une main sur son bras.

— Mais, le jour, nous ne pouvons pas être avec lui.

Elle désigna la porte de la tête.

— Wesley ne peut pas le protéger tout seul. Il est humain. Et aussi forte que

Nina semble l'être, je doute qu'elle ne le puisse non plus. Il a besoin de nous, lui dit-elle d'un regard suppliant.

Quinn lui prit la main et la serra.

— Laisse-moi m'en occuper. J'ai un plan. Mais nous ne pouvons pas attendre la nuit pour le faire sortir d'ici. Ce sera à ce moment-là alors que Keegan sera en mesure de se déplacer et de passer à l'attaque. Nous avons une bien meilleure chance durant la journée. Ici, c'est notre territoire.

— Mais, tu ne penses pas qu'il a posté quelqu'un devant la maison pour nous observer ?

Quinn sourit.

— Je serais déçu s'il ne l'avait pas fait.

— Mais, alors…, lui dit Rose en lui lançant un regard confus.

Il amena la main de son épouse à sa bouche et y déposa un baiser.

— Ne t'inquiète pas. Je travaille dans ce domaine depuis longtemps. Je sais ce que je fais.

Il la regarda ensuite dans les yeux et soutint son regard avant de poursuivre.

— Il est notre chair et notre sang. Je vais m'assurer qu'on ne lui fasse aucun mal.

Les yeux de Rose s'adoucirent.

— Tu sais, c'est seulement la deuxième fois que tu dis *notre*.

— Oui, et ce ne sera pas la dernière.

Il lui tira ensuite la main.

— Viens, allons réviser le plan avec tout le monde.

Lorsqu'ils entrèrent dans le salon quelques instants plus tard, tout le monde était rassemblé, tous totalement vêtus : Amaury, Cain, Oliver, Nina, Wesley et Blake. Quinn demeura debout, mais fit signe à Rose de s'asseoir. Tous le dévisageaient, dans l'expectative. Il n'avait même pas encore eu l'opportunité de partager son plan avec Amaury.

— Nous avons reçu notre premier test, annonça-t-il à l'intention de Blake. C'est une simple opération de cache-cache. Le but est d'emmener un de nos stagiaires hors de cette maison, sans que l'équipe adverse ne découvre où nous l'avons conduit. Le deuxième stagiaire sera le leurre. Comme lors de chaque test, nous sommes autorisés à utiliser tous les outils à notre disposition.

Il regarda l'assemblée et poursuivit.

— Maintenant, pour les rôles…

— Je veux être le leurre, lâcha Blake.

— J'ai bien peur que les rôles n'aient déjà été attribués. C'est Wesley qui a été désigné pour être le leurre.

Le regard déçu de Blake dériva vers Wesley, lequel haussa simplement les épaules, indiquant qu'il n'en savait pas plus que Blake.

— Blake, tu es celui qu'on va cacher. La cachette sera un refuge à Twin Peaks. Nos adversaires ne connaissent pas son existence. Pour nous aider à déplacer notre stagiaire, le quartier général a autorisé deux agents supplémentaires, poursuivit Quinn, toujours dans la supercherie.

Alors que le plan tenait essentiellement en tout ce qu'il avait présenté, il n'y avait, toutefois, ni refuge ni agents supplémentaires. Non, les deux personnes qui étaient censées arriver dans les prochaines minutes ne pouvaient être que des agents ou des gardes du corps de Scanguards. Néanmoins, il continua sa mascarade, de sorte que Blake pût jouer le jeu sans leur causer le moindre problème.

— J'ai eu la chance d'obtenir les deux meilleurs, dit-il avant de s'adresser à Blake et Wesley.

— Ne vous laissez pas berner quand vous les verrez. Ces agents sont, à la fois, dangereux et les meilleurs dans leur domaine. Questions ?

Amaury se redressa.

— Que veux-tu que je fasse ?

— Tu aideras à sécuriser la propriété dès que Blake sera sorti d'ici.

Blake leva la main.

— Comment envisagez-vous de me sortir de là sans que personne ne s'en aperçoive ?

Il fit un mouvement de la main, suggérant sa grande taille.

— Je ne passe pas vraiment inaperçu, enchaîna-t-il.

— Bonne question.

Mais Quinn y avait déjà réfléchi et avait trouvé un moyen.

— Tu le découvriras au moment opportun.

— Quand commençons-nous ? demanda Wesley.

— Dès que nos deux agents seront arrivés.

Rose se leva de son fauteuil.

— En attendant, nous ferions mieux de faire ressembler ces deux-là à des jumeaux, dit-elle en désignant Wesley et Blake du doigt.

Blake fronça les sourcils.

— Absolument aucune chance. Je suis plus grand et plus large que lui. Il ne me ressemble en rien.

— Peut-être pas de près mais, avec de bons ajustements et les mêmes vêtements, vous aurez l'air d'être sortis du même utérus, insista Rose.

Quinn acquiesça d'un hochement de tête. Rose lui avait raconté la façon dont les prostituées qu'elle employait l'avaient aidée à se déguiser pour, ensuite, se faire passer pour elle. Cela lui avait donné l'idée quant à la manière de tenir Blake éloigné de l'imminente attaque.

— Je le croirai quand je le verrai, déclara sceptiquement Blake.

—Montez vous changer, ordonna Quinn. Rose, as-tu besoin de moi ?

Elle secoua la tête.

— Fais-moi confiance, je fais ça depuis longtemps, dit-elle.

Rose fit sortir Blake et Wesley de la pièce. Lorsque Wesley passa à côté de lui, Quinn baissa la voix pour que lui seul pût l'entendre.

— Et garde tes mains loin de Rose. Et assure-toi que Blake en fasse de même. Je vous tiens pour responsables.

— J'ai compris le message la première fois.

Lorsqu'il les entendit monter les escaliers, Quinn se retourna vers ses amis.

— Belle performance, dit Amaury en affichant un sourire suffisant.

Cain se passa une main dans les cheveux.

— Je ne comprends toujours pas pourquoi vous ne le lui dites pas, tout simplement. Il semble assez robuste pour surmonter ça rapidement. Bon sang, je parie même qu'il trouverait ça cool.

— Ouais, c'est ce qui m'inquiète. Mais, blague à part, Rose ne veut pas qu'il sache.

S'il n'en tenait qu'à lui, il raconterait à Blake ce qui se passait réellement. Mais il devait respecter les souhaits de Rose. Blake était également son petit-fils.

— Qu'est-ce que tu veux que nous fassions, maintenant ? demanda Oliver.

Quinn le regarda et remarqua immédiatement que le gamin semblait sous tension, alors que, d'ordinaire, il était toujours détendu. Il se balançait inconfortablement d'un pied à l'autre, presque comme s'il voulait s'éloigner de Nina. Ses narines frémissaient.

Préoccupé par son protégé, Quinn plissa le front. Il n'avait pas passé beaucoup de temps avec Oliver depuis qu'ils avaient emménagé au B&B, deux nuits plus tôt. Et, apparemment, il en serait de même au cours des prochaines heures.

— Tu vas bien ? demanda-t-il au jeune vampire.

Son protégé se raidit visiblement.

— Bien sûr.

— Bon. Vous trois, vous sécuriserez la maison. Assurez-vous qu'aucun des points d'entrée ne soit laissé ouvert. Vérifiez toutes les portes et fenêtres ; ensuite, évaluez l'endroit où ils vont attaquer et tenez-moi au courant. Trouvez notre point le plus faible.

— Et moi ? demanda Nina.

— Je n'ai pas besoin de toi dans l'immédiat. Cependant, dès que Blake et Wesley seront partis, j'aurai besoin de toi pour vérifier le périmètre. Il fait jour. Donc, qui que ce soit qui nous surveille, il est humain. Reste à l'écart de tout van sombre, au cas où des vampires s'y cacheraient et t'embarqueraient.

Il regarda alors Amaury.

— Ça te va comme ça ?

Amaury hocha la tête avant de regarder sa compagne.

— Ne sois pas imprudente. Vérifie juste le périmètre. Si tu vois quelque chose de suspect, tu reviens, tout simplement. Ne t'en occupe pas toute seule.

Nina balaya sa remarque d'un signe de la main.

— Je connais l'exercice. Donc, si vous n'avez pas besoin de moi maintenant, je ferais mieux d'aller aider Rose à habiller ces garçons.

Elle ne s'éloigna que d'un pas, avant qu'Amaury ne la rattrapât par derrière et la ramenât à lui.

— Oh, non, tu ne feras pas ça !

Quinn s'amusa à regarder Nina se débattre sous l'emprise d'Amaury.

— C'est quoi ton problème ? demanda-t-elle.

— Mon problème ? grogna Amaury. Mon problème, c'est que Blake t'a fait des avances, il y a une heure. Me crois-tu assez stupide pour le laisser encore s'approcher de toi ?

Amaury regarda Quinn.

— Ton petit-fils est un coureur de jupons, et tu ferais la même chose si tu étais à ma place. Sans vouloir t'offenser.

— Pas du tout.

Malheureusement, Amaury avait raison : Blake était tellement comme lui. Ou plutôt comme il l'était durant ces deux cents dernières années. Tout ça, parce qu'il voulait oublier Rose. Alors, quelle était l'excuse de Blake ?

— Toi, gros lourdaud ! dit Nina en râlant.

— Tu n'aimerais pas qu'il en soit autrement !

— Comme si ! répondit Nina en faisant la moue.

Plutôt que de lui répondre, Amaury l'attira plus près et plongea ses lèvres sur les siennes, ce baiser l'obligeant à se taire.

Tandis que Cain gloussait, Oliver sembla à nouveau tendu.

Merde, Quinn se devait de sortir son protégé d'ici, loin de toute tentation.

— Oliver, je veux que tu commences par le garage et la cave. Maintenant.

Le gamin fila comme une flèche.

Quinn se retourna alors vers Amaury, toujours occupé à embrasser sa femme.

— Amaury ! cria-t-il. Nous sommes toujours là. Et il y a du travail.

Son ami relâcha instantanément Nina, haussa les épaules et lui adressa un regard penaud.

— Bien sûr.

Amaury glissa ensuite un séduisant regard sur sa femme.

— À plus tard.

Nina le gratifia simplement d'un léger coup de poing sur l'épaule et quitta la pièce tout en oscillant la tête.

— Je serai dans la cuisine.

Les yeux d'Amaury suivirent l'alléchant roulement de ses hanches.

— Oh, oui, elle a envie de moi, dit-il en souriant.

Quinn roula des yeux et remarqua que Cain faisait de même.

— Elle est ta partenaire. Bien sûr qu'elle a envie de toi, dit-il à Amaury.

— Ouais mais, en ce moment, elle a *vraiment* envie de moi.

— Elle devra attendre, parce que je veux *vraiment* que tu commences à sécuriser la maison, rétorqua Quinn d'un ton sec.

Lorsque Cain se mit à rire, Amaury lui lança un regard agacé.

— Attends, quand ça t'arrivera, tu ne te moqueras plus de nous.

— Dehors, tous les deux. Maintenant ! ordonna Quinn.

Ils n'avaient pas encore quitté la pièce que la fine ouïe de Quinn capta le bruit causé par l'ouverture de la porte du garage, à l'arrière de la maison. La demeure étant construite sur une légère pente, l'arrière du bâtiment se trouvant en contrebas de l'avant. Inaccessible par devant puisque souterrain, le garage n'était accessible de la rue que par derrière.

— Ils sont là, se dit-il tout bas en se dirigeant vers les escaliers qui menaient au sous-sol et au garage.

Lorsqu'il pénétra dans le garage, la voiture s'y était déjà introduite, et la porte était déjà refermée. Quinn se dirigea vers le véhicule décapotable, une BMW rouge. La capote était baissée et, grâce à ce temps exceptionnellement ensoleillé, cela n'aurait pas l'air suspect aux yeux de quiconque en train de les observer. Quinn y comptait. Il était important que les gars de Keegan pussent voir qui entrait et sortait de la maison. Un cabriolet convenait donc parfaitement à cette fin.

Il se précipita du côté du conducteur et ouvrit la portière avant que Delilah n'eût l'opportunité de le faire elle-même. Elle le gratifia d'un sourire reconnaissant et accepta sa main.

— Merci d'être venue si vite.

— Cela va sans dire.

Portia émergea du côté passager.

— Au moins, ça nous donne l'occasion de faire quelque chose d'utile.

Il sourit à la compagne de Zane qui, malgré son jeune âge, se comportait avec plus de maturité que certains vampires bicentenaires qu'il avait connus.

Il était sur le point de se détourner du véhicule lorsqu'il capta un mouvement sur la banquette arrière. Il en demeura bouche bée.

— Tu as emmené le bébé ?

Delilah extirpa sa fille du siège auto.

— J'en ai parlé à Samson. Personne ne nous suspectera si nous voyageons avec un bébé. Elle est la distraction parfaite. N'est-ce pas ? ajouta-t-elle en déposant un doux baiser sur la tête d'Isabelle.

Quinn leva les mains en signe de capitulation.

— Si Samson est d'accord avec ça...

— Rien à craindre, ajouta Portia en échangeant un sourire avec Delilah. Il s'en remettra. Je l'ai accompagnée pour les protéger. Même si l'autre camp met des gars à nos trousses pour nous attaquer en pleine journée, ce ne seront que des humains. Ils ne sauront pas ce qui leur arrive quand ils essaieront de s'en prendre à nous. Ils ne sauront pas que je suis hybride.

— Et Zane a marqué son accord ? demanda Quinn, dubitatif.

— *Il l'a fait*, dit une voix étouffée qui provenait du coffre. *Et maintenant, il aimerait sortir de cette prison.*

— Oups, désolée, bébé, dit hâtivement Portia en se ruant vers le coffre pour l'ouvrir.

Zane extirpa sa longue personne de cet espace restreint et s'étendit, une fois sorti.

— Je ne t'attendais pas, lui dit Quinn.

— J'ai pensé que tu pourrais avoir besoin d'une paire de mains supplémentaire.

— C'est toujours le bienvenu.

Soudain, Delilah sembla se souvenir de quelque chose et fouilla dans sa poche.

— Voici le téléphone que tu as demandé. Thomas l'a truqué. La seule personne qui peut t'envoyer un texto ou te rappeler sur ce téléphone est celle que tu as appelée. Sinon, il est indétectable.

— Merci.

Quinn le prit et le fourra dans sa poche.

Heureux que tout se déroulât conformément à l'horaire prévu, Quinn emmena les nouveaux arrivants à l'étage et les mit au courant des tâches qu'ils avaient à remplir pendant qu'ils attendaient Wesley et Blake.

Ils ne durent pas attendre longtemps.

Rose avait fait un excellent travail. De loin, les deux garçons se ressemblaient beaucoup. Les similitudes étaient frappantes, même de près. L'habillement s'était avéré la partie facile. Tous deux portaient un jeans et un tee-shirt rouge.

— Tu sembles beaucoup plus grand, Wes, commenta Quinn, lequel se demandait comment Rose avait bien pu réaliser ça.

Le jeune homme sourit et souleva le bas de son jeans de quelques centimètres, dévoilant ainsi les bottes qu'il portait.

— Rose a agrafé un peu de caoutchouc sous mes bottes, ce qui ajoute quelques centimètres.

— Ça a l'air bien, rétorqua Quinn, d'un air approbateur.

— Et je porte du rembourrage, ajouta Wes.

— Ce sont les agents ? interrompit Blake en désignant Delilah, Portia et

Zane. Je pensais qu'il n'y en aurait que deux.

Quinn fit un clin d'œil à Blake.

— Parfois, il faut savoir tricher un peu.

— Cool !

— Voici Delilah, Portia et Zane.

Blake hocha la tête en guise de salutation, toisant avec méfiance le bébé dans les bras de Delilah. Se rapprochant d'un pas de Quinn, il se pencha vers lui et baissa la voix.

— Ils ont amené un bébé ?

— Pour distraire l'autre camp. Regarde et apprends, répondit rapidement Quinn. Comme je l'ai déjà dit, ils sont les meilleurs dans leur domaine.

Ce qui, dans le cas de Delilah, voulait dire engendrer un bel enfant. Mais Blake n'avait pas besoin de le savoir. Quant à Portia, elle était la meilleure chose qui eût jamais pu arriver à Zane, le vampire qu'il considérait comme son ami le plus proche, qui avait combattu les démons de son passé et finalement gagné. Il en était sorti complètement transformé : enfin libre du carcan de sa prison mentale. Il était toujours un des vampires les plus dangereux qu'il eût jamais connus, mais une part de l'instabilité qui avait gouverné la vie de Zane avait été remplacée par la paix que sa compagne lui procurait.

— OK, en position. Blake, Portia et toi, vous allez sortir sur le porche. Faites en sorte de flâner, afin que celui qui nous surveille puisse vous voir.

Quinn ne put que voir le sourire sur le visage de Blake, lequel était occupé à laisser ses yeux courir sur le corps de Portia. Pas plus qu'il ne pût manquer l'air renfrogné de Zane.

— Et Blake, ajouta-t-il. Nous t'observons.

Il espéra que ce fût une allusion suffisante pour que le gamin gardât ses mains chez lui et se comportât correctement. Dans le cas contraire, Zane serait au cul de Blake comme une abeille sur un pot de miel. Mais cela ferait plus mal qu'une piqûre d'abeille.

Tandis que Portia désignait à Blake les portes qui menaient à la terrasse, Quinn et ses collègues vampires pénétrèrent rapidement dans le hall, à l'abri des rayons du soleil qui allaient se diffuser dans la pièce.

— S'il n'était pas apparenté à toi, je ne laisserais pas Portia près de lui, commença Zane. Mais, ne sois pas dupe. S'il la touche, le marché est mort.

Quinn s'abstint de secouer la tête.

— Pourquoi est-ce que vous devez tous me rappeler que vous défendrez vos compagnes contre mon gars ? D'abord Amaury, maintenant toi. Tu ne penses pas que je le sais ?

— Juste un rappel amical.

Zane tenta d'esquisser un sourire courtois, mais celui-ci sembla figé. Il ne pouvait tout simplement pas être amical.

— Il se comportera bien, répondit automatiquement Quinn tout en se retournant pour regarder Rose. Tandis qu'il cherchait à capturer son regard, elle lui sourit, mais le doute subsista dans ses yeux.

— Tu es sûr que ça va marcher ? lui chuchota-t-elle.

— Qu'il va bien se comporter ? Ne t'inquiète pas.

— Non, leurrer Keegan.

Il caressa une main sur sa mâchoire, oubliant un instant qu'ils n'étaient pas seuls.

— Fais-moi confiance.

De la salle de séjour, il entendit Delilah appeler Blake.

— Blake, chéri, tu devrais porter une casquette de baseball ou tu attraperas un coup de soleil.

Des pas annoncèrent le retour de Blake dans la pièce.

À travers la fente de la porte laissée entrouverte, Quinn put constater qu'il était rentré.

— Voilà, c'est mieux, s'exclama Delilah, une minute plus tard.

Tel était le signal, afin que Wesley prît la place de Blake sur la terrasse, une casquette de baseball des San Francisco Giants lui occultant partiellement le visage. Lorsqu'il sortit pour rejoindre Portia, Delilah et Blake firent leur entrée dans le hall.

— Bien. Suivez-moi, leur ordonna Quinn qui se rendait au garage.

Il désigna la décapotable.

— Blake, monte là-dedans.

Alors que Blake se dirigeait vers le siège avant, Quinn l'arrêta tout aussi vite.

— Le coffre.

— Quoi ?

— Nous ne pouvons pas te faire sortir d'ici clandestinement s'ils peuvent te voir !

— Mais, est-ce que je ne peux pas tout simplement me coucher sur la banquette arrière avec une couverture sur moi ?

Quinn rit sous cape et échangea un regard avec Delilah.

— Tu regardes beaucoup trop de mauvais films. Ce truc ne fonctionne pas dans le monde réel.

Quinn parcourut alors la distance qui le séparait de la voiture et ouvrit le coffre.

— Installe-toi confortablement.

— Il n'y a pas d'espace, se plaignit Blake.

— Des plus grands que toi ont pu s'y installer.

— Ouais, découpés en morceaux, peut-être, grommela son petit-fils.

— Si tu ne veux pas ce job, il te suffit de me le faire savoir, et tu seras dehors.

Blake arbora une expression choquée sur le visage.

— Non, je le veux. Vraiment.

Pour prouver ses dires, il leva la jambe et s'engouffra dans le coffre en s'accroupissant, avant de trouver une position dans laquelle il pourrait s'allonger relativement confortablement.

— Tu vois, je t'avais dit que tu entrerais. Ne parle pas tant que tu seras à l'intérieur, dit Quinn avant de refermer le coffre. Et, ne t'inquiète pas, il y a suffisamment d'air là-dedans.

Il regarda ensuite Delilah, laquelle avait de nouveau attaché Isabelle dans son siège auto, avant de lever les yeux vers l'escalier.

— Portia ? cria-t-il.

— J'arrive, répondit-elle en se précipitant dans les escaliers.

Elle apparut un instant plus tard.

— Tout va bien ? demanda-t-il.

— Wesley est assis sur le porche. Il fait semblant de lire un journal. Il sait qu'il doit y rester une demi-heure après notre départ.

— Merci.

Portia prit place sur son siège pendant que Delilah se tortillait derrière le volant et faisait démarrer le moteur. Rapidement, Quinn se dirigea vers les escaliers et les gravit. Arrivé au sommet, il entendit l'ouverture de la porte du garage.

— Le paquet est en chemin, annonça-t-il à Zane et Rose, tous deux demeurés debout dans le couloir. Donnons-leur une demi-heure. Ensuite, Wesley reviendra à l'intérieur, et le jeu pourra commencer.

Zane haussa un sourcil.

— Tu ne penses pas honnêtement que Keegan va tomber dans notre petit piège, n'est-ce pas ?

Quinn sourit.

— Bien sûr que non. Il pensera que nous essayons de le rouler.

— Alors, pourquoi le faisons-nous ?

— Parce qu'il va penser que nous ne pouvons pas être assez stupides pour tendre un vieux piège comme celui-là. Il en déduira que Blake est toujours ici. Keegan allait de toute façon en déduire quelque chose. Il vaut donc mieux que nous puissions contrôler le *où* et le *quand,* et nous assurer qu'il attaquera ce soir.

Zane tordit un coin de sa bouche vers le haut.

— Je me demandais juste : comment comptes-tu t'y prendre ?

Quinn extirpa de sa poche le téléphone jetable que Delilah lui avait apporté un peu plus tôt et le tendit à Rose.

— Rose va l'inviter.

25

———————

Après le coucher du soleil, Rose rédigea un texto sur son portable et relut le texte, lequel était supposé faire office de réponse au *rends-moi-ce-que-tu-as-volé* que Keegan avait peint.

Il faudra me passer sur le corps. Rose.

Elle sentit Quinn regarder par-dessus son épaule.

— Ce n'est pas vraiment une invitation, murmura-t-il. Mais je pense qu'il va capter le message. Envoie-le.

Rose se tourna vers lui tout en appuyant sur le bouton *envoyer* et enfouit ensuite le téléphone dans la poche avant de son jeans.

— Il sera furieux quand il le recevra.

— Les hommes en colère sont des combattants irrationnels. Ce sera à notre avantage. Alors, pendant que les autres font le guet, viens avec moi, dit-il en lui tirant la main.

Elle sentit la chaleur lui monter aux joues.

— Quinn, pas maintenant. Ce n'est pas le moment.

Une lueur dorée scintilla dans ses yeux lorsqu'il la regarda. Un vilain sourire se forma sur ses lèvres sensuelles. Lorsqu'il se pencha en avant, les genoux de Rose se mirent à vaciller. Après cet incroyable moment qu'ils avaient passé au lit, elle se sentait plus féminine que jamais ; et plus vulnérable. Elle ne pouvait se rassasier de lui.

— Même si j'adorerais te traîner à nouveau au lit, je suis d'accord avec toi, ce n'est pas le moment, répliqua-t-il en clignant de l'œil. J'allais plutôt te pourvoir de quelques armes.

Elle tenta de dissimuler son sentiment d'embarras pour avoir mal interprété son intention.

— Bien sûr, je le savais.

Les yeux de Quinn étaient rivés sur ses lèvres, son sourire confirmant qu'il savait très bien à quoi elle avait réellement pensé.

— Bien sûr.

Elle laissa Quinn l'emmener dans sa chambre, à l'étage. Lorsqu'il ouvrit le placard et en sortit une grande caisse métallique, Rose comprit instantanément qu'il ne la pourvoirait pas uniquement d'un pieu de bois dans la main.

La caisse contenait des armes de poing, des couteaux, des pieux, des chaînes d'argent, des étoiles à lancer et beaucoup d'autres équipements qu'elle ne put instantanément identifier.

Quinn se pencha sur la caisse, fouilla à l'intérieur et en sortit quelque chose avant de se retourner vers Rose.

— Tiens, tu dois porter des gants pour ne pas que l'argent te blesse.

Elle accepta les gants de cuir qu'il lui tendit avant d'enfiler ses propres gants. Il replongea ensuite dans la boîte, en extirpa les armes et posa celles-ci sur le lit.

— Je ne sais pas comment me servir de ces armes. Je suis habituée à me défendre avec un pieu, lui dit-elle en désignant son arme favorite.

Quinn secoua la tête.

— Tu ne t'approcheras suffisamment près de personne pour les utiliser. Pas si je peux l'empêcher, grommela-t-il. Tu resteras loin de l'action. Tu prendras le revolver. Et c'est simplement pour te défendre.

Elle jeta un œil sur l'arme.

— Ce n'est pas un très gros revolver.

— C'est un pistolet de calibre 22 avec des balles en argent. Plus grand que ça, et tu risques que la balle transperce ta cible. Les balles d'un petit pistolet comme celui-ci se logeront dans ta victime et feront plus de dégâts : elles la brûleront de l'intérieur. Mais, comme je l'ai dit, tu ne le prends que pour te défendre.

Rose écarta les jambes.

— C'est mon combat. Tu ne penses pas honnêtement que je vais rester en arrière et me cacher dans un endroit sûr parce que tu le dis, n'est-ce pas ?

Les mains sur les hanches, elle renforça sa position.

Quinn se pencha plus près.

— Je suis entraîné à me battre. Pas toi. Pas de discussion.

— Comment penses-tu que j'aie survécu ces deux cents dernières années ? Je ne suis plus une débutante. Je suis plus forte que tu ne le penses. Et tu sembles avoir un problème avec ça.

Il plissa les yeux.

— Tu veux dire que je te sous-estime ?

Elle prit une profonde inspiration.

— Je veux dire que vous, Monsieur, se moqua-t-elle, me voyez encore comme une timide femme sans défense qui va s'évanouir à l'approche du moindre ennui. Je ne suis plus cette personne. Ne vous laissez pas berner par l'emballage.

— Rose, dit-il, un grognement d'avertissement empreint dans la voix. Je peux te maîtriser en deux petites secondes, et le combat rapproché n'est même pas ma spécialité. Fais-moi confiance—

Il ne put poursuivre. Rose posa ses lèvres sur les siennes. Tandis qu'elle le sentait répondre à son baiser, elle tendit la main vers le lit. Dès qu'elle ressentit la douce sensation du bois lisse dans la paume de sa main, elle saisit l'arme de son choix, se tortilla pour se libérer des bras de Quinn, tournoya derrière lui et, en une fraction de seconde, l'agrippa fermement, le pieu pointé sur son cœur.

— Le combat rapproché est *ma* spécialité, lui murmura-t-elle à l'oreille. Plus près on se trouve, mieux c'est.

La poitrine de Quinn se souleva contre la pointe du pieu.

— Parce que tu m'as trompé. Comptes-tu vaincre Keegan de cette façon ? C'est ça, Rose ?

Il tourna la tête pour la regarder.

— Alors, prépare-toi au massacre car, si cet homme te touche une fois de plus, je lui arracherai le cœur en train de battre.

Sa jalousie était palpable. Rose n'avait jamais vu une telle fureur dans les yeux de Quinn, une expression si tendue sur son visage ; même pas lorsqu'il avait été en colère contre elle après avoir réalisé qu'elle lui avait menti.

Elle le relâcha.

Un instant plus tard, elle se retrouva sur le dos, Quinn la poussant sur le matelas, la main serrant à présent le pieu tout contre sa poitrine. Elle retint son souffle, ses pensées remontant instantanément le temps jusqu'à cette nuit où elle avait tué Wallace. Si Quinn venait à le découvrir, était-ce la manière dont il l'achèverait ? Un jour où elle se retrouverait sous lui, la chaleur de son corps comme ultime sensation ?

— J'aurais pu t'induire en erreur en te disant que le combat rapproché n'était pas ma spécialité, rétorqua-t-elle, un vilain sourire affiché sur son visage. Autant pour moi !

Quinn lança le pieu sur le côté, et elle soupira, de soulagement. Il le remarqua, un regard étonné sur le visage. Il jeta un regard sur le pieu, puis de nouveau sur elle.

— Je ne faisais que passer un message. Tu sais que je ne te ferais jamais aucun mal, lui affirma-t-il.

Elle hésita avant de lui répondre.

— Je le sais.

Mais elle savait également, qu'une fois la vérité révélée, les choses change-raient. Que sa promesse de ne jamais lui faire de mal s'évaporerait.

Il inclina la tête.

— Alors pourquoi sembles-tu si inquiète ?

Elle le repoussa, désireuse de se libérer et d'éviter son regard.

— Pourquoi ne devrais-je pas sembler inquiète ? Keegan est sur le point de nous attaquer.

Quinn la chercha des yeux mais, pour une raison quelconque, elle l'avait repoussé. Quelque chose la tracassait, et il était sûr que cela n'avait rien à voir avec l'imminente attaque de Keegan dans cette maison sécurisée. Il avait espéré, qu'après avoir bu son sang, Rose finirait par s'ouvrir complètement à lui, mais il réalisa, à présent, qu'elle dissimulait toujours quelque chose. Comme si elle avait peur.

Déçu qu'elle ne lui fît toujours pas complètement confiance, il s'écarta d'elle.

— Alors, préparons-nous.

Avec détachement et efficience, il lui décrivit les différentes armes, lui montra comment utiliser le pistolet et la laissa même garder un pieu, tout en espérant qu'elle n'eût pas à s'en servir. Il voulait qu'elle ne s'en tînt qu'à une chose : tirer avec une certaine distance de sécurité.

Quinn se réserva les étoiles à lancer, rentra un pistolet dans la ceinture de son pantalon et s'arma d'un fléau, une arme pourvue d'une boule médiévale et d'une chaîne que les vampires avaient adaptée à leurs propres fins. Deux chaînes d'argent pur munies de deux boules en leur extrémité étaient destinées à venir s'enrouler autour du cou d'une personne si le fléau était habilement lancé. L'argent brûlerait la peau du vampire adverse et le neutraliserait suffisamment longtemps que pour pouvoir en finir avec lui en combat rapproché.

— Comment t'es-tu engagé dans ce genre de travail ? Je veux dire, travailler pour Scanguards ? demanda soudain Rose. Tu n'avais pas besoin d'argent, pas après la mort de ton frère, peu de temps après...

Elle s'arrêta comme si elle avait dit quelque chose qu'elle n'aurait pas dû.

Il lui lança un regard surpris.

— Tu étais au courant de ça ?

Et pourquoi pas ? La date gravée sur sa pierre tombale était peut-être antérieure à celle de la mort du frère de Quinn, mais elle n'y avait, toutefois, jamais reposé !

— Un accident de chasse. C'était tragique. Il n'avait pas d'héritier, donc j'ai hérité du titre. Quelle ironie. Si c'était arrivé deux ans plus tôt, j'aurais été le marquis de Thornton. Ton père aurait consenti à ma requête.

— Tu n'aurais jamais eu à aller à la guerre.

La voix de Rose était teintée de tant de regret qu'il eut l'impression qu'une main glacée lui écrasait le cœur.

Il soupira.

— Nous ne pouvons pas revenir en arrière. Et je ne peux pas en vouloir à mon frère pour ces deux années. Je ne pourrais plus me regarder en face si je le souhaitais, ne fût-ce qu'une seconde. J'ai accepté ce qui s'est passé. Et je l'ai pleuré.

— Est-ce pour ça que tu as refusé le titre et conclu un accord avec le nouvel héritier pour qu'il autorise la veuve de ton frère à rester au domaine ?

— Tu m'accordes trop de mérite, Rose. J'ai refusé le titre parce que j'avais besoin de mener une vie loin de la société.

Pourtant, la vérité résidait dans le fait qu'il pleurait toujours Rose. Et, sachant qu'il était lui-même incapable d'apaiser sa propre douleur, il avait voulu soulager, d'une façon ou d'une autre, celle qui se reflétait dans les yeux de la veuve de son frère. La jeter hors de sa maison qui abritait tant de souvenirs heureux n'aurait fait qu'accentuer son chagrin. De plus, le titre et les actifs ne représentaient plus rien pour lui.

Il était donc, tout simplement, devenu Quinn Ralston, sans titre, ne possédant qu'une petite propriété à son nom, dont la valeur actuelle représentait, bien sûr, une fortune considérable.

— J'ai rencontré Amaury lors d'une bagarre dans un bar du sud du quartier est de Manhattan, juste quelques jours après que mon bateau eût accosté au port de New York. À ce qu'il racontait, son boulot ressemblait à une grande aventure. Alors, j'ai signé. Je n'ai plus repensé à tout ça depuis lors.

Il marqua une pause avant de poursuivre.

— Mais alors, tu sais tout ça, n'est-ce pas ? demanda-t-il.

Lentement, Rose hocha la tête.

— Je savais où tu étais, mais je ne me suis pas immiscée dans ta vie, si c'est ce que tu veux dire.

S'entendre confirmer qu'elle s'était volontairement abstenue de le contacter, lui fit mal. Mais il ne se permit aucun commentaire car, s'il le faisait, il ne ferait que creuser le fossé qui subsistait encore entre eux.

La vibration de son téléphone portable lui épargna de trouver une réponse appropriée. Il le sortit et lut le texto.

— Il y a de l'activité dehors.

Quinn franchit la distance qui le séparait de la porte et abaissa l'interrupteur, noyant ainsi la pièce dans l'obscurité. Il se dirigea ensuite vers la fenêtre, conscient de la présence de Rose à ses côtés. Du coin de l'œil, il aperçut sa main gantée en train d'enfouir une chaîne en argent dans la poche de sa veste.

Il écarta la sombre tenture d'un centimètre et regarda dehors. Tout semblait calme.

— Tu les vois ? demanda Rose, derrière lui.

Il haussa les épaules et laissa retomber la tenture avant de s'éloigner de la fenêtre.

— Peut-être à l'avant de la maison. Reste près de moi.

Avant qu'ils n'eussent pu atteindre le couloir à emprunter pour se diriger vers l'avant de la maison, Quinn entendit les jurons de ses collègues. Il en comprit la raison lorsqu'il atteignit une fenêtre qui surplombait le jardin de devant et le trottoir : plusieurs jeunes avaient allumé des feux d'artifice illégaux juste en face de la maison. Ils plaisantaient et riaient. Des cannettes de bière à la main, ils donnaient l'impression d'être ivres.

Quinn savait reconnaître une diversion quand il en voyait une.

— On dirait que Keegan a embauché quelques gamins pour nous déconcentrer.

— Ou utilise le contrôle de l'esprit sur eux, ajouta sèchement Rose.

Prenant en considération le peu de choses qu'il avait, jusqu'à présent, entendu dire sur leur adversaire, Quinn était enclin à être d'accord avec elle.

Il se tourna vers l'escalier, du haut duquel il avertit ses collègues.

— Ils vont attaquer par l'arrière.

— Y ai déjà pensé, s'exclama Zane depuis l'étage inférieur. Tu te joins au combat ou as-tu l'intention de te rapprocher de ta femme en lieu et place ?

Alors qu'en d'autres temps, la remarque de Zane eût suscité un pugilat, Quinn ne prit pas ombrage et se dirigea plutôt vers l'escalier.

— Nous prenons l'entrée des fournisseurs.

— Quelqu'un doit garder un œil sur l'avant, l'avertit Rose tout en se précipitant dans les escaliers pour rejoindre Zane au rez-de-chaussée. Keegan est trop rusé pour simplement faire diversion. Je le connais trop bien. Et il le sait.

Que Rose connût Keegan par cœur n'était pas exactement ce que Quinn avait envie de prendre en considération pour l'instant. La simple pensée que ces deux-là eussent été amants lui retournait les entrailles.

— Wesley surveille l'avant, confirma Zane. Ne t'inquiète pas, s'il pense qu'il peut nous duper avec quelques feux d'artifice, il va falloir qu'il se lève plus tôt.

Quinn remarqua à quel point Rose plissait le front.

— Il est plus intelligent qu'il ne le laisse voir. Et très sournois, ajouta Rose.

— Nous pouvons gérer tout ce qu'il lancera sur nous, répondit Quinn.

Dans le but de rassurer Rose, il lui serra l'avant-bras, tout en espérant que les événements à venir ne fissent pas de lui un menteur.

26

———

L'enfer se déchaina à peine deux minutes après qu'ils eussent pris position aux postes qui leur avaient été assignés dans la maison.

La sirène d'un camion de pompiers alerta Quinn de quelque chose d'imminent. Il jura. Apparemment, un voisin soucieux avait appelé le 911 suite au remue-ménage provoqué par les adolescents dans la rue. Le risque d'incendie, que leurs actes représentaient, avait nettement inquiété les propriétaires concernés. Quinn ne pouvait les en blâmer mais, sortir seul afin d'empêcher ces jeunes, n'était pas une option. Cela ne ferait qu'offrir à Keegan un autre front sur lequel attaquer. Après tout, il avait probablement incité l'intégralité de cet incident.

— Je vais vérifier du côté du camion de pompiers, murmura Rose à ses côtés.

Elle disparut avant qu'il ne pût l'arrêter.

— Non...

Ah, bon sang, pourquoi s'en souciait-il ? De toute façon, Rose s'était forgée ses propres opinions et ferait à sa guise. Il n'y avait pas moyen de la retenir. Et il valait sans doute mieux la laisser faire ce qu'elle voulait. Peut-être que, s'il lui faisait ressentir qu'il ne serait pas le genre de mari envahissant qu'il aurait pu devenir deux cents ans auparavant, pour autant qu'ils eussent eu la chance de vivre en tant que mari et femme, alors finirait-elle peut-être par apprendre à lui faire confiance.

D'ailleurs, il aimait sa force et son indépendance. La nouvelle Rose était encore plus excitante que l'ancienne.

Quinn soupira, et l'odeur de fumée lui chatouilla soudain les narines. L'odeur s'était étrangement intensifiée, alors que les pompiers avaient débarqué en vue de mettre un terme aux feux d'artifice. Il n'eut pas le temps d'investiguer plus longuement.

Un bruyant coup sur la porte d'entrée mêlé à une insistante voix masculine résonna dans le couloir.

— Pompiers de San Francisco, ouvrez la porte !

Déchiré entre le désir de demeurer à son poste et l'obligation de traiter avec les autorités, Quinn jeta prudemment un œil à la petite fenêtre située à côté de l'entrée des fournisseurs. Tout semblait calme. Il testa la poignée de porte. Celle-ci était verrouillée.

— Ouvrez la porte ! insista la voix, à présent plus fortement.

À la vitesse du vampire, il atteignit la porte d'entrée une seconde plus tard. À travers le judas de la porte, il reconnut l'uniforme d'un pompier.

— J'arrive ! cria-t-il. Rapidement, il sortit sa chemise de son pantalon, la laissant retomber par-dessus le pistolet fourré dans sa ceinture. Avec un peu de chance, tout le monde serait trop concentré sur son travail pour remarquer l'arme.

Il ouvrit la porte de quelques centimètres.

— Officier, qu'est-ce... ?

Mais il ne put poursuivre.

— Il y a le feu sur votre toit. Vous devez évacuer le bâtiment. Maintenant.

Le pompier en uniforme poussa la porte. Quinn prit alors conscience du fléau qui pointait de sa poche arrière. Il tendit la main derrière lui et utilisa la porte pour le camoufler avant de l'extraire de sa poche et de le déposer dans la seule chose qu'il pouvait atteindre sans se déplacer : un vase vide sur le buffet.

Le pompier fit signe aux autres hommes en uniforme, lesquels montèrent les escaliers, pourvus de masques à oxygène, haches d'incendie et réservoirs d'oxygène sur le dos.

— Nous devons accéder au toit.

— Qu'est-ce qui se passe ? cria Amaury depuis la cuisine, posté près de la porte d'entrée arrière.

Tout en reniflant, Quinn souleva la tête en direction des escaliers. À présent, il percevait plus intensément l'odeur du bois en train de se consumer. Lorsqu'il se retourna vers le pompier, il réalisa que l'homme avait raison. L'odeur de la fumée qu'il avait sentie un peu plus tôt ne venait pas de l'extérieur. Mais bien d'en haut.

— Merde !

— Combien de personnes demeurent ici ? demanda le capitaine des pompiers tout en invitant ses collègues, d'un signe de main, à pénétrer dans l'immeuble et à emprunter l'escalier menant aux étages supérieurs.

Quinn compta intérieurement.

— Neuf, moi y compris. Mais personne n'est à l'étage. Nous sommes tous au premier. Je suis sûr qu'il n'est pas nécessaire d'évacuer.

Était-ce ce que Keegan avait prévu : mettre le feu à cet immeuble dans le but de les amener à quitter la maison ? Pensait-il qu'il attraperait plus aisément Blake dès qu'ils seraient tous à l'extérieur ? C'était une bonne chose que Blake fût en sécurité chez Thomas.

— C'est pour votre propre sécurité. Tout le monde doit partir. Maintenant ! rétorqua l'officier avant de hausser le ton. Évacuez le building ! À tous les occupants, évacuez maintenant !

D'autres pompiers se précipitèrent devant eux et se dirigèrent vers l'escalier.

À travers la porte, Quinn observa la manière dont un pompier soulevait l'échelle du camion sur laquelle il maintenait la pompe à incendie. Des voisins s'étaient rassemblés pour observer cette procédure. Typique ! Tout le monde appréciait un bon spectacle.

Quinn n'avait pas le choix. S'il refusait d'obéir aux ordres du capitaine, il devrait se charger de ces témoins, par ailleurs bien trop nombreux. Quoique, finalement, ce même fait leur serait bénéfique : la présence de ces quidams empêcherait Keegan de causer des dégâts.

— Évacuez, tous, cria Quinn, signalant ainsi à ses collègues d'obéir aux ordres du pompier.

Lorsque Zane apparut dans le couloir, son regard furieux atterrit directement sur Quinn.

— Est-ce nécessaire ? demanda-t-il entre ses dents.

L'endroit où il avait caché son couteau d'argent, les étoiles à lancer et le pieu avec lequel il aimait se battre et tout cela, sur ce corps si maigre, était pure conjecture. Et, quoiqu'il sût que son collègue était armé, Quinn ne pouvait même pas deviner où ce dernier avait caché les armes.

Quinn s'approcha de son ami et chuchota.

— Trop de gens, là-bas. Si j'utilise le contrôle de l'esprit sur le capitaine, nous attirerons trop les soupçons sur nous. Que ce soit des autres pompiers ou des badauds. Les témoins sont déjà trop nombreux. Et d'ailleurs, Keegan ne peut rien faire sans attirer l'attention sur lui. Dans quelques minutes, nous aurons la presse sur le dos.

— J'aimerais savoir à quoi il ressemble, râla Zane.

— Nous allons l'attraper.

Des yeux, Quinn suivait ces humains qui prenaient l'étage d'assaut.

Un par un, ses collègues arrivèrent dans l'entrée, chacun d'eux clairement réticent à quitter la maison. Heureusement, tous avaient caché leurs armes, soit sous leurs vêtements, soit dans la maison. Il leur serait difficile d'expliquer la raison pour laquelle ils se retrouvaient armés jusqu'aux dents dans une maison sombre, au beau milicu de la nuit.

— Les civils, évacuez l'immeuble, répéta le capitaine des pompiers en désignant la porte.

Quinn échangea un regard avec Amaury et Zane, leur insufflant ainsi de faire preuve de prudence en sortant. Dans l'obscurité de la nuit, les phares du camion éclairaient le jardin, tandis qu'un autre était dirigé vers le toit. Ses yeux s'adaptèrent rapidement et scannèrent la foule. Il utilisa ses sens propres aux vampires, afin de déterminer si un de leur espèce avait infiltré la foule et attendait son heure pour attaquer, le cas échéant. Il remarqua que ses amis agissaient de même.

Arrivés entretemps, les policiers emmenaient les trois jeunes en garde à vue. Ceux-ci étaient humains, comme Quinn l'avait soupçonné. À en juger par leurs regards médusés, ils semblaient ignorer ce qu'ils avaient fait. Quinn se dit qu'il devrait en parler à Samson, afin que ce dernier pût user de son influence auprès du maire, un vampire hybride, dans le but d'arranger les choses pour ces gamins.

Se retournant vers la maison, tandis que ses amis continuaient à garder un œil sur la foule, il leva les yeux vers le toit. Le feu était circonscrit à une petite zone, les flammes s'acheminant à travers les bardeaux. L'échelle du camion se trouvait déjà à une hauteur suffisante pour pouvoir attaquer le feu. Lorsque l'eau commença à jaillir de la lance à incendie, Quinn baissa la tête et regarda ses amis. Ils s'étaient éparpillés, chacun d'eux s'étant positionné à des endroits stratégiques, afin de contre-attaquer au cas où Keegan bougerait.

Nina demeurait tout près d'Amaury, Rose venait en renfort à Wesley, tandis que Zane et Amaury se tenaient prêts au combat à la périphérie. Soulagé, il tourna de nouveau la tête vers l'entrée lorsque, soudain, il réalisa.

Merde ! Oliver et Cain manquaient.

Il scanna une fois de plus la foule des yeux, son regard sautant d'un visage à l'autre, mais aucune trace d'Oliver et Cain.

Quelque chose n'allait pas. Soucieux pour son protégé et son collègue, il se décida à passer à l'action. Il gravit les marches de la porte d'entrée. Un pompier montait la garde, bloquant le passage.

— Reculez, monsieur, vous ne pouvez pas entrer.

Mais, cette fois, Quinn n'obéirait à aucun ordre. Il autorisa son pouvoir à circuler et envoya ses pensées dans l'esprit de l'homme, jusqu'à ce que ce dernier s'écartât et le laissât entrer.

La lumière était allumée dans le hall et l'escalier, mais aucune autre pièce n'était éclairée. Quinn fit usage de sa vision nocturne et de son odorat pour le guider à travers la maison. Oliver et Cain devaient être là, quelque part. Au coin suivant, il perçut l'odeur d'un vampire. Il la suivit tout le long du couloir, observant prudemment tout autour de lui, marchant doucement afin de ne pas être entendu.

Quoiqu'aucun être humain n'eût pu l'entendre dans ce vacarme causé par les pompiers. Mais il croyait toujours fermement que Keegan avait provoqué tout cela et ne pouvait, dès lors, pas se trouver très loin.

Juste avant d'atteindre la cuisine, il entendit un bruit émanant de la buanderie. Quinn se glissa le long du mur et testa ensuite la porte. Elle était entrouverte. Une respiration lourde provint de la petite pièce. Il imprégna ses poumons de cette odeur et laissa échapper un soupir de soulagement.

Il ouvrit la porte et entra.

— Quel est le problème ?

Il était impossible de louper la couleur rouge éclatante des yeux d'Oliver, tout comme les griffes qui le retenaient de charger en direction de la porte : Cain avait enroulé ses bras autour de lui dans le but de l'immobiliser.

— Il veut leur sang, parvint à dire Cain. Les humains, là dehors... l'odeur est trop forte pour lui.

Les canines dépassant de sa bouche, Oliver ressemblait à un animal sauvage. Des griffes acérées se tenaient en lieu et place de ses doigts, et la violence brillait dans ses yeux.

— Merde !

Tout en se précipitant pour venir à l'aide de Cain, Quinn se sentit transcendé par la culpabilité. Il n'avait pas passé beaucoup de temps avec son protégé pour le soutenir dans ce changement. Il aurait dû se trouver à ses côtés, l'aider à sortir et demeurer près de lui, afin de contrôler ses pulsions.

— Oliver, je suis désolé. Ça va aller. Tu réussiras à vaincre ça.

Il saisit les bras d'Oliver et le serra comme dans un étau, avant de faire signe à Cain.

— Prends le sang en bouteille qui se trouve dans le garde-manger. Il doit se nourrir immédiatement.

Cain hocha la tête.

— C'est comme si tu l'avais, dit-il en se ruant vers la porte.

Quinn regarda dans les yeux d'Olivier, dans l'espoir de se connecter à lui et d'attirer son attention. Mais, apparemment, son protégé ne le voyait même pas.

— Oliver, parle-moi. C'est moi, Quinn, ton créateur.

Il le secoua légèrement, puis plus fort. Aucune réaction. Il ressentit la force avec laquelle le gamin luttait pour se libérer de son emprise mais, étant plus vieux, Quinn était plus fort que lui.

— Tout ira bien dans une minute. Fais-moi confiance. Tu te sentiras mieux dans peu de temps. Je suis désolé de ne pas avoir été là pour toi.

La porte s'ouvrit brutalement, et Cain déboula dans la pièce, deux bouteilles de sang dans les mains. Il en déposa une sur le lave-linge et dévissa le bouchon de l'autre.

— Nourris-le, ordonna Quinn.

Cain amena la bouteille aux lèvres d'Oliver et commença à verser le liquide rouge dans sa bouche. À la première gorgée, Quinn sentit la tension se libérer dans le corps de son protégé.

Oliver ne mit que quelques secondes à vider la bouteille.

— Donne-lui également la deuxième. Nous devons nous assurer qu'il soit rassasié. Après avoir constaté la sauvagerie qu'Oliver avait arborée, Quinn envisagea la nécessité d'une troisième bouteille, dans le but de tempérer son envie de sang humain.

Lentement, il sentit les muscles d'Oliver se détendre sous son emprise. Celui-ci cessait de lutter. Quinn regarda ses griffes se transformer en doigts, tandis que la lueur rouge de ses yeux se dissipait.

— Il semble déjà mieux, remarqua Cain en ôtant la seconde bouteille vide de la bouche du gamin.

Soudain, Oliver sembla réaliser l'endroit où il se trouvait, de même que ce qui s'était passé. Un air confus apparut sur son visage.

— Je suis désolé. Je n'ai pas... je ne pouvais pas... je voulais...

Il marqua une pause et baissa les paupières, visiblement honteux de ses actes.

Quinn lui relâcha les bras et le serra dans les siens tout en lui caressant la tête.

— Ça nous est tous arrivé avant. J'aurais dû être là pour toi. J'aurais dû me douter que cette foule d'humains présents devant la porte aurait provoqué une trop forte odeur à laquelle tu n'aurais pas pu résister. Ce n'est pas ta faute.

Oliver souleva la tête.

— Je t'ai déçu, dit-il.

— Ce qui s'est passé est naturel. Et cela continuera à se produire jusqu'à ce que nous puissions le contrôler. Mais je sais que tu es fort. Plus fort que ces pulsions. Tu peux y arriver.

— Je l'espère, songea Oliver tout en tournant la tête vers Cain. Merci de m'avoir aidé, lui dit-il.

Cain haussa les épaules.

— Hé, il faut ce qu'il faut.

Quinn relâcha son protégé.

— Laisse-nous t'emmener à l'étage, proposa-t-il.

— Mais, je pensais qu'il fallait évacuer, protesta Oliver.

— Zappe ça. À ce que j'ai vu, le feu est presque sous contrôle. Tu restes à l'intérieur. Nous t'amènerons clandestinement à ta chambre et, si les pompiers nous voient, nous effacerons leurs souvenirs.

Cain regarda par la porte du couloir.

— C'est bon, affirma-t-il.

Ils se faufilèrent calmement hors de la buanderie et tournèrent à l'angle suivant. Quinn s'arrêta dans son élan et recula, étendant le bras vers l'arrière pour empêcher ses amis de poursuivre leur chemin.

Un pompier descendait les escaliers mais, plutôt que de se diriger vers la porte, il tourna au coin et se dirigea dans la direction opposée. Contrairement aux autres pompiers que Quinn avait vus plus tôt, celui-là ne portait aucune bombonne d'oxygène sur le dos.

Tandis que l'homme du feu se tournait vers la porte menant à la cave et au garage, Quinn l'entrevit. Il lut son nom, lequel était imprimé sur son uniforme : *Cheng*. Ses yeux capturèrent le visage du gars. L'homme était, de toute évidence, de race blanche et non asiatique, tel que son nom le suggérait. En une fraction de seconde, Quinn remarqua également autre chose : l'aura de cet homme. Elle n'était pas humaine, pas plus que son odeur, laquelle dérivait à présent vers Quinn. L'homme était un vampire.

Et il n'y avait qu'une seule bonne raison pour qu'un vampire étranger se trouvât dans la maison : il devait être l'un des hommes de Keegan. Quinn était presque certain que ce n'était pas Keegan en personne, étant donné que Rose avait mentionné qu'il avait des cheveux noirs. Or, les cheveux de cet homme, lesquels dépassaient de son casque, étaient clairement blonds. Il se demanda furtivement comment le vampire avait pu infiltrer le groupe de pompiers, mais se dit que ce dernier avait dû employer le contrôle de l'esprit sur eux, afin qu'ils ne se rendissent pas compte qu'il n'était pas le dénommé Cheng.

Quinn se retourna vers ses amis et posa un doigt sur ses lèvres, avant de leur signaler, d'un geste, qu'ils devaient demeurer là où ils étaient. Dès que l'intrus eut ouvert la porte menant au sous-sol et eut disparu, Quinn le suivit d'un pas raide.

Calmement, il ouvrit la porte et posa un pied sur l'escalier menant au sous-sol. Il faisait sombre, mais il n'était pas nécessaire d'allumer pour savoir où l'autre vampire se dirigeait. À présent, Quinn pouvait lui-même la sentir : cette odeur de sueur humaine. Durant les dernières vingt-quatre heures, Blake s'était entraîné à la cave, et son odeur planait toujours dans l'endroit. L'intrus suivait apparemment l'odeur humaine dans le but de découvrir si Blake se cachait là. Quinn fit en sorte d'éviter tout craquement de l'escalier et atteignit le bas des marches sans se faire remarquer. Malgré toute cette agitation dans la maison, le garage baignait dans le calme. Un bruit dériva à peine vers lui, tandis qu'il suivait l'homme de Keegan vers la porte menant à la salle de gym. Il demeura caché derrière un mur et se prépara à attaquer.

Sa main se dirigea automatiquement vers sa poche arrière pour saisir le fléau qu'il y avait préalablement placé dans la soirée, mais il réalisa, tardivement, qu'il s'en était débarrassé lorsque le capitaine des pompiers était entré dans la maison.

Quinn réprima un juron. Il ne pouvait pas utiliser son pistolet aux balles d'argent pour abattre le vampire ennemi. Premièrement, le coup pourrait attirer certains pompiers et, deuxièmement, Quinn se refusait de tuer le gars. Il le voulait vivant pour l'interroger. Il n'était pas aussi bon tireur que Thomas, et le danger de toucher un organe vital ou une artère principale était trop grand. Cela le viderait de son sang trop rapidement ou, pire encore, le réduirait instantanément en poussière. Dès lors, une seule arme subsistait : les étoiles à lancer qu'il tenait dans la poche de sa veste. Avant qu'il ne pût les en extirper, le vampire ennemi ouvrit la porte menant à la salle de gym et disparut à l'intérieur.

Merde ! Les étoiles à lancer s'avéraient inutiles en combat rapproché et, maintenant, il n'y avait plus d'autre choix que d'engager le pugilat avec ce salaud dans cette salle de gym dont la superficie dépassait à peine les vingt mètres carrés. Chose pour laquelle Quinn n'éprouvait pas grand enthousiasme.

Il posa une main sur la poignée de la porte et inhala. Assailli par une odeur de vampire et un bruit provenant de derrière, il fit volte-face. Son cœur stoppa net, et son poing, déjà prêt à frapper, s'arrêta en plein mouvement.

Rose, articula-t-il.

Elle se pencha vers lui, afin de lui chuchoter quelque chose à l'oreille.

— Ai pensé que tu pourrais avoir besoin d'aide.

Il roula des yeux.

— Tu n'aurais pas dû me suivre, lui murmura-t-il dans l'oreille. Un des hommes de Keegan est là.

Elle s'éloigna de lui, tirant une longue chaîne de la poche de sa veste et sourit.

— *Attrapons-le*, dit-elle en remuant des lèvres, sans émettre le moindre mot.

Quinn hocha la tête et lui prit la chaîne, enveloppant chaque extrémité autour de ses mains gantées. Lorsqu'il entendit des pas dans la salle de gym, il sut que le gars se dirigeait vers la porte après avoir, en vain, fouillé la pièce.

Il capta le son émis par les touches d'un téléphone et ensuite, entendit la voix basse du vampire.

— Il est parti... Non, je suis sûr qu'il était là... Oui, monsieur.

Seul Keegan pouvait être à l'autre bout du fil. Que ce vampire lui rapportât que Blake était introuvable se révélerait peut-être une bonne chose.

Tandis qu'il faisait signe à Rose de reculer derrière la porte, et qu'il se postait de l'autre côté, il entendit de nouveau l'ennemi bouger. Dès sa sortie, Quinn bondit. Le casque de pompier tomba au sol lorsque, par l'arrière, Quinn lui enroula la chaîne autour du cou. Il le força à se mettre à terre en lui assénant des coups de genoux dans le dos tout en serrant davantage la chaîne d'argent.

— Bienvenue au B&B de Pacific Heights, siffla Quinn. J'espère que tu apprécieras ton séjour.

27

Quelques heures après avoir répondu à l'appel, le service d'incendie avait tout nettoyé et était sur le chemin du retour à la caserne. Les voisins avaient commencé à regagner leurs domiciles dès qu'ils eurent acquis la certitude que ce léger incendie n'avait causé que de minimes dégâts à la toiture. Les pompiers avaient barricadé le secteur et mis en garde Quinn et ses collègues de ne pas laisser quiconque monter au grenier, jusqu'à ce que ce dernier fût réparé. Mais ils avaient levé l'ordre d'évacuation et déclaré la maison sécurisée.

Tout le monde était à nouveau à l'intérieur, mais la nuit n'était pas encore terminée.

Amaury et Wesley continuaient de veiller sur la maison, et Cain était avec Oliver, lequel avait protesté, prétextant qu'il n'avait nullement besoin d'une baby-sitter. Quinn avait émis un avis différent.

— Maintenant, Keegan doit savoir que nous tenons son gars, dit Quinn en regardant Rose.

Tous deux se tenaient juste à l'extérieur de la salle de gym, pendant que Zane surveillait le prisonnier ligoté avec des chaînes en argent.

Rose grogna.

— Il pense probablement que nous l'avons tué. C'est ce qu'il ferait. Peut-être que nous aussi.

— Il nous est plus utile en vie, répliqua Quinn.

— Si tu penses que Keegan va négocier pour lui, je vais te décevoir. Je l'ai vu tuer ses propres hommes pour des infractions mineures. Bon sang, il a poignardé un de ses gardes du corps d'un coup de pieu dans le cœur, juste parce que ce dernier avait fait un commentaire sur sa bite.

Quinn lui lança un regard interrogateur.

— Il quoi ?

D'un geste de la main, Rose lui fit comprendre de laisser tomber.

— C'est une longue histoire. Mais je dis qu'il ne lèvera pas le petit doigt pour récupérer cet assassin. Keegan ne pense qu'à lui-même. Le nombre de personnes qui perdent la vie en poursuivant son but ne revêt aucune importance à ses yeux.

— Je n'ai pas l'intention de négocier notre prisonnier. Je veux découvrir ce qu'il sait.

— Il ne parlera pas. Il sait que, s'il parle, il est un homme mort. Tu pourrais tout aussi bien le tuer maintenant car, si tu le laisses en vie, Keegan l'achèvera. Il le sait aussi.

Quinn fronça les sourcils.

— Homme charmant, ce Keegan. Mais nous obtiendrons des infos, d'une façon ou d'une autre.

Le joli visage de Rose se transforma en une grimace traduisant le doute.

— Bonne chance avec la torture.

Quinn sourit.

— Apparemment, tu n'as pas vu les méthodes de Zane. Viens, allons voir où ils en sont.

Il était sur le point d'ouvrir la porte de la salle de gym lorsqu'il se retourna brusquement, se souvenant qu'il voulait dire quelque chose à Rose.

— Oh, Rose, merci de m'avoir aidé tout à l'heure, mais j'aurais pu y arriver tout seul. Tu aurais dû rester avec les autres, là où tu étais en sécurité.

— Salaud ingrat, siffla-t-elle.

— J'ai dit merci, n'est-ce pas ?

D'exaspération, elle laissa échapper un souffle.

— Un merci suivi par un *mais* ne compte pas.

— Et que dirais-tu de ceci, alors ? Est-ce que ça compte ?

Avant qu'elle ne pût répondre, il la prit dans ses bras et captura sa bouche.

Rose s'adoucit en quelques secondes à peine, son corps se moulant au sien, dans toute sa souplesse.

Il n'écarta brièvement ses lèvres des siennes que pour lui chuchoter un autre *merci* avant de continuer à lui ravager la bouche. Aussi tentant fût-il de poursuivre, il savait que ce n'était ni le moment ni l'endroit. À contrecœur, il relâcha les lèvres de Rose et la regarda. Elle avait les paupières mi-closes, et sa bouche semblait rouge, humide et des plus sensuelle.

— J'aime ton expression quand tu viens d'être embrassée.

Elle ouvrit brusquement les yeux, mais ne put cacher la vulnérabilité qui les habitait. Qu'il pût encore lui faire ça - la faire ressembler à une débutante après son premier baiser – le désorientait. Son cœur battait si fort dans sa poitrine qu'il pensa qu'il allait éclater.

— Viens.

Quinn ouvrit la porte de la salle de gym et l'attira dans la pièce.

À l'intérieur, Zane était à pied d'œuvre, faisant ce qu'il faisait le mieux : convaincre un sujet qui refusait de parler. Il avait, toutefois, l'air un peu plus frustré que d'habitude.

— Des problèmes ? demanda Quinn.

Zane haussa les épaules.

— Juste un peu d'entêtement dont je vais d'abord devoir le libérer en le cognant.

— Il ne parlera pas, prédit Rose. Keegan a cet effet sur ses hommes. Ils ont trop peur de lui.

— Personne ne m'a jamais résisté, proclama Zane tout en adressant un regard furieux à son prisonnier. Et toi non plus, quand j'en aurai fini avec toi.

Le détenu souleva la tête de sa poitrine et grogna.

— Jamais.

D'après ce que Quinn pouvait voir, Zane lui avait déjà infligé de douloureuses blessures au visage, sur le torse et à ses extrémités. Et pourtant, rien ne semblait avoir fonctionné. Ne voulant pas perdre cette opportunité d'acquérir des informations utiles, Quinn sortit son portable.

— Nous pouvons le faire d'une autre manière. Il y a toujours Gabriel.

Quinn composa un numéro et attendit la connexion de l'appel.

— Ouais ?

— Hé, Gabriel. Les gars de Keegan ont fait une tentative ce soir. Mais ils ne sont pas allés très loin. Et par-dessus le marché, nous avons fait un prisonnier. Mais il ne veut pas parler. Peux-tu venir nous aider ?

— Bien sûr. Serai là dans dix minutes.

Quinn raccrocha et fourra son portable dans sa poche avant.

— Et comment est-ce que Gabriel va nous aider, alors que Zane ne peut rien tirer de ce gars ? Rose se pencha et baissa le ton de sa voix jusqu'au chuchotement.

— Entre toi et moi, Zane semble beaucoup plus effrayant que Gabriel.

Mais Zane avait néanmoins entendu.

— Et je n'en ai pas que l'air ! Mais Gabriel arrive à tricher.

Quinn sourit.

— Je n'appellerais pas son don une tricherie.

— Quel don ? demanda Rose.

— Il lit dans les souvenirs.

Et, à vrai dire, Quinn enviait son patron, en ce moment. Car, s'il pouvait accéder aux souvenirs, tout comme Gabriel, il lui serait plus aisé de comprendre Rose et la raison pour laquelle elle était restée loin de lui durant deux siècles. Mais alors, aurait-il vraiment envie de voir tout ce qu'elle avait vécu, voir les hommes qu'elle avait fréquentés ? Il secoua la tête, tentant de se débarrasser de cette pensée.

— Il quoi ? Je ne comprends pas, poursuivit-elle.

Quinn désigna le prisonnier qui, à présent, le regardait, un certain intérêt scintillant dans ses iris.

— Gabriel peut plonger dans sa mémoire et voir ce qu'il a vu. Il sera en mesure de nous dire où Keegan se cache. Une fois que nous aurons l'information, nous interviendrons.

Ensuite, il regarda fixement le captif et s'adressa directement à lui.

— Personne ne peut résister au don de Gabriel. Et il n'y a rien que tu puisses faire à ce sujet.

Le prisonnier capta, et cela se vit dans ses yeux. Quinn put fermement voir que son esprit travaillait. Rose avait raison : il craignait plus Keegan que la torture. Les bras liés derrière lui, les jambes enchaînées à l'une des machines, il lutta contre ses entraves. Mais elles ne cédèrent pas d'un pouce.

Le détenu les regarda alors de nouveau, avant de répliquer.

— Si, il y a quelque chose.

Quinn eut à peine le temps de comprendre ce qu'il voulait dire qu'il vit le prisonnier bouger les mâchoires, comme s'il essayait de déplacer quelque chose à l'intérieur de sa bouche.

— Ah, merde ! cria Zane en se jetant sur lui, dans le but de le forcer à ouvrir la bouche. Une pilule suicide, dit-il en guise d'explication, tout en poursuivant ses tentatives de desserrer les mâchoires du vampire.

Quinn se précipita vers lui pour l'aider, mais il était trop tard. Il entendit un minuscule craquement, comme si quelque chose avait éclaté. Un instant plus tard, le corps du captif devenant bouillant, Zane et lui s'écartèrent.

Le vampire ennemi s'enflamma de l'intérieur et carbonisa en quelques secondes.

— Bordel !

Quinn ne put que faire écho au juron de son collègue. Derrière lui, Rose haleta de manière incontrôlable.

— Oh mon dieu ! Qu'est-il arrivé ? demanda-t-elle, stupéfaite.

— Pendant la Seconde Guerre mondiale, ils distribuaient des capsules de cyanure aux officiers les plus gradés, afin qu'ils puissent se suicider s'ils étaient capturés, expliqua Zane. Le cyanure n'ayant aucun effet sur les vampires, l'argent s'y substitue. Le gars devait avoir caché une capsule de nitrate d'argent dans sa bouche.

Quinn ne pouvait qu'acquiescer.

— Lorsqu'ingéré, le nitrate d'argent provoque une combustion spontanée.

— Tout ça pour rien, ajouta Zane.

— Retour à la case départ, concéda Quinn.

Assis devant son ordinateur, Thomas n'eut pas à regarder par-dessus son épaule pour savoir qu'Eddie se tenait près de lui. Dans le coin le plus éloigné de son salon, Portia et Delilah occupaient Blake avec un jeu Wii, pendant que le bébé dormait paisiblement sur le canapé, sourd au bruit provoqué par les adultes.

— Toujours rien ? demanda Eddie en tirant une chaise pour s'asseoir aux côtés de son mentor.

Thomas lui lança un regard de côté, désireux de ne pas laisser ses yeux s'attarder trop longuement sur les larges épaules et les hanches étroites du jeune vampire. Tout cela n'entraînerait qu'un désir foudroyant qui se répandrait dans tout son corps et le calcinerait de l'intérieur. Et, sachant qu'il s'agissait d'une impasse, il était déterminé à ne pas s'engager dans cette voie.

— On dirait que ce Keegan est un fantôme. Je ne trouve absolument rien sur lui et ce, malgré toutes les informations que Rose nous a données. Tout ce que nous avons, c'est le lieu de sa dernière résidence mais, cela, Rose le savait déjà. Avant ça, il n'y a rien. Et, de par mes contacts à Chicago, je sais qu'il a déjà déserté cet endroit et a disparu, expliqua Thomas.

Eddie fronça les sourcils.

— Ce n'est pas comme si tu ne trouvais rien. Tu es le meilleur, répliqua Eddie.

Thomas sourit face à l'enthousiasme de son protégé.

— Je l'espère. Mais, malgré tout, je ne parviens pas à trouver quoi que ce soit. Aucun certificat de naissance, pas même un faux, aucun numéro de sécurité sociale, aucun permis de conduire, aucune photo de lui, aucune propriété à son nom, aucun fonds qui puisse mener à lui, rien. Il est impossible qu'un homme doté d'un tel pouvoir apparent puisse rester invisible comme ça. Mais il n'y a aucune trace de lui. Keegan n'existe pas.

Eddie lui lança un regard perplexe.

— Tu veux dire que Rose l'a inventé ? s'enquit Eddie.

Thomas secoua la tête.

— Non. Keegan s'est lui-même créé son identité.

Et cela ennuyait ce vampire féru d'informatique. Car, seul un homme qui avait quelque chose de très important à cacher, se donnerait toutes les peines du monde à effacer toute trace de lui et à se transformer en fantôme.

— Mais, pourquoi ? demanda Eddie.

— Parce qu'il a besoin de cacher sa véritable identité.

Selon Thomas, telle était la seule explication sensée. Et pendant un court instant, il se sentit l'âme sœur de cet homme car, tout comme Keegan, Thomas s'était assuré de ne jamais dévoiler ses propres origines. Il avait pratiquement détruit toute preuve de qui il était réellement.

L'insistante sonnerie de son téléphone le tira de ses pensées. Automatiquement, il le saisit.

Après un regard sur l'identité de l'appelant, il répondit.

— Oui, Quinn ?

— Il faut que Blake revienne ici.

— Déjà ?

Thomas baissa le ton de sa voix, afin que Blake, toujours occupé à jouer à la Wii, ne pût l'entendre.

— Keegan a déjà attaqué ? poursuivit Thomas.

— Oui, mais il n'a pas réussi.

— Ne penses-tu pas qu'il soit plus sûr qu'il reste ici ? Le B&B a été compromis.

— Blake n'est en sécurité nulle part. Keegan ratisse la ville au peigne fin pour le retrouver. Rose préfèrerait qu'il soit ici plutôt que chez toi, dans le sens où nous avons la main d'œuvre nécessaire pour le protéger. Ne le prends pas mal, répondit Quinn.

Thomas haussa les épaules.

— Sans rancune. Alors, quel est le plan ?

— Nous sommes en train de consolider toutes les ressources du B&B. Nous voulons qu'Eddie et toi rameniez Blake et restiez ensuite ici.

Clairement prêt pour l'action, Eddie leva les pouces à l'intention de Thomas en entendant la nouvelle. Et cela convenait également bien à Thomas, étant donné qu'ils n'avaient toujours pas exécuté les ordres de Samson, à savoir ratisser la zone pour retrouver la clé USB qui contenait la liste des vampires.

— On part tout de suite.

Thomas raccrocha et pivota sur sa chaise.

— Blake.

L'humain tourna la tête.

— Ouais ?

— L'entrainement est terminé. Nous retournons à la base.

— Avons-nous gagné ? demanda impatiemment le jeune homme.

Thomas sourit.

— Ouais, nous avons gagné.

Une bataille seulement. La guerre était encore devant eux. Mais il n'était nullement nécessaire d'en inquiéter le gamin.

R ose soupira de soulagement lorsqu'elle entendit le SUV transportant Blake entrer dans le garage. Elle ressentit le besoin de le serrer dans ses bras dès son entrée dans le vestibule, mais réfréna une telle démonstration d'émotions. Connaissant son petit-fils, il aurait mal interprété la situation et aurait pensé qu'elle lui faisait des avances.

Thomas et Eddie se trouvaient juste derrière lui. Elle avait très brièvement rencontré Eddie à la fête d'Haven, mais avait eu un contact plus rapproché avec Thomas, lorsqu'elle l'avait briefé sur Keegan. Elle se sentait davantage en confiance avec ces deux vampires supplémentaires en charge de la surveillance du B&B. Quoique dépourvue de toute illusion sur le fait que Keegan se laissât piéger et crût très longuement en l'absence de Blake à cet endroit. Il devait suspecter qu'ils le ramèneraient ici. Mais cela n'avait pas d'importance. Protéger Blake au sein de ce B&B était, en fin de compte, plus sûr que de le cacher chez Thomas. À présent, Keegan devait être au courant pour Scanguards et était probablement déjà en train d'essayer de pirater leurs systèmes informatiques pour découvrir la cachette de Blake.

— Donc, nous avons gagné, hein ? demanda Blake en affichant la banane tout en regardant Quinn et Rose.

— Bon travail, louangea Quinn. Tu dois être affamé. Pourquoi ne rejoins-tu pas Nina et Wesley dans la cuisine. Je pense qu'ils préparent le souper.

— Super ! Je pourrais manger toute une vache ! s'exclama Blake en tapo-tant son ventre.

— Et ensuite, tu pourrais aller dormir un peu. Il est déjà plus de minuit, et tu as une longue journée qui t'attend.

— Ça me paraît bien, répondit Blake.

Blake s'en alla en trottant vers la cuisine. Dès qu'il se trouva hors de portée de voix, Thomas désigna les escaliers.

— Eddie et moi allons nous installer. Quelles chambres sont disponibles ?

Rose ne remarqua, qu'à cet instant précis, le petit sac à dos que Thomas portait en bandoulière.

— Il n'y a qu'une chambre libre au deuxième étage, à côté de la mienne. Si ça ne vous dérange pas de la partager, les gars ? répondit Quinn.

Rose surprit une expression étrange sur le visage de Thomas, comme s'il préférait rester seul. Sachant que Quinn n'utiliserait de toute façon pas sa chambre, elle estima qu'il était inutile de les mettre mal à l'aise.

Elle tira sur le bras de Quinn et se pencha plus près de lui.

— Pourquoi ne donnes-tu pas ta chambre ? murmura-t-elle.

Quinn la dévisagea immédiatement.

— Pourquoi devrais-je—?

Il s'arrêta à la vue de la bouche de Rose, laquelle pointait sa langue, afin d'humidifier ses lèvres soudainement asséchées.

— Tu n'en auras pas besoin, répondit-elle.

Dès qu'il capta ce sous-entendu, ses yeux s'obscurcirent, ne laissant plus y refléter qu'un désir flamboyant. Sans rompre le contact visuel, il donna de nouvelles instructions à Thomas.

— Prenez les chambres 23 et 24. Je transposerai mes affaires dans la chambre de Rose plus tard.

— Super ! répondit Thomas, l'évidence du soulagement présente dans sa voix, tandis qu'il montait les escaliers, Eddie sur ses talons.

Un instant plus tard, Quinn attira Rose dans ses bras.

— Comment puis-je te remercier pour cette invitation ?

Rose débordait de désir. Elle se mordit la lèvre.

— Ce n'est pas une invitation, mais plutôt une exigence.

La bouche de Quinn se tordit en un sourire.

— Comment ça ?

— En tant qu'épouse, j'ai certains droits. L'un d'eux est d'avoir des rapports avec mon mari.

Elle remarqua le mouvement de sa pomme d'Adam lorsqu'il déglutit. Quinn laissa alors glisser sa main sur les fesses de Rose, les enroba de sa paume, pressant ainsi sa femme plus fort contre lui.

— Ton mari a également des droits, tout comme des devoirs. Par chance, ils coïncident avec les tiens.

— Eh bien, je suis donc une femme chanceuse.

Elle se frotta contre lui, sentant gonfler et durcir l'arête dans son pantalon.

Une lueur dorée scintilla dans les yeux de Quinn, lorsqu'il expulsa un souffle précipité. Rose sourit, savourant le pouvoir qu'elle détenait sur lui. Le transformer en un homme contrôlé par son désir la faisait se sentir forte et désirable. Comment s'était-elle débrouillée pour vivre sans lui pendant si longtemps ?

— Es-tu occupé dans l'immédiat ? demanda-t-elle.

Quinn rapprocha ses lèvres des siennes et les effleura.

— J'ai tout le temps du monde.

Elle laissa ses mains glisser le long des fesses de son époux et tira ses hanches contre les siennes, appréciant le dur contour de sa chair en friction avec son ventre. Tout le reste était oublié. La présence de Quinn, ses bras autour d'elle, la preuve de son désir pressant contre son ventre la ramenèrent à sa nuit de noces. Elle avait eu peur ; mais, en même temps, elle avait été curieuse. Et, lorsqu'il lui avait révélé toute sa splendeur de mâle, elle avait salivé. Elle n'avait jamais rien vu de plus excitant. Et cette vérité était demeurée d'actualité jusqu'à ce jour. Quinn était toujours le seul homme capable de la faire se sentir comme une vraie femme. Qu'elle eût, à présent, un corps de vampire ne revêtait pas la moindre importance.

— Prends-moi, maintenant, murmura-t-elle, en inclinant ses lèvres sur la bouche de son époux.

Quelqu'un fit claquer sa langue, amenant Rose à tourner brusquement la tête sur le côté et à se libérer de l'étreinte de Quinn.

Zane était appuyé contre la porte de la salle de séjour, les bras croisés sur sa poitrine, roulant des yeux.

— Prenez une chambre.

Quinn lui adressa un sourire en coin.

— Bon conseil.

Sans être le moins du monde embarrassé, il prit la main de Rose et se tourna vers la porte.

Rose évita le regard évaluateur de Zane en passant à côté de lui, tant elle se sentait rougir. Que le collègue de Quinn sût exactement ce qu'ils étaient sur le point de faire n'aurait pas dû la déranger : après tout, elle n'était plus une débutante rougissante. Cependant, cela la rendait nerveuse.

— Peut-être que nous ferions mieux de revoir notre plan d'action avant que Keegan ne repasse à l'attaque, dit-elle rapidement tout en essayant de libérer sa main de celle de Quinn. Mais celui-ci tint bon, comme s'il avait anticipé son action.

Les lèvres de Zane se soulevèrent légèrement d'un côté. Il semblait apprécier le malaise de Rose.

— Je peux vous couvrir pendant une demi-heure.

Tout en adressant un clin d'œil à son épouse, Quinn s'adressa à son ami.

— Compte plutôt une heure. Et, merci. J'apprécie.

Moins d'une minute plus tard, elle se trouvait devant la porte de sa chambre au deuxième étage, les mains de Quinn la parcourant, sa bouche l'embrassant goulûment.

— Bon Dieu, femme, si tu continues à jouer avec moi de la sorte, je vais perdre tout le respect de mes collègues.

Cette doléance ne teinta toutefois pas sa voix de réprimande.

— Tu t'en soucies ? demanda-t-elle.

— En ce moment ? En ce moment, tout ce qui m'importe, c'est de m'enfouir en toi.

L'éclat sauvage dans les yeux de Quinn envoya une décharge au centre de sa féminité, son corps ronronnant, dès lors, d'excitation. Lorsqu'elle tourna la poignée et ouvrit la porte, les mains de Quinn étaient déjà sur son jean, à la recherche du premier bouton.

Tous deux déboulèrent dans la chambre. Quinn claqua la porte à l'aide de son pied et pressa sa femme contre celle-ci. Un mouvement attira alors l'attention de Rose.

— C'est quoi ce b—?

Tout en repoussant Quinn, elle dévisagea les deux intrus : Thomas et Eddie. La culpabilité s'afficha sur leur visage aussi rapidement que le maquillage d'une vieille prostituée. Thomas tenait en main un dispositif qui ressemblait à une espèce de baguette magique.

— Que faites-vous ici ? demanda-t-elle en tentant de réfréner la rage qui commençait à bouillir en elle.

Thomas et Eddie échangèrent un regard furtif.

— Répondez-lui ! Car j'aimerais également savoir ! ajouta Quinn.

— Merde, jura Eddie.

Thomas redressa les épaules.

— Nous balayons la chambre pour voir s'il y a des micros, procédure standard.

Rose plissa les yeux. Elle n'avait jamais entendu de telles conneries dans sa vie.

— Des micros, mon cul ! Vous êtes à la recherche de la clé USB, n'est-ce pas ? Allez, admettez-le !

— Bordel, siffla Quinn, amenant ainsi Rose à tourner son attention vers lui.

— Étais-tu au courant de ça ? L'étais-tu ? lui demanda-t-elle ?

Il la regarda de nouveau.

— Non, je ne l'étais pas ! Tu devrais mieux me connaître et savoir que je n'agirais jamais derrière ton dos.

Dans cette atmosphère tendue, il soutint son regard, sans la moindre hésitation, durant plusieurs longues secondes. Convaincue de sa bonne foi, Rose hocha la tête.

— Si j'avais été au courant, j'aurais fait stopper tout ceci, ajouta-t-il en se tournant vers ses deux collègues. Je veux une explication. Et je la veux maintenant. De qui vient cette idée ?

— Samson l'a ordonné, admit Thomas, à contrecœur.

Rose sentit le sentiment de suspicion qu'elle éprouvait pour le propriétaire de Scanguards grandir en elle.

— Pourquoi ?

Voulait-il la liste pour lui-même, sachant à quel point elle représentait de la valeur pour tout qui la possédait ? Voulait-il le pouvoir qui l'accompagnait ? Tout ça, pour avoir cru en Scanguards et leur grande moralité. De toute évidence, une telle chose n'existait pas dans le monde des vampires.

— Il veut s'assurer qu'elle soit détruite, répondit sèchement Thomas.

— Je ne te crois pas ! cria Rose. Vous voulez tous la même chose : le pouvoir, le contrôle, la suprématie. Les informations disponibles sur cette clé vous procureront tout ça, et plus encore. Toute personne en sa possession essaiera d'utiliser ces informations à ses propres fins et, selon la puissance que cette personne détient déjà...

Elle permit à sa phrase inachevée de s'attarder dans les airs, avant de poursuivre.

— Donc, ne me dis pas que Samson a voulu la détruire. Si telle était son intention, il ne fouillerait pas à mon insu !

Le maintien dont Thomas faisait preuve ne changea pas.

— Tu le juges mal. Samson n'a nullement besoin de pouvoir. Il est satisfait. Enfin satisfait.

Rose capta un ton étrange dans la voix de Thomas, presque comme si ce dernier semblait quelque peu jaloux de son patron. Il s'approcha d'un pas avant de continuer.

— Il ne convoite pas le pouvoir. Il a estimé que la clé USB serait plus en sécurité si elle se trouvait entre les mains de Scanguards. Tu n'es pas entraînée pour ça. Et c'est exactement pour cette raison que tu nous as engagés.

— La raison pour laquelle je vous ai engagés ? Je vous ai engagés pour protéger mon petit-fils, pas pour fouiner dans mes affaires personnelles. J'ai gardé la clé à l'abri des mains de Keegan jusqu'à présent, et je continuerai à le faire. Elle est en sécurité. Il ne découvrira jamais où elle est. Et elle y restera jusqu'à ce que Keegan soit mort. Et seulement alors la détruirai-je.

Thomas la regarda fixement, puis recula de deux pas.

— Et si nous ne l'attrapons pas ? Es-tu prête à fuir pour l'éternité ?

Rose souleva le menton.

— Si je détruis les données maintenant, je ferais aussi bien de peindre une cible sur mon cœur et sortir pour qu'il me poignarde. La clé USB est ma seule protection contre Keegan. Il ne me tuera pas tant qu'il saura que je suis la seule à connaître sa cachette.

Elle sentit la main de Quinn serrer la sienne.

— Elle a raison, Thomas, et tu le sais. Une fois que Keegan saura que les données sont détruites, qu'est-ce qui l'empêchera de faire un carnage ? Au moins, maintenant, il essaie toujours de négocier. Cela nous donne la meilleure chance que nous aurons jamais de lui tendre un piège. Il doit venir à nous parce qu'il veut quelque chose que nous avons. Dès que ce quelque chose sera devenu inexistant, nous n'aurons plus aucun moyen de l'embobiner.

Un regard sceptique traversa le visage de Thomas. À ses côtés, Eddie trépignait tout en se frottant la nuque.

— Il marque un point, déclara Eddie. C'est mieux si personne d'autre ne sait où la clé se trouve. C'est la seule chose qui puisse assurer la sécurité de Rose.

— Et pour Blake ? défia Thomas en se retournant de nouveau vers Rose. Il est toujours aussi vulnérable que le jour où tu as volé les données.

— Je fais confiance à Scanguards pour le maintenir en sécurité, répondit-elle tout en souriant à Quinn, dont les yeux irradiaient de chaleur.

Il articula un silencieux *merci* à son intention.

— Eh bien, tu as, au moins, choisi le bon gang pour le protéger, répliqua sèchement Thomas.

Eddie sourit et gratifia son mentor d'une tape sur l'épaule.

— Parce que c'est dans ce domaine que nous sommes les meilleurs.

— Qu'en est-il pour Samson ? lança Thomas.

— Je vais lui en parler, répondit Quinn.

29

Blake cligna des yeux lorsqu'un léger rayon de soleil, qui filtrait à travers les rideaux mi-clos, lui chatouilla le nez. La nuit précédente, il avait été trop fatigué pour les fermer complètement et s'était effondré sur le lit, après s'être gavé du délicieux ragoût préparé par Nina.

Il lorgna sur le radio réveil de la table de chevet. Il était déjà midi. Tout en se redressant, il écouta les bruits de la maison, mais tout était calme. Vêtu de son bas de pyjama, il trottina jusqu'à la fenêtre à guillotine et la releva pour permettre à l'air frais de pénétrer dans la pièce. La chambre s'illumina instantanément.

Il poussa les rideaux et passa la tête sous la fenêtre surplombant la cour arrière, l'escalier de secours lui bloquant partiellement la vue. Rebroussant chemin, il se heurta la tête.

— Aïe ! se plaignit-il tout en se frottant l'arrière du crâne.

Il observa le carreau et remarqua soudainement qu'il semblait beaucoup plus sombre qu'une vitre classique. Il se pencha pour l'inspecter : un mince film plastique brun clair recouvrait le verre. Étrange ! Pourquoi voulait-on assombrir la pièce, alors que la ville de San Francisco ne bénéficiait pas d'un temps ensoleillé toute l'année ? Il n'y avait aucun risque de surchauffe dans cette ville brumeuse.

Il haussa les épaules et posa une main sur son ventre bien trop rempli.

Cette nourriture riche lui donnait des brûlures d'estomac. Peut-être aurait-il dû avertir Nina qu'il présentait une intolérance au lactose, afin qu'elle n'exagérât pas avec la quantité de crème fraîche versée dans le ragoût. Mais il aurait préféré se mordre la lèvre que de l'avouer. Il ne voulait pas être considéré comme une mauviette par ses formateurs. De ce qu'il en savait, ils le lâcheraient du programme comme une patate chaude.

Et que ce programme était bizarre ! À ne commencer que par leur horaire peu conventionnel. Passer la moitié de la journée et la soirée dans ce lieu sûr à Twin Peaks avait été très étrange, pour ne pas dire plus. Il avait passé le temps à jouer à la Wii avec les autres agents. Le payaient-ils réellement pour ça ? Il pouvait à peine croire en une telle chance.

Suite à un second assaut de brûlures d'estomac, il se retourna vers son sac, fouilla à l'intérieur, mais se rendit vite compte que, dans sa hâte, il avait oublié d'emporter des antiacides. Oliver et Cain l'avaient pressé à faire ses bagages pour se rendre à la maison et, maintenant, il en payait le prix. Une armoire à pharmacie pourvue de l'essentiel devait bien exister, quelque part dans cette maison.

Il sortit de sa chambre sans prendre la peine de s'habiller, toujours uniquement vêtu de son bas de pyjama, et descendit au rez-de-chaussée.

Tout était calme, malgré l'heure tardive. Cela lui convenait parfaitement ; de toute façon, il n'était pas du matin et, si cette compagnie préférait opérer en soirée ou durant la nuit, il n'y voyait aucune objection.

Personne ne lui avait réellement expliqué l'agencement de la maison lorsqu'il y avait emménage deux jours plus tôt. Il décida donc simplement d'ouvrir quelques portes pour voir ce qu'il pouvait trouver. À vrai dire, il était nerveux et très impatient de faire quelque chose et, de préférence, participer à autre exercice d'entraînement. Et cette fois, il voulait être le leurre. Il était sûr que Wesley avait éprouvé du plaisir à jouer ce rôle. Maintenant, c'était son tour.

Ouvrant la première porte du couloir du rez-de-chaussée, il entra et regarda autour de lui. C'était un bureau. Il jeta rapidement un œil tout autour. Il était propre. Il essaya d'ouvrir quelques tiroirs, mais réalisa qu'ils étaient tous verrouillés. Tout en haussant les épaules, il sortit et poursuivit ses explorations.

Arrivé à la porte d'à côté, il l'ouvrit sans difficulté et jeta un œil à l'intérieur de la pièce. Une machine à laver et un séchoir surdimensionnés longeaient le mur. Sans la moindre chance de trouver des antiacides dans une buanderie, il se retourna pour sortir, mais quelque chose d'étrange attira son attention. Il pivota et fit deux pas dans la pièce.

Il étendit la main et souleva la bouteille vide qui se trouvait sur le sèche-linge. Un reliquat de liquide rouge était incrusté au fond de celle-ci. Deux lettres étaient simplement imprimées sur le verre transparent : AB +.

Blake renifla et recula instantanément, se remémorant soudain les nombreux combats livrés dans les bars, par le passé. L'odeur était identique à celle de son propre sang qu'il avait goûté lorsqu'un abruti quelconque lui avait cassé le nez avec un coup de poing bien ajusté.

— Beurk ! grogna-t-il.

Ceci ne pouvait pas réellement être ce que l'odeur laissait supposer. Le sang ne pouvait nullement être livré en bouteille. Bien sûr, s'il y avait une hémorragie dans la maison, alors peut-être pourrait-il garder des sacs de sang dans le réfrigérateur pour une transfusion d'urgence, tout comme il l'avait vu sur la chaîne scientifique mais, qui sur terre garderait du sang en bouteille ? Non, son sens de l'odorat devait être en veille. Peut-être était-ce dû à ces foutues brûlures d'estomac qui le tourmentaient.

Il déposa l'étrange bouteille là où il l'avait trouvée et quitta la pièce. Sa meilleure chance de trouver un remède à ses maux d'estomac se trouvait probablement dans la cuisine. Pour sûr, ce devait être là qu'ils gardaient les médicaments de ce genre.

Blake entra dans la cuisine et fut surpris de voir Wesley, assis à la table de la cuisine, la tête enfouie dans un livre. Au son de la porte qui se refermait, la tête de l'autre stagiaire se tourna d'un coup sec dans sa direction.

— Hé, ho, Blake. Je ne pensais pas que tu te lèverais si tôt.

— Tôt ? J'imagine que tu n'es pas habitué à cet étrange horaire non plus, hein ? Je veux dire...

Il désigna le plafond d'un signe de tête.

— ...peux-tu croire que nos entraîneurs dorment pratiquement toute la journée ? Quel genre de compagnie le permet ?

Wesley afficha la banane.

— Une entreprise plutôt cool.

Il pointa ensuite le doigt vers le comptoir de la cuisine.

— Tu veux du café ? Je viens d'en faire du nouveau, demanda Wesley.

Sur le point de décliner l'offre, sachant que le café ne ferait qu'aggraver son état, Blake se ravisa. Il ne voulait pas que Wesley pût penser qu'il était un faible.

— Bien sûr.

— Le lait est dans le frigo.

— Je le bois noir, merci.

Pas besoin d'ajouter une autre dose de lactose à cet estomac sensible. Tandis qu'il se servait une tasse, il ouvrit clandestinement une des armoires, à la recherche d'antiacides.

— De quoi as-tu besoin ? demanda Wesley.

— Euh, du sucre, mentit-il en ouvrant une autre armoire qui se révéla vide, une fois de plus. Bon sang, était-il le seul dans cette maison à consommer des antiacides ?

— Sur la table.

Affichant un sourire sur son visage, il se tourna vers Wesley et le rejoignit à la table de la cuisine.

— Que lis-tu ? demanda-t-il.

— Juste un peu de recherche, dévia Wesley en refermant le livre, avant de le fourrer sous le journal, empêchant ainsi son acolyte d'en lire le titre.

Sa curiosité attisée, Blake voulut prendre le livre et le saisit avant que son collègue stagiaire n'eût l'opportunité de l'arrêter.

— Hé, c'est à moi !

Wesley voulut l'attraper, mais Blake le fit glisser plus loin sur la table et en lut le titre.

« *Sorcellerie : voulez-vous préparer correctement vos potions ?* »

Blake lança un regard incrédule à Wesley.

— Il vaudrait mieux qu'aucun des entraîneurs ne voit les conneries que tu lis. Ils penseraient que tu es cinglé !

Wesley lui arracha le livre des mains et se leva précipitamment, un bruit sourd émanant de sa chaise lorsque celle-ci égratigna le sol de la cuisine.

— Ce ne sont ni de tes affaires, ni des leurs ! Et je te suggèrerai de ne pas recommencer à fouiner ! Tu pourrais ne pas aimer ce que tu trouveras.

Clairement agacé, Wesley se retourna et se dirigea vers la porte.

— Hé, Wesley, ne sois pas une telle tête brûlée. Je me fous de ce que tu lis. Je ne le dirai pas aux autres.

Mais Wesley était déjà sorti. Quelques instants plus tard, Blake entendit s'ouvrir, puis se refermer la porte de la salle de séjour. Génial, il lui avait seulement fallu deux minutes pour énerver son unique allié. Et il avait voulu lui parler de la façon dont sa mission, en tant que leurre, s'était déroulée. Bien qu'ils eussent dîné ensemble la nuit précédente, il n'avait pas eu la moindre chance de lui parler en privé, Nina s'étant afférée autour d'eux. Il trouvait que ce n'était pas cool de soutirer des informations à un autre stagiaire en présence d'un entraîneur.

— Euh, laisse tomber, murmura-t-il.

Il vida le café dans l'évier, heureux de ne pas avoir à le boire dans l'immédiat. Il alla ensuite ouvrir tous les tiroirs et les armoires qu'il put trouver. Aucun endroit ne demeura inexploré. Aucun antiacide. Il ne remarqua qu'une seule chose : cette grande maison était pourvue d'une spacieuse cuisine moderne, quoique chichement équipée. Considérant qu'une dizaine de personnes au moins y résidaient, il douta que tout le monde pût y manger en même temps, faute de couverts en suffisance.

Il haussa les épaules. Pas son problème.

Tandis que la brûlure s'intensifiait dans son estomac, il sut qu'il allait devoir prendre les choses en mains et aller à la pharmacie la plus proche pour acheter ce dont il avait besoin. Une des règles flasha instantanément dans son esprit : *ne pas quitter la maison tout seul.*

Puisqu'il venait juste d'agacer Wesley, il aurait préféré se mordre la langue plutôt que lui demander de l'accompagner. Cela n'avait aucune importance. Personne n'était encore éveillé. Ils ne sauraient même pas qu'il avait quitté la maison. Et, s'il se faufilait par l'une des portes latérales, Wesley ne l'entendrait pas non plus.

Blake jeta un œil sur lui. Merde, il devait d'abord s'habiller et aller chercher son portefeuille. Mais, avant même d'avoir atteint la porte de la cuisine, celle-ci s'ouvrit violemment et, en un mouvement flou, Oliver déboula dans la pièce en pyjama, son corps avançant vers le garde-manger verrouillé.

Blake en eut le souffle coupé, son cœur s'arrêtant de concert. Si la tasse de café était demeurée dans sa main, il l'aurait laissé tomber.

Ayant entendu le souffle de Blake, Oliver se retourna et lui fit face. Blake regretta instantanément de s'être fait surprendre, car la créature qui le regardait relevait plus de l'animal que de l'homme : les yeux rouges, un air sauvage et le corps sous tension.

Inclinant la tête, les yeux d'Olivier l'analysèrent. Ses narines dilatées rappelaient celles d'un taureau ou d'un cheval. Lorsqu'il renifla et s'approcha avec la grâce d'un prédateur, Blake recula, regarda rapidement derrière lui tout en se demandant par où s'échapper.

— Oliver, qu'est-ce qui ne va pas ? balbutia-t-il.

Mais son entraîneur ne répondit pas. En lieu et place, il replia les lèvres et exposa ses dents blanches, son regard n'épinglant plus le visage de Blake, mais glissant plutôt quelque part sur son cou.

— Merde ! cria Blake.

Les dents d'Oliver n'étaient pas régulières. Deux de ses canines étaient plus longues et pointues. Comme s'il s'était déguisé avec un accessoire d'Halloween. Ses dents ressemblaient à des crocs.

Un pied devant l'autre, Oliver semblait lutter pour demeurer en arrière. Mais il continuait d'avancer.

— Cours, parvint-il à exprimer, les dents serrées.

Malgré l'avertissement, Blake ne bougea pas : sous le choc, il était pétrifié, paralysé. Ses membres ne répondaient pas à ses ordres, ses jambes étaient lourdes comme du plomb et ne bougeaient pas.

Après avoir arboré une lueur apparentée au regret, les yeux d'Oliver affichèrent une teinte plus foncée de rouge.

— Je ne peux pas... ai essayé de résister...

Quoi qu'il eût voulu dire vint mourir sur ses lèvres lorsqu'il bondit. Blake sentit les mains d'Oliver s'enfoncer dans ses épaules et l'attirer contre lui. Le jeune homme tenta, en vain, de se libérer, alors qu'il aurait facilement pu le repousser. Oliver était moins corpulent que lui, moins musclé et, pourtant, celui-ci ne transpirait même pas en le maintenant immobile.

Ce fut alors qu'il sentit les canines du jeune vampire s'enfoncer dans son cou.

Merde, il allait mourir !

30

Le cri qui provenait d'en bas catapulta Quinn hors du lit. Rose, qui avait moulé son corps tout chaud contre le sien, se réveilla en même temps. Tout en échangeant un regard empreint d'inquiétude, ils reconnurent immédiatement l'identité de celui qui avait crié.

— Blake !

Quinn agrippa son pantalon demeuré au sol et l'enfila, ne s'embarrassant pas d'un sous-vêtement ou de quoi que ce soit d'autre. Une fraction de seconde plus tard, il était à la porte, sachant que Rose ne serait pas loin derrière lui. Il passa à toute vitesse devant les autres chambres en se dirigeant vers les escaliers. Tandis que les autres ouvraient leurs portes, leurs voix le talonnèrent durant sa rapide descente vers le premier étage.

L'odeur du sang humain atteignit alors ses narines.

— Merde !

Keegan avait-il réussi à accéder à la maison ? Ce ne pouvait être possible : Wesley et Nina étaient censés faire le guet durant la journée et les avertir si quiconque s'approchait de la maison.

Pris de panique, Quinn entra presque en collision avec Wesley, lequel accourait de la salle de séjour.

— Est-ce Keegan ? demanda Quinn, sans pour autant ralentir la cadence.

— Personne n'est entré, affirma Wesley tout en le suivant.

Les voix et les pas des autres habitants emplirent la maison, auparavant si calme.

Quinn donna un coup de pied dans la porte de la cuisine et déboula à l'intérieur. Il stoppa net lorsque ses yeux évaluèrent la situation.

— Oliver ! Bordel !

Son protégé avait profondément logé ses canines dans le cou de Blake, tandis que ce dernier se débattait, les yeux ouverts, envahis par une peur panique.

Quinn se rua sur eux et clampa ses mains autour des bras d'Oliver, afin de l'immobiliser. Il ne pouvait tout simplement pas l'éloigner de Blake sans risquer de déchirer le cou de son petit-fils.

— Relâche-le ! Enlève tes canines ! Maintenant ! C'est ton père créateur qui te l'ordonne !

Oliver laissa échapper un grondement sourd.

— Fais-le, fils, l'exhorta plus calmement Quinn. Tu ne veux pas le blesser. Je sais que tu ne le veux pas.

Lentement, les épaules d'Oliver se relaxèrent, et Quinn le sentit pencher la tête en arrière et s'éloigner du cou de Blake. Du coin de l'œil, il vit la cuisine se remplir de monde. Le cri avait réveillé tout le monde.

— Oh, mon Dieu, non ! cria Rose en le poussant pour s'approcher de Blake.

Quinn écarta son protégé de son petit-fils et évalua les dégâts que le jeune vampire avait causés. Les incisions présentes sur le cou de Blake étaient profondes et saignaient abondamment. Blake pressa immédiatement la main dessus, mais chancela.

Quinn poussa Oliver derrière lui et vociféra un ordre.

— Cain, Amaury, prenez soin d'Oliver.

Il se rapprocha alors de Blake. Rose et lui le rattrapèrent simultanément avant qu'il ne tombât. Mais Blake se mit également à lutter contre eux, la peur et la méfiance lui colorant les yeux.

— Ne me touchez pas ! hurla-t-il en tentant de s'éloigner d'eux.

— Il saigne tellement ! s'exclama Rose, les yeux au bord des larmes.

Quinn glissa une main sur celle de Blake, le forçant doucement à la retirer de son cou. Rose avait raison ; la perte de sang était abondante. Il fallait y mettre un terme immédiatement.

— N'aie pas peur, Blake, je ne vais te faire aucun mal. Je vais guérir la plaie.

Blake secoua sauvagement la tête, essayant de s'éloigner de lui.

— Non ! Oh, mon Dieu, non ! Merde ! hurla le jeune homme.

— Maintiens sa tête, Rose.

Dès l'instant où Rose posa les mains sur la tête de Blake, il la mitrailla du regard.

— Toi aussi ? Vous êtes tous comme lui, n'est-ce pas ? hurla-t-il, de désespoir.

Sans perdre de temps, Quinn baissa la bouche vers la blessure de Blake et sortit la langue. Il lécha rapidement et efficacement la surface. Deux fois, jusqu'à ce que les effets cicatrisants de sa salive eussent refermé la blessure. Le saignement s'arrêta instantanément.

Tout aussi rapidement, il s'écarta de Blake, refusant de l'effrayer davantage. Il capta le regard suppliant de Rose lorsqu'il se redressa.

— Efface sa mémoire, le pressa-t-elle.

Effrayé, Blake écarquilla les yeux et se mit à haleter sous le choc. En réaction, Quinn examina la requête de Rose bien plus longuement qu'il ne l'aurait dû. Il secoua, ensuite, lentement la tête.

— Je pense qu'il a le droit de savoir.

— Non ! protesta instantanément Rose.

Quinn s'approcha d'elle et lui adressa une requête silencieuse.

— C'est pour sa propre sécurité. Nous ne pouvons continuer à effacer sa mémoire chaque fois qu'il voit quelque chose qu'il ne devrait pas. Il a besoin de savoir ce qui se passe.

Lorsqu'elle lui serra la main en le gratifiant d'un petit signe de tête, il sut qu'elle avait emprunté le chemin de la raison.

— Mais ce sera moi qui lui dirai.

Elle se retourna ensuite vers Blake, dont le visage tout entier n'était qu'un masque d'inquiétude et de peur. Dès qu'elle le relâcha quelque peu, il recula violemment.

— Allons, allons, fils, dit Quinn en essayant de le calmer tout en lui maintenant toujours les bras. Reste calme. Personne ne te veut de mal. Nous sommes tous ici pour te protéger.

Le regard douteux de Blake le transperça. Quinn tourna la tête et aperçut Cain et Amaury en train de parler doucement à Oliver, lequel semblait dévasté. Il capta le regard de son protégé.

— Je suis tellement désolé, Quinn. Je ne voulais pas te décevoir. Je n'ai pas pu m'en empêcher. La tentation... lui dit Oliver avant de baisser la tête et de se détourner de lui.

— Nous en parlerons plus tard, le rassura Quinn avant de se retourner sur son petit-fils. Blake, pourquoi ne t'assiérais-tu pas ?

Wesley lui vint en aide et tira une chaise.

Quinn le dévisagea rapidement.

— N'étais-tu pas censé garder un œil sur lui pendant la journée ?

— Si ton petit-fils n'était pas un tel imbécile, il serait plus aisé de ne pas éviter sa compagnie, l'affronta Wesley. Mais, s'il continue à énerver les gens en s'immisçant dans leur vie privée...

— Assez, l'interrompit Quinn.

— Petit-fils ? coassa Blake. C'est quoi ce bordel ?

Quinn regarda Rose, laquelle était occupée à tirer une autre chaise pour s'y installer. À présent au même niveau que Blake, elle se pencha plus près de lui. Instinctivement, le gamin recula sur son siège.

BLAKE LES REGARDAIT AVEC SUSPICION. Sa main alla se poser sur son cou, à l'endroit où Oliver l'avait mordu. Et pourtant, la peau était impeccable, comme si rien ne s'était produit. C'était effrayant, pour ne pas dire plus. Mais il savait ce qu'il avait vu : Oliver avait des canines, et cela faisait de lui un vampire.

Et, si Oliver en était un, les autres devaient l'être également. Lorsque Rose et Quinn l'avaient maintenu en place pendant que ce dernier lui léchait la plaie, il avait ressenti la même sorte de force surnaturelle que celle affichée par Oliver.

Merde ! Comment les vampires pouvaient-ils exister et, bon sang, comment avait-il fait pour s'acoquiner avec eux ?

— Blake, chéri, commença soudain Rose. Il y a quelque chose que tu dois savoir. Nous sommes des vampires, mais—

— Sans blague ! l'interrompit-il. J'ai découvert le pot aux roses !

Depuis les trente dernières secondes, il l'avait compris tout seul. Il n'y avait rien de neuf qu'elle pût encore lui apprendre.

Et, maintenant qu'il connaissait leur secret, que feraient-ils de lui? D'un regard évaluateur, il observa la foule qui s'était rassemblée. Personne ne manquait. Amaury et Cain s'étaient réunis autour d'Oliver, lequel s'était retourné, afin que Blake ne pût plus voir son visage. Zane se tenait près la porte, comme s'il voulait s'assurer que personne n'entrât ou ne sortît de la cuisine. Thomas et Eddie fronçaient les sourcils. Nina semblait inquiète, tandis que Wesley arborait un air empreint de défi.

Con ! Blake était prêt à parier son premier chèque de paie que Wesley, toujours énervé à propos de ce stupide livre, avait délibérément omis d'accourir à son secours. Pour faire bonne mesure, Blake le foudroya du regard avant de reposer les yeux sur Rose qui s'adressait de nouveau à lui.

— Blake, s'il te plaît, reste calme. Je suis désolée que tu aies dû découvrir ça de cette manière. J'aurais voulu t'épargner cela, mais...

Son regard s'égara vers Quinn, lequel lui répondit d'un hochement de tête encourageant.

— ... tu dois savoir qui nous sommes. Quinn et moi, nous sommes tes arrière-arrière-arrière-arrière-grands-parents. Tu es notre chair et notre sang, et nous ferions n'importe quoi pour te maintenir en sécurité.

Lorsque Blake recula sur sa chaise, les pieds de celle-ci raclèrent le carrelage et provoquèrent un bruit sinistre dans la cuisine. Personne ne parlait, comme s'ils attendaient tous sa réaction.

— Conneries !

Il se releva de son siège. Chancelant immédiatement, il dut agripper le dossier pour se soutenir. De toute évidence, la perte de sang l'affectait encore.

Mais son esprit était plus vif que jamais. Ils étaient des vampires, d'accord, mais il était hors de question qu'il fût apparenté à l'un d'entre eux.

— Je ne suis pas une sangsue ! protesta-t-il. Je ne suis pas comme vous !

— Bien sûr que non, l'interrompit Quinn, calmement. Tu es entièrement humain, car notre fille, à Rose et à moi, a été conçue et est née lorsque nous étions encore humains, en 1814. Rose et moi avons été transformés après cette date.

Blake le regarda, autorisant ses yeux à inspecter son visage, avant d'en faire de même avec Rose. Ces deux-là ne ressemblaient à aucun membre de sa famille. Et, de plus, ils avaient l'air plus jeune que lui !

— Vous avez à peine vingt-cinq ans !

De façon inattendue, Rose lui sourit.

— Un des avantages de la condition de vampire, c'est qu'on ne vieillit pas.

Elle échangea un sourire chaleureux avec Quinn.

— Nous aurons toujours l'air plus jeune que le jour où nous avons été transformés, poursuivit-elle.

— Eh bien, ça, je le savais, bien sûr ! Je regarde des films. Je ne suis pas stupide, répliqua rapidement Blake. Mais cela ne signifie pas que nous sommes apparentés. Donc, crachez-le, qu'attendez-vous de moi ?

Il les foudroya du regard et tourna la tête vers Oliver.

— Parce que je sais déjà ce qu'*il* voulait. Et il ne l'obtiendra pas. Je préfère me trancher la gorge !

Car personne ne devrait jamais découvrir qu'il avait trouvé la morsure d'Oliver plus excitante que tout. Telle était la raison pour laquelle il avait lutté de toutes ses forces face à lui. Parce que, merde, il n'était pas homo ! Il aimait les femmes, à cent pour cent, et aucune putain de sangsue n'obtiendrait une autre chance de le faire douter de sa sexualité. Pas question !

Pour faire bonne mesure, il dévisagea les deux autres homosexuels présents dans la pièce : Thomas et Eddie. La veille, lorsqu'il les avait rencontrés, tous deux équipés de leur combinaison de motards, ils avaient paru si virils. Et pourtant, Blake ne doutait nullement qu'ils fussent pédés.

Lorsque Rose se leva brusquement de sa chaise et fit un pas vers lui, il recula et se cogna au comptoir de la cuisine derrière lui. Aussi désireux fût-il de ne pas afficher sa peur devant ces prédateurs, aussi incapable fût-il de s'en empêcher. Il était en infériorité numérique, et il flippait à cette seule idée.

— Men in Black, mon cul, murmura-t-il dans un souffle. C'est plutôt Dracula !

— C'est la vérité. Quinn et moi sommes tes ancêtres. Et tu es ici parce que quelqu'un veut se venger sur moi en te faisant du mal. C'est pour ça que nous avons dû inventer cette ruse ; pour que nous puissions te protéger vingt-quatre heures sur vingt-quatre, sept jours sur sept.

Il secoua la tête, refusant d'y croire. Cela ne changeait rien aux faits. Ils étaient ce qu'ils étaient. Et, d'une façon ou d'une autre, il devait s'éloigner d'eux. Jouer au plus fin avec eux, puisque les combattre n'était pas une option. Ils étaient trop nombreux. Et, s'ils étaient tous aussi forts qu'Oliver, Quinn et Rose, il n'avait pas l'ombre d'une chance d'asséner le moindre coup de poing.

Moult émotions se disputaient la suprématie et semaient la pagaille en lui. Il ne s'était jamais senti aussi confus de toute sa vie. Tandis que la crainte pour son avenir immédiat était toujours au centre de ses préoccupations, d'autres émotions l'envahirent. La confusion et l'incrédulité primaient, mais l'irritation montait également. Ils lui avaient fait croire qu'il avait décroché un fabuleux job, alors qu'en réalité, ils lui mentaient depuis le début.

Il se sentit comme un idiot pour ne pas avoir repéré leur tromperie plus tôt. Bon sang, ils lui avaient fait gober toutes sortes de conneries, et il les avait avalées comme du pain béni.

— Je ne suis pas stupide, vous savez ! grogna-t-il.

— Personne ne dit que tu l'es, roucoula Rose, le doux ton de sa voix soulignant le fait qu'elle le prenait pour une andouille.

Lorsqu'elle voulut le toucher, il recula. À tout autre moment, il aurait accueilli la main de Rose sur sa peau avec plaisir, mais pas maintenant. Et, bon sang, si elle était réellement son arrière-arrière peu importe, le fait qu'il l'eût trouvée sexy était tout simplement dégoûtant !

— Ne me touche pas !

Il lança un regard d'avertissement à tous les vampires affamés qui le dévisageaient comme s'il était de la nourriture. Instinctivement, il pressa une main à l'endroit où Oliver l'avait mordu quelques minutes plus tôt. Merde, ils en voulaient tous après son sang.

— Personne ne te fera de mal, lui assura Quinn. Oliver est jeune, il n'a pas encore appris à se contrôler. Ça ne se reproduira plus, je le jure.

— À ce propos, tu as raison !

Parce qu'il ficherait le camp dès qu'il trouverait un moyen de s'échapper. Il n'avait nullement l'intention d'attendre que le prochain d'entre eux fût affamé et ne fît qu'une bouchée de lui. Non, même si c'était cette chaude Nina qui s'y attèlerait !

Blake souleva le menton en guise de défi, alors qu'en lui, tout s'écroulait. Il avait mis tous ses espoirs dans cette nouvelle aventure. Lorsqu'il avait emménagé à San Francisco, il avait espéré enfin trouver quelque chose qui l'intéresserait, un boulot dans lequel il aurait pu s'investir et acquérir de la compétence. Pendant quelques jours seulement, il s'était cru chanceux. Scanguards n'existait probablement même pas. Cela ne l'étonnerait pas que tout ceci cachât une opération criminelle. Pas étonnant que Quinn en eût parlé de manière si mystérieuse. Et eût été si cachotier.

— Tu te sens mieux ? demanda tout à coup Quinn.

Blake haussa les épaules.

— Comment veux-tu que je me sente ? Vous m'emprisonnez ici sous un prétexte quelconque, puis vous laissez un de vos gars m'attaquer, répondit-il en désignant Oliver. Il m'aurait vidé de mon sang !

Oliver se retourna pour lui faire face.

— J'ai dit que j'étais désolé. Je ne voulais pas le faire. Je t'ai dit de courir, je l'ai fait...

— Ne pense pas que je n'ai pas essayé, répliqua Blake.

Quinn lança un regard surpris à Oliver.

—Tu as utilisé le contrôle de l'esprit pour le paralyser ?

Oliver secoua la tête.

— Non. Je ne sais même pas encore comment on fait.

— Je suppose que tes instincts se mettent en marche.

Quinn regarda alors Blake.

— Comme je l'ai dit, je vais m'assurer que, désormais, Oliver se comporte bien. Et tu n'as rien à craindre du reste d'entre nous non plus. Nous n'attaquons pas les humains.

Blake voulait y croire, pour le bien de sa propre santé mentale mais, lorsqu'il dévisagea les autres vampires, son regard s'abattit sur Zane. Il y avait quelque chose de méchant chez lui, et il savait qu'il ne voudrait jamais rencontrer ce mec dans une ruelle sombre. Quelque chose lui disait que ce vampire chauve était dangereux. Non, il n'était pas en sécurité ici, même si Quinn et Rose essayaient de le convaincre du contraire. Même s'ils étaient ses arrière-grands-parents au quatrième degré.

— Je ne me sens pas bien en ce moment, dit-il.

— Bien sûr, la perte de sang, confirma rapidement Rose. Pourquoi ne vas-tu pas t'allonger un peu dans ta chambre et, quand tu seras reposé, nous en reparlerons, d'accord ?

Il hocha la tête et regarda ensuite en direction de la porte de la cuisine. Sans mot dire, les autres s'écartèrent pour le laisser passer. Zane lui tint même la porte ouverte jusqu'à ce qu'il l'eût passée.

Blake jeta rapidement un œil sur la porte d'entrée, au bout du couloir mais, se rappelant la rapidité avec laquelle Oliver s'était déplacé lorsqu'il l'avait attaqué, il sut qu'il n'y arriverait pas, même en s'enfuyant à toute allure. Il ne pourrait jamais l'atteindre à temps.

Mais il ne voulait pas abandonner.

Déterminé à trouver un moyen de sortir, il gravit l'escalier, laissant les vampires et leurs paisibles murmures derrière.

31

—Zane, Cain, Amaury, surveillez les portes, ordonna Quinn, dès que Blake fût à l'étage. Wesley, Nina, tenez-vous prêts. Il fera encore jour pendant quelques heures. Thomas, Eddie, vous devriez également vous reposer un peu tant que vous le pouvez. Vous pourrez ainsi relever les autres dans quelques heures.

Tandis que ses collègues quittaient la cuisine, Quinn se retrouva seul avec Oliver et Rose.

— Quinn, je suis...

Ce dernier leva la main pour empêcher Oliver de continuer.

— Rose, tu peux nous laisser seuls une minute, s'il te plaît ?

Elle hocha rapidement la tête et quitta la pièce. Lorsque la porte se referma derrière elle, Quinn se retourna sur son protégé.

— Je m'en veux. Je savais que tu avais du mal à maintenir ta soif sous contrôle. Bon sang, chacun d'entre nous a dû lutter contre ça, au début J'aurais dû être là quand tu avais besoin de moi. Au lieu de cela, je...

Il regarda la porte que Rose venait d'emprunter.

Oliver fit un pas hésitant dans sa direction.

— Je comprends. Tu as suffisamment de choses à gérer en ce moment. Rose... enfin, il est important qu'elle et toi résolviez vos problèmes. Elle en vaut la peine.

Quinn sentit un sourire se former sur ses lèvres.

— Elle l'est. Mais ce n'est pas une excuse pour moi de négliger mes devoirs. Je suis ton père créateur, et tu dois pouvoir compter sur moi pour te guider à travers le pire. Je ne l'ai pas fait. Loin de là. Je t'ai sorti de ton environnement familier, t'ai forcé à emménager ici et puis, t'ai pratiquement abandonné.

— Je ne me sens pas abandonné. Tous mes amis sont ici. Cain m'a aidé.

Quinn se passa les doigts dans ses cheveux.

— Le fait est qu'il n'aurait pas dû le faire.

— Hé, mec, ne sois pas si dur avec toi-même. Je suis le premier que tu aies transformé, n'est-ce pas ? Je suppose que c'est comme devenir un nouveau parent. Au début, ils ne font également pas tout correctement.

Surpris par la réponse pragmatique d'Oliver, Quinn dévisagea le gamin. Était-il vraiment aussi mature qu'il le prétendait ? Mais, même s'il réagissait de manière rationnelle face à cette situation, cela ne changeait rien. Quinn était toujours responsable de lui.

— Comment te sens-tu maintenant ? Comment est ta soif ?

Tout à coup mal à l'aise, Oliver laissa dériver son regard.

— Ça va, c'est supportable.

Quinn posa une main sur l'épaule du jeune homme et la serra.

— C'est bien de vouloir me mentir, mais ne te mens pas à toi-même.

Oliver soupira.

— Je ne voulais pas te croire quand tu m'as dit que ce serait difficile, au début. Vous, les gars, vous donnez tous l'impression que c'est facile. Je n'ai jamais vu l'un d'entre vous dérailler de cette façon et attaquer quelqu'un pour son sang. Je pensais qu'il en serait de même pour moi. Je n'ai jamais réalisé...

Il se tut.

— Que la soif de sang te tiendrait sous son emprise, te contrôlerait, guiderait chacune de tes pensées ? Que tu pourrais flairer un humain à des centaines de mètres ? Que, maintenant, le sang de Blake te semble bien plus délicieux que tout ce qui se trouve dans le garde-manger ?

Oliver écarquilla les yeux.

— Comment le sais-tu ? C'est exactement ce que je ressens.

Quinn sourit.

— Nous avons tous traversé cette épreuve. Nous avons dû apprendre à nous contrôler, à enterrer cette partie de nous pour que nous puissions commencer à vivre dans la société humaine. C'est un choix que nous faisons. Pour certains, c'est plus facile que pour d'autres.

— Zane n'a jamais fait ce choix, ajouta Oliver, une lueur d'espoir dans les yeux.

— Ne t'aventure pas par-là, Oliver. Zane avait ses raisons. Et il gardait le contrôle, même lorsqu'il se nourrissait directement d'humains. Le but n'est pas de ne plus se nourrir à la source, mais bien de s'assurer que, si jamais on le fait, on ne mettra, premièrement, pas leur vie en danger et, deuxièmement, on n'oubliera pas d'effacer leurs souvenirs. Et ce sont deux choses que tu n'es pas encore capable d'accomplir.

— Donc, tu veux dire que, plus tard, je pourrai à nouveau me nourrir à la source ? Quand je pourrai me contrôler, bien sûr ?

Quinn perçut un enthousiasme évident dans la voix d'Oliver. Le gamin voulait du sang humain frais, pas ces trucs en bouteille. Et qui pouvait l'en blâmer ? Le sang frais était toujours empreint de la force vitale de l'être humain : il rendait donc plus fort et était doté d'un plus grand pouvoir de guérison.

— L'idée est de t'habituer au sang en bouteille, de sorte que tu n'aies à recourir à la morsure qu'en cas d'urgence.

Perplexe, Oliver fit la moue.

— Mais, si je bois toujours du sang en bouteille, comment vais-je pouvoir me contrôler quand je serai dans l'obligation de mordre un humain ? Je veux dire que, si je ne pratique jamais sur un humain vivant, comment saurai-je quand m'arrêter ?

Quinn secoua la tête.

— Ils ne sont pas des cobayes. Nous ne faisons aucune expérience sur eux. Et c'est un ordre !

— Mais...

La protestation d'Oliver fut interrompue par un cri de colère provenant de l'étage.

— Bordel ! jura Zane. Wesley ! Nina ! Blake est dehors ! Allez le chercher !

— Merde ! jura Quinn, de concert, avant de se ruer dans le couloir.

Wesley et Nina accoururent de la salle de séjour.

— Derrière ou devant ? demanda Nina.

— Derrière la maison, cria Zane en dévalant les escaliers. Il court en direction de la clôture du voisin.

Blake lança son sac par-dessus la clôture et suivit le mouvement.

Des vampires ! Putain, il ne pouvait pas croire ce dans quoi il avait mis les pieds. En tout autre temps, il aurait aimé l'idée de rencontrer un groupe de vampires, de traîner avec eux, de découvrir leur façon de vivre et de ce que c'était qu'être immortel. Toutes ces conneries. L'idée était vraiment cool. Mais, d'être mordu par l'un d'entre eux ? Cela allait trop loin à son goût ! Peut-être n'aurait-il pas paniqué de la sorte si une des femmes l'avait mordu mais, sentir les canines d'un gars dans son cou, c'était vraiment trop glauque. Il ne boxait pas dans cette catégorie.

Il saisit son sac et traversa le jardin en courant, en direction de la rue, se souciant peu de fouler les parterres. Il devait sortir d'ici.

— Blake !

Sous le choc en entendant la voix de Wesley, il jeta un coup d'œil par-dessus son épaule, sans toutefois ralentir le pas, et aperçut le jeune homme sauter par-dessus la clôture.

C'était quoi ce bordel ? Pourquoi les rayons du soleil ne le réduisaient-ils pas en poussière ? Quel genre de vampires étaient-ils ? Pouvaient-ils, en fin de compte, sortir au soleil ? Merde, cela signifiait donc qu'ils pouvaient même le traquer durant la journée.

Nina apparut aux côtés de Wesley. Elle franchit la clôture tout aussi gracieusement. Réalisant qu'il n'avait pas de temps à perdre, il se mit à courir plus vite.

— Blake, attends ! l'interpella Nina. Tu es en sécurité avec nous. Reviens !

Sa voix se rapprochait, mais il n'osa pas perdre de temps à regarder de nouveau par-dessus sur son épaule. Il devait mettre de la distance entre ces vampires et lui, car ceux-ci gagnaient du terrain. Pas étonnant : les dix kilos excédentaires de son sac le ralentissaient.

Merde ! Soit il se faisait attraper par eux, soit il devait se séparer de ces vêtements de marque qu'il avait emportés. La décision fut facile. Arrivé au coin de la rue, il laissa tomber son sac. Débarrassé de cet excédent de poids, il se mit instantanément à courir plus vite et traversa la rue comme une flèche.

À bout de souffle, il sentit ses poumons brûler sous l'effort, mais il ne s'arrêta pas. Il devait essayer de semer ses poursuivants.

— Blake, arrête ! lui cria Wesley.

Blake put entendre qu'il était également épuisé par cette course poursuite

Après tout, peut-être que les vampires n'étaient pas beaucoup plus forts que les humains. Peut-être avait-il une chance. Il osa un regard par-dessus son épaule et vit que Nina et Wesley étaient à peu près à un demi-pâté de maisons derrière lui. Ils n'abandonnaient pas.

Étrange. Tandis qu'il traversait la calme rue avoisinante sans même vérifier le trafic, Blake repensa à Oliver et à la rapidité avec laquelle il s'était déplacé lorsqu'il avait fait irruption dans la cuisine. Ses mouvements avaient été si flous et si rapides que Blake les avaient à peine captés. Pourquoi Nina et Wesley ne faisaient-ils pas preuve de la même vitesse ? Et pourquoi étaient-ils les seuls à le poursuivre ?

Wesley et Nina n'étaient peut-être pas des vampires, en fin de compte. Était-ce la raison pour laquelle ils lui couraient après, et non Rose et Quinn, lesquels avaient prétendu être ses arrière-grands-parents au troisième ou quatrième degré ? Mais ce n'était pas le moment de de se poser cette question et de gaspiller son énergie à y réfléchir. Il pourrait considérer tout ce que cela signifiait, plus tard, quand il serait en sécurité. Pendant un instant, il se demanda vers où se diriger. Il ne pouvait rentrer à la maison ; ils savaient tous où il habitait. Il devait trouver un autre endroit pour se cacher, momentanément.

Blake était sur le point de traverser à une autre intersection, lorsqu'une camionnette noire lui coupa la route, le renversant presque. Avant qu'il n'eût l'occasion de faire un doigt d'honneur au conducteur, la portière s'ouvrit, et des mains gantées l'empoignèrent. Il essaya de lutter contre son agresseur, mais ce salaud, plus fort que lui, le fit entrer de force dans la camionnette.

— Noooon ! hurla Nina à un demi-pâté de maisons de distance.

Elle se tut, lorsque la portière de la camionnette se referma violemment, enveloppant l'intérieur du véhicule dans l'obscurité.

— Laissez-moi partir ! cria Blake.

Un petit rire malin se fit entendre en guise de réponse.

Lentement, ses yeux s'habituèrent à l'obscurité, et il parvint à distinguer trois silhouettes. De grands hommes. Ils portaient d'épais vêtements, étaient gantés et cagoulés, le contour des yeux exposé à la lumière étant recouvert d'oxyde de zinc. Lorsqu'ils ôtèrent leurs cagoules, Blake trouva qu'ils ressemblaient à des ratons laveurs.

— Bienvenue, Blake, dit l'un d'eux, la voix dénuée d'émotion. Je suis Keegan. Et tu viens de te transformer en monnaie d'échange.

Lorsque Keegan ouvrit la bouche, Blake remarqua la blancheur de ses dents. Il ajusta sa vision.

— Oh, merde ! Encore des vampires.

— C'est vrai. Et nous ne sommes pas aussi dociles que ceux que tu tentes de fuir.

Les trois hommes se mirent à rire, et ce bruit lui glaça le sang.

Il venait juste de tomber de Charybde en Scylla.

32

Rose regarda par la fenêtre. Le soleil venait de se coucher, et elle était morte d'inquiétude.

Quinn avait fait tout ce qu'il avait pu. Pendant la journée, les membres du personnel humain de Scanguards avaient parcouru la ville au peigne fin pour trouver la cachette de Keegan, mais ils étaient revenus les mains vides. Même si Nina et Wesley avaient été témoins de l'enlèvement de Blake et pris note de la plaque d'immatriculation de la camionnette, ces informations n'avaient pas aidé à localiser son petit-fils. Les plaques étaient attribuées à un autre véhicule, et cela ne les mènerait donc pas à Keegan.

Thomas s'activait à rechercher toutes les vidéos de surveillance disponibles des entreprises et des écoles du quartier, afin de voir où le fourgon avait disparu mais, jusque-là, rien n'apparaissait sur les bandes. Comme s'ils avaient été engloutis.

Nerveusement, Rose se rongeait les ongles. Quinn l'avait priée de se reposer un peu mais, au lieu de se coucher, elle faisait les cent pas dans sa chambre. Elle devait faire quelque chose. Demeurée assise, en attendant un contact de Keegan, la rendait folle.

Déterminée à mettre fin à cette mascarade, elle saisit le portable avec lequel elle lui avait adressé un texto la veille. Elle fixa l'appareil durant de longues secondes, composant, dans sa tête, le message qui forcerait Keegan à agir.

Elle détenait toujours ce qu'il voulait. Maintenant, il était temps d'utiliser son outil de marchandage.

Si tu le touches, je la détruirai, disait le message. Elle appuya sur *envoi*.

Son cœur se mit à battre dans sa gorge, tandis qu'elle attendait impatiemment la réponse. Quinn lui avait expliqué que, quoique ce téléphone cellulaire fût indétectable, il pouvait recevoir la réponse de la personne à qui on avait adressé un texto.

Depuis le rez-de-chaussée, des bruits dérivèrent vers elle. Tout le monde avait un travail à faire ; tout le monde, sauf elle. Quinn avait essayé de la convaincre qu'ils étaient des professionnels qui savaient ce qu'ils avaient à faire. Mais, même si elle le croyait, cela ne faisait aucune différence. Blake était sa chair et son sang, et elle ne pouvait simplement pas rester les bras croisés, alors qu'il souffrait entre les mains de Keegan.

Elle n'était plus une timide débutante au Regency London ; elle était une femme d'action.

Une vibration l'interrompit dans ses pensées. Elle posa immédiatement les yeux sur le téléphone qu'elle tenait en mains et lut le message qui apparut à l'écran.

Tu la détruis, et je dirai à Quinn ce que tu as fait à Wallace.

Son cœur s'arrêta de battre sous la panique. Comment Keegan le savait-il ? Elle n'avait jamais rien dit à quiconque. N'avait jamais avoué son crime.

Une autre vibration annonça un deuxième message.

Ensuite, je transformerai Blake.

Keegan avait le dessus, et il le savait. Depuis combien de temps était-il au courant de son secret ? Avait-il connaissance de cette information depuis longtemps, en attente du moment opportun pour l'utiliser contre elle ? Elle le supposa. C'était exactement ce que Keegan avait l'habitude de faire : du chantage. Et, maintenant, c'était elle qu'il faisait chanter.

Prête à parler ? dit le message suivant.

Que veux-tu ? demanda-t-elle, même si elle connaissait déjà la réponse.

Les données. Rendez-vous au sommet des marches du Lyon dans dix minutes. Seule. Une seconde de retard, et Quinn saura pour Wallace.

Elle perdit vingt secondes sur son smartphone en essayant de localiser l'escalier de la rue Lyon et réalisa ensuite que, si elle voulait y arriver à temps, elle devrait s'y rendre à toute allure après s'être glissée hors de la maison. Keegan devait probablement le savoir et voulait s'assurer qu'elle ne prît aucune précaution et n'eût pas le temps d'en aviser quiconque. Heureusement, il n'était nullement au courant que son propre portable contenait plusieurs messages d'alerte préprogrammés. Elle les fit défiler, sélectionna le protocole intitulé *Scénario d'otages*, prit dix secondes pour le modifier de quelques détails et appuya sur le bouton *envoyer*. Elle espéra que le destinataire exécuterait ses ordres assez rapidement. Elle lança ensuite le téléphone dans le placard.

Rose emprunta la porte latérale menant à l'entrée des fournisseurs pour se faufiler hors de la maison sans être détectée. Elle se mettait en danger en ne parlant à personne de ses échanges avec Keegan. Mais, sachant que son adversaire n'hésiterait pas à dire à Quinn qu'elle avait tué son créateur, elle ne pouvait courir le risque mortel d'une telle divulgation. Non seulement mettrait-elle sa propre vie en danger, mais également celle de Blake. À présent, son unique espoir ne résidait qu'en une seule chose : que les personnes qui lui étaient redevables pussent l'aider.

Tandis que, dans sa course, elle transperçait si rapidement l'air frais de la nuit que tout être humain n'y verrait que du flou en l'observant, elle laissa son esprit planifier frénétiquement une méthode pour vaincre Keegan et arracher son petit-fils de ses griffes.

À mi-course, elle vérifia sa montre et accéléra la cadence. Si elle arrivait en retard, elle savait que Keegan n'hésiterait pas à exécuter sa menace. Devant elle, elle repéra un panneau, de même que la barrière du Presidio. À sa droite, l'escalier du Lyon descendait vers le quartier de la Marina. Du haut de celui-ci, on pouvait bénéficier d'une vue imprenable sur le Palais des Beaux-Arts et la baie.

Au confluent de la rue et du parc, deux fourgonnettes noires étaient garées à côté de plusieurs berlines. Rose s'arrêta brusquement.

— Ai toujours aimé ta façon de bouger, lui parvint la voix glaciale de Keegan, depuis le coin de rue opposé.

Elle tourna violemment la tête dans cette direction. Il se tenait dans l'ombre d'une haie. Lentement, comme s'il détenait tout le temps du monde, il émergea et traversa la distance qui le séparait d'elle.

—Allons à l'essentiel, Keegan, dit-elle, sa poitrine se soulevant à peine suite à la course.

Le clair de lune ombrageait un des profils de Keegan, illuminant l'autre.

Cette vision dégageait quelque chose de mystérieux. Cela ne faisait que souligner la gravité de la situation. Si le plan qu'elle avait concocté dans toute sa hâte ne fonctionnait pas, elle jouerait de malchance.

— Où est Blake ?

— En bonne compagnie.

— J'en doute.

Keegan gloussa tout en secouant la tête.

— Et tu penses que ta compagnie est plus appropriée ? Après tout, toi aussi tu es une meurtrière. Tout comme nous. Et tuer ton propre créateur de sang-froid... psss...psss. C'est très mal. Très mal, en effet.

En repensant à cela, Rose réprima le frisson qui courait le long de sa colonne vertébrale.

— Comment l'as-tu découvert ?

Elle avait pris soin de ne jamais lui révéler la moindre chose sur son passé.

— C'est drôle comme ce genre d'information refait surface, si on continue de creuser suffisamment longtemps. Tu te souviens de Charles, ce gentleman qui a été témoin de tes sales agissements ?

Il laissa échapper un petit rire, avant de poursuivre.

— Que dis-je ? Bien sûr que tu t'en souviens. Après tout, tu es restée quelques mois avec lui, avant de le voler et de disparaître. Difficile à oublier, n'est-ce pas ? Un homme comme ça est plus que disposé à partager des informations avec quiconque pose les bonnes questions.

— Il le méritait. Il m'utilisait.

Elle l'avait cru au début, lorsqu'il avait prétendu vouloir l'aider mais, à la fin, il s'était avéré tout aussi égoïste que n'importe qui d'autre. Il l'avait utilisée pour attirer des humains et des vampires peu méfiants dans son piège. Elle avait servi d'appât.

— Quelle ingrate. Après tout, il t'a aidée à survivre. S'il ne t'avait pas prévenue que Quinn vengerait la mort de son créateur, tu ne serais même pas ici ce soir.

Rose serra les mâchoires

— Je n'ai pas besoin d'une leçon d'histoire.

Elle ne comprenait que trop bien la signification du meurtre de Wallace. Charles, le vampire qui en avait été témoin, n'avait pas été le seul à la lui expliquer. Des années plus tard, tandis qu'elle faisait partie d'un clan, elle avait vu comment un tel meurtre, commis par vengeance, s'était déroulé : un vampire avait tué sa maitresse de longue date, après avoir découvert qu'elle avait tué sa créatrice, par jalousie. Elle n'avait jamais assisté à un meurtre aussi brutal par le passé.

— Eh bien, parlons du présent. Je veux que tu me rendes les données. Et je les veux maintenant.

Rose inspira rapidement.

— Je dois d'abord savoir si Blake est toujours en vie... et s'il est toujours humain.

— Très bien.

Keegan sortit un petit talkie-walkie de sa poche et appuya sur un bouton.

— Ouvrez.

Un instant plus tard, lorsqu'elle entendit un bruit provenant de l'un des fourgons noirs, elle fusilla le véhicule du regard.

La portière latérale s'ouvrit. La tête de Blake et le haut de son torse étaient retenus par des bras forts qui le poussaient juste à l'extérieur du van, maintenant le reste de son corps à l'intérieur. Il apparut indemne, mais il semblait avoir peur. Le soulagement inonda toutefois Rose : l'aura de Blake était toujours humaine.

— Rose ? dit-il d'une voix rauque.

— Blake. Tiens bon ! Je vais te sortir de là. Tu seras bientôt en sécurité.

Avant qu'il ne pût lui répondre, on le fit rentrer dans le fourgon, et la portière se referma derrière lui.

— J'espère que tu as la ferme intention de garder ta promesse envers lui, déclara Keegan.

Rose se retourna pour lui faire face.

— Tant que tu garderas la tienne. Je veux qu'il soit libéré, maintenant.

Il éclata de rire.

— Tu es drôle, Rose. Tu l'es vraiment. D'abord les données, ensuite Blake. C'est comme ça que ça marche. Je suis sûr que tu as vu assez de films et que tu es accoutumée à la manière dont fonctionne un échange ?

Elle plissa les yeux.

— Bien sûr que tu l'es, poursuivit-il. Donc, je n'aurai pas à expliquer quoi que ce soit d'autre, n'est-ce pas ?

Elle détestait son ton condescendant et, en d'autres circonstances, elle l'aurait privé de toute capacité à débiter d'autres insultes en lui amenant son poing sur la bouche mais, à l'heure actuelle, il avait toutes les cartes en mains. Elle devrait attendre son tour.

— Alors, où est la clé ? répéta-t-il ?

— Je l'ai cachée.

— Où ?

— À San Francisco.

— Bien. Nous irons ensemble. J'espère que tu ne m'en voudras pas mais, puisque que tu m'as semé la dernière fois, je suis sûr que ça ne te dérangera pas si je me colle à toi lors de cette deuxième tentative, n'est-ce pas ?

Il fit signe à la deuxième fourgonnette.

— Monte là-dedans.

— Je veux aller avec Blake, insista-t-elle rapidement.

— Pas la moindre chance. Son van nous suivra. Si tu nous conduis dans un piège, mes hommes ont reçu l'ordre de lui faire du mal.

De toute évidence, Keegan avait appris de ses erreurs. Elle ne s'était pas attendue à autre chose. Maintenant, il ne lui restait plus qu'à espérer qu'elle disposerait d'un avantage suffisant pour le battre en les amenant, lui et ses hommes, dans un endroit où elle avait toujours des alliés. Lorsqu'elle grimpa dans le véhicule et sentit la portière se refermer derrière elle, elle ferma les yeux et autorisa ses nerfs à se calmer. Elle avait besoin de toute sa tête car, un faux mouvement, et Blake et elle périraient.

33

———

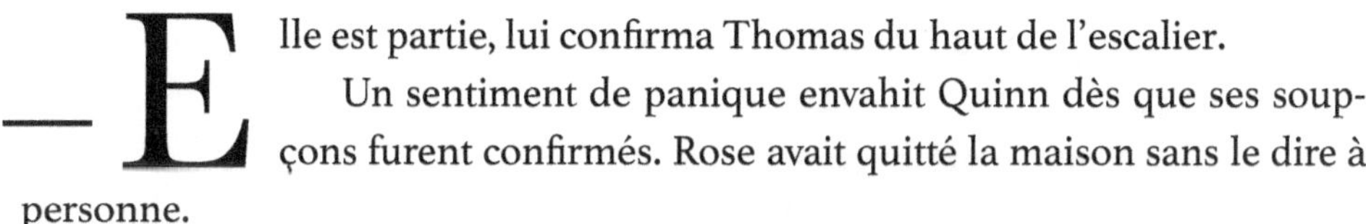

— Elle est partie, lui confirma Thomas du haut de l'escalier.

Un sentiment de panique envahit Quinn dès que ses soupçons furent confirmés. Rose avait quitté la maison sans le dire à personne.

— Merde ! Qu'est-ce qu'elle fait ? se demanda-t-il à voix haute.

— Elle rencontre Keegan, continua Thomas en se précipitant en bas.

— Quoi ? Pourquoi ne me l'a-t-elle pas dit, bordel ? jura Quinn, à présent furieux.

Rose devait comprendre que, seule, elle était plus vulnérable. Ils n'auraient une chance de vaincre Keegan que s'ils demeuraient ensemble, en cohésion.

Lorsque Thomas s'approcha de lui, il lui tendit son portable.

— Je viens de recevoir une alerte comme quoi des textos ont été échangés entre le portable que j'ai créé pour toi et le numéro de Keegan.

— Comment ? Je pensais qu'il était indétectable, déclara Quinn, confus.

— J'ai copié le numéro sur mon téléphone afin de recevoir un duplicata à chaque fois qu'un message est envoyé ou reçu. Juste au cas où.

Le temps d'une brève seconde, il marqua une pause.

— Qui est Wallace ? poursuivit-il.

Quinn tituba presque en entendant ce nom familier.

— Qu'est-ce que mon père créateur a à voir avec Keegan ?

— Apparemment, il a quelque chose à voir avec Rose. Lis ça, dit Thomas en lui tendant le téléphone.

Quinn se focalisa sur les textos, les lisant deux fois.

— Bordel !

Son esprit se mit à faire des heures supplémentaires en essayant de rassembler toutes les pièces du puzzle. Si Rose connaissait Wallace, cela ne pouvait signifier qu'une seule chose. Il ne voulut pas amener cette pensée jusqu'à sa conclusion car, s'il le faisait, cela ne le mènerait qu'à un endroit où la culpabilité l'attendrait. Il ne se souvenait que trop bien de la nuit où il s'était brouillé avec Wallace. La nuit où il était parti. Il se souvenait des dernières paroles qu'ils avaient échangées, comme si c'était hier.

— *Tu veux m'aider ?* avait-il crié à l'encontre de Wallace. *Alors, aide-moi. Aide-moi à la reconquérir. Ou dégage de ma vue !*

— *Très bien*, avait répondu son créateur.

Quinn l'avait compris comme une réponse à ses dernières paroles, de sortir de sa vue, alors qu'en fait, Wallace avait pris en compte les paroles qu'il avait prononcées juste avant cela : *Aide-moi à la reconquérir.*

Comme il avait eu tort. Et comme il avait été aveugle pour ne pas voir ce qui se trouvait juste devant ses yeux depuis si longtemps. Wallace l'avait transformée, afin qu'elle n'eût plus aucune raison de le repousser. Pas étonnant qu'elle ne fût jamais revenue vers lui car, lui seul, était responsable de la transformation de Rose. Il avait demandé l'aide de Wallace. Il avait supplié son père. Et son père avait écouté.

Quinn ne gaspilla plus de temps à deviner ce qui était finalement arrivé à Wallace. Dans son cœur, il connaissait déjà la réponse. Tout prenait son sens, à présent. Il comprenait ce qui s'était passé et pourquoi. Maintenant, se rapprocher de Rose et clore ce chapitre de leur vie était la seule chose qui comptait. Il était temps d'enterrer le passé pour de bon.

— Sais-tu où se trouvent l'escalier du Lyon ? demanda Quinn à Thomas, lequel hocha instantanément la tête.

— Elle doit être loin. Le message a été envoyé il y a plus de dix minutes.

— Ne peux-tu pas tracer le téléphone qu'on lui a donné ?

Thomas oscilla la tête, le regard triste.

— Tu voulais un téléphone indétectable. Désolé. On ne peut rien y faire. En outre, Keegan s'en est déjà probablement débarrassé.

Le sang de Quinn se mit à bouillir à la seule pensée de Rose entre les mains de Keegan.

— Elle aurait dû me faire confiance. Elle n'aurait pas dû faire ça toute seule.

Thomas désigna le message affiché sur le portable.

— Quoi que ce soit qu'elle ne voulait pas que tu saches, Keegan l'utilise visiblement contre elle.

— Ce n'est pas important pour le moment. Nous devons la retrouver avant qu'il ne soit trop tard, répondit Quinn en se passant une main tremblante dans les cheveux. Envoyez deux personnes à l'escalier du Lyon pour voir si elles peuvent retrouver sa trace à partir de là.

Thomas hocha la tête avant d'appeler son protégé, lequel apparut dans la seconde.

— Eddie. Cain et toi allez aux marches du Lyon et cherchez toute trace de Rose ou Keegan. Faites-nous un rapport dès que vous y serez.

— J'y vais ! répondit Eddie avant d'appeler Cain.

Alors que ces deux-là s'en allaient, Thomas se tourna vers Quinn.

— Et le reste d'entre nous ?

Quinn leva la tête et regarda son ami.

— Keegan va la forcer à lui donner la clé. Elle devra le conduire à l'endroit où elle l'a cachée. Lorsque tu as fouillé sa chambre, tu n'as rien trouvé, n'est-ce pas ?

— Pas la moindre trace.

Thomas se racla la gorge et poursuivit.

— Rien, nulle part. Même dans la maison.

Pas du tout surpris que Thomas eût fouillé toute la maison, Quinn hocha la tête.

— Alors, elle doit l'avoir cachée avant de venir chez Gabriel pour nous engager.

— Mais, quel endroit pouvait-elle considérer comme assez sûr pour cacher cette clé ? Elle n'a pas d'amis à San Francisco. Elle ne connaît personne ici. Bien sûr, nous pouvons toujours chercher dans l'appartement de Blake, mais je doute qu'elle soit là et, d'ailleurs, Keegan a probablement déjà regardé à cet endroit, se dit Thomas.

— Je suis d'accord. Elle n'est pas dans l'appartement de Blake. Cependant, Rose connaît quelqu'un ici, à part Blake et nous.

Thomas lui adressa un regard curieux.

— Qui ?

— Elle possède un bordel ici.

— Il n'y a aucun bordel à San Francisco, pour autant que je sache, affirma Thomas.

— Je suppose qu'on les appelle *Salons de massage*, ici. Elle a mentionné un hôtel chic près du Ritz. C'est le seul endroit où je peux l'imaginer avoir caché la clé USB. Elle dit que les femmes lui sont loyales.

Thomas hocha la tête et commença à taper sur son téléphone portable.

— Voyons ce qui se passe. Ça ne doit pas être dur de trouver un salon de massage à proximité du Ritz.

Penché au-dessus du téléphone de Thomas, Quinn attendit l'affichage des résultats, espérant que son intuition fût la bonne.

34

———————

R ose regarda en haut et en bas de la rue lorsqu'elle sortit de la sombre fourgonnette, Keegan sur ses talons. Le conducteur demeura à l'intérieur, tout comme le second vampire qui les avait accompagnés. Ses yeux fixèrent le deuxième véhicule en train de se garer derrière eux.

— Allons-y, ordonna Keegan.

— Me prends-tu vraiment pour une idiote? demanda-t-elle en oscillant la tête. Dès que je te remettrai la clé USB, tu demanderas à un de tes hommes de le transformer, juste pour me contrarier.

Lorsqu'elle le dévisagea, il répondit par un sourire nonchalant.

— Donc, tu as appris quelque chose du temps que nous avons passé ensemble. Comme c'est mignon. Et si inopportun.

Avait-il vraiment pensé qu'elle croirait qu'il tiendrait sa parole ?

— Je veux que Blake soit à mes côtés quand nous ferons l'échange.

— Très bien, concéda Keegan. Mais ne pense pas que ça changera quelque chose. Un mouvement de travers, et je l'amocherai personnellement à un tel point, que tu me prieras de le transformer. Et ensuite, nous verrons ce que je déciderai.

Keegan fit un geste en direction du fourgon et, un instant plus tard, la portière s'ouvrit. Un de ses sbires poussa Blake sur le trottoir et le fit trébucher.

Instinctivement, Rose se précipita sur lui pour l'empêcher de tomber, mais trois des hommes de Keegan sortirent du véhicule et le rattrapèrent.

— Tu vas bien ? T'ont-ils fait du mal ? lui demanda Rose en balayant son corps des yeux. Elle ne distingua aucune blessure visible.

Blake souleva le menton, secoua brièvement la tête et la regarda.

— Si tu m'avais tout raconté depuis le début, ceci ne serait pas arrivé. Tu pensais que je ne pourrais pas gérer le fait que tes amis et toi soyez des vampires ? Tu n'as même pas essayé. Tu pensais que j'étais faible.

— Tu ne l'as pas bien pris quand tu l'as découvert, ajouta-t-elle.

— Eh bien, comment le prendrais-tu si tu découvrais l'existence des vampires quand l'un d'entre eux essaie de te vider de ton sang ? Tu aurais dû me le dire plus tôt ! Putain, j'aurais pu vous aider à battre ces mecs-là.

Keegan gloussa derrière elle.

— Il ne manque pas de confiance en lui, ton petit-fils. Ou dois-je appeler ça de l'arrogance ?

— Je vais t'en donner de l'arrogance, connard ! répliqua immédiatement Blake en tentant de lever le poing, quoique rapidement maîtrisé par le vampire derrière lui.

— Aucun respect, le jeune. N'es-tu pas d'accord, Rose ?

Rose ne daigna pas répondre à la remarque de Keegan et chercha plutôt les yeux de Blake, en vue de se connecter à lui.

— Je suis désolée, Blake. Mais tout va bien se passer. Je te le promets. Fais-moi simplement confiance.

Elle utilisa simultanément le contrôle de l'esprit, afin de lui transmettre ses propres pensées.

Fais ce que je te dis. Si je dis saute, alors saute.

— Ne perdons plus de temps, ordonna Keegan.

Rose se tourna vers la maison en coin. Seule une plaque en laiton à côté de l'imposante porte d'entrée trahissait le fait que cette résidence abritât une entreprise.

Direction, disait l'enseigne.

Elle avait toujours détesté les néons. En outre, son entreprise ne dépendait pas du passage des piétons, mais bien du bouche à oreille. Et, plus ses maisons closes semblaient selectes, plus elle pouvait augmenter les tarifs.

L'interphone craquela.

— Oui, demanda une voix féminine.

— Rose Haverford.

Instantanément, un buzz retentit. Rose poussa la porte et l'ouvrit. Keegan entra à ses côtés. Elle jeta un rapide coup d'œil par-dessus son épaule, afin de s'assurer que Blake suivît. Elle se mit à compter en même temps : Keegan avait emmené six ou sept voyous. Deux d'entre eux étaient restés près des camionnettes. Un autre était demeuré à l'extérieur de l'entrée principale lorsque la porte s'était refermée. Les autres la suivaient, tandis qu'elle gravissait les cinq marches qui menaient au grand hall.

Autrefois hôtel, cet endroit avait conservé son charme victorien. Un lustre de cristal était suspendu à un très haut plafond et, à l'arrière-plan, un grand escalier conduisait à l'étage supérieur. À droite, un petit bar et un salon invitaient les clients à boire un verre. Des hommes et des femmes étaient assis sur de confortables canapés, baignés par une douce musique émanant des haut-parleurs accrochés au-dessus d'eux. Ils regardèrent à peine les nouveaux arrivants et reportèrent ensuite leur attention sur leurs compagnons.

Deux portes s'élevaient à côté de l'entrée : l'une indiquait *Privé* et, l'autre, *Vestiaire*.

Rose leva la tête, tandis qu'elle percevait un mouvement depuis les escaliers. Une belle femme asiatique les descendait dans un complet qui accentuait ses traits délicats.

— Tu as omis de mentionner qu'il y avait des vampires ici. À quoi essaies-tu de jouer ? siffla Keegan entre ses dents, tout en empoignant douloureusement le coude de Rose.

Elle plissa les yeux en le regardant.

— Tu ne pensais pas que j'allais abandonner la clé USB entre les mains d'un humain, n'est-ce pas ? dit-elle en arrachant son bras de son emprise. Et ne déforme pas tout, elle est le seul vampire sur les lieux.

— Je suis Vera, annonça la beauté asiatique en s'arrêtant devant eux. Je suis honorée que vous nous gratifiez de votre visite, Mademoiselle Haverford.

Rose hocha la tête.

— Je suis désolée de ne pas avoir été en mesure de vous avertir. Mais les circonstances...

Keegan lui coupa la parole d'un mouvement impatient de la main.

— Plus de plaisanteries. Allons-y.

Vera haussa un sourcil.

— Un monsieur très impatient que vous nous avez amené. Peut-être devrais-je sélectionner des filles et les faire descendre ?

Rose sourit intérieurement. Elle n'avait rencontré que deux fois la directrice de son affaire à San Francisco, mais elle avait toujours su qu'elle était intelligente. Quoiqu'alertée par le texto de Rose, elle ne laissa pas entrevoir qu'elle savait que ceci n'était pas une visite de courtoisie.

— J'ai des filles pour tous les goûts : asiatiques, caucasiennes, afro-américaines, blondes, rousses. Dites ce que vous voulez.

Rose soupira.

— Hélas, mon... associé et moi ne sommes pas ici pour le plaisir. Si vous voulez bien nous conduire au bureau de la direction, afin que je puisse récupérer un objet que j'ai déposé en lieu sûr.

Le visage de Vera changea instantanément.

— Oh, mais bien sûr. Suivez-moi.

Elle se retourna et se dirigea vers les escaliers.

Suivant en silence, Rose se réaccoutuma à la configuration de l'hôtel. La maison n'avait que trois étages. Une grande suite au troisième avait été transformée en bureau pour la direction, depuis lequel la gérante de l'établissement menait ses affaires et entretenait ses clients privés, si elle le souhaitait.

La pièce dans laquelle Vera les conduisit était plus grande que dans les souvenirs de Rose. On aurait facilement pu y installer une table pour vingt personnes. En lieu et place, elle était meublée d'un grand bureau pourvu d'un seul ordinateur et d'un lit à baldaquin, dont le fin tissu suspendu aux poutres en bois était destiné à cacher tout ce qui s'y passait, de temps en temps. Un confortable coin salon y était également aménagé devant une cheminée.

La seule chose que Rose remarqua immédiatement fut la chaleur étouffante de la chambre.

— Toutes mes excuses pour cette chaleur, dit rapidement Vera. J'ai déjà ouvert une fenêtre mais, malheureusement, nous avons eu des problèmes avec le thermostat, et je n'ai pas encore pu le faire réparer.

Rose remarqua la façon dont un des hommes de Keegan tirait sur son col de chemise, déboutonnant un ou deux boutons, clairement mal à l'aise avec cette chaleur dans la pièce.

— Pas de soucis, répondit Rose en se dirigeant vers le bureau.

Keegan saisit son avant-bras.

— Je vais te la donner, pas besoin d'être si désagréable, lui siffla-t-elle.

— Nous allons le faire ensemble, ok ?

La méfiance de Keegan se lisait clairement dans ses yeux.

— Si tu insistes.

— Ne le prends pas mal si, effectivement, j'insiste.

Avec Keegan à ses côtés, Rose contourna le bureau et se retrouva face au mur. Elle tapota le tableau qui y était accroché, lequel se mit à balancer et à dévoiler le coffre caché à l'arrière. Rose hésita.

— Ouvre-le, ordonna Keegan.

— Elle n'est pas là.

Keegan exposa ses dents dans un éclat de colère.

— Espèce de salope !

Il tourna la tête en direction de ses associés, prêt à proférer un autre ordre.

— Elle est ici, déclara rapidement Rose, désignant le dos de la peinture.

Tandis que Keegan se retournait vers elle, elle posa une main sur un coin du cadre. La petite pièce de bois, qui maintenait les coins à nonante degrés, formait une petite poche entre le cadre et la toile. Elle la fouilla à la recherche de la clé USB et, un instant plus tard, extirpa celle-ci de sa cachette.

Keegan la lui arracha immédiatement des mains, avant de l'inspecter.

— Ça lui ressemble. Mais j'aimerais m'en assurer. Tu comprends, n'est-ce pas ?

Bien sûr qu'elle le comprenait.

Lentement, elle se tourna vers son hôte et se connecta à ses yeux sombres.

— Vera, cela ne vous dérange pas si nous utilisons votre ordinateur un instant, n'est-ce pas ?

— Je vous en prie.

Rose hocha brièvement la tête, puis regarda Blake, lequel les observait attentivement. Elle remarqua également que les trois voyous ne se tenaient plus aussi près de Keegan, les deux plus gros s'éventant, tant leur inconfort semblait évident.

Prépare-toi, conseilla-t-elle à Blake par transmission de pensée. *Tu peux faire confiance à Vera.*

Elle ramena son attention sur Keegan, tandis que celui-ci insérait la clé USB dans un des ports de l'ordinateur. Il tapota les doigts sur le bureau, attendant impatiemment l'ouverture de l'explorateur et la reconnaissance du lecteur.

Lorsque la fenêtre s'ouvrit et qu'il cliqua sur l'unique dossier présent sur le lecteur, un juron se forma sur ses lèvres.

— Salope ! hurla-t-il, lorsqu'il réalisa que le dossier était vide.

En une fraction de seconde, il tint Rose par la gorge. Mais elle ne s'en soucia pas. Du coin de l'œil, elle vit les voyous faire un pas en avant, dans leur direction, prêts à aider leur patron en cas de besoin. Pour faire bonne mesure, elle donna un coup de genou en l'air et visa les bijoux de famille de Keegan.

Cela fit l'affaire, et l'un des hommes se rua vers eux, prêt à venir en aide à son employeur.

C'était la distraction dont elle avait besoin.

— Maintenant ! cria-t-elle. Elle aperçut le flou du mouvement dans lequel Vera chargea sur Blake pour l'attraper, avant que les deux autres vampires ne pussent réagir. Sans s'arrêter, Vera balança Blake vers la fenêtre ouverte.

— *Saute* ! lui ordonna Rose par transmission de pensée. Son petit-fils n'avait d'autre choix que d'obéir. *Maintenant !*

Vera repoussa les deux voyous d'un coup de karaté pour les empêcher d'arrêter Blake, tandis qu'il sautait.

Soulagé, le cœur de Rose ne se mit enfin à rebattre que pour mieux s'arrêter, lorsque la main de Keegan lui serra la gorge, et que ses canines s'approchèrent de son visage, l'intention de tuer clairement affichée dans ses yeux.

Bordel ! À présent, il était très énervé !

— Des renforts, maintenant ! entendit-elle un des vampires ordonner dans son talkie-walkie.

— Maintenant, tu me dis où elle est, ou ton amie est grillée, la menaça Keegan en désignant de la tête un endroit derrière elle.

Elle tordit suffisamment le cou pour voir que Vera avait été capturée par deux des vampires. Un d'eux pointait un pieu sur son cœur.

Je suis désolée, articula-t-elle, à l'intention de son amie.

— Ne le sois pas, dit Vera, le menton soulevé dans un air de défi. J'ai cherché la bagarre. Ce sera amusant de leur broyer les couilles.

35

Les deux fourgonnettes en face de l'immeuble étaient déverrouillées et vides. L'odeur de Rose planait toujours dans l'une d'entre elles, et Quinn put renifler celle de Blake dans l'autre.

— Nous sommes au bon endroit, confirma-t-il à ses collègues, avant de donner l'adresse à Cain et Eddie, lesquels étaient à l'autre bout du fil, sur la route du retour de l'escalier du Lyon. Amenez-vous ici aussi vite que possible.

Ensuite, il évalua rapidement la situation et fit signe à ses amis.

— Zane, Oliver, prenez la porte d'entrée, puis allez au deuxième étage. Wesley, Amaury, vérifiez si vous pouvez casser une vitre de l'autre côté et accéder à l'intérieur. Vous sécuriserez le premier étage. Thomas, tu viens avec moi. Nous prendrons l'escalier de secours pour monter tout en haut. Dès que vos étages seront sous contrôle, montez.

Tandis que tout le monde acquiesçait d'un signe de la tête et se dispersait, Quinn se précipita dans la petite ruelle à côté de la maison. Il avait vu l'escalier de secours depuis la rue. Il ne leur faudrait pas beaucoup de temps pour grimper là-haut.

Arrivé aux pieds de l'escalier, Thomas joignit les mains en guise de marche.

— Je vais te catapulter.

Quinn posa le pied dans les paumes de Thomas et bondit, les bras au-dessus de la tête. Ses doigts saisirent l'escalier de secours, et il tira celui-ci vers le bas pour le poser au sol.

— Allons-y.

Ils montèrent aussi vite que possible, se dirigeant vers le troisième étage. Aucun grillage n'obstruait la fenêtre. Quinn l'ouvrit en la poussant vers le haut et passa sous celle-ci, avant d'atterrir dans un couloir. Thomas se glissa avec difficulté derrière lui et le rejoignit.

L'ouïe sensible de Quinn capta des sons provenant du rez-de-chaussée : la musique et les gens qui parlaient. Il se concentra ensuite sur les sons de cet étage, ses oreilles se dressant lorsqu'il entendit un bruit sourd.

— Par ici, ordonna-t-il à Thomas. Il arpenta le corridor en courant, dépassa plusieurs chambres jusqu'à atteindre une double porte.

Il pressa l'oreille tout contre. Prenant une profonde inspiration, il reconnut immédiatement l'odeur de Rose.

— Là-dedans, murmura-t-il, regardant par-dessus son épaule.

Il vit Thomas sortir son pistolet et hocher la tête.

— Prêt quand tu l'es.

Quinn sortit un pieu de sa poche et le tint fermement dans sa main droite.

Il adressa un signe de tête à son collègue, tourna la poignée de la porte et fit irruption dans la pièce. Ses yeux enregistrèrent instantanément la situation : deux vampires retenaient Rose, tandis que deux autres se battaient contre une femme-vampire asiatique. Quinn ne put qu'en déduire qu'elle était une amie de Rose.

Thomas fit feu, abattant un des vampires près de la femme asiatique, tandis que Quinn se précipitait pour aider Rose. Du coin de l'œil, il vit ce salaud se consumer et se désintégrer en poussière sous l'effet de la balle en argent que Thomas avait tirée.

Ce coup de feu amena les autres vampires à tourner leur regard vers eux. L'un des agresseurs de Rose la relâcha et se rua sur Quinn. Mais ce dernier, bien préparé, lui asséna un coup violent à la tête. L'ennemi chancela un court instant avant de se reprendre.

Tandis que son adversaire lui portait un coup de poing tout aussi violent, Quinn riposta avec un uppercut au menton et des coups de pieds dans les genoux. Le gars tomba mais, avant de pouvoir lui asséner le coup de grâce, Quinn fut alerté par une certaine activité derrière lui.

Il fit rapidement volte-face ; juste à temps pour apercevoir deux vampires ennemis s'entasser dans la chambre. Derrière eux, il entendit des pas dans l'escalier, lesquels, il l'espéra, fussent ceux des hommes de Scanguards.

Alors qu'il attaquait un des assaillants, et que Thomas se précipitait sur l'autre, il vit deux femmes emprunter la porte. Elles étaient pieds nus et vêtues de tenues étriquées.

Leurs cris se mêlèrent aux bruits de combat et aux jurons qui emplissaient à présent la pièce.

— Non !!! cria soudain Rose.

L'espace d'un instant distrait, Quinn tourna la tête, juste comme plusieurs hommes déboulaient dans la pièce. D'un coup de pied, il fit tomber un adversaire au sol et se rua vers Rose. Keegan, du moins, à en juger par son regard déterminé, étranglait Rose sous son emprise et l'entraînait vers une autre porte. Dès qu'il l'ouvrit, Quinn s'avança vers lui.

Lorsque Keegan le vit, il sortit un pieu de sa veste et le porta à la poitrine de Rose.

— Tu t'approches, et je la tue.

Quinn s'arrêta dans son élan.

— Je t'ai, salaud, entendit-il.

C'était la voix d'Amaury, laquelle provenait de la porte. Bien, ses amis étaient ici. Mais cela ne résolvait pas son problème immédiat.

Les cris des femmes s'intensifièrent et, à ce qu'il lui semblait, elles étaient, à présent, au beau milieu de la bataille.

— Prends ça ! dit Zane dans un grondement triomphant.

Rose dévisagea Quinn, le priant silencieusement de l'aider. Mais il savait que Keegan serait plus rapide. Il devait y avoir une autre façon de la libérer de son emprise.

— Kasper !

Le ton sidéré dans la voix de Thomas couvrit tout le reste.

Keegan tourna subitement la tête dans cette direction, et ses yeux s'écarquillèrent sous le choc.

— Thomas, murmura-t-il, comme s'il avait vu un fantôme.

. . .

C'ÉTAIT IMPOSSIBLE. Thomas projeta son adversaire du moment avec tant de force contre le mur, que l'impact laissa une large fissure sur le plâtre. Il dévisagea Kasper. Thomas n'avait plus vu son père créateur depuis une centaine d'années. Mais le vampire qui retenait Rose était clairement l'homme dont le sang coulait dans ses propres veines. Le vampire dont il s'était séparé, parce qu'il ne voulait pas être associé à ce qu'il représentait.

Thomas s'avança d'un pas raide.

— Laisse-la partir ! ordonna-t-il, conscient que Kasper, ou Keegan, tel qu'il se nommait à présent, ne répondait à aucun ordre à moins qu'il n'en fût lui-même à l'origine.

— Tu te bats, une fois de plus, dans le mauvais camp, Thomas.

Les yeux de son père créateur se moquaient de lui, tentant, comme tant de fois par le passé, de semer le doute en lui. Mais Thomas avait, depuis long-temps, cessé de douter de ses choix.

— Tu as tort, comme toujours. J'ai choisi le bon camp.

Keegan serra davantage le cou de Rose, la faisant haleter. Instinctivement, elle leva les mains et enfonça ses griffes dans la peau de son agresseur, mais Keegan ne broncha même pas.

Quinn se tenait à peine à moins d'un mètre d'eux, son visage arborant une certaine angoisse, prêt à attaquer malgré cette situation désespérée. Il ne pour-rait jamais atteindre Rose à temps pour la sauver du pieu de Keegan.

— Et qu'en sera-t-il, Thomas ? Vas-tu te joindre à moi, ou préfères-tu périr avec tes amis ?

— Tu ne me laisses pas le choix.

Et il haïssait son créateur pour ce qu'il était sur le point de commettre. Car il avait juré de ne jamais utiliser son habileté à tuer.

Lorsqu'il fixa Keegan dans les yeux, il réalisa que son mentor avait compris ses intentions. Une lueur d'appréhension apparut sur le visage de Keegan et, l'espace d'un instant, Thomas entendit l'accélération des battements de cœur de son adversaire avant le retour à la normale.

— Très bien, fils. Donc, tu penses que tu es meilleur que moi ? dit-il en lais-sant échapper un rire diabolique. Tu le serais peut-être si tu n'avais pas fui et abandonné ce don dont je t'avais fait cadeau.

— Cadeau ? siffla Thomas. Porter le mal dans son sang n'est pas un cadeau !

Thomas autorisa son esprit à se calmer, se préparant pour la bataille qui s'annonçait et dont l'issue était incertaine. Keegan avait raison : durant toutes ces années, il n'avait pas aiguisé son talent. Et l'utiliser maintenant représentait un risque.

Rassemblant toute son énergie, sentant la chaleur s'installer dans tout son corps, Thomas se concentra sur son ennemi et lui envoya sa première pensée.

Lâche le pieu !

La réponse de Keegan se traduisit par un léger tremblement de la main. Ensuite par son rire.

— C'est tout ce que tu as ? Ne t'ai-je pas enseigné mieux que ça ?

La colère et la haine jaillirent, formant une boule dans l'estomac de Thomas. En un cri, il l'envoya sur Keegan, visant la main qui tenait le pieu. Cette frappe invisible heurta son créateur.

— Maintenant ! cria Thomas à l'intention de Quinn, espérant que son ami comprendrait et agirait. Lui fournir des instructions plus détaillées aurait anéanti sa concentration et lui aurait fait perdre le peu de contrôle qu'il venait de gagner.

Lorsqu'il vit Quinn s'avancer vers Keegan, Thomas envoya une autre rafale de pensées à son ennemi.

Relâche Rose. Laisse tomber le pieu.

Il remarqua à quel point Keegan serrait hermétiquement le pieu, tandis qu'il tentait de combattre cette invasion.

L'instant suivant, d'un coup de pied en l'air, Quinn catapulta l'arme de poing hors de la main de l'assaillant, et Rose lui asséna simultanément un coup de coude dans les côtes.

Keegan jura et rétorqua avec un coup de genou dans le dos de la jeune femme qui tomba à terre. Il fixa alors Thomas des yeux.

— Ton esprit ou le mien ? Un seul peut survivre.

Levant les mains dans un geste dramatique, son corps sembla se durcir. Ses canines s'allongèrent, ses doigts se transformèrent en griffes et ses yeux devinrent rouges.

La première rafale poignarda Thomas tel un couteau d'argent, et une sensation de brûlure se répandit dans tout son corps. Il hurla de douleur. Les pensées de Keegan pénétrèrent alors son esprit, défonçant les murs protecteurs élevés autour de son cerveau, à la recherche des points faibles à anéantir en premier lieu.

Thomas les repoussa, rassemblant toute son énergie pour combattre son créateur. Il se concentra sur la haine et le dégoût que ce dernier lui inspirait et les lui lança dans le but de pénétrer son esprit et d'y créer une certaine dévastation. Puisant dans chaque once d'énergie dont son corps jouissait, Thomas tenta de s'approprier l'esprit de son adversaire, tel le pied d'un éléphant occupé à écraser une souris.

Mais Keegan était fort. Son esprit n'était qu'un champ de mines, un labyrinthe piégé. À chaque fois que Thomas sentait qu'il gagnait du terrain, il était repoussé en arrière, propulsé par cette onde de choc qui lui dérobait davantage d'énergie à chaque seconde qui passait.

Thomas remarqua que Keegan se drainait également de son énergie. Ils étaient aussi forts l'un que l'autre et tout aussi déterminés à ce que ceci se terminât. Un seul en sortirait vivant.

QUINN S'APPROCHA de Rose et l'aida à se relever tout en l'éloignant de Thomas et de Keegan.

Ils se trouvaient face à une lutte mortelle dont les signes extérieurs étaient toutefois peu visibles. Des crépitements se faisaient entendre dans la pièce. De temps en temps, de minuscules éclairs voyageaient de l'un à l'autre, comme si deux corps chargés d'électricité se battaient l'un contre l'autre.

— Oh, mon Dieu ! déclara Rose. Keegan utilise le contrôle de l'esprit sur Thomas. Nous devons l'aider.

Quinn extirpa son couteau d'argent de son fourreau. Il visait peut-être comme un nul, mais son couteau trouvait toujours sa cible. Cela ne tuerait peut-être pas Keegan immédiatement mais, une blessure par couteau bien placée le déstabiliserait suffisamment que pour l'achever avec un pieu. Tandis qu'il visait Keegan, il replia le poignet et lança l'instrument mortel dans sa direction. Mais Keegan tourna brusquement la tête, et une boule d'énergie entra en collision avec le couteau, inversant ainsi sa trajectoire. Quinn n'avait jamais rien vu de tel auparavant.

— Merde !

Quinn bondit, attrapa Rose, et tous deux s'écrasèrent au sol. En tombant, il recouvra son corps du sien.

Stupéfaite, la respiration difficile, Rose le dévisagea.

— Comment allons-nous l'aider, maintenant ?

Quinn n'eut pas le temps de répondre. Un cri provenant de l'extérieur le fit sursauter.

Il échangea un regard furtif avec Rose.

— Blake ! dirent-ils, à l'unisson.

36

Blake avait atterri sur un balcon du deuxième étage. Curieusement, un matelas avait amorti sa chute du troisième. Comme si quelqu'un l'avait prévue. Mais il s'était cogné la tête sur la balustrade, et cela l'avait quelque peu assommé. La raison pour laquelle il avait sauté en premier lieu, il n'en avait aucune idée. Mais, submergé par cette envie irrépressible, il n'avait pu s'en empêcher.

C'était toutefois sans importance : il n'était, à présent, pas mieux loti que dans cette pièce avec Keegan et ses amis vampires. Car un des ces putain de vampires venait de le rejoindre sur le balcon.

Les canines allongées et de longues griffes en lieu et place des doigts, la menaçante créature avançait d'un pas raide vers lui, son corps de brute obstruant la porte de la chambre derrière lui. Des cris perçants et des hurlements provenant de l'intérieur l'accompagnèrent durant son approche.

Le vampire exhiba ses canines, retroussant ainsi ses lèvres en une affreuse grimace.

Bordel, il en avait tellement marre de toute cette merde !

— Va te faire foutre ! hurla Blake.

La crainte qu'il avait précédemment ressentie face aux vampires avait laissé place à la frustration. Si seulement il était aussi fort et aussi rapide qu'eux, il montrerait à ces suceurs de sang où ils pourraient se mettre leurs canines. Il avait été témoin de la vitesse avec laquelle ils se déplaçaient et de la force qu'ils déployaient. Et, bon sang, il enviait quelque peu leurs habiletés ! D'accord, il pouvait l'admettre : il les jalousait beaucoup !

Cela ne le sortirait toutefois pas de cette situation dans l'immédiat.

Jetant un rapide coup d'œil vers le sol, il réalisa qu'il ne serait pas sage de sauter. Des débris de métal gisaient au sol, en dessous et, s'il sautait, il s'empalerait probablement sur une des tiges de métal pointues qui émergeaient de la masure de ferraille.

— Je t'ai, gamin, grogna le vampire.

— Pas encore, rétorqua Blake avant de saisir la rambarde derrière lui et de s'y hisser tout en assénant des coups de pied sur le torse de son agresseur.

Le vampire tomba en arrière, mais se reprit immédiatement en utilisant l'encadrement de la porte pour se redresser. Qu'on l'eût fait tomber sur le cul sembla l'avoir irrité : à présent, ses yeux brillaient rouge.

Le voyou sortit un couteau et chargea dans la direction de Blake.

— Merde !

Se précipitant sur la gauche, le gamin put l'éviter de justesse. Mais, maintenant, il se trouvait pris au piège dans le coin du balcon, avec nulle part où aller.

Un sourire diabolique balaya le visage de son adversaire lorsque ce dernier fit un pas vers lui. Sans, toutefois, aller plus loin.

Quelqu'un avait sauté de l'étage supérieur et avait atterri juste en face du vampire. Tandis qu'il ajustait sa vision, Blake reconnut Rose. Avant que le salaud ne pût réagir, elle souleva un genou et le lui balança dans les parties.

Elle bondit sur le côté pour éviter la chute de l'ennemi. Quinn, lequel venait également de sauter du troisième étage, atterrit juste derrière lui. Un pieu dans la main droite, il le souleva et visa l'enfoiré, mais ce dernier tomba en avant, la main tendue, agrippant toujours fermement le couteau.

Le vampire hostile fixa Blake du regard. Le gamin n'avait nulle part où aller.

— Va te faire foutre ! grogna-t-il.

Tandis qu'il semblait agoniser, il dirigea son couteau vers Blake. La douleur que le jeune homme ressentit dans le côté le paralysa tellement qu'il remarqua à peine son assaillant lorsque celui-ci se désintégra en poussière. Quinn l'avait poignardé par derrière.

Pris de vertiges, le jeune homme chancela Il posa une main sur sa blessure, son regard suivant la même direction, tandis que la douleur irradiait à travers tout son corps.

Merde, il allait mourir !

— Oh, mon Dieu, non ! hurla Rose en le rattrapant dans sa chute.

Elle l'entoura de ses bras, et cela le réconforta. Pour la première fois depuis qu'il avait appris l'existence des vampires, Blake se sentait, bizarrement, en sécurité.

— Quinn, fais quelque chose, il est blessé !

La panique dans la voix de Rose était indéniable et, malgré la douleur qu'il ressentait, Blake essaya d'esquisser un sourire sur ses lèvres.

— Tu es vraiment ma grand-mère, n'est-ce pas ?

— Bien sûr que je le suis.

Quinn s'accroupit à côté d'elle et examina la blessure. Lorsqu'il força son petit-fils à ôter sa main de la plaie, Blake poussa un cri d'impuissance.

— Je suis désolé, fils, mais je dois voir si elle est profonde, dit Quinn.

Ses mains étaient plus douces que Blake ne l'aurait cru, et Quinn n'essaya pas de boire le sang qui s'écoulait si librement de la plaie. Tous les vampires ne devenaient peut-être pas fous à l'odeur du sang humain.

Rose se caressa les cheveux, détournant ainsi son attention de Quinn pendant un moment. Lorsque la douleur frappa à nouveau Blake de plein fouet, le jeune homme ferma les yeux et respira profondément, afin d'atténuer sa souffrance. Mais celle-ci ne disparut pas.

— Je suis en train de mourir, n'est-ce pas ?

Il regarda Rose qui adressa un regard effrayé à Quinn.

— Vous allez devoir me transformer pour que je ne meure pas, n'est-ce pas ? demanda-t-il. Eh bien, si c'était nécessaire, il était prêt. Rose et Quinn prendraient soin de lui. Ils étaient sa famille, après tout.

Quinn gloussa d'une manière totalement inattendue.

— Te transformer ? Pas la moindre chance, Blake.

Le gamin essaya de s'asseoir, mais grimaça sous l'effet de la douleur.

— Je meurs. Oubliez ce que j'ai dit à la maison. J'étais sous le choc après qu'Oliver ait sucé mon sang. Je vais mieux, maintenant. Je sais que je pourrai le supporter.

Quinn secoua la tête et échangea un sourire avec Rose.

— Blake, tu es blessé dans ta chair. Ça guérira en peu de temps. Il n'est nullement nécessaire de te transformer.

— Tu en es sûr ?

Rose l'interrompit.

— Il l'est. Mais, hésita-t-elle en s'adressant à présent à Quinn, peut-être que nous devrions lui donner un peu de sang pour soulager la douleur et accélérer le processus de guérison ?

Quinn hocha lentement la tête.

— D'accord. Pas besoin de le laisser souffrir inutilement.

— Quel sang ? demanda Blake.

Allaient-ils lui faire une transfusion ? Les ambulanciers s'en chargeraient certainement.

Quinn approcha son poignet de sa bouche et allongea ses canines. Blake réalisa immédiatement ce que son aïeul allait faire.

— Putain, non ! cria-t-il.

— Ça va t'aider à guérir plus vite, déclara Quinn en baissant la bouche vers son poignet, prêt à mordre.

— Non ! dit Blake en tournant la tête vers Rose. Si je dois boire le sang de quelqu'un, je veux que ce soit celui de Rose.

— En aucune façon ! protesta Quinn, les yeux brillant soudainement rouge.

Rose posa une main sur le bras de son petit-fils pour le calmer.

— Peut-être juste pour cette fois. Il *est* notre petit-fils, et nous l'avons mis dans ce pétrin.

Une bataille silencieuse sembla faire rage entre Rose et Quinn, tandis qu'ils se dévisageaient. Finalement, Quinn acquiesça d'un signe de tête et regarda Blake.

— Ce sera la première et la dernière fois que tu boiras le sang de Rose. Et, si je vois que tu aimes ça, je te casse la tête juste après. Tu as bien capté ?

Blake hocha furtivement la tête Pourquoi aimerait-il cela ? Le sang avait un goût dégueulasse.

Fasciné, il observa Rose en train de percer son propre poignet à l'aide de ses canines pour, ensuite, lui amener la plaie ouverte au bord des lèvres. Lorsque les premières gouttes de sang atteignirent ses papilles gustatives, Blake sursauta, tant il fut surpris.

Merde, c'était bon !

Maintenant, il comprenait également pourquoi Quinn était tellement en colère contre lui : ce dernier était jaloux qu'il pût boire le sang de Rose.

37

Dès que Blake eut fini de s'abreuver de Rose, Quinn les laissa tous deux dans la pièce la plus proche et se précipita à l'étage. Il se heurta à Eddie qui montait les escaliers en courant, suivi de Cain.

— Avons-nous manqué la bagarre ? demanda Eddie.

Quinn écouta les bruits qui provenaient de l'étage. Ça s'était calmé, mais on se battait encore.

— Presque. Cain, reste avec Rose et Blake, dit-il en désignant la pièce qu'il venait juste de quitter. Eddie, viens avec moi.

Il était temps de mettre un terme à tout ceci. Quinn espéra seulement qu'il n'était pas trop tard pour Thomas. Lui et Rose ne l'avaient quitté que depuis trois minutes mais, en pleine lutte pour le contrôle de l'esprit, trois minutes pouvaient s'avérer une éternité.

Il pria pour que les autres eussent vaincu leurs adversaires et fussent, d'une manière ou d'une autre, en mesure d'aider Thomas. Mais, au plus profond de lui, il savait qu'il espérait l'impossible. Personne ne pouvait interférer dans un combat pour le contrôle de l'esprit sans risquer sa propre santé mentale ou sa vie.

Quinn emprunta la porte et fit irruption dans la pièce, juste au moment où Zane portait un coup mortel à l'aide de son couteau : il tranchait la tête de son adversaire. L'ennemi se désintégra, emprisonnant ainsi le vampire chauve dans un nuage de poussière.

— Oh, mon Dieu, non ! cria Eddie lorsqu'il pénétra dans la pièce, les yeux s'arrêtant immédiatement sur Thomas, lequel était toujours confiné dans la bagarre.

Il se précipita vers lui, mais Quinn fut plus rapide et le tira en arrière.

— Nous devons l'aider ! cria le protégé de Thomas.

— Tu ne peux pas t'interposer entre eux. Si tu le fais, l'énergie qui circule entre eux incinèrera ton esprit, l'avertit Quinn.

— Alors, abats ce mec ! ordonna Eddie, fouillant la pièce du regard, à la recherche d'un fusil.

Quinn regarda Thomas et Keegan : ils n'étaient plus immobiles. Ils allaient et venaient à vitesse variable, encerclant l'autre comme des boxeurs sur un ring.

— Et risquer de tuer Thomas ? dit Quinn en oscillant la tête.

— Qu'allons-nous faire, alors ? Ne vois-tu pas qu'il souffre ?

Eddie avait raison, le visage de Thomas était déformé par la douleur, mais son corps tenait bon, malgré tout. Pour combien de temps ?

— Je l'ai, dit soudain Wesley, derrière eux.

Quinn se tourna vers lui, mais n'eut pas l'opportunité de lui demander ce qu'il voulait dire. Le jeune sorcier passa devant eux, leva le bras, le balança et lança quelque chose. Un petit objet, une bouteille ou quelque chose d'autre vola dans les airs avant d'atterrir au sol et se fracasser en morceaux, entre les deux combattants.

Une fumée bleue émana du liquide renversé. S'ensuivit un grésillement dans l'air, comme si de l'acide transperçait du métal. Thomas tomba immédiatement en arrière, libéré de l'emprise invisible de Keegan.

Keegan tituba également, quoiqu'apparemment moins affecté. Il parcourut instantanément la pièce des yeux. Réalisant qu'un seul de ses associés était toujours en vie, mais que ce dernier mourrait à court terme, il sauta sur le lit où une des humaines avait trouvé refuge.

Tandis qu'elle s'époumonait avec des cris perçants, il l'attrapa et l'amena tout contre lui, en guise de bouclier, avant de se diriger vers la deuxième porte qui menait vers la sortie de la chambre.

— Un geste, et elle meurt ! avertit Keegan.

Thomas, gisant sur le sol, incapable de se lever, l'avertit également.

— La prochaine fois, c'est toi qui mourras, Kasper.

— Il n'y aura pas de prochaine fois, prédit plutôt Keegan en secouant la tête.

— Là, tu as bien raison, murmura Quinn entre ses dents tout en extirpant un couteau de la ceinture d'Eddie. Il avait perdu le sien, plus tôt, dans la bagarre.

Il plia le poignet. L'arme se logea dans la gorge de Keegan une fraction de seconde plus tard. Ce dernier fut si surpris qu'il laissa échapper un gargouillis, en guise de réponse, avant de lâcher prise. La femme, toujours en panique, avança péniblement et trébucha. Quinn sortit alors le pieu de sa poche.

Un coup de feu l'arrêta. Durant une fraction de seconde, il se trouva en état de choc, mais il vit alors Keegan s'enflammer et se désintégrer en poussière. Tentant de localiser le tireur, Quinn tourna la tête et vit Rose, debout, dans l'embrasure de la porte, l'arme de poing qui venait de tirer le coup mortel toujours en main.

Elle sourit.

— Tu avais raison. Un petit calibre fonctionne mieux. Je l'ai emprunté à Cain, dit-elle en haussant les épaules.

Quinn lui retourna son sourire et laissa ensuite ses yeux balayer la pièce pour s'assurer que tous les ennemis étaient morts. Eddie s'était agenouillé à côté de Thomas et l'aidait à s'asseoir. Quinn se précipita vers lui et s'accroupit.

— Dieu merci, tu vas bien.

Fatigué, Thomas hocha la tête.

— Je l'avais presque. Juste un peu plus de temps, et je l'aurais eu.

Il baissa la tête.

Quinn échangea un regard silencieux avec Eddie, lequel dodelina de la tête, confirmant qu'il mettait également en doute la déclaration de Thomas.

— Je n'ai jamais rien vu de tel..., commença Quinn.

Il savait ce qu'il voulait demander, mais Thomas se trouvait dans un tel état que Quinn ne fut pas sûr d'avoir le droit de lui poser des questions. Il n'eut pas à le faire.

— Son vrai nom était Kasper. Il était mon créateur, dit Thomas.

Ses collègues parurent sous le choc lorsqu'il confirma les soupçons de

Quinn, lequel avait entendu, durant leur houleux échange, que Keegan avait appelé Thomas son « fils ».

— Je suis désolé, murmura Quinn.

Thomas souleva la tête, effort qui sembla requérir toute sa force. Quinn observa la manière dont Eddie supportait le poids de son torse pour le maintenir en position assise en lui permettant de s'appuyer contre lui.

— Il y a une centaine d'années que je l'ai quitté. Je n'avais rien à faire avec lui. Il était mauvais jusqu'à la moelle. Et ses capacités à contrôler les esprits étaient sans précédent. Son sang coule dans mes veines.

Quinn devina l'insinuation de Thomas : il avait hérité du même don. Et Quinn l'avait vu en action.

— Il était ton père et, pourtant, tu étais prêt à le tuer, dit Quinn, avant de dévier involontairement le regard vers Rose qui se tenait là, en train de les observer, tout comme ses amis et collègues.

— Parce qu'il a menacé ma famille. Vous tous, vous êtes ma famille. Il ne signifiait rien pour moi.

Une haine évidente colorait la voix de Thomas.

— Et si on ne m'avait pas arrêté, je l'aurais tué moi-même. C'était mon devoir, pas le vôtre.

Le regard de Thomas s'abattit sur Wesley, et Quinn posa une main réconfortante sur son bras.

— J'en discuterai sérieusement avec Wesley, dit Quinn.

Thomas hocha la tête.

— Nous devons évaluer les dégâts, poursuivit Quinn en se levant et en regardant ses collègues. Les clients et les employés doivent avoir entendu les combats. Mettons-nous au travail.

Il se tourna ensuite vers Eddie.

— J'espère que tu vas ramener Thomas à la maison ?

— Je m'en occupe, répondit le gamin.

— Et moi, je vais m'occuper de Vera, intervint Rose en regardant son époux.

Quinn alla l'aider à asseoir Vera sur le canapé. Le bras de la jeune femme pendait mollement de son épaule.

— Je suis Quinn. Merci d'avoir aidé Rose.

Elle le gratifia d'un sourire furtif et grimaça lorsqu'elle essaya de s'appuyer contre les coussins.

— Nous lui devons tout. Quand j'ai reçu son message, j'ai su ce que j'avais à faire, répliqua Vera.

Quinn ressentit comme un coup de poignard dans la poitrine. Rose avait fait confiance à son amie, mais pas à lui. Pouvait-il même l'en blâmer ?

— Vous êtes arrivé juste à temps, ajouta Vera. Chanceuse coïncidence ?

— Pas exactement.

Il jeta un coup d'œil à Rose. Ce n'était pas le moment de lui parler du texto de Keegan. Il devrait attendre de la retrouver en privé.

— Je suppose que Keegan est devenu fou quand tu ne lui as pas remis la clé USB ?

— Oh, je lui en ai donné une, mais une vide.

Rose désigna ensuite Vera et poursuivit.

— Vera a été assez aimable que pour s'assurer que la fausse clé soit identique à la vraie. Pendant que Keegan la vérifiait, nous avons eu juste assez de temps pour sortir Blake de la pièce et—

— Mais pas assez de temps pour te sauver, toi, l'interrompit Quinn.

— Non, hésita Rose. Comment m'as-tu retrouvée ?

— Nous en parlerons plus tard. Tout d'abord, je dois m'occuper de tout ce désordre.

Quinn se retourna et regarda Wesley qui se tenait près de la porte.

— Je dois te dire un mot.

Dès qu'ils atteignirent le couloir, Quinn se tourna vers Wesley, lequel paraissait inquiet. Il se mit immédiatement sur la défensive.

— Hé, je voulais seulement aider.

— Je tenais à te remercier, l'interrompit Quinn.

Stupéfait, Wesley le dévisagea.

— Quoi que Thomas en dise, si tu n'avais pas brisé leur concentration, Thomas serait mort. Tu lui as sauvé la vie.

— Vraiment ?

Il marqua une pause, sourit et confirma.

— Oui, je l'ai fait !

Quinn le gratifia d'une tape amicale sur l'épaule.

— Maintenant, c'était quoi ce truc ? demanda Quinn.

— Juste quelque chose sur lequel j'ai bossé. J'ai trouvé la recette dans les livres de Francine. C'est censé paralyser un vampire, dit-il en souriant d'un air penaud. Je pense que ça n'a pas eu l'effet escompté mais, hé, ça s'est bien terminé, de toute manière, pas vrai ?

Quinn roula des yeux.

— Plus de potions non testées au préalable, nous sommes-nous bien compris ?

Une lueur d'espoir se répandit sur le visage de Wesley.

— Tu veux dire que je peux les tester d'abord sur vous, les gars ?

— Je n'ai pas dit ça ! Et non, tu ne peux pas.

— Oh. Mais, si vous voulez que je vous aide, les gars, vous devriez soutenir ma recherche.

Quinn expira.

— Recherche ?

— Ouais. Je veux dire, la prochaine fois que nous nous ferons attaquer par des vampires maléfiques, nous devrions être préparés.

— Je pense que tu devrais nous laisser ça. Et pas un mot de ceci à Thomas. De toute façon, il va être furieux après toi pendant un certain temps. Pas besoin de remuer davantage la merde en disant à qui que ce soit que tu travailles ta sorcellerie.

— Très bien.

En regardant Wesley, Quinn devina que le dernier mot n'avait pas encore été dit sur ce sujet.

38

———————

Le temps d'effacer les souvenirs de tous les témoins humains ayant assisté aux combats et de s'occuper des blessés, il faisait presque jour.

La blessure de Blake avait guéri rapidement et, tout à coup, il semblait être tout excité par l'idée d'être apparenté à deux vampires.

— Alors, dis-moi. Qu'est-ce que ça t'a fait de traverser l'histoire ? demanda Blake à Rose, les yeux écarquillés.

Elle sourit.

— On ne pense pas que c'est l'histoire quand on la vit au moment présent. Ça ne devient l'histoire que plus tard, répondit Rose.

— Te voilà !

Rose se retourna et vit Quinn entrer dans le salon. Son rythme cardiaque monta immédiatement en flèche. Ils ne s'étaient pas retrouvés en aparté une seule minute depuis la bagarre, et elle aspirait à sentir les bras de son époux autour d'elle. Mais elle savait également qu'elle lui devait quelque chose : la vérité.

— Pouvons-nous parler ? lui demanda-t-elle. En privé.

— Bien sûr, rétorqua Quinn en souriant à son petit-fils. Excuse-nous, Blake.

Rose sentit son corps se raidir lorsque Quinn quitta la pièce derrière elle et la suivit dans les escaliers. Dès qu'ils entrèrent dans leur chambre, elle se tourna vers lui.

— Maintenant que Blake est en sécurité, il est temps que la vérité éclate.

L'air sérieux, Quinn hocha la tête sans piper mot.

— Nous devons parler de Wallace, ton père créateur.

Elle évita son regard, les larmes menaçant de la submerger. Elle les réprima. Dès qu'il saurait la vérité, Rose verrait sa vie se terminer. Mais elle était prête. Blake était en sécurité, et Quinn s'assurerait qu'il en demeurât ainsi. Elle avait respecté toutes les promesses qu'elle avait faites à Charlotte.

— Wallace m'a transformée contre ma volonté. Il m'a attaquée lorsque j'essayais de fuir Londres, a assassiné mon cocher, et a fait de moi ceci. Wallace est mort. Je l'ai tué durant ma première nuit en tant que vampire.

Soulevant le menton, elle regarda Quinn. Sa révélation ne semblait pas trop le surprendre.

Il hocha simplement la tête.

— Je sais.

Le choc causé par cette réponse la transperça.

— Tu le sais ? Comment ?

— Je l'ai deviné quand j'ai lu les textos de Keegan. Thomas avait configuré le téléphone de telle manière à ce qu'il puisse recevoir des copies de tout ce qui était envoyé. J'ai additionné deux et deux. J'ai compris que Wallace ne pouvait être que la seule raison qui t'empêchait de me parler de ta transformation.

Elle éprouva quelques difficultés à déglutir, se demandant pourquoi, en toute connaissance de cause, Quinn avait pris la peine de la sauver.

— Maintenant que tu sais, fais ce que tu as à faire. Tue-moi pour venger la mort de ton père.

Elle ferma les yeux, en attente du coup qui mettrait un terme à sa vie.

Quinn la regarda fixement. Elle venait de lui confirmer les soupçons qu'il s'était forgés depuis qu'il avait lu le message de Keegan. Et son cœur en saignait. La colère l'envahit ; un poids, engendré par la douleur et la culpabilité, se logea sur sa poitrine. Comment son créateur avait-il pu le trahir de la sorte ? Comment avait-il pu laisser faire ça ?

— Je l'aurais tué moi-même si j'avais su ce qu'il t'avait fait.

Rose rouvrit brusquement les yeux et, surprise, l'épingla du regard.

— Tu l'aurais... mais...

Sa voix tremblait.

— Bien sûr que je l'aurais fait. Il t'a fait du mal ! Wallace t'a fait du mal. Et j'avais promis de te maintenir en sécurité. Quand je t'ai épousée, je me suis engagé pour la vie. Et je t'ai déçue.

Car, à présent, il réalisait que tout ceci était de sa faute. Il avait provoqué tout cela.

— Mais je pensais que tu vengerais la mort de ton père. C'est une loi non écrite, mais un besoin irrépressible...

— Où es-tu allée chercher ça ?

— Tu veux dire que c'est faux ? Mais, plusieurs vampires me l'ont dit. Et je l'ai vu se produire. J'ai vu un vampire tuer sa maîtresse parce qu'elle avait tué sa créatrice. Je l'ai vu, insista-t-elle.

— C'est une loi chez les vampires, d'accord. Mais je n'y souscris pas. Je ne l'ai jamais fait. C'est primitif. Et ce n'est certainement pas un besoin irrépressible. C'est une excuse que les vampires utilisent comme exutoire à leur rage.

Il tendit un bras pour lui caresser la joue.

— Je ne t'aurais jamais fait le moindre mal, poursuivit-il.

— Oh, mon Dieu, murmura-t-elle, une larme s'écoulant librement sur sa joue. J'ai perdu toutes ces années.

Il la prit dans ses bras.

— Tu t'es cachée de moi parce que tu croyais que je te tuerais. Oh, Rose, j'aurais tant aimé que tu viennes vers moi, que tu me parles. Nous aurions pu...

Il s'arrêta et la libéra de son étreinte. Elle avait dit la vérité ; maintenant, c'était à son tour. Il n'avait pas le droit de se cacher derrière sa propre culpabilité.

— C'est de ma faute, Rose. Ce que Wallace t'a fait... c'est à cause de moi.

Elle le regarda, une expression de terreur sur le visage.

— Que veux-tu dire ?

Quinn se passa une main tremblante dans les cheveux et baissa les paupières.

— Je lui ai dit que, s'il ne pouvait pas m'aider à te reconquérir, il pouvait tout aussi bien partir. Et il est parti. Mais, je ne savais pas qu'il te transformerait. Je n'avais pas compris qu'il croyait que cela me ferait regagner ton amour.

Une longue pause s'ensuivit. Il écouta la respiration de Rose, son rythme cardiaque régulier, mais n'osa pas la regarder dans les yeux, refusant d'y lire sa prise de conscience lorsqu'elle réaliserait qu'il était à l'origine de ce qui lui était arrivé. Elle avait détesté cette vie pendant deux siècles. Le haïrait-elle pour cela, sachant qu'il en était la cause ?

— Je n'ai jamais cessé de t'aimer, pas même lorsque tu es revenu en vampire. Ce soir-là, j'ai eu peur pour notre fille et pour moi, mais je t'aimais toujours.

Il sentit qu'elle faisait un pas vers lui. Elle posa une main sur sa joue.

— Tu n'es pas responsable des actes de Wallace. Tu ne savais pas ce qu'il avait l'intention de faire. Cette nuit-là, il m'a dit que tu ne le savais pas. Il était mentalement dérangé. Il n'avait aucune idée de ce qu'était l'amour. Et l'amour, tu ne peux pas le forcer. Tout comme tu ne peux pas vouloir qu'il cesse.

Il souleva les paupières et la regarda.

— Pardonne-moi, Rose.

Elle secoua la tête.

— Il n'y a rien à pardonner. Tu m'as aimée durant toutes ces années, tu m'as pleurée, et je me suis cachée de toi. Je t'ai fait croire que j'étais morte. Je suis tellement désolée, dit-elle en posant les lèvres sur celles de son époux. Fais-moi oublier ces années. Fais-moi oublier la douleur. Montre-moi à quel point cette vie peut être merveilleuse. Faisons comme si ces deux siècles n'avaient jamais existé.

Quinn lui glissa un bras autour de la taille et l'attira tout contre son corps.

— Dans ce cas, mon amour, je te dois quelque chose. Je crois que tu n'as jamais eu droit à une lune de miel.

— Une lune de miel ? murmura-t-elle contre ses lèvres.

Mais il noya cette parole en lui capturant la bouche.

Quinn sentit l'amour de Rose rayonner à travers lui, tandis qu'elle laissait son corps se mouler au sien, et que ses lèvres cédaient à son baiser. Ils avaient perdu deux siècles parce que Rose n'avait pas eu confiance en lui, parce qu'il n'avait pas été assez doux lorsqu'il était revenu en tant que vampire, parce qu'il l'avait effrayée. Il ne referait plus jamais cette erreur. Il ne donnerait plus jamais la moindre raison à Rose d'avoir peur de lui et de ne pas lui faire confiance. À partir de maintenant, il n'y aurait plus de secrets entre eux, mais uniquement franchise et confiance.

Et il y avait un moyen de s'en assurer.

Quinn relâcha ses lèvres et se libéra de ses bras, avant de lui prendre la main dans la seconde. Appréhendant, elle écarquilla les yeux, puis s'adoucit lorsqu'il se laissa tomber sur un genou.

Elle lui sourit, et il gloussa.

— Tu vois, je me souviens comment on fait. Tu m'as bien appris.

— As-tu l'intention de me demander en mariage, Quinn Ralston ? Si c'est le cas, je ferais mieux de te dire que je suis déjà mariée, et que je n'ai nullement l'intention de divorcer.

Le ton ludique qu'elle employa lui glissa le long du corps, telle une caresse sensuelle.

— Hélas, je ne peux t'offrir le mariage puisque, comme toi, je suis déjà marié. Donc, veux-tu bien, mon impétueuse Rose, me donner, s'il te plaît, une chance de parler ?

Il s'enfonça dans la profondeur de ses yeux, s'abreuvant de sa beauté et de sa grâce.

— Quinn Ralston ! commença-t-elle, sur le même ton que lors de leur nuit de noces. Tu n'es toujours qu'une canaille parce que, si ce n'est pas le mariage que tu suggères...

Elle s'arrêta brusquement, puis laissa échapper un doux « Oh », lorsqu'elle comprit sa véritable intention. De la buée se forma au bord de ses yeux.

Il tenta de faire honneur à sa nature de canaille en laissant un sourire malicieux se profiler autour de ses lèvres.

— Donc, quelle est ta réponse ?

— Quinn Ralston, tu n'as toujours pas appris à faire ta demande !

— Parce que tu ne cesses de m'interrompre !

— Eh bien alors, fais-la et ne me laisse pas sur des charbons ardents, le pressa-t-elle.

Il se racla la gorge, pressant une main sur son cœur.

— Rose Haverford, veux-tu devenir ma partenaire de sang-mêlé ?

Une seconde plus tard, il se retrouva sur le matelas, couché sur le dos, catapulté par Rose, laquelle le chevauchait, à présent.

— Je suppose que c'est un oui ? dit-il en souriant et en l'attirant vers lui.

— Avant d'accepter, il y a juste une chose que tu dois encore savoir. J'ai caché la clé USB dans—

Il pressa un doigt sur ses lèvres, l'interrompant.

— Je n'ai pas besoin de le savoir.

— Si, il le faut. Il n'est plus nécessaire de la garder. J'ai décidé de la détruire.

— Tu en es sûre ?

Rose hocha la tête.

— Keegan est mort, il ne peut plus nous faire de mal.

Elle souleva alors son bras gauche et laissa volontairement les doigts de sa main droite se transformer en griffes.

— Que fais-tu ?

Elle eut le temps d'inciser son biceps d'une dizaine de centimètres, avant que Quinn ne l'arrêtât. Elle fouilla ensuite dans la plaie et en extirpa un objet rectangulaire recouvert de sang.

— La clé, murmura-t-elle.

Quinn sembla surpris et soulagé à la fois.

— Oh mon dieu, tu l'as gardée en toi tout ce temps !

— C'était l'endroit le plus sûr.

Elle voulut soulever son bras, afin de lécher la plaie et ainsi la cicatriser mais, cette fois, Quinn fut plus rapide. Il lui saisit le bras.

— Permets-moi.

Sa langue lécha l'incision et lapa le sang qui s'en écoulait. En quelques secondes, la plaie se referma, ne laissant plus que le délicieux goût de Rose dans sa bouche.

Instantanément, un afflux de sang jaillit dans ses reins.

— Et maintenant ? demanda-t-il.

Elle resserra le poing autour de la clé USB et l'écrasa. Lorsqu'elle ouvrit la paume de sa main, l'objet était écrabouillé en mille morceaux. Rose se pencha vers la table de nuit, y laissa tomber les débris et s'essuya la main.

— C'est fait.

Tous les obstacles qui les séparaient avaient disparu. Dès à présent, ils étaient libres d'aimer.

— Merci, lui dit Quinn.

— Maintenant, il n'y a plus rien entre nous.

Il cligna malicieusement.

— Seulement ces vêtements. Et je pense que tu me dois toujours une réponse.

— Ne peux-tu pas la deviner ?

— Rose, tu n'as toujours pas appris à répondre correctement à une proposition !

— Eh bien, laisse-moi à nouveau essayer alors.

Elle lui saisit les poignets et le poussa plus profondément dans le matelas.

— Oui ! Je serai ta partenaire de sang-mêlé.

Tandis qu'elle laissait sa bouche se rapprocher de la sienne, Quinn se libéra les mains et lui arracha le top en deux, exposant ainsi ses seins. Il les captura, permettant à la chair de se mouler à la paume de ses mains, et à la chaleur de son corps de s'infiltrer dans le sien.

Finalement, il l'avait retrouvée. Rose était dans ses bras, des bras qui ne la laisseraient jamais partir, des bras qui la protègeraient toujours. Quinn s'abreuva de son baiser, permettant à son corps de se drainer de toute tension. Chacun des gémissements de Rose avait l'effet d'une pierre jetée contre le mur qui entourait son cœur, le détruisant, une par une. Et, chaque soupir qu'elle laissait échapper de son corps à bout de souffle, s'y installait, pour de bon.

Tandis qu'il lui arrachait frénétiquement les vêtements, il l'écarta en la soulevant et la déposa à côté de lui, afin de lui ôter le pantalon.

— C'était tellement plus facile avec les robes, se plaignit-il.

— Pour toi, peut-être, gloussa-t-elle en lui venant en aide.

Elle inversa ensuite les rôles et le dévêtit tout aussi impatiemment.

Où qu'elle le touchât, sa peau brûlait de désir. Dès qu'il fut dénudé, il voulut l'attraper pour la mettre sous lui, mais Rose avait d'autres idées en tête.

— Oh, non, murmura-t-elle avec séduction en laissant traîner les yeux vers son bas-ventre.

— D'abord, je dois faire ce que je n'ai jamais eu la chance de faire durant notre nuit de noces.

Lorsqu'il suivit son regard à l'endroit où son membre se tenait, dur et raide, il s'étouffa presque. Rose ne l'avait jamais sucé. La nuit de leurs noces, elle était vierge, et il ne l'avait donc pas suggéré mais, maintenant...

Rose l'enfonça à nouveau dans le matelas.

— Ne bouge pas.

— Je ne peux pas te le promettre, répondit-il.

— Il se pourrait que je te morde si tu le fais.

À ces mots accompagnés du regard vigoureux qu'elle lui lança, Quinn sentit son cœur battre dans sa gorge.

— Tu n'aimes pas mordre, lui rappela-t-il, même s'il savait que, ce soir, elle le mordrait dans le cadre de leur rituel de partenariat.

— On verra, murmura-t-elle en se laissant tomber entre ses jambes écartées, baissant la tête vers son érection.

Lorsqu'elle agrippa son membre si avide, le corps de Quinn sursauta involontairement.

— Si impatient, dit-elle en léchant le gland.

Rose entendit à peine ses mots, tant son goût et son odeur l'enivraient. Elle comprit immédiatement qu'elle avait manqué quelque chose en n'ayant jamais léché ce magnifique engin. Elle se promit donc de ne pas commettre la même erreur deux fois. Sans l'autoriser à se remettre de son premier coup de langue, elle enroba cette tête palpitante de ses lèvres et les laissa glisser, prenant son partenaire dans sa bouche en une longue et douce descente.

Dans un souffle, Quinn laissa échapper un juron.

— Putain, Rose ! Tu me tues !

Elle se retira et souffla contre sa chair en érection.

— Chut.

Puis, elle descendit à nouveau, laissant sa langue glisser le long de la lisse face intérieure, afin de capturer un maximum de son goût.

Elle relâcha les cuisses qu'elle avait si fermement agrippées et laissa remonter ses mains, l'une d'elles pressant les testicules. Tandis qu'elle grattait légèrement ces douces bourses, Quinn gémit et pompa des hanches, en exigeant davantage.

De l'autre main, elle saisit la base de son membre et, de concert avec sa bouche, se mit à monter et à descendre.

— Oh Dieu, Rose !

Elle sentit son propre corps palpiter au même rythme que les battements de cœur de Quinn. Dégustant l'excitation de son partenaire, autorisant son odeur à l'engloutir, à la noyer, son corps se transforma en un brasier, alors que son époux ne la touchait même pas. Il avait agrippé les draps, ses griffes acérées les déchirant en morceaux. Les veines de son cou bombaient tant il s'efforçait visiblement de ne pas crier, pendant qu'elle se déchaînait à lui prodiguer de maléfiques caresses.

Et pourtant, elle en voulait plus, ne pouvait se rassasier de lui, de lécher sa chair surexcitée, de lui procurer du plaisir et de déclencher le sien dans son sillage. Comment avait-elle pu vivre sans cela, sans Quinn ? Elle n'avait vécu qu'une demi-vie. Mais, à partir de ce soir, elle allait la vivre pleinement, comme c'était censé l'être. Plus aucune retenue, plus aucun regret.

Tandis qu'elle le suçait encore plus fort, elle le sentit soudain s'éloigner d'elle.

— Arrête, Rose ! cria-t-il en se libérant.

Une fraction de seconde plus tard, il bondit du lit, les yeux fixés sur elle, empreints d'un désir indompté. Cela la ravit de le voir comme ça. Des yeux, elle parcourut son corps nu, admirant au passage ses muscles saillants et, tout particulièrement, celui qui pointait droit sur elle.

— Je ne le fais pas bien ? demanda-t-elle coquettement.

Il grogna en guise de réponse et se plaça derrière elle, ses mains lui agrippant les cuisses et les écartant. Elle tomba en avant et atterrit à quatre pattes.

— Tu ne le fais que trop bien mais, ça, tu le savais déjà, n'est-ce pas, ma méchante épouse ?

Elle sortit la langue et se lécha les lèvres.

— Tu as tellement bon goût.

— Juste bon ? demanda-t-il en se plaçant entre ses jambes, nichant son membre dur comme l'acier contre le centre de sa féminité.

— Délicieux, en réalité mais, ça, tu le savais déjà, n'est-ce pas, mon méchant mari ?

Sur cette dernière parole, il s'enfonça en elle parfaitement d'un seul coup. S'il ne lui avait pas saisi les hanches comme dans un étau, elle aurait volé de l'autre côté du lit.

Son engin, long et dur, atteignit l'utérus, ses testicules cognant contre la chair. Ce bruit s'amplifia dans les oreilles de Rose.

— Tu es à moi, Rose !

Ces paroles frappèrent à la porte de son cœur, laquelle était déjà grande ouverte et le priait d'entrer.

— Tu l'as toujours été et le seras toujours, ajouta Quinn en s'extirpant de son fourreau pour y replonger avec plus de force.

Le sexe de Rose se serrait à chaque poussée et à chaque retrait, et son clitoris battait au même rythme que son pouls.

— Je suis à toi, murmura-t-elle entre deux halètements.

Et il était sien. Elle le ressentait avec toutes les fibres de son corps. Son cœur était rempli à ras bord d'amour, de confiance, sachant qu'ils avaient un avenir ensemble.

— Je veux ton sang, avoua-t-elle. Je le veux, maintenant.

Il se retira de son fourreau juste assez longtemps pour la retourner sur le dos et s'installer à nouveau entre ses jambes. Tandis qu'il la regardait, Rose remarqua ses canines allongées. L'excitation l'envahit lorsqu'elle sentit ses propres canines pointer, avides d'une morsure.

Celle-ci serait différente de toutes les autres morsures. Elle le sut avant même qu'il ne s'enfonçât en elle et rapprochât son cou de ses lèvres.

— Prends-moi, demanda-t-il.

La veine de son cou pulsait de manière attrayante, le sang sous sa peau se précipitant à travers elle, chuchotant quelques encouragements à Rose. *Prends-moi, prends-moi*, répétait-elle, encore et encore.

Lorsqu'elle lui égratigna le cou à l'aide de ses canines, elle le sentit frissonner. Cela envoya une décharge électrique dans son sexe. Ses dents pointues percèrent ensuite la peau et l'odeur du sang s'intensifia. Dès l'instant où la première goutte atteignit sa langue, des frissons secouèrent tout son corps. Son clitoris était en feu, et son sexe se resserrait. Et alors, cela la heurta : telle une immense vague de l'océan, elle fut entraînée au sommet, le plaisir n'ayant de cesse d'inonder son corps.

Le sang de Quinn avait un goût de paradis sur terre.

Quinn amena ses canines sur l'épaule de Rose et tira sur sa veine. Elle tremblait, son canal étroit convulsant si violemment autour de son membre qu'il ne put garder le contrôle. Sans y penser, il se laissa aller et s'abandonna aux sensations qui envahissaient son corps.

Son orgasme le heurta et le fouetta tel un drapeau sous l'effet du vent. Il ne le combattit pas, mais se laissa plutôt tomber, sachant que Rose le rattraperait, tout comme il le ferait pour elle. Une sensation d'apesanteur se manifesta, comme s'il flottait sur un nuage. C'était mieux que lors de sa nuit de noces. Cette fois, il n'aurait pas à partir le lendemain ; cette fois aucun avenir incertain ne l'attendait. Cette fois, il ne la laisserait pas derrière. S'ils devaient encore se battre, ils se battraient ensemble.

Mais, surtout, ils mèneraient ensemble une vie d'amour, comme ils se l'étaient promis cette nuit-là, à Londres.

Lorsque les spasmes de Rose se calmèrent et que les siens s'apaisèrent, il ôta ses canines et sentit Rose en faire de même. Il roula ensuite sur le côté et berça sa partenaire dans ses bras tout en lui déposant de doux baisers sur les yeux et les joues.

Lorsqu'un sanglot déchira subitement la poitrine de Rose, la panique s'empara de lui.

— Je t'ai fait mal ? Tu n'as pas aimé mon sang ?

Si tel avait été le cas, il serait dévasté.

Rose secoua la tête, luttant contre les larmes.

— Non. Je l'ai aimé. J'ai adoré ton sang. J'en veux davantage.

Tant le cœur de Quinn se réjouissait, tant son esprit se demandait pourquoi Rose semblait triste.

— Alors, qu'y a-t-il, mon amour ?

Elle le regarda.

— J'ai perdu beaucoup trop de temps. Je nous ai privés de deux siècles.

— Chut, mon amour.

Il essuya une larme avec son pouce.

— N'y pense plus. Ne pense plus qu'à l'avenir. Notre avenir. À présent, nous avons l'éternité.

Il l'embrassa tendrement, et elle y répondit en le pressant tout contre elle. Lorsqu'elle mit un terme au baiser, un sourire s'afficha sur ses lèvres. Elle lui ouvrit son esprit et, pour la première fois, il put entendre ses pensées.

L'éternité. Juste toi et moi—

On frappa à la porte.

— Euh, Quinn, Rose ?

— ... et Blake, apparemment, ajouta sèchement Quinn, avant d'élever la voix pour lui répondre.

— Pas maintenant, Blake.

— C'est juste que, continua Blake, il y a quelque chose...

Quinn roula des yeux et croisa le sourire réprimé de Rose.

— Ton petit-fils a un mauvais timing, murmura-t-elle.

— Il est aussi le tien.

Il lui vola un baiser furtif et tourna la tête vers la porte.

— Pourquoi ne restes-tu pas avec Oliver ?

— Comme si j'avais envie qu'il me morde à nouveau ! Et, d'ailleurs, c'est ce que je voulais vous dire : il n'est pas ici. Je pense qu'il est encore au bordel.

— Oh merde ! s'écria Quinn en se redressant.

Rose le rattrapa et le tira à nouveau vers elle.

— Blake, dit-elle, ne t'inquiète pas. Vera s'assurera qu'il ne cause aucun problème. Pourquoi ne vas-tu pas aider Wesley à faire ses bagages ?

Un grognement provint de l'autre côté de la porte, puis un bruit de pas.

— Viens-tu d'utiliser le contrôle de l'esprit sur lui ?

Elle haussa les épaules.

— Est-ce un problème ?

Il sourit et oscilla la tête.

— Aucun problème. Ça m'évite d'avoir à le faire moi-même. Mais, Oliver ? Es-tu certaine que Vera s'occupera de lui toute la journée ? Il y a énormément d'humains dans cette maison.

— Fais-moi confiance à ce sujet.

— Je te fais confiance, dit Quinn en soupirant de contentement. Alors, maintenant que tu m'as rien que pour toi, quels sont tes vilains projets ?

Elle lui adressa un clin d'œil.

— Je préfère garder une part de mystère et te montrer.

Ordre de Lecture des séries Vampires Scanguards et Gardiens de la Nuit.

Les Vampires Scanguards

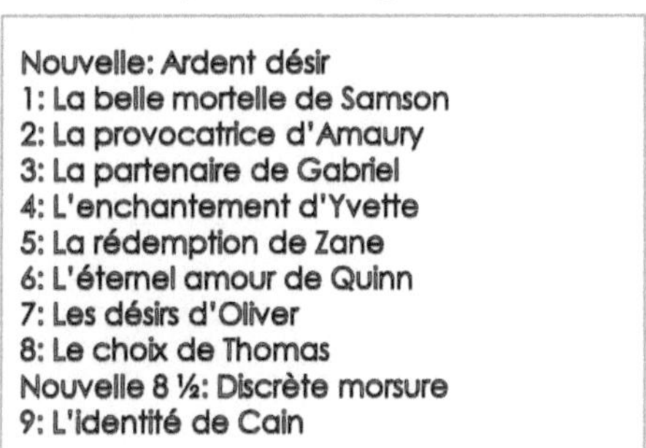

Nouvelle: Ardent désir
1: La belle mortelle de Samson
2: La provocatrice d'Amaury
3: La partenaire de Gabriel
4: L'enchantement d'Yvette
5: La rédemption de Zane
6: L'éternel amour de Quinn
7: Les désirs d'Oliver
8: Le choix de Thomas
Nouvelle 8 ½: Discrète morsure
9: L'identité de Cain

20 ans plus tard

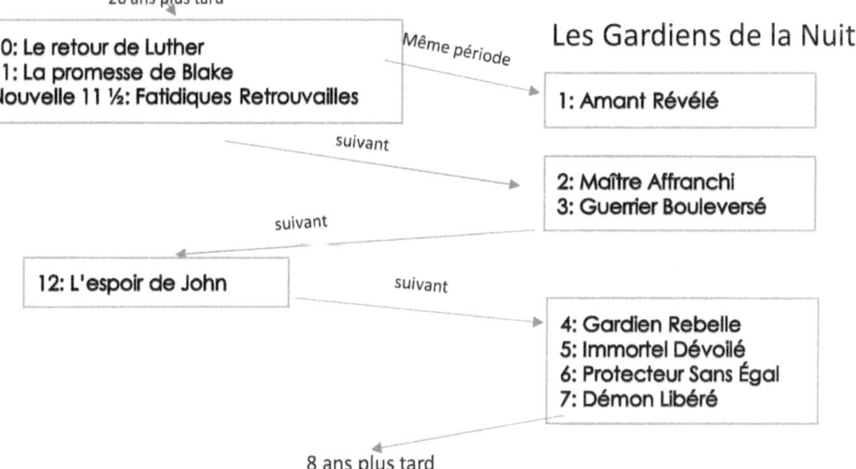

Les Gardiens de la Nuit

10: Le retour de Luther
11: La promesse de Blake
Nouvelle 11 ½: Fatidiques Retrouvailles

Même période

1: Amant Révélé

suivant

2: Maître Affranchi
3: Guerrier Bouleversé

suivant

12: L'espoir de John

suivant

4: Gardien Rebelle
5: Immortel Dévoilé
6: Protecteur Sans Égal
7: Démon Libéré

8 ans plus tard

Hybrides Scanguards

Les Scanguards hybrides seront également numérotés dans la série des
Scanguards vampires (SV 13 = SH 1) afin de préserver la continuité.

SH 1 (SV 13): La tempête de Ryder
SH 2 (SV 14): La conquête de Damian
SH 3 (SV 15): Le défi de Grayson
SH 4 (SV 16): L'amour interdit d'Isabelle
SH 5 (SV 17): La passion de Cooper
SH 6 (SV 18): Le courage de Vanessa

À PROPOS DE L'AUTEUR

De nationalité allemande, Tina Folsom vit depuis plus de 25 ans dans des pays anglophones. Elle a d'ailleurs épousé un Américain et s'est établie en Californie en 2002.

Depuis 2008, elle a publié plus de 50 livres en anglais et des douzaines dans d'autres langues (français, allemand et espagnol).

tina@tinawritesromance.com
https://tinawritesromance.com

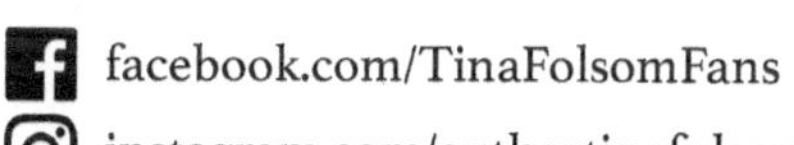

facebook.com/TinaFolsomFans
instagram.com/authortinafolsom

9 781961 208896